SARAH MORGAN

Atracción en Nueva York

Cualquier forma de reproducción, distribución, comunicación pública o transformación de esta obra solo puede ser realizada con la autorización de sus titulares, salvo excepción prevista por la ley.
Diríjase a CEDRO si necesita reproducir algún fragmento de esta obra.
www.conlicencia.com - Tels.: 91 702 19 70 / 93 272 04 47

Editado por Harlequin Ibérica.
Una división de HarperCollins Ibérica, S.A.
Núñez de Balboa, 56
28001 Madrid

© 2017 Sarah Morgan
© 2019 Harlequin Ibérica, una división de HarperCollins Ibérica, S.A.
Atracción en Nueva York, n.º 188 - 12.6.19
Título original: New York, Actually
Publicada originalmente por HQN™ Books

Todos los derechos están reservados incluidos los de reproducción, total o parcial. Esta edición ha sido publicada con autorización de Harlequin Books S.A.
Esta es una obra de ficción. Nombres, caracteres, lugares, y situaciones son producto de la imaginación del autor o son utilizados ficticiamente, y cualquier parecido con personas, vivas o muertas, establecimientos de negocios (comerciales), hechos o situaciones son pura coincidencia.
® Harlequin, HQN y logotipo Harlequin son marcas registradas por Harlequin Enterprises Limited.
® y ™ son marcas registradas por Harlequin Enterprises Limited y sus filiales, utilizadas con licencia. Las marcas que lleven ® están registradas en la Oficina Española de Patentes y Marcas y en otros países.
Imagen de cubierta utilizada con permiso de Harlequin Enterprises Limited. Todos los derechos están reservados.

I.S.B.N.:978-84-1307-794-9
Depósito legal: M-8074-2019

Querido lector,

Estoy emocionadísima de continuar mi serie Desde Manhattan con amor, *ambientada en la ciudad de Nueva York.*

De niña era una ávida lectora y uno de mis libros favoritos era Ciento un dálmatas, *de Dodie Smith. Además de la simpatía y la originalidad del argumento, me encantaba que cada perro tuviera una personalidad definida.*

A menudo he incluido perros en mis libros (el primero fue Maple, de Magia en la nieve*), pero los perros siempre habían desempeñado un pequeño papel secundario hasta que un día, el invierno pasado, me topé con una foto de un dálmata con el hocico en forma de corazón. Supe que tenía que darle un papel central en una novela y supe que tenía que llamarse Valentín.*

Hay personas a las que les resulta más fácil querer a los perros que a los humanos y ese es el caso de Molly, la protagonista de esta historia. Cuando se trata de dar consejos sobre las relaciones de los demás, es una experta, pero no es tan buena cuando se trata de sus propias relaciones. No se puede imaginar queriendo a alguien más de lo que quiere a su perro, Valentín, pero entonces conoce a Daniel, un sexi abogado. Daniel sabe más sobre declaraciones ante un tribunal que sobre perros, pero hará lo que haga falta por llamar la atención de Molly, incluso aunque eso suponga pedir prestado un perro.

Al principio Molly y Daniel parecen tenerlo todo en común, pero a medida que la verdad se va revelando poco a poco, ambos se ven forzados a reexaminar todo lo que creen sobre ellos mismos.

Esta es una historia sobre dejar atrás el pasado, pero

también es una historia de amistad y de amor (¡tanto humano como perruno!), de familia y comunidad, y se desarrolla sobre el glamuroso telón de fondo de la ciudad de Nueva York. Desde los frondosos caminos de Central Park hasta los relucientes rascacielos, en Nueva York hay algo para todo el mundo y, tal como descubre Molly, a veces la ciudad que nunca duerme puede ser el lugar perfecto para encontrar el amor.

¡Espero que disfrutéis del libro y gracias por leerlo!

Con cariño,
Sarah
Besos

Para el Washington Romance Writers, un grupo de gente divertida y fabulosa.
Gracias por invitarme a vuestro retiro.
Besos

«Algunos de mis mejores coprotagonistas han sido perros y caballos».
Elizabeth Taylor

Capítulo 1

Querida Aggie, le he comprado a mi novia una cafetera muy cara por su cumpleaños. Primero lloró y después la vendió por eBay. No entiendo a las mujeres.
Con cariño,
Descafeinado

Querido Descafeinado, la pregunta importante que te tienes que hacer en cualquier relación es: ¿Qué quiere tu pareja? ¿Qué le hace feliz? Sin conocer todos esos detalles, es imposible saber exactamente por qué lloró tu novia y vendió la cafetera, pero la primera pregunta que se me ocurre es: ¿Tu novia bebe café?

Molly dejó de escribir y miró hacia la cama.
–¿Estás despierto? Tienes que oír esto. Está claro que es muy cafetero y que el regalo era en realidad para él. ¿Por qué hacen eso los hombres? Qué suerte tengo de tenerte. Aunque si algún día vendieras mi cafetera por eBay, tendría que matarte; pero ese no será el consejo que voy a publicar.

El cuerpo que había tendido en la cama no se movió, aunque tampoco era de extrañar dada la cantidad de ejercicio que habían hecho el día antes. Las horas que habían pasado el uno en compañía del otro la habían dejado empapada en sudor y exhausta. Le dolía el cuerpo y eso era un recordatorio de que, aunque su forma física había mejorado desde que lo conocía, el aguante que tenía él era muy superior al suyo. Su incesante energía era una de las muchas cosas que admiraba de él. Siempre que se veía tentada a saltarse una sesión de ejercicio, solo hacía falta que él la mirara para que agarrara sus zapatillas de correr. Él era la razón por la que había perdido peso desde que había llegado a Nueva York tres años atrás. Había días en los que se miraba al espejo y apenas se reconocía.

Se la veía más delgada y más tonificada.

Y lo mejor de todo, se la veía feliz.

Si alguien de su vida pasada se la cruzara ahora, probablemente no la reconocería.

Aunque tampoco era muy probable que nadie de su vida pasada fuera a presentarse en su puerta.

Habían pasado tres años. Tres años y por fin había reconstruido su destrozada reputación. Profesionalmente, estaba de nuevo en marcha. ¿Y personalmente? Volvió a mirar a la cama y sintió como algo se suavizaba en su interior. No había imaginado que fuera a volver a acercarse a alguien, y mucho menos a acercarse lo suficiente como para dejarlo entrar en su vida o en su casa y, sobre todo, en su corazón.

Y sin embargo ahí estaba.

Enamorada.

Posó la mirada en las perfectas líneas de su atlético cuerpo antes de volver a centrar la atención en el correo electrónico. Tenía suerte de que tantos hombres tuvieran problemas para comprender a las mujeres. De no ser así, ella no tendría trabajo.

Su blog, *Pregunta a una chica*, atraía muchas visitas y eso, a su vez, había atraído la atención de una editorial. Su primer libro, *Compañero de por vida. Herramientas para conocer a tu compañero de vida perfecto*, había entrado en la lista de superventas tanto en Estados Unidos como en el Reino Unido. Y eso, a su vez, había propiciado un contrato para un segundo libro, todo bajo su seudónimo, «Aggie», que le daba anonimato y seguridad económica. Había convertido su infortunio en una fortuna. Bueno, tal vez no una «fortuna» exactamente, pero sí lo suficiente para permitirle llevar una vida acomodada en la ciudad de Nueva York y no tener que volver a Londres arrastrándose. Había dejado atrás una vida para pasar a otra nueva, como una serpiente mudando su piel.

Por fin su pasado estaba exactamente donde debía estar. Tras ella. Y tenía la norma de no mirar nunca por el retrovisor.

Feliz, se acomodó más en su sillón favorito y centró la atención en el portátil.

—Bueno, Descafeinado, deja que te muestre en qué te has equivocado.

Comenzó a escribir otra vez.

Una mujer quiere un hombre que la entienda, y un regalo debería reflejarlo. No se trata del valor que tenga, sino del sentimiento. Elige algo que le demuestre que la conoces y que la escuchas. Elige algo...

—Y aquí viene la parte importante, Descafeinado, así que presta atención —murmuró para sí.

... algo que a nadie más se le ocurriría comprarle porque nadie más la conoce como tú. Hazlo y te garanti-

zo que tu novia siempre se acordará de ese cumpleaños. Y se acordará de ti.

Satisfecha al pensar que si ese hombre seguía su consejo podría tener una oportunidad medio decente de complacer a la mujer que amaba, Molly agarró su vaso de agua filtrada y miró la hora en el portátil. Era la hora de su carrera matutina. Y no tenía ninguna intención de ir sola. Por muy ocupada que estuviera con el trabajo, ese era un rato que siempre pasaban juntos.

Cerró el ordenador, se levantó y se estiró. Al hacerlo, sintió el susurro de la seda rozándole la piel. Había estado escribiendo una hora sin apenas moverse y le dolía el cuello. Aún tenía un montón de consultas requiriendo su atención, pero se ocuparía de ellas más tarde.

Miró por la ventana y vio cómo la oscuridad se disipaba lentamente y la luz del sol la reemplazaba. Por un momento la vista que tenía ante sí se llenó de vetas doradas y del destello del cristal. Era una ciudad de bordes afilados e imponentes posibilidades cuyo lado más oscuro quedaba enmascarado por el brillo del sol.

Muchas otras ciudades estarían despertando en ese momento, pero esta era la ciudad de Nueva York. No se podía despertar si nunca se había ido a dormir.

Se vistió rápidamente; se cambió el pijama por una camiseta suave, unas mallas de licra y sus zapatillas de correr favoritas, de color morado oscuro. En el último momento agarró una sudadera porque el frescor de las mañanas de principios de primavera en Nueva York aún podía morderte a través de una capa de ropa. Se recogió el pelo en una coleta desaliñada y agarró una botella de agua.

Seguía sin haber ningún movimiento proveniente la cama. Él estaba inmóvil, con los ojos cerrados y con las sábanas enrolladas.

—Hola, guapo —dijo Molly dándole un empujoncito con gesto de diversión—. ¿Al final te dejé agotado ayer? Eso es nuevo —se encontraba en la flor de la vida, estaba en forma y era impactantemente atractivo. Cuando corrían juntos por el parque, la gente los miraba con envidia y Molly rebosaba de orgullo porque los demás podían mirar, pero era ella la que se iba a casa con él.

En este mundo, donde era casi imposible encontrar a la persona adecuada, ella había encontrado a alguien protector, leal y afectuoso, y era todo suyo. En lo más profundo de su corazón sabía que podía confiar en él. Incluso sin votos matrimoniales, sabía que la amaría en la salud y en la enfermedad, en la riqueza y en la pobreza, en lo bueno y en lo malo.

Era afortunada, afortunada, afortunada.

Lo que compartían estaba libre de todo el estrés y las complicaciones que con tanta frecuencia dañaban una relación. Lo que compartían era perfecto.

Con el corazón lleno de amor, lo vio bostezar y estirarse lentamente. Sus ojos oscuros se posaron en los de ella.

—Eres terriblemente guapo y todo lo que he querido siempre en un hombre. ¿Te lo he dicho últimamente?

Él se levantó de la cama, sacudió la cola, listo para la acción, y Molly se puso de rodillas para abrazarlo.

—Buenos días, Valentín. ¿Cómo está hoy el mejor perro del mundo entero?

El dálmata ladró y le lamió la cara. Molly sonrió.

Amanecía otro día en Nueva York y ella ya estaba lista para ponerse en marcha.

—A ver si lo he entendido. ¿Quieres pedir prestado un perro y usarlo para conocer a una chica a la que le gustan los perros? ¿Es que no tienes vergüenza?

—Ninguna —ignorando la desaprobación de su hermana, Daniel se quitó un pelo de perro del traje—. Pero no entiendo qué tiene que ver ese dato con lo que te estoy pidiendo.

Pensó en la chica del parque, con sus piernas infinitas y esa cola de caballo oscura y lustrosa que oscilaba como un péndulo sobre su espalda mientras corría. Estaba prendado de ella desde el primer día que la había visto corriendo, con su perro brincando delante, por uno de los muchos senderos frondosos que atravesaban Central Park como formando una telaraña. Y no había sido solo su pelo lo que le había llamado la atención, ni tampoco esas piernas increíbles, sino ese aire de seguridad en sí misma. Daniel se sentía atraído por ese rasgo y esa mujer parecía estar agarrando a la vida por el cuello y estrangulándola.

Siempre había disfrutado saliendo a correr por las mañanas, pero últimamente esa rutina había adquirido una nueva dimensión. Había empezado a calcular sus salidas para que coincidieran con las de ella aunque eso le supusiera llegar a la oficina un poco más tarde. Sin embargo, a pesar de esos sacrificios que estaba haciendo, hasta el momento ella ni siquiera se había fijado en él. ¿Le sorprendía? Sí. En lo que respectaba a las mujeres, nunca había tenido que esforzarse demasiado. Las mujeres solían fijarse en él. Sin embargo, la chica del parque parecía más preocupada por correr y por su perro, y esa situación lo había llevado a tomar la decisión de esforzarse aún más y recurrir a su lado creativo.

Pero primero tenía que consultarlo con una de sus hermanas y, hasta el momento, la cosa no pintaba bien. Había tenido la esperanza de poder hablar con Harriet, pero había tenido que conformarse con Fliss, que era mucho más dura de convencer.

Estrechando la mirada, Fliss se plantó delante de él y se cruzó de brazos.

—¿En serio? ¿Vas a fingir que tienes un perro para ligarte a una mujer? ¿No te parece que eso es provocar una situación demasiado artificial? ¿No te parece deshonesto?

—No es deshonesto. No voy a hacerme pasar por el dueño. Simplemente voy a sacar a pasear a un perro.

—Para lo cual se requiere sentir amor por los animales.

—No tengo ningún problema con los animales. ¿Debo recordarte que fui yo quien rescató a aquel animal de Harlem el mes pasado? La verdad es que me iría bien ese perro. Voy a pedirlo prestado —la puerta se abrió y Daniel se estremeció cuando un enérgico labrador entró corriendo en la habitación. No tenía ningún problema con los animales a menos que se arrimaran demasiado a su traje favorito—. ¿No me irá a saltar encima este perro, verdad?

—Y eso lo dices porque adoras a los perros, ¿a que sí? —Fliss agarró al perro por el collar con firmeza—. Es Poppy. Harriet la tiene acogida en casa. Fíjate en que he dicho «la». Es una chica, Dan.

—Eso explica por qué me encuentra irresistible —conteniendo la risa, bajó la mano y le acarició las orejas—. Hola, preciosa. ¿Te apetecería dar un paseo romántico por el parque? Podemos ver el amanecer.

—No quiere ni un paseo por el parque ni ninguna otra cosa. No eres su tipo. Ha sufrido mucho y se pone nerviosa cuando está con gente, sobre todo con hombres.

—Se me dan bien las mujeres nerviosas. Pero si no soy su tipo, entonces dile que no suelte pelos en mi traje. Y menos pelos rubios. Tengo que estar en el juzgado en un par de horas para un alegato final —notó el teléfono vibrar, lo sacó y miró el mensaje—. El deber me llama. Tengo que irme.

–Creía que te quedabas a desayunar. Hace siglos que no te vemos.

–He estado ocupado. Medio Manhattan ha decidido divorciarse, o eso parece. Bueno, entonces, ¿me tendrás un perro preparado mañana a las seis de la mañana?

–Que una mujer salga a correr sola no significa que esté soltera. A lo mejor está casada.

–Está soltera.

–¿Y? –preguntó Fliss con gesto serio–. Que esté soltera no significa que quiera tener una relación. Me pone enferma que los hombres deis por hecho que una mujer soltera está soltera solo porque está esperando a un hombre. ¡No seáis tan engreídos!

Daniel miró detenidamente a su hermana.

–¿Con qué pie te has levantado hoy de la cama?

–Me puedo levantar con el pie que quiera y de la cama que quiera. Estoy soltera.

–Préstame un perro, Fliss. Y no me des uno pequeño. Tiene que tener un tamaño razonable.

–Y yo que creía que te sientes seguro con tu masculinidad. Con lo grande y machote que eres. Te da miedo que te vean con un perro pequeño, ¿verdad?

–No –dijo Daniel sin levantar la mirada mientras escribía la respuesta al mensaje–. La mujer en la que estoy interesado tiene un perro grande, así que necesito uno que pueda seguir el ritmo. No quiero tener que llevar al animal en brazos mientras corro. Incluso tú tienes que admitir que quedaría ridículo; eso sin mencionar lo incómodo que resultaría para el perro.

–¡Oh, por…! ¡Deja de mirar al teléfono! Te voy a dar un consejo, Dan. Si vas a pedirme un favor, al menos préstame un poco de atención mientras lo haces. Sería una señal de amor y de afecto.

–Eres mi hermana. Me ocupo de todos tus asuntos

legales y nunca te cobro. Ese es mi modo de demostrar amor y afecto –respondió otro correo–. Deja de exagerar. Lo único que quiero es un perro gracioso; uno que haga que una mujer se pare en seco y lo mire con ojitos tiernos. Del resto ya me encargo yo.

–Pero si ni siquiera te gustan los perros.

Daniel frunció el ceño, pensativo. ¿Le gustaban los perros? No era algo que se hubiera preguntado nunca. Un perro era una complicación y él solía mantener su vida libre de complicaciones.

–Que no tenga un perro no significa que no me gusten. No tengo tiempo para un perro, nada más.

–Eso es una excusa. Mucha gente trabajadora tiene perro. Si no los tuvieran, Harriet y yo nos quedaríamos sin negocio. The Bark Rangers está facturando...

–Sé lo que facturáis. Puedo deciros cada número de la hoja de balance de vuestra empresa. Ese es mi trabajo.

–Eres abogado de divorcios.

–Pero estoy al tanto del negocio de mis hermanas. ¿Sabes por qué? Porque es una muestra de mi amor y de mi afecto. ¿Sabes cómo? Porque trabajo cien horas a la semana. No es vida para un humano, y mucho menos es vida para un perro. Además, te recuerdo que el crecimiento tan espectacular de vuestra facturación es el resultado de vuestra nueva relación con esa prometedora empresa de servicios, Genio Urbano, y esa asociación la promoví yo a través de mi amigo Matt. De nada.

–A veces eres tan engreído que me entran ganas de darte un puñetazo.

Daniel sonrió, pero no levantó la mirada.

–Bueno, ¿me vas a ayudar o no? Si no, le preguntaré a Harry. Ya sabes que dirá que sí.

–Yo soy Harry.

Por fin Daniel levantó la mirada. Miró a su hermana

fijamente mientras se preguntaba si había cometido un error. Después sacudió la cabeza.

—No, eres Fliss.

Era una broma que las gemelas le habían gastado cientos de veces cuando eran pequeños. «¿Qué gemela soy?».

Su tasa de aciertos era del cien por cien. Todavía no habían logrado engañarlo nunca.

Ella bajó los hombros.

—¿Cómo lo haces?

—¿Distinguiros? Aparte del hecho de que eres más áspera que un armadillo, soy vuestro hermano mayor. He practicado mucho. Llevo haciéndolo veintiocho años. No me habéis podido engañar todavía.

—Algún día lo haremos.

—Eso no pasará. Si de verdad quieres hacerte pasar por Harriet, tienes que aplacarte. Prueba a ser un poco más dulce. Incluso en la cuna eras tú la que siempre estaba chillando.

—¿Más dulce? —el tono de Fliss adoptó un matiz peligroso—. ¿Me estás diciendo que sea dulce? ¿Qué clase de comentario sexista es ese, sobre todo cuando sabemos que ser «dulce» no te lleva a ninguna parte?

—No es sexista, y no te estoy diciendo que seas dulce. Solo te estoy aconsejando sobre cómo podrías llegar a convencer a algún pobre tonto de que eres Harriet. Y ese pobre tonto no soy yo, por cierto, así que no malgastes tu tiempo —levantó la mirada cuando la puerta se abrió.

—El desayuno está listo. He preparado tu favorito. Tortitas con beicon crujiente.

Harriet entró en la habitación con una bandeja. Tenía el mismo pelo que su hermana, suave y de un tono rubio mantequilla, pero ella lo llevaba recogido por detrás con horquillas colocadas sin ningún miramiento, como si su objetivo fuera simplemente apartarlo de en medio para que no interfiriera en su día. Físicamente, eran idénticas. Tenían los mismos rasgos delicados, los mismos ojos azules, el mismo rostro en forma de corazón. En cuanto a carácter, no podían haber sido más distintas. Harriet era considerada y tranquila. Fliss era impulsiva y feroz. A Harriet le encantaba el yoga y el Pilates. Fliss prefería el *kickboxing* y el kárate.

Al notar cierta tensión en el ambiente, Harriet se detuvo y los miró a los dos. Le cambió la cara.

—¿Ya habéis discutido?

¿Cómo podían tres hermanos ser tan distintos?, se preguntó Daniel. ¿Y cómo podían unas gemelas, que por fuera eran indistinguibles para la mayoría, no parecerse en nada por dentro?

—¿Nosotros? ¿Discutir? Eso nunca —la voz de Fliss estaba cargada de sarcasmo—. Ya sabes cuánto adoro a nuestro hermano mayor.

—Odio que discutáis.

Daniel se sintió culpable al ver esa expresión de inquietud en los ojos de Harriet y miró a Fliss. Era una mirada que habían compartido millones de veces a lo largo de los años. Un acuerdo tácito para el cese de hostilidades mientras Harriet estuviera delante.

Todos habían desarrollado su propio modo de gestionar los conflictos. El de Harriet era esconderse de ellos. De pequeña, se había escondido debajo de la mesa para huir de las peleas y gritos que habían formado parte de su vida familiar. En una ocasión en la que Daniel había intentado sacarla de debajo de la mesa para apartarla del enfrentamiento, la había encontrado con los ojos fuertemente cerrados y tapándose las orejas con las manos como si no verlo ni oírlo significara que no estaba sucediendo.

Al recordar la ansiedad que lo había invadido en aquella época, sintió una punzada de culpabilidad. Todos habían estado tan volcados en sí mismos, sus padres incluidos, que ninguno había entendido qué le pasaba a Harriet. Había quedado patente del modo más público posible e incluso ahora, veinte años después, Daniel no era capaz de recordar aquella noche en el colegio sin ponerse a sudar.

Por fuera no parecía que Harriet fuera especialmente dura, pero Fliss y él habían aprendido que existían distintos tipos de dureza. A pesar de las apariencias, Harriet estaba hecha de acero macizo.

La vio dejar la bandeja y levantar cuidadosamente los platos de comida y las servilletas.

Servilletas de tela. ¿Quién se molestaba en poner servilletas de tela para un desayuno informal en familia?

Harriet se molestaba en hacerlo. Era la arquitecta de todo el confort doméstico del apartamento que compartía con su gemela.

En algunas ocasiones se preguntaba si los tres seguirían siendo una familia de no ser por Harriet.

De pequeña había tenido obsesión por sus muñecas y su casita de muñecas. Con la falta de sensibilidad de un niño de ocho años, él lo había visto como una tontería, como una típica actividad de niñas, pero ahora, echando la vista atrás, entendía que en realidad su hermana había estado construyendo algo que no tenía, aferrándose a su propia imagen del hogar y de la familia cuando el hogar y la familia que ellos tenían no cumplían las expectativas. Había encontrado una apariencia de estabilidad en su mundo privado mientras que Fliss y él habían encontrado otros modos de esquivar las grietas y el cambiante panorama emocional del matrimonio de sus padres.

Cuando Harriet y Fliss se habían mudado al apartamento, Harriet había sido la que lo había convertido en un hogar. Había pintado las paredes de color amarillo sol y había elegido una alfombra con tonos en verde pastel para suavizar el color del suelo de madera. Era su mano la que colocaba las flores que había sobre la mesa, la que mullía los cojines del sofá y la que cuidaba las plantas que se arracimaban en una profusión verde casi selvática.

Fliss nunca optaría por tener una planta. Al igual que él, no querría responsabilizarse de algo que requiriera cuidado y atención. Esa era la razón por la que ninguno de los dos tenía ningún interés en una relación a largo plazo. Lo único que los diferenciaba era que Fliss lo había intentado; solo en una ocasión, aunque le había bastado para saber que no se había equivocado con su teoría. Ya había pasado por ello y no quería repetir.

Ninguno hablaba del asunto. Los hermanos Knight habían aprendido que el único modo de superar un mal día, un mal mes, o un mal año, era seguir avanzando.

—No estábamos discutiendo —dijo Daniel con tono relajado y suave—. Solo estaba dándole un consejo de hermano, nada más.

Fliss estrechó la mirada.

—Cuando llegue el día en que necesite tu consejo, te lo pediré. Y, por cierto, el infierno se habrá helado al menos ocho veces antes de que llegue ese día.

Daniel robó un pedazo de beicon del plato y Harriet le dio un golpe en la mano con delicadeza.

—Espera a que hayamos puesto la mesa. Y antes de que se me olvide, Fliss, Genio Urbano nos ha enviado dos trabajos más. Tenemos un día ajetreado por delante.

—Igual que Daniel —dijo Fliss agarrando otra loncha de beicon—. Por cierto, no se va a quedar a desayunar.

—¿No? —Harriet le dio una servilleta—. Creía que por eso habías venido a visitarnos.

Daniel frunció el ceño ante lo que implicaba el comentario: que solo iba a verlas cuando quería que le dieran de comer. ¿Era cierto? No. Las visitaba porque a pesar de, o tal vez por, sus continuas riñas con Fliss, le gustaba ver a sus hermanas. Y le gustaba estar pendiente de Harriet. Por otro lado, era cierto que sus visitas casi siempre coincidían con alguna comida. Y siempre que esa comida la preparara Harriet, él era feliz. Fliss era capaz de quemar hasta el agua.

–He recibido un mensaje de la oficina, así que será una visita fugaz. Pero me alegro de verte –impulsivamente, se levantó y abrazó a su hermana mientras oía a Fliss murmurar algo para sí.

–Sí, eso, tú haz uso del afecto. A Harry la convencerás así.

–Tengo derecho a abrazar a mi hermana.

Fliss le puso ojitos.

–Yo soy tu hermana y a mí no me abrazas.

–No tengo tiempo para pasarme el resto del día quitándome espinas de la piel.

–¿Convencerme de qué? –preguntó Harriet devolviéndole el abrazo.

De pronto Daniel se vio invadido por un sentimiento de protección. Sabía que su hermana había encontrado su hueco perfecto en la vida, pero aun así le preocupaba. Si Fliss tenía un problema, todo Manhattan se enteraría en cuestión de minutos. Harriet, en cambio, se lo guardaba todo.

–¿Cómo estás?

Fliss resopló.

–Alerta de encandilamiento. Quiere algo, Harry –se sirvió una buena ración de beicon–. Ve al grano, Dan, y preferiblemente antes de que vomite mi desayuno.

Daniel la ignoró y sonrió a Harriet.

—Necesito un perro.

—Claro —respondió ella sonriendo y encantada—. Tu vida está tan centrada en el trabajo y tan vacía emocionalmente que llevo años diciéndote que lo que necesitas es un perro. Te proporcionará un sentimiento de permanencia, será algo a lo que podrás querer y con lo que podrás conectar.

—No quiere un perro por ninguna de esas valiosas razones —apuntó Fliss sacudiendo el tenedor y con la boca llena de beicon—. Quiere un perro para que lo ayude a ligar.

Harriet se quedó perpleja.

—¿Y cómo puede un perro ayudarte con eso?

Fliss tragó y respondió:

—Gran pregunta, pero estamos hablando de nuestro hermano mayor, así que eso en sí ya te da una pista. Quiere un accesorio. Un accesorio canino. Él grita «¡Busca!» y el perro le trae a la chica —pinchó otra loncha de beicon—. Aunque lograras conocer a esa mujer con tu plan del perro, jamás la mantendrías a tu lado. ¿Qué pasará cuando la invites a tu casa y descubra que el perro no vive ahí? ¿Has pensado en ello?

—Yo nunca invito a mujeres a mi casa, así que eso no será un problema. Mi piso es una zona de relax, libre de perros, libre de mujeres y libre de estrés.

—Aun así, tarde o temprano descubrirá que no te gustan los perros y se marchará.

—Para entonces los dos ya nos habremos cansado el uno del otro, así que por mí perfecto. Será una ruptura mutua.

—Don Rompecorazones, ¿no se siente usted culpable de ir dejando una estela de mujeres sollozantes por todo Manhattan?

Daniel soltó a Harriet.

—Yo no rompo corazones. Las mujeres con las que salgo son exactamente como yo.

—¿Insensibles y obtusas?

—Él no es insensible —dijo Harriet intentando mantener la paz—. Le da un poco de miedo el compromiso, nada más. Y a nosotras también. Daniel no está solo en eso.

—A mí no me da miedo el compromiso —dijo Fliss con tono despreocupado—. Tengo un compromiso conmigo misma, con mi felicidad y con mi crecimiento personal.

—A mí tampoco me da miedo —añadió Daniel notándose sudor en la nuca—. ¿Que si soy cauto? Sí, porque trabajo en eso. Soy la clase de hombre que…

—¿Que hace que una mujer quiera permanecer soltera? —señaló Fliss sirviéndose otra tortita.

—Yo no quiero estar soltera —dijo Harriet—. Quiero amar a alguien y que me amen. Pero no estoy segura de cómo hacer que suceda.

Daniel miró a Fliss. Ninguno de los dos se encontraba en posición de dar consejos en ese sentido.

—Dado que me paso mi extremadamente larga semana laboral intentando desenmarañar las vidas de los que no optaron por seguir solteros, diría que la raza femenina debería darme las gracias por seguir evitando el compromiso. Si no te casas, no te divorcias.

—Bueno, eso es un punto de vista positivo —Fliss se echó sirope de arce sobre su tortita—. Uno de estos días una mujer muy inteligente te va a enseñar unas cuantas lecciones sobre mujeres. Esto está delicioso, Harry. Deberías abrir un restaurante. Yo te ayudaría.

Harriet se sonrojó.

—Confundiría las comandas de las mesas y, además, por mucho que te quiero, no te dejaría acercarte a una cocina. No sería justo para el Cuerpo de Bomberos de Nueva York.

—No necesito lecciones sobre mujeres —dijo Daniel robando una loncha de beicon del plato de Fliss—. Ya sé todo lo que hay que saber.

—Crees que sabes todo lo que hay que saber sobre las mujeres y eso hace que seas mil veces más peligroso que el hombre que admite no tener ni idea.

—Yo sí tengo idea porque crecer con vosotras dos fue un cursillo intensivo sobre cómo piensan y sienten las mujeres. Por ejemplo, sé que si no me largo de aquí ahora mismo, vas a explotar. Así que me voy a marchar mientras aún somos amigos.

—No somos amigos.

—Me quieres. Y cuando no me miras con mala cara, yo también te quiero. Y Fliss tiene razón —añadió sonriendo a Harry—. Eres una cocinera increíble.

—Si me quisieras —dijo Fliss entre dientes—, te quedarías a desayunar. Me utilizas igual que utilizas a todas las mujeres.

Daniel agarró su chaqueta.

—Toma un consejo salido de la mente de un hombre: deja de ser tan gruñona o jamás tendrás una cita —vio cómo el rostro de su hermana se ponía colorado.

—Estoy soltera por elección —farfulló Fliss antes de suspirar y mirarlo—. Estás intentando provocarme. ¿Por qué no puedo ver cuándo me estás provocando? Me vuelves loca y después no puedo pensar con claridad. Es una de tus tácticas y lo sé, pero sigo picando cada vez. ¿Eres así de irritante en el juzgado?

—Soy peor.

—No me extraña que ganes siempre. El abogado contrario probablemente querrá alejarse de ti lo más rápido posible.

—Esa es una de las razones. Y para que conste, yo no utilizo a las mujeres. Dejo que me utilicen ellas a mí, preferiblemente después de que haya anochecido –se agachó para darle un beso en la mejilla mientras pensaba que chinchar a su hermana era su segundo juego favorito después del póquer–. Bueno, ¿entonces a qué hora puedo recoger al perro?

Capítulo 2

Querida Aggie, si los hombres son de Marte, ¿cuándo piensan volver allí?
Con cariño,
Terrestre y Exasperada

Primero se fijó en el perro, un pastor alemán tan fuerte y atlético como su dueño. Los había visto cada día durante la última semana, justo después del amanecer, y se había permitido echar una miradita o dos porque... Bueno, era humana, ¿no? Apreciaba la forma masculina tanto como podría hacerlo cualquier otra mujer, sobre todo cuando esa forma masculina estaba tan bien presentada como en el caso de ese tipo. Y además, su trabajo consistía en estudiar a las personas.

Al igual que mucha otra gente que había en el parque a esas horas, él iba equipado con ropa de correr aunque algo en su manera de moverse le decía que cuando no estaba corriendo, vestía traje y era comandante en jefe de cualquiera que fuera el imperio que regía. Tenía el pelo oscuro y corto. ¿Médico? ¿Banquero? ¿Contable? A juzgar por el aire de seguridad que desprendía, era muy bueno en lo que fuera que hacía. Si hubiera tenido que hacer más conjeturas sobre él, habría dicho que era un hombre centrado hasta el punto de ser ambicioso, que pasaba demasiado tiempo trabajando y al que le resultaba difícil empatizar con la debilidad. Tendría sus propias debilidades, por supuesto, como todo el mundo. Y como inteligente que era, probablemente, sabría cuáles eran, aunque las ocultaría porque la debilidad no era algo que estaría dispuesto a compartir con los demás. Era la clase de hombre que, si supiera cómo se ganaba ella la vida, se reiría a carcajadas y después mostraría su sorpresa por el hecho de que alguien necesitara consejo sobre algo tan simple como las relaciones. Un hombre como él no sabría ni lo que era la falta de seguridad en uno mismo ni lo que era no poder encontrar el valor para acercarse a una mujer que le resultara interesante y atractiva.

Un hombre exactamente igual que Rupert.

Frunció el ceño. ¿De dónde había salido ese pensamiento? Tenía la precaución de no pensar nunca en Rupert. Se conocía lo suficiente como para saber que su experiencia con él había teñido su visión del mundo. En particular, había teñido su visión de las relaciones. Con toda probabilidad, ese hombre no se parecía en nada a Rupert.

Lo único que no encajaba con la impresión que tenía de él era el hecho de que tuviera perro. No se habría esperado que un hombre así quisiera asumir la responsabilidad de tener un perro. Tal vez el perro era de un amigo que estaba enfermo o había pertenecido a un familiar fallecido, aunque, de haber sido así, se habría esperado que un hombre como él hubiera contratado un servicio de paseo de perros como The Bark Rangers, el que ella usaba de vez en cuando para Valentín.

El perro era la única pieza deforme del puzle que impedía que la imagen que se había creado de él encajara a la perfección.

Decidida a que no la sorprendiera mirándolo, siguió corriendo, pisando el suelo con fuerza al cómodo ritmo que ahora encontraba de manera instintiva. Correr era un modo de ponerse a prueba, de obligarse a salir de su zona de confort. Y ese esfuerzo la hacía ser consciente del poder y la fuerza de su propio cuerpo. Correr le recordaba que cuando creía que no tenía nada más que dar, aún podía encontrar más.

Aunque era temprano y el parque aún no estaba abierto al tráfico, sí estaba concurrido. Los corredores se entremezclaban con los ciclistas que recorrían Central Park y ascendían y descendían sus colinas. En unas horas les cederían el paso a padres con carritos y a turistas con ganas de explorar los ochocientos cuarenta y tres acres de parque que se extendían desde la Calle Cincuenta y Nueve hasta la Ciento Diez y de este a oeste desde la Quinta Avenida hasta Central Park West.

Nunca era capaz de decidir cuál era su estación favorita en Nueva York, pero ahora mismo habría votado por la primavera. Los árboles estaban frondosos con flores que impregnaban el aire con una potente fragancia dulce. El manzano silvestre, el cerezo y el magnolio sumían al parque en un brillo cremoso y rosado, y pájaros exóticos de América Central y América del Sur se reunían para la migración primaveral.

Estaba pensando en el esplendor casi nupcial del lugar cuando Valentín se le cruzó por delante y estuvo a punto de hacerla caer al suelo.

Corría detrás del pastor alemán, que estaba absolutamente nervioso y negándose a volver cuando lo llamaban.

—¡Brutus! —resonaba la voz del hombre por el parque.

Molly aminoró el paso. ¿En serio? ¿Había llamado «Brutus» a su perro?

El perro lo ignoró. Ni siquiera giró la cabeza hacia su dueño. Parecía como si no se conocieran de nada.

Ella llegó a la conclusión de que o Brutus era la clase de perro al que le encantaba desafiar a la autoridad o no solía verse en compañía de otros perros y no estaba dispuesto a renunciar a pasar un buen rato por dar prioridad a la obediencia.

Si había algo que ni el poder lograba dominar era un perro desobediente. No se podía decir que no estuvieran en igualdad de condiciones.

Silbó a Valentín, que se estaba divirtiendo con su nuevo amigo.

El perro alzó la cabeza y la miró desde el otro extremo del césped. Al segundo fue corriendo hacia ella, con sus extremidades largas y esbeltos músculos, tan elegante como un bailarín de *ballet*. Molly oyó sus pisadas amortiguadas por la suave hierba y su rítmico jadeo antes de que el animal se detuviera en seco delante de ella. La parte trasera del cuerpo se le movía con cada meneo de la cola, el barómetro canino de la felicidad.

Sin duda, no había un saludo más alentador que el de un perro sacudiendo la cola. ¡Transmitía tanto! Amor, cordialidad y una aceptación incondicional.

Lo seguía su nuevo amigo el pastor alemán, que derrapó y frenó justo a sus pies, con un estilo más de gorila que de bailarín de *ballet*. Le lanzó una mirada esperanzada, buscando su aprobación.

Molly decidió que a pesar de sus formas de chico malo, era una monada. Pero como todos los chicos malos, necesitaba una mano firme y unos límites bien marcados.

«Seguro que su dueño es igual».

—¡Pero qué adorable eres! —se puso de cuclillas para hacerle carantoñas mientras le acariciaba la cabeza y le frotaba el cuello. Sintió la calidez de su aliento sobre su piel y el golpe de su cola contra su pierna cuando comenzó a dar vueltas emocionado. Intentó apoyar las patas sobre sus hombros y a punto estuvo de tirarla de culo al suelo–. No. Siéntate.

El perro le dirigió una mirada de reproche y se sentó, claramente cuestionando su sentido de la diversión.

–Eres una monada, pero eso no significa que quiera tus patas llenas de barro sobre mi camiseta.

El hombre se detuvo a su lado.

–Se ha sentado por ti –su sonrisa era agradable y su mirada cálida–. Conmigo nunca lo hace. ¿Cuál es tu secreto?

–Se lo he pedido con educación –se levantó, consciente de los mechones sudorosos que tenía pegados a la nuca y furiosa consigo misma por preocuparse por eso.

–Parece que tienes un toque mágico. O tal vez es el acento británico lo que le gusta. Brutus –dijo el hombre con mirada severa–. Brutus.

Brutus ni siquiera giró la cabeza. Era como si el perro no supiera que estaba hablándole.

Molly estaba atónita.

–¿Te ignora a menudo?

–Constantemente. Tiene un problema de conducta.

–Los problemas de conducta suelen decir más del dueño que del perro.

–¡Au! Me has puesto en mi lugar.

La risa del hombre, sonora y sexi, le produjo un intenso calor que le recorrió el cuerpo y se posó en su abdomen.

Había creído que él estaría a la defensiva y, en cambio, era ella la que lo estaba. Había levantado a su alrededor muros y barreras que nadie podía traspasar, pero estaba segura de que ese hombre con esos peligrosos ojos azules y esa voz sexi estaba acostumbrado a encontrar el modo de esquivar cualquier barrera.

Se había quedado sin aliento y aturdida. No estaba acostumbrada a sentirse así.

—Necesita adiestramiento, nada más. No se le da muy bien hacer lo que le dicen —se centró en el perro más que en el hombre porque así no tenía que enfrentarse a la mirada risueña de su increíblemente atractivo dueño.

—A mí tampoco se me ha dado bien nunca hacer lo que me dicen, así que no lo voy a culpar por ello.

—Desafiar a la autoridad puede resultar peligroso para un perro.

—A mí no me da miedo que me desafíen.

Eso no la sorprendió. Una simple mirada le dijo que ese tipo sabía muy bien lo que quería y que no dejaba que nadie le dijera qué hacer. También tenía la sensación de que esas suaves capas de encanto y carisma ocultaban un núcleo de acero. Era un hombre al que solo una tonta subestimaría. Y ella no era ninguna tonta.

—¿No pides obediencia?

—¿Seguimos hablando de perros? Porque estamos en el siglo veintiuno y me gusta verme como un progresista.

Siempre que una situación o una persona la desconcertaba, intentaba distanciarse e imaginar qué consejo daría si fuera Aggie.

«Que te falte el aliento y se te trabe la lengua delante de un hombre puede resultar incómodo, pero recuerda que, por muy atractivo que sea, en el fondo tiene inseguridades aunque haya elegido no mostrarlas».

Sin embargo, eso no la hizo sentirse mejor. Estaba empezando a pensar que ese hombre no tenía ni una sola inseguridad.

«No importa cómo te sientas por dentro siempre que no lo demuestres por fuera. Sonríe y actúa con normalidad y así nunca sabrá que hace que todo tu interior se quede hecho papilla».

Sonríe y actúa con normalidad.

Ese parecía el mejor enfoque.

—Deberías intentar llevarlo a clases de obediencia.

Él enarcó una ceja.

—¿Eso existe?

—Sí. Y te podría ayudar. Es un perro precioso. ¿Se lo compraste a un criador?

—Es un perro rescatado, víctima de un desagradable caso de divorcio en Harlem. El marido sabía que Brutus era lo que su mujer más quería en el mundo, así que peleó por él en el divorcio. Su abogado era mejor que el de ella y ganó y acabó con un perro que no quería.

Molly se quedó tan horrorizada que se olvidó de esa extraña sensación de derretimiento que tenía por dentro.

—¿Quién era su abogado?

—Yo.

Abogado. Lo había pasado por alto en su lista de posibles profesiones, pero ahora se preguntaba por qué, ya que encajaba a la perfección. Era muy fácil imaginarlo intimidando a la parte contraria. Era un hombre acostumbrado a ganar todas las batallas que libraba, de eso estaba segura.

—¿Y por qué no le devolvió a su mujer a Brutus?

—En primer lugar, porque ella se había mudado a Minnesota a vivir con su madre. En segundo lugar, porque lo último que haría sería algo que hiciera feliz a su exmujer. Y en tercer lugar, porque por mucho que su mujer quería al perro, a él lo odiaba más. Quería complicarle la vida todo lo posible y por eso hizo que se quedara con el animal.

—Es una historia terrible —Molly, que oía muchas historias horribles durante su jornada laboral, se quedó impactada.

—Es lo que pasa en las relaciones.

—Es lo que pasa en ese divorcio en concreto. No todas las relaciones son así. Entonces, ¿lo rescataste? —esa revelación hizo saltar por los aires todas las ideas preconcebidas que se había formado sobre él. Había dado por hecho que era la clase de persona que solo se preocupaba por sí misma y que no se tomaba molestias por nadie, pero había salvado a ese perro precioso y vulnerable que había perdido a la única persona que lo había querido. Era guapo y mordaz, pero no había duda de que era una buena persona—. Me parece fantástico que hayas hecho esto.

Acarició la cabeza de Brutus, apenada por que ese animal hubiera cargado con las consecuencias de que unas personas no hubiesen sido capaces de arreglar sus diferencias. Cuando las relaciones fracasaban, las repercusiones eran importantes. Lo sabía mejor que nadie.

—Pobrecito —el perro arrimó el morro a sus bolsillos con esperanza y ella sonrió—. ¿Estás buscando premios? ¿Puede?

—Puede, si te sobra alguno.

—Siempre llevo para Valentín —al oír su nombre, Valentín se plantó a su lado al instante con actitud posesiva y protectora.

—¿Valentín? —preguntó el hombre mientras la veía dar chucherías a los dos perros—. ¿Es el substituto de un hombre?

—No. La última vez que lo comprobé sin duda era un perro.

Él le sonrió.

—Creía que ya te habías cansado de los hombres y te conformabas con el amor de un buen perro.

Eso se acercaba a la verdad más de lo que él podía haber imaginado, pero no tenía intención de admitirlo ante nadie, y menos ante alguien que parecía tener el mundo a sus pies. ¿Qué iba a saber él sobre lo que se sentía cuando tus debilidades quedaban expuestas públicamente? Nada.

Y no tenía ninguna intención de ilustrarlo en ese sentido.

Su pasado era de ella y de nadie más. Más privado que una cuenta bancaria, bien oculta y segura tras un cortafuegos que no le permitía el acceso a nadie. Si hubiera una contraseña sería «Cagada». O probablemente «Gran cagada».

—Valentín no es el substituto ni de nada ni de nadie. Es mi perro favorito. Mi mejor amigo.

Su mirada colisionó con la de él y esa conexión fue como una fuerte sacudida.

Se había puesto nerviosa y no podía recordar cuándo había sido la última vez que le había pasado eso. Eran sus ojos. Apostaría lo que fuera a que esos pícaros ojos habían animado a más de unas cuantas mujeres a abandonar la prudencia. Probablemente llevaba una etiqueta por algún lado que decía: «Manipular con cuidado».

Intentó ignorar cómo se sentía, pero su corazón tenía otra idea.

«Oh, no, Molly. No, no, no». Su bandeja de entrada estaba llena de preguntas de mujeres esperando a saber cómo tratar a los hombres como él, y aunque podía ser excelente dando consejos, su experiencia no pasaba de ahí.

Como si estuviera sintiendo que era el tema de conversación, Valentín sacudió la cola.

Lo había encontrado abandonado cuando era un cachorro.

Aún recordaba su expresión. Tenía algo de sorpresa y mucho dolor, como si no pudiera llegar a creer que alguien de verdad hubiera decidido tirarlo a la cuneta en lugar de quedárselo. Como si ese acto le hubiera hecho cuestionarse todo lo que siempre había creído sobre sí mismo.

Ella conocía ese sentimiento.

Se habían encontrado, dos almas perdidas que se habían unido al instante.

—Le puse Valentín porque tiene el hocico con forma de corazón —y ese era el único detalle que estaba dispuesta a compartir. Era hora de marcharse. Antes de que dijera o hiciera algo que la llevara por un terreno que no tenía ninguna intención de pisar—. Que disfrutes de la carrera.

—Espera... —él alargó una mano para detenerla—. No es la primera vez que te veo. ¿Vives cerca de aquí?

Saber que la había estado observando a la vez que ella lo había estado observando a él hizo que se le volviera a acelerar el pulso.

—Bastante cerca.

—Entonces volveré a verte. Soy Daniel.

Alargó la mano y Molly se la estrechó al mismo tiempo que su cuerpo ignoraba las advertencias de su cerebro. Sintió los dedos de él cerrándose alrededor de los suyos y ejerciendo una firme presión. Imaginó que sabría muy bien qué hacer con esas manos e imaginar eso la dejó sin aliento y le impidió pensar con claridad.

Le estaba costando centrarse y, mientras tanto, él la estaba mirando expectante, esperando.

—Vamos a intentarlo otra vez —murmuró—. Soy Daniel y tú eres...

Su nombre. Estaba esperando a que le dijera su nombre. Y a juzgar por su mirada de diversión, sabía exactamente por qué se había quedado bloqueada.

—Molly —todavía había días en los que se le hacía raro

usar ese nombre, lo cual no tenía sentido porque «Molly» era su nombre. O uno de ellos. El hecho de que hubiera empezado a usarlo únicamente desde que se había trasladado a Nueva York no debería importar.

No le dijo más, pero supo que él lo había almacenado en su memoria y que lo recordaría. Sintió que no era un hombre al que se le olvidaran las cosas. Era inteligente. Pero aunque descubriera su apellido o buscara información sobre ella, no encontraría nada. Ella ya se había asegurado de eso.

—Ven a tomar un café conmigo, Molly —le soltó la mano—. Conozco un lugar genial cerca de aquí que hace el mejor café de todo el Upper East Side.

Fue algo a medio camino entre una invitación y una orden. Inteligente y suave. Una propuesta de un hombre que no conocía el significado de la palabra «rechazo».

Pero estaba a punto de conocerlo porque bajo ningún concepto iría con él a tomar ni un café ni ninguna otra cosa.

—Gracias, pero tengo que ir a trabajar. Que disfrutéis de la carrera Brutus y tú.

No le dio oportunidad de contestar ni ella se dio oportunidad de dudar de su decisión. Salió corriendo. Corrió entre el aroma de las flores y zonas moteadas de sol, con Valentín a su lado y la tentación mordisqueándole los talones. No giró la cabeza a pesar de que el cuello le dolió por no hacerlo y del gran reto que supuso para su fuerza de voluntad. ¿La estaba mirando? ¿Se habría enfadado porque lo había rechazado?

Solo cuando hubo cubierto lo que consideraba una distancia de seguridad, aminoró el paso. Estaban cerca de una de las muchas fuentes para perros y se detuvo para tomar aliento y dejar que Valentín, sediento, bebiera.

«Ven a tomar un café conmigo...».

¿Y después qué?

Y después nada.

En lo que concernía a las relaciones, se le daba genial la teoría pero muy mal la práctica. Y era de dominio público hasta qué punto se le daba mal. Primero llegaba el amor. Después llegaba el dolor.

«Eres experta en relaciones pero una negada para las relaciones. ¿Sabes que eso es un disparate?».

Oh, sí. Lo sabía. Y también lo sabían unos cuantos millones de desconocidos. Esa era la razón por la que últimamente se limitaba a la teoría.

Y en lo que respectaba a Daniel, el zalamero abogado, calculaba que tardaría unos cinco minutos en olvidarse de ella por completo.

No podía sacársela de la cabeza.

Furioso y algo intrigado por lo novedoso de esa sensación, Daniel pulsó el botón del interfono y Harriet abrió la puerta.

Olía a café recién hecho y a algo delicioso cocinándose en el horno.

—¿Qué tal la carrera?

Su hermana tenía un chihuahua diminuto bajo el brazo y Daniel agarró a Brutus por el collar para interceptar el exaltado subidón de energía que estuvo a punto de lanzar al perro al otro lado de la puerta.

—¿En serio vas a dejar a estos dos juntos? Brutus se lo comería de un bocado.

Harriet parecía confusa.

—¿Quién es Brutus?

—Este es Brutus.

Daniel le quitó la correa y el pastor alemán, que entró

en el apartamento dando brincos, golpeó con el rabo una de las plantas de Harriet y llenó el suelo de arena y flores.

Harriet dejó al diminuto perro en el suelo y recogió los restos de su planta sin protestar.

—Ese perro se llama Volantes y es demasiado grande para este apartamento.

—Me niego a plantarme en mitad de Central Park y llamar a Volantes, así que le he cambiado el nombre. ¿Huele a café?

—No puedes cambiarle el nombre a un perro.

—Puedes, si alguien ha sido tan estúpido de llamarlo «Volantes» —Daniel entró en la luminosa cocina y se sirvió un café—. ¿Qué clase de nombre es ese para un perro tan grande y tan machote? Le causará una crisis de identidad.

—Es el nombre que le pusieron —dijo Harriet con tono paciente—. Es el nombre que conoce y por el que responde.

—Es un nombre que lo avergüenza. Le he hecho un favor —dio un sorbo de café y miró el reloj. Siempre estaba muy ocupado y últimamente le faltaba tiempo, debido en parte a lo mucho que se prolongaban sus carreras matutinas.

—Vienes más tarde de lo habitual. ¿Ha pasado algo? ¿Por fin te ha hablado? —Harriet tiró a la basura los fragmentos del macetero y con cuidado levantó lo que quedaba de la planta.

Daniel sabía que, en cuanto se marchara, su hermana volvería a plantarla y le daría toda la atención que necesitara para una total recuperación.

—Sí, hemos hablado —eso, contando con que las pocas palabras que habían intercambiado pudieran considerarse como «hablar».

Él le había hecho algunas preguntas y ella había respondido, pero sus respuestas habían sido breves y aparentemente diseñadas para no ofrecerle ningún tipo de estímulo. Le había dejado claro que su perro le interesaba más que él, lo cual habría machacado los ánimos de un hombre con menos conocimientos que él sobre relaciones.

Aunque no había habido indicación verbal de que estuviera interesada, sí que había habido pistas no verbales.

Durante un fugaz segundo, justo antes de que Molly hubiera alzado sus barreras, había visto interés en ella.

Se preguntaba quién sería el responsable de que existieran esas barreras. Un hombre, probablemente. Una relación que había salido mal. Veía muchos ejemplos en su jornada laboral. Gente que tenía aventuras, que se distanciaba, o que simplemente se desenamoraba. El amor era una caja de bombones de corazones rotos y desastres. ¿Qué sabor prefieres?

—¿Ha hablado contigo? —a Harry se le iluminó la cara—. ¿Qué te ha dicho?

«Muy poco».

—Vamos a ir despacio.

—En otras palabras, no le interesas —dijo Fliss al entrar en la cocina. Llevaba pantalones de yoga, una sudadera y unas zapatillas de correr negras con un destello morado neón. Agarró las llaves de la encimera—. Está claro que es una mujer con sentido común. O eso, o estás perdiendo facultades. ¿Significa esto que mañana no vas a sacar a pasear a Volantes?

—No estoy perdiendo facultades y, sí, sacaré a pasear a Brutus. Y, por cierto, tiene algunos problemas de comportamiento, en especial en lo que respecta a no venir cuando lo llamo.

—Eso debe de ser toda una experiencia nueva para ti.

—Muy graciosa. ¿Algún consejo?

–No tengo ningún consejo que ofrecer sobre relaciones excepto, tal vez, que no lo hagas.

–Me refería al perro.

–Ah. Bueno, podrías empezar por llamarlo por un nombre que de verdad reconozca –Fliss fue hacia la puerta–. Y si tiene problemas de comportamiento, entonces al menos es una cosa que los dos tenéis en común.

Capítulo 3

Querida Aggie, si en el mar hay muchos peces, ¿por qué mi red siempre está vacía?

Molly entró en su apartamento, dejó las llaves en el cuenco junto a la puerta y fue directa a la ducha.

Diez minutos más tarde estaba de nuevo frente al ordenador. Valentín estaba acurrucado en un cesto bajo el escritorio con la cabeza apoyada sobre las patas.

La luz del sol se colaba por las ventanas reflejándose sobre el suelo de roble pulido e iluminando la alfombra tejida a mano que había comprado en un estudio de diseño textil que había descubierto durante una visita a Union Square. En una esquina de la habitación había una gran jirafa de madera que su padre le había enviado desde África durante un viaje. Nadie que viera sus rebosantes estanterías habría podido averiguar mucho de su carácter. Biografías y clásicos se apiñaban contra novelas de ciencia ficción y románticas. También en la estantería había algunos ejemplares de su primer libro, *Compañero de por vida. Herramientas para conocer a tu compañero de vida perfecto.*

«Haz lo que te digo, no hagas lo que hago yo», pensó. Se lo había dedicado a su padre, pero probablemente debería habérselo dedicado a Rupert. «Para Rupert, sin el cual este libro nunca se habría escrito».

Pero hacerlo habría supuesto arriesgarse a exponerse y no tenía ninguna intención de dejar que nadie descubriera a la auténtica persona que se ocultaba detrás de «la doctora Aggie».

No. Su padre había sido la opción más segura. Así pudo asegurarse de que todo lo que había construido se mantenía en pie y pudo apartar el episodio Rupert, como su padre lo llamaba, y meterlo en una caja de metal etiquetada como «Experiencia de vida».

Al mudarse a Nueva York había compartido una habitación en un lúgubre edificio sin ascensor a las afueras de Brooklyn con tres mujeres adictas a jugar al *beer pong* y a fiestas que duraban toda la noche. Después de seis meses de subir y bajar jadeando ciento noventa y dos escalones, que había contado uno a uno, y de ir en metro hasta Manhattan, Molly había invertido sus últimos ahorros en un pequeño apartamento de un dormitorio en la segunda planta de un edificio a unas manzanas de Central Park. Se había enamorado del apartamento a primera vista y también del edificio, con su alegre puerta verde y sus pasamanos de hierro.

También se había enamorado de sus vecinos. En la planta baja había una joven pareja con un bebé y encima de ellos estaba la señora Winchester, una viuda que llevaba sesenta años viviendo en el mismo apartamento. Tenía la costumbre de perder las llaves, así que ahora Molly le guardaba un juego en su casa. Justo encima de Molly estaban Gabe y Mark. Gabe trabajaba en publicidad y Mark era ilustrador de libros infantiles.

Los había conocido la primera noche que había pasado en su apartamento mientras intentaba arreglar el rebelde cerrojo de su puerta. Gabe lo había arreglado y Mark le había preparado la cena. Desde entonces eran amigos, y los nuevos amigos, tal como había descubierto, a veces eran más de fiar que los viejos.

Los amigos de la infancia la habían abandonado en tropel cuando su vida se había desmoronado; no habían querido hundirse en las letales arenas movedizas de su humillación. Al principio había recibido algunas llamadas de apoyo, pero a medida que la situación había empeorado, el apoyo y la amistad se habían ido consumiendo hasta quedar en nada. Se habían comportado como si su deshonra fuera infecciosa; como si, por estar a su lado, pudieran acabar contagiándose de lo mismo que tenía ella.

Y en cierto modo no los culpaba. Entendía el infierno que suponía tener periodistas acampados en tu casa y ver tu reputación hecha jirones por Internet. ¿Quién querría tener eso?

Mucha gente quería fama y fortuna, pero, al parecer, nadie quería ser tendencia en Twitter.

Todo eso había hecho que la decisión de marcharse de Londres le resultara más fácil. Había empezado una vida nueva con un nombre nuevo. Ahí, en Nueva York, había conocido a gente nueva. Gente que no sabía nada. Los vecinos de su bloque de apartamentos eran maravillosos y también lo era el Upper East Side. Entre la amplia red de calles y avenidas arboladas, había descubierto un vecindario plagado de historia y tradición de Nueva York. Le encantaba todo, desde los ornamentados edificios de cooperativas previos a la guerra y las casas adosadas de ladrillo rojo hasta las clásicas mansiones que recorrían la Quinta Avenida. Lo sentía como su hogar y tenía sus lugares favoritos. Cuando no le apetecía cocinar, salía y se compraba unos *panini* o pasta casera en Via Quadronno, entre Madison y la Quinta, y cuando le apetecía celebrar algo, iba a Ladurée y se daba un capricho con una selección de *macarons*.

Había explorado Manhattan y descubierto clubs de salsa, de arte y de *jazz*. Recorría las galerías, el Met, el Frick y el Guggenheim, pero su lugar favorito era el extenso Central Park, a diez minutos a paso ligero de su pequeño apartamento. Valentín y ella pasaban horas explorando juntos sus rincones ocultos.

Encendió el portátil y agarró la botella de agua mientras esperaba a que el dispositivo arrancara. Tenía la mesa abarrotada. Montañas de papeles, notas sueltas, dos tazas de café abandonadas y olvidadas. Cuando trabajaba, se concentraba y eso incluía ignorar todo ese desastre.

De pronto sonó el teléfono; miró el identificador de llamadas y respondió de inmediato.

—¡Papá! ¿Cómo estás? —escuchó mientras su padre le contaba su última aventura. Se había marchado de Londres justo unos meses antes de que ella sufriera su vergonzosa caída en desgracia, y estaría eternamente agradecida por ello. Tras jubilarse de su empleo en una empresa de electrónica, se había comprado una caravana y se había embarcado en un épico viaje por las carreteras de Estados Unidos para explorar su patria estado por estado. En un polvoriento pueblo de Arizona bañado por el sol había conocido a Carly y habían estado juntos desde entonces.

Molly la había visto en una ocasión y le había gustado, aunque lo que más le había gustado era ver a su padre tan feliz. Recordaba haberlo visto tambaleándose durante aquellos primeros años tras la marcha de su madre, con la confianza y la seguridad por los suelos después de tan monumental rechazo.

No recordaba exactamente cuándo había empezado

a animarlo a salir con otras mujeres. Todo había comenzado en el colegio, durante su adolescencia, cuando se había dado cuenta de que le interesaba más observar las relaciones de los demás que tener una propia. Y esa observación había dejado al descubierto una habilidad para emparejar a la gente. Podía verlo con absoluta claridad; podía saber quiénes estarían bien juntos y quiénes no, qué relación duraría y cuál se estamparía contra las rocas a la primera señal de marejada. Se había corrido la voz de que tenía un don. Y le encantaba usar ese don. ¿Por qué no? Era difícil encontrar a la persona adecuada en este mundo loco y abarrotado, y a veces la gente necesitaba un poco de ayuda.

La habían llamado «La Casamentera», que era mucho mejor que el nombre que se había granjeado unos años después.

En la etapa del colegio había pasado la mayor parte de los almuerzos y una gran cantidad de tardes dando consejos sobre relaciones. Tras haber visto a su padre quedar agotado por intentar complacer a su madre y fracasar, siempre había animado a la gente a ser ellos mismos. Si no te querían por quien eras, una relación no tenía futuro. Lo sabía. Si no eras suficiente para alguien, jamás lo serías.

Y por mucho que lo hubiera intentado, su padre no había sido suficiente para su madre.

Molly tampoco había sido suficiente para su madre.

La voz de su padre resonó por el teléfono arrastrándola de vuelta al presente.

—¿Cómo está mi chica?

—Estoy bien —borró algunos correos basura—. Ocupada. Trabajando en mi nuevo libro.

—Siempre ayudando a los demás con sus relaciones, pero ¿qué pasa con las tuyas? Y no me refiero a Valentín.

—Tengo muchos hombres en mi vida, papá. Tengo una agenda repleta. El martes y el viernes tengo clase de salsa; el jueves, clase de *spin*; el miércoles, clase de cocina, y el lunes, grupo de teatro. Hay hombres en todos esos sitios.

—Pero estás soltera.

—Así es. Y gracias a que estoy soltera puedo hacer todas esas cosas.

—Las relaciones son importantes, cielo. Eres tú la que siempre me lo decía.

—Tengo relaciones. Hace unas noches cené con Gabe y con Mark. Mark está yendo a clases de cocina italiana. Sus *tortellini* son increíbles, deberías probarlos.

—Gabe y Mark son *gays*.

—¿Y? Son mis mejores amigos —aunque, en realidad, nunca había puesto a prueba esa amistad. Pagando un precio muy alto había descubierto que la prueba de una amistad verdadera consistía en estar dispuesto a mantenerte al lado de una persona a la que se estaba insultando y deshonrando. Y, sinceramente, esperaba no tener que volver a comprobarlo—. Y la amistad es una relación. Saben escuchar de maravilla y están muy felices juntos. Me gusta estar con ellos.

—¿Sabes que eres una hipócrita? Te pasaste años intentando emparejarme con alguien y me dijiste que me arriesgara, pero tú no te arriesgas.

—Eso es distinto. No me gustaba verte solo. Tienes unas cualidades maravillosas que estaban pidiendo a gritos que las compartieras con alguien especial.

—Tú también tienes cualidades maravillosas, Molly —emitió un pequeño sonido—. Aún se me hace raro llamarte así.

—Es mi nombre, papá.

—Pero nunca lo usamos hasta que te mudaste a Nueva York. ¿Te identificas con «Molly»?

—Me identifico completamente con «Molly». Me gusta ser Molly. Y comparto las cualidades de Molly con mucha gente que las valora.

Un suspiro resonó por el teléfono.

—Me preocupas. Me preocupa que todo esto sea culpa mía. Me siento responsable.

—No es culpa tuya.

Era una conversación que habían tenido muchas veces a lo largo de los años, a pesar de que durante las semanas y meses que siguieron a la marcha de su madre, Molly solo había llorado en el baño, donde su padre no podía ser testigo de su angustia. El resto del tiempo fingía estar llevándolo bien porque no había querido hacer que su padre lo pasara aún peor. Era terriblemente injusto que se sintiera culpable por algo sobre lo que no había tenido ningún control.

—Carly ha leído tu libro. Cree que tienes complejo de abandono.

—Y tiene razón. Lo tengo. Lo asumí hace mucho tiempo —agarró el bolígrafo y empezó a hacer dibujitos en una libreta. Tal vez debía comprarse un libro para colorear. Eran lo último para aliviar la tensión sin tener que medicarte. Miró a Valentín—. A lo mejor podría usar un rotulador negro y unir tus puntos.

—¿Qué? —preguntó su padre confuso—. ¿Por qué vas a usar un rotulador?

—No lo voy a hacer. Era una broma. Papá, tienes que dejar de preocuparte por mí. En esta relación la psicóloga soy yo.

—Lo sé, y sé que la gente habla de todo contigo. Pero ¿con quién hablas tú, cielo? Haz algo por mí. Sal con alguien. Hazlo por mí.

—¿Tienes a alguien en mente? ¿O debería enganchar a la primera persona con la que me cruce por la calle?

—pensó en el hombre del parque con los pícaros ojos azules y la sonrisa sexi. Solo pensar en él bastó para acelerarle el corazón.

—Si es necesario, hazlo. Sal. Recupera la seguridad en ti misma. ¿Me estás diciendo que en ninguno de esos sitios a los que vas has conocido a un solo hombre que te haya llamado la atención?

—Ni a uno —miró a Valentín agradecida de que el perro no hablara porque, si pudiera hablar, ahora mismo la estaría llamando mentirosa—. Bueno, ¿adónde vais a ir ahora Carly y tú?

—Al norte, a Oregón. Vamos a recorrer parte del Sendero de la Cresta del Pacífico.

—Divertíos y mandadme fotos.

—Carly ha empezado un blog, *Nunca se es demasiado viejo para ser intrépido*.

—Le echaré un vistazo. Bueno, tengo que colgar. Tengo un montón de trabajo. Adelante y sed intrépidos, pero intentad no hacerlo en público. Y dale recuerdos a Carly de mi parte —con una sonrisa, colgó y volvió al ordenador.

Se alegraba de estar soltera y no le importaba que resultara una afirmación extraña viniendo de alguien especializado en relaciones. Últimamente separaba su vida laboral de su vida real.

Volvió a pensar en el chico del parque. Durante unos segundos prohibidos se preguntó cómo sería estar con un hombre como él, pero entonces volvió al presente rápidamente.

Sabía lo que sería estar con un hombre como él. Traumas y problemas.

No iba a preguntarse si era una cobarde por no aceptar su invitación a un café.

Eso no era cobardía, era sentido común. Significaba

que había aprendido de la experiencia, y la experiencia le había dicho que una invitación a un café no se quedaba ahí. Era un comienzo, no un final, y no estaba de humor para comenzar nada, sobre todo tratándose de un hombre como Daniel. ¿Daniel...? Cayó en la cuenta de que no sabía su apellido.

Abrió un correo y leyó una pregunta.

Querida Aggie, mi madre me ha elegido ropa interior sexi para mi novia, pero ella se niega a ponérsela. ¿Por qué?

Con un gemido de desesperación, Molly se recostó en la silla y agarró la botella de agua.

¿Ese chico hablaba en serio?

«Porque no hay nada como que tu madre elija la ropa interior que le regalas a tu novia para demostrarle que le importas».

Algunos hombres no tenían ni idea.

Suspiró y empezó a escribir.

No solo se estaba ganando muy bien la vida haciendo lo que hacía, sino que además estaba ofreciendo un servicio público.

Al día siguiente no había ni rastro de él.

Valentín corrió en círculos olfateando el suelo y el aire, esperanzado, pero cuando quedó claro que jugaría solo, le lanzó una larga mirada de reproche.

—No es culpa mía —dijo Molly deteniéndose para tomar aire—. O a lo mejor sí que es culpa mía. Lo mandé a paseo, pero, hazme caso, fue lo que debía hacer. Venga, vamos.

Valentín se sentó, negándose a moverse.

—No tiene ningún sentido que nos quedemos aquí porque te aseguro que no va a aparecer. Y me alegro. Me alegro de que no esté aquí —sintió un extraño tirón en el estómago—. Tienes mucho que aprender sobre relaciones. Son complicadas. Incluso las amistades. Mi consejo es que rebajes tus expectativas. La gente te falla y te decepciona. Supongo que con los perros pasa lo mismo. No te beneficia nada estar esperando a Brutus.

Valentín la ignoró y olfateó el suelo en busca de su compañero preferido rechazando la compañía de un elegante labrador y de un bulldog demasiado entusiasta.

Sin aliento después de la carrera, Molly hizo unos estiramientos y se sentó en un banco.

Lo que sentía por dentro no podía ser decepción, ¿verdad? Había hablado con él solo una vez. Una vez, nada más.

Pero habían estado una semana intercambiando miradas y esas miradas habían pasado a una sonrisa y después la sonrisa había pasado de meramente educada a algo más personal. El resultado era que se sentía como si lo conociera desde hacía tiempo.

Furiosa consigo misma, se levantó. Estaba a punto de seguir corriendo cuando Valentín soltó un ladrido de entusiasmo y le arrancó la correa de la mano.

Molly giró la cabeza y ahí estaba Daniel, caminando hacia ella, con la correa de Brutus en la mano derecha y una bandeja con cuatro vasos en la izquierda.

Incluso de lejos era imponente. Una corredora que se cruzó con él aminoró el paso y giró la cabeza para comprobar si las vistas traseras eran tan buenas como las delanteras, pero Daniel ni siquiera la miró. Molly se preguntó si atraer la atención femenina era algo tan habitual en su vida que él ya ni reparaba en ello.

O tal vez no se dio cuenta porque tenía la mirada clavada en ella.

Mientras Daniel se acercaba, a Molly le golpeteaba el corazón contra las costillas. Su latente sexualidad despertó de su largo sueño y el deseo le recorrió la piel y se posó en algún punto muy dentro de su vientre. Darse cuenta de que lo deseaba la hizo temblar de asombro.

Le despertó recuerdos de la primera vez que había visto a Rupert. Había sido como tocar una valla electrificada. Cinco mil voltios de pura energía sexual la habían atravesado, le habían frito el cerebro y habían fundido todo su sistema de alarma. Desprovista de esa protección, se había metido a ciegas en la relación y había olvidado sus limitaciones en ese terreno. Más tarde, mientras lo analizaba con el beneficio de la retrospectiva, había reconocido que había estado deslumbrada por él.

Jamás se permitiría volver a deslumbrarse por nadie. No más corazones rotos.

«Querida Aggie, hay un chico que me gusta mucho, pero tengo la sensación de que sería una mala idea tener una relación con él. Por otro lado, me hace sentir como no lo ha hecho ningún otro hombre en toda mi vida. ¿Qué debería hacer?».

«Deberías escuchar a la voz que te dice que es una mala idea y salir corriendo», pensó Molly. «Corre a toda velocidad, no al trote. Corre a toda velocidad en la dirección opuesta».

Durante los tres últimos años se había centrado exclusivamente en reconstruir su carrera y su confianza en sí misma y no estaba dispuesta a hacer nada que pudiera poner todo eso en peligro.

Había zonas del parque donde se permitía que los perros estuvieran sueltos a ciertas horas del día, y aprovechando que estaban en una de ellas, le quitó la correa a Valentín. El perro fue corriendo hacia Brutus y lo saludó sacudiendo la cola con absoluta alegría.

Ella quitó el tapón de la botella de agua y dio unos tragos apresuradamente.

¿La habría visto sentada? ¿Habría pensado que había estado esperando con la esperanza de verlo?

Ahora deseaba haber seguido corriendo en lugar de pararse.

Su padre tenía razón. Era una hipócrita. Si hubiera tenido que dar un consejo a las mujeres, les habría advertido que se mantuvieran alejadas de él o, al menos, que tuvieran precaución, y sin embargo ahí estaba ella, tan ansiosa por verlo como Valentín por ver a Brutus.

—Siento llegar tarde —la sonrisa de ese hombre podría haber iluminado una noche oscura.

De pronto, Molly sintió algo revoloteando detrás de sus costillas.

Era una suerte que fuera excelente resistiéndose a los hombres porque, de lo contrario, tendría un problema.

—¿Tarde para qué? —logró sonar normal, relajada, pero no sirvió para nada porque la sonrisa de él le dijo que sabía que había estado esperando. Y esperanzada.

Estaba segura de que un hombre como él estaba acostumbrado a que las mujeres lo esperaran esperanzadas.

¿Cuántos corazones había roto? ¿Cuántos sueños había hecho pedazos?

—Habría llegado hace diez minutos, pero había más cola de lo habitual.

—¿Cola?

—En la cafetería. Como te negaste a venir a tomar un café conmigo, te lo he traído.

Hacía tiempo que Molly había llegado a la conclusión de que en la vida había dos clases de personas. Estaban las que veían un obstáculo y se rendían, y después estaban las que eran como él: personas que ignoraban el obstáculo y sencillamente encontraban un camino distinto para llegar a su objetivo.

–No bebo capuchino.

–Y por eso he comprado té. Eres inglesa, así que tienes que beber té –aún sujetando a Brutus, se sentó–. ¿Desayuno Inglés o Earl Grey? Eso sí que no podía saberlo.

–¿Cuál has traído?

–Los dos. Soy un hombre al que le gusta cubrir todas las bases.

–¿Siempre eres tan persistente?

Él sonrió mientras desenredaba a Brutus de la correa con la mano que tenía libre.

–La suerte no acompaña a los que se rinden ante el primer obstáculo.

–¿Antiguo proverbio chino?

–Totalmente americano. Es uno de los míos. Siéntate. He dicho que te sientes.

Molly enarcó las cejas.

–¿Me lo dices a mí o al perro?

A Daniel se le iluminaron los ojos.

–A los dos, aunque supongo que ninguno me va a hacer caso. Así es mi vida.

Ella no se sentó, pero sí que sonrió.

–¿Y si te dijera que solo bebo infusiones de menta?

–Entonces tengo un problema –pasó la correa por debajo de la pata de Brutus en un intento de desenredarlo–. Pero no me parece que seas una mujer de infusiones de menta. A lo mejor no bebes café, pero necesitas tu dosis de cafeína.

–Sí que bebo café, aunque no capuchino. Y resulta que me encanta el té Earl Grey.

–Intentaré no resultar petulante –le dio uno de los vasos–, pero aquí tienes. Earl Grey. Con una rodaja de limón.

–Me tomas el pelo.

–Nunca bromeo con las bebidas, y menos después de la semana que he tenido. La cafeína es mi droga de elección, al menos durante el día.

Ella vio a Brutus y a Valentín jugando juntos.

–Aquí podemos soltar a los perros.

–A Brutus no se le da bien venir cuando se le llama.

–Volverá si Valentín está aquí.

Él evaluó los riesgos y después soltó la correa.

–Más te vale tener razón porque, si no, creo que la próxima vez que lo vea estaré recogiéndolo en Nueva Jersey.

–Volverá. Mira. ¡Valentín!

Valentín se detuvo en seco y se giró para mirarla. Después corrió hacia ella y Brutus lo siguió.

–Buen chico –le hizo carantoñas y lo dejó alejarse otra vez.

–¿Provocas ese efecto en todos los hombres?

–Siempre –ella quitó la tapa de su vaso para que el té se enfriara–. No me puedo creer que estemos sentados en un banco en Central Park y que yo esté bebiendo un Earl Grey con limón –se sentó a su lado en el banco dejando espacio suficiente entre los dos para asegurarse de que su pierna no rozara accidentalmente contra la de él. Si hablar con Daniel producía ese efecto en ella, no quería arriesgarse a tocarlo–. ¿Alguna vez aceptas un «no» por respuesta?

–Solo cuando «no» es la respuesta que quiero. Y en este caso no lo es.

Se oyeron unas risas y cuando ella levantó la mirada vio a una mujer con un vestido de novia blanco y largo junto a un hombre trajeado mientras un fotógrafo les tomaba fotos. La pareja posaba abrazándose y Molly deseó que hubieran elegido otro sitio para fotografiarse. La escena la hizo sentirse incómoda. No era algo que debiera estar presenciando, y menos con un extraño al lado.

–Nunca he entendido qué sentido tiene –Daniel estiró las piernas; estaba tan relajado como tensa estaba ella–. Un reportaje fotográfico. Como si necesitaran demostrar públicamente lo felices que son.

–A lo mejor son felices.

–A lo mejor –él giró la cabeza para mirarla–. ¿Crees en el amor eterno y en los finales de cuento?

Hubo algo en la intensidad de esa mirada que hizo que le resultara complicado recordar qué creía en general.

–Por supuesto –creía en ello para los demás, pero no para ella. Los finales de cuento y el amor eterno eran su objetivo para otras personas. Su propio objetivo era ser feliz sola y le iba bien así–. Supongo que es una buena época para las fotos de boda. Las flores están preciosas.

–Esperemos que dentro de cinco años no miren esas fotos y piensen «¿En qué narices estábamos pensando?».

Era exactamente la clase de comentario que ella habría hecho, con la diferencia de que en su caso también se habría preguntado cómo se conocieron y qué tenían en común. ¿Durarían?

–Doy por hecho que no estás casado –dio un sorbo de té pensando que un hombre como él, que probablemente podía elegir a la mujer que quisiera, no se ataría a estar solo con una.

–No estoy casado. ¿Y tú? ¿Has dejado a algún hombre saciado y exhausto en la cama?

–A diez, y existe la posibilidad de que no se recuperen nunca. Si siguen allí cuando llegue a casa, pediré una ambulancia.

Él se rio a carcajadas.

—Lo supe en cuanto te vi. Si alguna vez buscas a uno para sustituir a esos diez, ya sabes dónde estoy.

—¿Tienes el aguante de diez?

—¿Quieres comprobarlo?

—Ahora mismo no —esa era la clase de conversación con la que se sentía cómoda. Una conversación superficial que no iba a ninguna parte. Y a él se le daba bien. Se le daba bien ese flirteo excitante, tan liviano como una mariposa y con las mismas pocas probabilidades de permanecer en un único sitio—. ¿Y tú? ¿Tienes a diez mujeres esperando en casa?

—Espero que no. Estoy bastante seguro de haber cerrado la puerta con llave.

Tenía un sentido del humor tan extraordinario que a Molly le resultó imposible no reírse.

—¿No crees en el matrimonio? —en cuanto la pregunta salió de su boca, lo lamentó. Ojalá hubiera elegido un tema de conversación más impersonal, como lo impredecible que era el tiempo o la repentina oleada de turistas que abarrotaban las calles de Nueva York. Cualquier cosa excepto ese tema tan íntimo de las relaciones. Ahora él pensaría que le importaba mucho la respuesta y después se preguntaría si para ella lo que estaban haciendo era más que tomarse un té en un banco del parque en una soleada mañana de primavera.

—He corrido muchos riesgos en mi vida. He hecho paracaidismo y salto BASE, pero nunca me he casado —su tono sugería que eso no cambiaría en un tiempo cercano.

—¿Ves el matrimonio como un riesgo?

—Claro que es un riesgo. Si encuentras a la persona adecuada, seguro que es genial. Pero encontrar a la persona adecuada... —se encogió de hombros—. Eso es lo complicado. Es más fácil equivocarte que acertar. ¿Y tú?

Los perros corrieron hacia el banco mientras jugaban a perseguirse. Daniel se inclinó para acariciar a Brutus. Ella vio su camisa tensarse sobre sus hombros, ciñéndose a unos poderosos músculos.

—Nunca —lo vio agarrar uno de los vasos y dar un sorbo—. ¿Para quién es el cuarto vaso?

—Para mí.

—¿Te has comprado dos bebidas? ¿Te cuesta tomar decisiones?

—No. Me cuesta aguantar despierto después de haber estado trabajando hasta las dos de la madrugada. Como te he dicho, es mi droga de elección. Necesito dos cafés por la mañana. Estos son mis dos cafés. Bueno, ¿a qué te dedicas, Molly? No... Deja que adivine. Tu perro está bien adiestrado y está claro que eres estricta y disciplinada, así que podrías ser profesora, pero tengo la sensación de que no. Creo que, independientemente de a lo que te dediques, eres tu propia jefa. Y está claro que eres inteligente, así que me imagino que tienes tu propio negocio. ¿Trabajas desde casa tal vez? Cerca de aquí. ¿Escritora? ¿Periodista? ¿Tengo razón?

—En cierto modo —Molly sintió cómo instintivamente retrocedió. Se recordó que trabajaba bajo un seudónimo. Era como ponerse un disfraz—. Sí que escribo como parte de mi trabajo, pero no soy periodista.

—¿Qué escribes? ¿O quieres que lo adivine? ¿Es porno? Si es así, sin duda quiero leerlo.

Conocía bastante la naturaleza humana como para saber que no decírselo le despertaría más interés aún por el tema.

—Soy psicóloga.

—Así que estás analizando mi comportamiento —Daniel bajó el vaso—. No me importa admitir que resulta un poco inquietante. Y ahora voy a repasar la conversación que hemos tenido para intentar recordar qué he dicho. Por otro lado, sigues aquí sentada, así que no he debido de decir nada demasiado malo.

Sí. Seguía ahí sentada y era la primera sorprendida por ello.

—A lo mejor sigo aquí sentada porque creo que eres una causa perdida que necesita ayuda.

Él asintió.

—Sin duda lo soy —vio a Brutus y a Valentín jugando a lo bestia y revolcándose por la hierba—. ¿Entonces te vas a encargar de mí?

—¿Cómo dices?

—Has dicho que necesito ayuda. Lo más justo sería que me dieras esa ayuda. Si quieres que vaya y me tumbe en tu sofá, por mí bien.

—No entrarías en mi sofá. ¿Cuánto mides? ¿Uno ochenta y cinco?

—Uno noventa.

—Lo que te he dicho. Demasiado grande —en realidad, era demasiado todo. Demasiado guapo. Demasiado encantador. Demasiada amenaza para su estabilidad.

Y como para confirmarlo, él le sonrió. Fue como acercar un soplete a un bloque de hielo, pensó Molly mientras se derretía por dentro.

—No vas a lograr nada sonriéndome. De todos modos, no entrarías en mi sofá.

—No te preocupes —se echó hacia delante y le susurró—: Prometo ser delicado contigo.

—¡Oh, por favor! ¿En serio has dicho eso? —como a Molly le temblaba la mano, se echó té sobre las mallas—. ¡Ay! —se puso de pie bruscamente y la expresión de sonrisa de él pasó a una de preocupación.

—Quítatelas.

—No me hace gracia.

—No pretendo ser gracioso. Lo digo en serio. Primeros auxilios para casos de quemaduras. La tela te seguirá quemando la pierna.

—No me voy a quitar las mallas en el parque —aunque sí que tiró de la licra para separársela de la piel y la quemazón efectivamente cesó.

—Lo siento —parecía arrepentido de verdad.

—¿Por qué lo sientes? —Molly agarró un puñado de servilletas y las apretó contra el muslo—. He sido yo la que se ha echado el té encima.

—Pero porque te he puesto nerviosa —su voz fue suave y su mirada íntima, como si hubieran compartido algo personal.

—No me has puesto nerviosa —mintió—. No estoy acostumbrada a las insinuaciones sexuales a estas horas de la mañana. Ni tampoco a hombres como tú. Eres...

—¿Mono? ¿Irresistible? ¿Interesante?

—Más bien estaba pensando que eres irritante, predecible e inoportuno.

La sonrisa de él prometía diversión, pecado y miles de cosas en las que ella no se atrevía a pensar mientras tuviera un té caliente en las manos.

—Te he puesto nerviosa. Te he aturdido. Y, si tuviera que analizarte, diría que eres una mujer que odia sentirse de cualquiera de esas dos maneras.

¿Aturdida? Oh, sí. Se había sentido aturdida. Estar cerca de él la hacía sentirse mareada y abrumada. Era terriblemente consciente de cada detalle, desde la oscura masculinidad de su mandíbula sin afeitar hasta el pícaro brillo de sus ojos. Pero bajo esa expresión de humor se escondía una mirada afilada para los detalles y eso era lo que más le preocupaba.

Tenía la sensación de que veía mucho más de lo que la gente solía ver.

Era como estar escondida en un armario sabiendo que había alguien al otro lado de la puerta esperando a que te descubrieras.

Y ella nunca dejaba que nadie se acercara a ella hasta ese punto.

—Gracias por el té —tiró el vaso a una papelera y agarró la correa de Valentín.

—Espera —él le agarró la mano—. No te vayas.

—Tengo que trabajar —era cierto, aunque no era la razón por la que se marchaba. Ella lo sabía. Él lo sabía. Conversación, un poco de flirteo... Todo eso estaba bien, pero no quería más—. Adiós, Daniel. Que tengas un día estupendo —silbó a Valentín, le puso la correa y echó a andar por el parque sin mirar atrás.

Al día siguiente tomaría un camino distinto.

Bajo ningún concepto se arriesgaría a toparse con él otra vez.

De eso nada.

Capítulo 4

No tuvo un día estupendo. Tuvo un día frustrante, largo y agotador durante el que Molly no dejó de colarse en sus pensamientos. Se preguntó adónde iba después de correr por el parque. Se preguntó quiénes eran sus amigos y qué clase de vida tenía. Tenía un millón de preguntas sobre ella y muy pocas respuestas.

Pero sobre todo se preguntó qué había dicho para hacerla salir corriendo.

Él había disfrutado con la gracia y la chispa de la conversación, con el flirteo. Era el equivalente verbal del esquí acuático; acelerando y rebotando sobre la superficie, pero sin llegar a ahondar nunca en las aguas turbias y profundas que había debajo. Y a él eso le parecía perfecto porque no tenía ningún interés en profundizar.

Suponía que a ella le pasaba lo mismo. Por su expresión, sabía que tenía algún problema o inquietud. Había visto esa misma expresión al otro lado de su mesa más veces de las que podía contar y sabía reconocer las sombras del dolor. No le preocupaba; nunca había conocido a una persona de más de veinte años que no los tuviera. Eso era lo que te pasaba por estar vivo. Si te implicabas en la vida, con el tiempo tendrías cicatrices que lo demostrarían.

Se preguntó quién sería el responsable de las cicatrices de Molly.

Y fue esa ansia por saber más lo que lo llevó al parque a la mañana siguiente, con Brutus tirando de la correa. No se planteó que tal vez ella no apareciera. Tenía que pasear a Valentín y algo le decía que no iba a cambiar sus hábitos por evitarlo a él. Por eso, Daniel siguió el camino habitual con Brutus a su lado.

Sin Valentín para mantenerlo a raya existía una alta probabilidad de que el perro no volviera, así que no le soltó de la correa. Incluso gritó «Volantes» en una ocasión para ver si servía de algo, pero lo único que logró fue confirmar lo que él ya sospechaba: el perro no tenía problemas para reconocer su nombre. Tenía problemas para reconocer la autoridad.

Y como persona que había crecido desafiando y cuestionándolo todo, empatizó con él.

Estaba apartándole el hocico de un charco de barro cuando Valentín apareció.

No había ni rastro de Molly.

—¿Dónde está? —preguntó Daniel mientras se agachaba para acariciar al dálmata. A pesar de no ser ningún experto, incluso él podía reconocer que Valentín era un perro precioso. Y ese hocico con forma de corazón era una monada—. A lo mejor ese es mi fallo. Necesito una nariz con forma de corazón para conquistarla.

Se estaba preguntando si sujetar al perro o dejarlo marchar cuando Molly apareció, sin aliento y furiosa.

—¡Valentín! —llegó hasta ellos y miró al perro enfadada—. ¿Qué pensabas que estabas haciendo?

Valentín sacudió la cola con fuerza.

Daniel tuvo la sensación de que el perro había hecho justo lo que había pensado hacer.

Suponía que Molly no había tenido intención de ir

por ese camino, pero ¡qué más daba! Estaba ahí y eso era lo único que importaba.

Hoy llevaba unas mallas de correr moradas y negras que se le pegaban al cuerpo. Su impoluta cola de caballo oscura se le curvaba como una interrogación sobre la espalda.

Daniel soltó la correa de Brutus y el perro salió corriendo con Valentín.

—Cuando lo dejo suelto, me preocupa que vaya a ser la última vez que lo vea. Por eso ya solo lo suelto cuando Valentín está aquí.

—Valentín no suele escaparse nunca. No lo entiendo —añadió mirando al perro con el ceño fruncido.

—Supongo que quería jugar con su mejor amigo. Mira qué felices están —estaba seguro de que ver a su perro tan contento evitaría que ella se marchara y, a juzgar por su sonrisa, no se equivocó. Molly había decidido perdonar al perro por su infracción—. ¿Y cómo convences a un perro para que venga cuando lo llamas?

—Adiestrándolo.

—¿Y si eso no funciona?

—Entonces tienes un problema.

A Daniel le encantaba cómo se le iluminaban los ojos. Le encantaban los diminutos hoyuelos que le asomaban a los lados de la boca. Le encantaba cómo el pelo se le mecía sobre la espalda cuando corría. Le encantaba que corriera como si fuera la dueña del parque. Le encantaba cuánto quería a su perro...

Sin duda, tenía un problema.

—¿Te apetece un Earl Grey? Di las palabras —no se podía creer que le estuviera ofreciendo un té cuando lo que de verdad quería era champán, luz de luna y a ella desnuda.

—¿Qué palabras? ¿«Por favor»?

—¡Busca, chico!

La sonrisa de Molly se convirtió en una carcajada.

–Tú «buscaste» la última vez. Es mi turno.

A Daniel le gustó cómo sonó eso; como si se tratara de algo habitual que fuera a suceder otra vez.

–Pero entonces yo tendría que vigilar a los perros, y tú eres la adulta responsable.

–¿Tú no eres responsable?

Él le miró la boca.

–Se me conoce por ser irresponsable de vez en cuando.

Molly se sentó en el banco y vio a los perros jugar. ¿Irresponsable? Irresponsable era que ella estuviera ahí sentada esperándolo en lugar de terminar de correr y marcharse a casa.

Había empezado el día siendo responsable. Había tomado una ruta distinta para correr, pero Valentín había protestado. Se había escapado y por primera vez se había negado a volver cuando ella lo había llamado. Así que ahora ahí estaba de nuevo, en su banco, esperando a Daniel.

De todos modos, seguía siendo algo superficial. Todo era diversión, nada serio.

Un corazón no se podía romper si no lo implicabas en nada.

–Háblame de él –le dijo a Brutus, pero el perro estaba demasiado ocupado intentando morder la oreja de Valentín como para prestarle atención.

Daniel volvió mientras Brutus se enredaba con Valentín.

–¿No estarás especializada en psicología canina, verdad? Mi perro necesita ayuda.

Ella agarró el vaso de té con cuidado de no tocarle los dedos.

—Se me da mejor comprender el comportamiento humano.

—¿Psicología conductual? ¿A eso te dedicas?

—Sí —no veía motivos para no ser sincera en eso.

—¿Y prefieres una buena conducta o una mala conducta?

La misteriosa y atrayente voz de Daniel se coló bajo su piel. Tenía la sensación de que ese hombre podía ser muy malo cuando le convenía, y esa era probablemente otra de las cosas que lo convertía en un imán para las mujeres.

—La mayoría de las personas son una mezcla de ambas cosas. Yo observo. No juzgo.

—Todo el mundo juzga —dio otro trago de café—. ¿Y qué hace un psicólogo conductual? ¿Das consejos sobre relaciones?

—Sí.

Él bajó el vaso.

—Entonces, si eres psicóloga y has estudiado todas esas cosas, todas tus relaciones deben de ser perfectas.

Ella estuvo a punto de reírse, pero sabiendo que emitiría un sonido casi de histeria, se contuvo.

Resultaba sorprendente cuánta gente daba por hecho que sus relaciones serían perfectas. Era como esperar que un médico nunca enfermera.

—Tienes razón. Mis relaciones son todas totalmente perfectas.

—Mientes. Nadie tiene una relación perfecta —miró a Valentín—. Además, estás en el parque todas las mañanas con tu perro, lo cual me dice que es tu relación más seria y significativa.

La conversación se había acercado a lo personal y ella retrocedió instintivamente.

—Estoy de acuerdo en que nadie tiene una relación perfecta. Lo mejor que puedes hacer es hacer que sea perfecta para ti.

Él estiró las piernas, relajado y cómodo.

—Para mí una relación perfecta sería corta. No me gusta involucrarme pasado cierto tiempo. Y a juzgar por cómo reaccionas, sospecho que tú eres igual.

Daniel no se equivocó y ella no pudo evitar sentir curiosidad.

—¿Te dan miedo las relaciones serias? —¿por qué estaba manteniendo esa conversación? ¿Qué le pasaba? Debería beberse el té y marcharse.

—No me dan miedo las relaciones serias. Más bien, no tengo tiempo para lo que exige una relación seria. Mi trabajo es bastante absorbente y no quiero complicaciones durante el tiempo que tengo para mí.

—Eso es común entre las personas con problemas de evitación.

—¿Crees que tengo problemas de evitación?

—Evitación del amor —se fijó en que Valentín estaba olfateando algo en el césped y se levantó para apartarlo—. Las personas que evitan las relaciones amorosas suelen hacerlo porque temen que les hagan daño. Es un mecanismo de defensa. Normalmente los que evitan las relaciones serias no le presentan su pareja ni a sus amigos ni a sus parientes porque no creen que la relación vaya a durar lo suficiente. Emplean una variedad de técnicas de distanciamiento y eso no suele tener nada que ver con la relación actual, sino con lo que haya sucedido en el pasado. Normalmente las raíces del problema se encuentran en la infancia. Suelen ser personas que no establecieron una dinámica padre-hijo apropiada ni unos vínculos saludables.

—Mi infancia no fue lo que podría decirse enriquecedora, pero dejé eso atrás hace mucho tiempo. Si te estás preguntando por el origen de mi forma de ver las relaciones, te puedo asegurar que no tiene nada que ver con mis padres. No soy una persona que crea en arrastrar el pasado hasta el futuro.

—Todo el mundo arrastra al menos un poco de su pasado.

—¿Entonces qué estás arrastrando tú?

Ella sola se había metido en el charco.

—Estábamos hablando de ti.

—Pero ahora me gustaría hablar de ti. ¿O es que siempre desvías el tema cuando la conversación gira hacia lo personal?

—No desvío el tema —suspiró—. De acuerdo, a lo mejor sí. A veces. Me has preguntado si mi perro es mi relación más seria y significativa. La respuesta es «sí». Ahora mismo lo es. Estoy disfrutando de la sencillez de mi vida.

—¿Entonces estás evitando las relaciones serias? —preguntó imitando lo que ella le había preguntado antes.

Molly soltó una carcajada con desgana.

—Totalmente. Y nunca he sido más feliz.

—Entonces si nos seguimos viendo, ¿vas a estar analizando cada cosa que haga?

—No vamos a seguir viéndonos. Estamos charlando en el parque, nada más.

—¿Ya me conoces mejor que las tres últimas mujeres con las que he salido y me estás diciendo que aquí acaba todo?

Daniel estaba sonriendo y esa sonrisa fue la perdición de Molly. Eso, y haberse acostado muy tarde por quedarse actualizando *Pregunta a una chica*, que la había dejado agotada y desarmada.

La falta de sueño tenía la culpa de muchas cosas.

Dio un sorbo de té y a punto estuvo de tirarse encima lo último que le quedaba cuando Brutus se acurrucó contra su pierna.

—Siéntate —dijo Daniel lanzándole al perro una mirada severa—. Este animal está descontrolado.

—Tiene que saber quién es el jefe.

—Cree que él es el jefe. Es un problema que estamos abordando.

—¡Brutus! —Molly dijo su nombre con firmeza, pero el perro ni siquiera giró la cabeza—. A lo mejor no es un problema de conducta. ¿Tiene algún problema de oído?

—No, que yo sepa. ¿Por qué?

—Porque parece como si no supiera su propio nombre. Es raro que un perro ignore su nombre, incluso aunque ignore la orden que lo acompaña. Oye, Brutus —sacó una chuchería para perros del bolsillo y el perro giró la cabeza como un resorte—. Sí que sabes tu nombre cuando hay comida de por medio, ¿eh? ¿Por qué no me sorprende? ¿Cuánto tiempo hace que lo tienes?

—No mucho. ¿Cuánto hace que tienes a Valentín?

—Tres años.

—¿Fue entonces cuando te mudaste a Nueva York?

Molly se recordó que miles de personas se mudaban a Nueva York cada día. No creía que él fuera a sacarle una foto y hacer una búsqueda de imágenes.

—Sí.

—¿Qué te trajo a los Estados Unidos?

Desastres amorosos.

Humillación profesional y personal.

Podría haberle dado una lista.

—Desarrollo profesional. Y además tengo familia aquí. Mi padre es norteamericano. Nació en Connecticut.

—¿Viniste por trabajo? Por un momento me he preguntado si sería por desamor —observó su rostro—. ¿Y crees que volverás en algún momento?

—No —ella siguió sonriendo y hablando con tono alegre—. Me encanta la ciudad de Nueva York. Me encantan mi trabajo, mi apartamento y mi perro. No tengo interés en volver.

—¿Y en cenar? —preguntó Daniel acariciándole la cabeza a Valentín—. ¿Tendrías interés en cenar?

Cautivada, Molly observó esos largos y fuertes dedos acariciando a su perro. Se le aceleró el pulso. Se removió por dentro. Y a pesar de todo, siguió mirando esas manos, viendo cómo él seducía a su perro con caricias suaves y delicadas.

Le había preguntado algo. ¿Qué era? ¿Por qué le costaba tanto concentrarse cuando estaba cerca de él?

Cenar. Eso era. Cenar.

—¿Me estás pidiendo que salga a cenar contigo?

—¿Por qué no? Eres buena compañía. Me gustaría invitarte a otra cosa que no fuera un té Earl Grey.

En una época de su vida se habría visto tentada y sin duda se habría sentido halagada. ¿Qué mujer no se sentiría así? Pero esa época había pasado.

—Ahora mismo estoy muy ocupada —se puso de pie y con torpeza por las prisas, le pisó una pata a Valentín. El perro soltó un gemido de indignación y se apartó con brusquedad—. Lo siento —atormentada por la culpabilidad, se agachó y le dio un beso en la cabeza—. Lo siento, pequeño. ¿Te he hecho daño? —Valentín sacudió la cola; era un perro absolutamente comprensivo—. Debería irme —era consciente de que Daniel la estaba observando con esa mirada azul especulativa y un toque de diversión.

—Como doy por hecho que no tienes una alergia mortal a la comida, me lo voy a tomar como algo personal.

—No salgo con chicos que conozco en el parque.

—¿Y qué diferencia hay entre eso y salir con un chico que conozcas en un bar?

—Tampoco salgo con esos.

Él se terminó el café y se levantó también. Le sacaba

más de una cabeza y tenía unos hombros anchos y poderosos. Su cabello relucía bajo el sol de primera hora de la mañana.

−¿De qué tienes miedo?

−¿Te rechazo y das por hecho que tengo miedo? ¿No es eso un poco arrogante? Tal vez simplemente no quiero cenar contigo.

−Tal vez. Pero luego está la otra posibilidad: que sí quieras cenar conmigo y te dé miedo y te ponga nerviosa.

Brutus rozó con el hocico la pierna de Daniel, sin duda con la esperanza de jugar un poco, pero él seguía con la mirada clavada en ella.

El deseo le atravesó la piel y se hundió en ella.

−No estoy nerviosa.

−Bien. ¿Conoces el pequeño bistró francés que hay a dos manzanas de aquí? Nos vemos allí a las ocho. Es un lugar público, así que así te ahorrarás la preocupación de preguntarte si seré un acosador o un asesino en serie.

−Aunque quisiera, no puedo. Hoy es martes. Los martes bailo salsa.

−¿Bailas salsa?

−Voy los martes y los viernes por la noche siempre que estoy libre.

−¿Y con quién bailas?

−Con quien sea. Con todo el mundo. No es nada serio −aunque sí era apasionado, sexi y divertido. Una diversión inofensiva. Nada profundo. Nada formal. Nada que la hiciera sentirse como se sentía cuando estaba con Daniel.

−¿Entonces te gusta bailar con desconocidos, pero no quieres cenar con uno? ¿Qué tal mañana?

−Mañana es miércoles.

−¿Y los miércoles tienes…? ¿Tango?

−Los miércoles tengo clases de cocina italiana.

—¿Estás estudiando cocina italiana?

—He empezado hace poco. Quiero hacer *tortellini* igual de bien que mi vecino. Si hubieras probado sus *tortellini*, lo entenderías.

—¿El jueves?

—El jueves tengo clase de *spin*.

—Nunca he entendido de qué sirve darle tanto al pedal para no llegar a ninguna parte. ¿El sábado? No me lo digas. El sábado tejes colchas.

Los caminos que los rodeaban estaban repletos de gente corriendo, paseando y empujando cochecitos de bebé, pero ellos estaban centrados el uno en el otro.

—El sábado lo dejo libre. Suelo quedar con mis amigos.

—Genial. Entonces el sábado a las ocho. Si no quieres quedar conmigo en un restaurante, puedes cocinar tú y yo llevo el champán —estaba cómodo y relajado mientras que ella se sentía como si estuviera en la zona profunda de una gran piscina y le estuviera costando mantenerse a flote.

—Si quieres cenar conmigo, puedes acompañarme a la clase de cocina italiana.

Él sacudió la cabeza con pesar.

—Las clases de cocina italiana son los miércoles y los miércoles tengo noche de póquer.

—¿Juegas al póquer? Bueno, cómo no.

—¿Por qué dices «cómo no»?

—Un instinto asesino implacable combinado con la habilidad de enmascarar tus emociones. Seguro que eres bueno.

—Soy bueno —había picardía en su mirada—. ¿Quieres descubrir lo bueno que soy?

A ella se le secó la boca. Si estaba flirteando, lo ignoraría.

—No juego al póquer.

Él sonrió más todavía, pero no insistió.

—Es más bien una excusa para juntarnos los amigos y beber sustancias alcohólicas. No soy tan competitivo.

—No me lo creo.

Daniel se rio.

—Deberías venir conmigo. Podrías leerles la mente y darme pistas a mí.

—Soy psicóloga, no clarividente.

—Entonces, con esta agenda tan apretada que tienes, ¿cuándo sales con chicos?

—No lo hago —mierda, no debería haber dicho eso. No solo había quedado como una pringada, sino que un hombre como él se lo tomaría como un reto—. Quiero decir que ahora mismo no salgo con nadie. Estoy centrándome en mi trabajo. Me encanta mi vida exactamente tal como es.

—Ahora entiendo por qué haces tanto ejercicio.

—Porque me gusta mantenerme en forma.

—No, lo haces porque no estás teniendo sexo del bueno y tienes que encontrar otro modo de aliviar las frustraciones contenidas y de liberar endorfinas.

Molly emitió un grito ahogado.

—¡No estoy frustrada! No todos vamos por ahí pensando en sexo todo el tiempo —hasta que lo había conocido. Porque, desde que lo había conocido, eso era básicamente lo que hacía.

—Todo el tiempo no, pero sí mucho tiempo. Además, es algo que tienes que saber. Eres psicóloga. Nos cubrimos con el boato del civismo porque eso es lo que espera la sociedad, pero en el fondo todos nos movemos por los mismos instintos primarios. ¿Quieres saber cuáles son? —se le acercó y ella vio al diablo iluminarse en sus ojos—. Procrear y ganar más que los demás.

—Esta es la razón por la que nunca vamos a cenar juntos.

—No vamos a cenar porque estás demasiado ocupada. Y estás demasiado ocupada porque has sustituido el sexo por las clases de *spin* y por bailar salsa.

—Preferiría una clase de *spin* antes que acostarme contigo.

—¿No deberías primero acostarte conmigo antes de tomar esa decisión? –sonrió más aún y la miró a la boca–. A lo mejor estás rechazando la noche de tu vida, Molly sin apellido.

—Tengo apellido. Pero he elegido no compartirlo contigo.

—Una cena –su voz era pura tentación–. Y si te aburres, no volveré a molestarte nunca.

¿Aburrirse? Ninguna mujer podría sentir aburrimiento con él, aunque sí que sentirían muchas otras cosas. Sobre todo se sentirían vulnerables. No existía un arma masculina más letal que un encanto peligroso, y ese hombre lo tenía a montones.

—No, gracias.

Daniel se la quedó mirando un largo instante.

—¿Quién te ha hecho tener miedo, Molly? ¿Quién ha hecho que prefieras las clases de *spin* antes que el sexo?

Estaba tan acostumbrada a esconderse que la impresionó que Daniel hubiera podido ver a través de su máscara.

—Tengo que irme. Gracias por el té –tiró el vaso a la papelera, agarró a Valentín y echó a correr por el parque siguiendo el atajo que conducía a su apartamento.

Por supuesto, él tenía razón.

Estaba asustada.

Si te caías, la próxima vez tenías más cuidado con dónde pisabas. Y ella se había metido un buen porrazo.

Capítulo 5

—¡Daniel! Gracias a Dios que has vuelto. Tengo que hablar contigo sobre la fiesta de verano y tienes que firmar esto —Marsha, su ayudante, lo abordó en la puerta con una carpeta llena de papeles y una lista en la mano—. Y Elisa Sutton está en tu despacho.

—¿Elisa? Feliz cumpleaños, por cierto.

—Sería feliz si estuviera en un *spa*. Pero estoy aquí —le puso la carpeta en las manos—. Espero que valores mi lealtad.

—Lo hago, y por eso un ramo de flores absurdamente caro viene de camino. Y ahora cuéntame lo de Elisa.

—Se ha presentado hace media hora desesperada por hablar contigo —Marsha bajó la voz—. He mandado que traigan más pañuelos de papel. La última vez gastó una caja y media.

—Probablemente tú también gastarías una caja y media llorando si estuvieras casada con su marido.

—Ese tipo vale menos que un pañuelo de papel. Eres el único hombre que conozco que sabe cómo tratar a una mujer que está llorando. ¿Por qué eres tan paciente?

Había tenido mucha práctica.

Una imagen de su madre se coló en su cabeza, pero la apartó.

No era un hombre que se recreara en el pasado. Lo asumía y seguía adelante. Así que, ¿por qué narices se le había venido esa imagen ahora?

La respuesta era Molly.

Molly, con sus preguntas sobre su infancia.

Había hurgado en una herida y ahora le dolía.

Eso era lo que pasaba cuando profundizabas, pensó denodadamente. No llegar a conocer mejor a una persona tenía muchos aspectos positivos.

Furioso consigo mismo por permitirse que esa situación interfiriera en su día, se centró en el trabajo.

—El divorcio siempre remueve emociones. Mi trabajo es ocuparme de eso.

—También es el trabajo de Max Carter y acaba de dejar sola en su despacho a una clienta que estaba llorando a mares. Ha dicho que iba a darle un momento para que se recompusiera. Si no supiera con certeza que es un abogado brillante, probablemente no me lo creería. ¿Te has enfadado porque haya dejado entrar a la señora Sutton en tu despacho sin cita previa? Puedes despedirme si quieres.

—El día que tú te vayas de aquí será el día que yo me vaya de aquí. Nos iremos juntos llevándonos nuestras plantas muertas.

—Oye, que yo riego esas plantas.

—Pues entonces tienes que dejar de regarlas. Se están muriendo.

—A lo mejor los clientes les han estado llorando encima. O a lo mejor están deprimidas. Si yo tuviera que oír todas esas historias tan tristes que te cuentan, también me deprimiría —Marsha había empezado a trabajar para él cuando su hija pequeña se había marchado a la universidad. El mismo día en que su divorcio se había hecho efectivo. Un divorcio que él había llevado.

Su madurez, su sentido del humor, su calma y su discreción la hacían inestimable.

—¿Sabes por qué ha venido Elisa?

—No —Marsha miró hacia la puerta cerrada y bajó la voz—. La semana pasada estuvo aquí dentro llorando por ese marido vago, infiel y nada bueno que tiene, pero hoy está sonriendo. ¿Crees que lo ha matado y ha ocultado el cuerpo? ¿Debería remitirla a uno de nuestros colegas de derecho penal?

Daniel sonrió.

—Vamos a esperar antes de tomar una decisión.

—A lo mejor ha venido a decirte que tiene un amante. Esa sería la mejor venganza.

—A lo mejor, pero complicaría la batalla por la custodia, así que espero que te equivoques —fuera cual fuera la razón de la repentina visita, Daniel estaba seguro de que no sería nada bueno—. ¿Por qué quieres hablar de la fiesta de verano?

—Porque estoy al cargo y el año pasado fue un fiasco. Contratamos a Eventos Estrella y tuve que tratar con una mujer horrible con complejo de poder. No recuerdo su nombre, pero sí que recuerdo que me entraron ganas de darle un puñetazo. Cynthia. Sí, así se llamaba. ¿Puedo contratar a otra empresa?

—Contrata a quien quieras. Con tal de que corra el alcohol, no me importa.

—Hay una empresa nueva y joven llamada Genio Urbano...

—Cuyas propietarias son tres mujeres jóvenes muy inteligentes que antes trabajaban en Eventos Estrella. Paige, Frankie y Eva. Buena idea. Contrátalas.

Marsha lo miró asombrada.

—¿Conoces a todo el mundo en la ciudad de Nueva York?

—Matt Walker me diseñó mi azotea. Es el hermano mayor de Paige. Y Genio Urbano ha apoyado mucho al negocio de paseo de perros de mis hermanas. Y además, son buenas. Y las despidió esa «mujer horrible», lo cual hace que todo esto sea una cuestión de karma.

—Tú no crees en el karma.

—Pero tú sí. Llámalas.

—Lo haré —tachó ese apartado de su lista—. Solo un par de cosas más antes de que hables con Elisa. La Editorial Phoenix te ha invitado a unos cócteles en el Met dentro de un par de semanas. ¿Te pongo alguna excusa?

—Por supuesto.

Tachó eso también de su lista.

—Hoy se publica la entrevista que diste. ¿Quieres leerla?

—¿Me gustará lo que lea?

—No. Dicen que eres un rompecorazones y el soltero más cotizado de Nueva York. Deberían haberme entrevistado a mí. Les habría dicho que ninguna mujer cuerda saldría contigo.

—Gracias.

—De nada. Bueno, ¿entonces quieres leer la entrevista?

—No. ¿Siguiente?

—Lo siguiente es Elisa. Ah, y enhorabuena.

—¿Por qué?

—Por el caso Tanner. Habéis ganado.

—En un divorcio contencioso no hay ganadores. Todo el mundo pierde.

Marsha lo observó.

—¿Va todo bien? Ahora que lo pienso, has llegado más tarde de lo habitual y te veo distinto.

—Estoy bien —y preparándose para un drama marital, entró en su despacho. Había muchos días en los que se preguntaba por qué hacía ese trabajo y ese era uno de esos días.

Sin embargo, Elisa Sutton no estaba llorando. Más bien parecía animada.

Incluso Daniel, un experto manejando la montaña rusa emocional que acompañaba a todo divorcio, se sorprendió.

Y le pareció algo sospechoso. ¿Tendría razón Marsha? ¿Se habría echado un amante?

—¿Elisa? —contando con una confesión de naturaleza sexual, cerró la puerta. Si su cliente le iba a llenar el despacho de trapos sucios, quería que no salieran de allí—. ¿Ha pasado algo?

—Sí. ¡Hemos vuelto!

—¿Cómo dices? —Daniel puso el portátil sobre el escritorio mientras se ponía al tanto de la situación—. ¿Quiénes? No sabía que estuvieras saliendo con nadie. Ya hablamos de los riesgos de empezar una relación con otra persona ahora mismo...

—No es otra persona. Es Henry. Hemos vuelto. ¿Te lo puedes creer?

No, no se lo podía creer.

Elisa había derramado tantas lágrimas en los últimos meses que él se había llegado a plantear emitir una alerta de inundaciones en el centro de Manhattan.

—Elisa...

—Estás empleando tu tono serio de abogado. Si me vas a advertir de que esto no es buena idea, no malgastes saliva. He tomado una decisión. Al principio, cuando me dijo que iba a cambiar, no lo creí, pero después de un tiempo me he dado cuenta de que estaba siendo sincero. Vamos a intentarlo. Después de todo, sigue siendo mi marido —los ojos se le llenaron de lágrimas y se llevó la mano a la boca—. Jamás pensé que esto pudiera pasar. No lo vi venir. Pensé que todo había terminado.

Daniel se quedó paralizado. Él tampoco lo había visto venir. Por lo que había observado, el matrimonio de Elisa y Henry iba tan mal que si hubiera podido embotellar tanta hostilidad, se habrían generado suficientes toxinas como para envenenar a toda Nueva Jersey. Y aunque había aprendido que normalmente la culpa era compartida, y casi siempre a partes iguales, en este caso la mayor parte se la llevaba Henry, que era el hombre más frío y egoísta que había conocido en toda su vida.

Había contratado a un abogado conocido por ser tan fiero como un dóberman y se lo había achuchado a su mujer, la mujer a la que supuestamente había amado y con quien había tenido dos hijos que antes eran felices y que ahora eran dos niños traumatizados.

Por suerte, Daniel no tenía ningún problema en ser un rottweiler cuando hacía falta.

Frunció el ceño. ¿Desde cuándo empleaba analogías caninas?

Estaba claro que sacar a pasear a Brutus lo estaba afectando.

—La semana pasada estuviste aquí llorando —dijo con delicadeza—. Me dijiste que no te importaba lo que hubiera que hacer, pero que no querías volver a verlo —mantuvo un tono carente de emoción. Los clientes siempre entraban en su despacho con tantas emociones que había aprendido a no aportar nada extra.

—Eso fue cuando pensaba que no había esperanza para nosotros. Me hizo daño.

—¿Y quieres volver con ese tipo?

—De verdad creo que está comprometido a cambiar.

A Daniel lo invadió la exasperación.

—Elisa, llegadas a una cierta edad, las personas no suelen cambiar, y si lo hacen, no lo hacen de la noche a la mañana —¿de verdad tenía que decir esas cosas? ¿Es que la gente no lo sabía ya?–. Hay un refrán sobre los leopardos y las manchas. Probablemente lo hayas oído –esperó a que ella respondiera al comentario, pero lo ignoró.

–Ya he visto el cambio. El sábado se presentó en casa con regalos. Detalles –le brillaban los ojos–. ¿Sabes que Henry nunca me ha hecho un regalo de verdad en todos los años que hemos estado casados? Es un hombre práctico. Me compraba menaje de cocina y una vez me compró una aspiradora, pero nunca me había regalado nada personal o romántico.

–¿Qué te ha regalado?

–Unos zapatillas de *ballet* y unas entradas para el Bolshoi. Están de gira.

¿Zapatillas de *ballet*? ¿Y qué iba a hacer ella con unas zapatillas de *ballet*? En su opinión, era Henry el que las necesitaba para que lo ayudaran a pasar de puntillas por la fina capa de hielo sobre la que estaba pisando.

Mantuvo una expresión neutra.

–¿Y te gustó ese regalo?

Elisa se sonrojó.

–Me las compró porque me encantaba el *ballet* cuando era pequeña. Cuando nos conocimos, yo aún esperaba llegar a ser profesional, pero me hice demasiado alta. No sé cómo se le ocurrió la idea. Fue muy considerado y detallista. Y me compró rosas. Una por cada año de nuestro matrimonio. Quitó una por el año que hemos estado separados.

Daniel esperó a que Elisa hiciera algún comentario sobre lo irónico que resultaba, pero ella no dijo nada.

–¿Y con eso ha bastado para convencerte de que olvides las peleas y el sufrimiento y empecéis de nuevo? ¿Unas zapatillas de *ballet* que no te puedes poner y un puñado de rosas? Esas rosas estarán muertas en una semana –y su matrimonio en menos tiempo incluso.

—También me compró un anillo.

—¿Un anillo? Elisa, hace dos meses tuve que frenarte para que no arrojaras tu alianza al río Hudson.

—Lo sé, y fue un buen consejo. Lo había llevado a tasar y... Bueno, no importa. Eso ya es agua pasada. Henry me dijo que había estado pensando mucho y que lo que fuera que teníamos cuando nos conocimos debe de seguir ahí. Quiere trabajar para redescubrirlo y me regaló otra alianza como muestra de su compromiso.

—¿Compromiso? ¿Compromiso de un hombre que no dejaba de menoscabar tu autoestima y que después se marchó y te dejó sin ningún apoyo?

—Necesitaba espacio, nada más. Nuestros hijos están en una edad en la que requieren mucha atención.

—¿Eso te dijo? Porque, por lo que me contaste, esa obligación te la dejó a ti por completo prácticamente.

—Y como yo estaba tan volcada en los niños, no le daba la atención que merecía.

Daniel se sentó detrás de la mesa y respiró hondo intentando controlar su furia. Algo le estaba pasando y no le gustaba.

—Son niños, Elisa, y él debería ser el adulto. La paternidad debería ser algo compartido. Sé que estás asustada y entiendo que seguir juntos te parezca la opción más sencilla, al menos a corto plazo. Deshacer un matrimonio, sobre todo cuando hay niños de por medio, resulta, cuando menos, abrumador. Pero...

—Oh, no estamos haciendo esto porque sea la opción más sencilla. Lo estamos haciendo por los niños.

—Fue por ellos por los que querías el divorcio en un principio.

—Pero los niños siempre están mejor con sus dos padres, ¿no estás de acuerdo?

Pensó en Harriet, escondida debajo de la mesa con

los ojos fuertemente cerrados y tapándose los oídos con las manos.

—No estoy de acuerdo —respondió con rostro inexpresivo—. Lo que yo creo es que los niños están mejor en un entorno tranquilo y positivo con un solo padre que en un entorno nocivo con dos —¡mierda! Nunca había expresado sus sentimientos delante de un cliente.

—Pero tú eres abogado de divorcios —por suerte, Elisa no pareció fijarse en que algo le pasaba—. No esperaría que fueras a apoyar una reconciliación. Tienes que justificar tus horas de facturación y cuanto más prolonguemos esto, más sube la factura.

Daniel se molestó por el comentario.

—No soy ningún santo, Elisa, pero te puedo asegurar que mi consejo viene del deseo de hacer lo mejor para ti y para tus hijos, no del deseo de añadir horas a mis facturas. Y mi consejo en este caso es que no lo hagas. Primero acudiste a mí porque tu hija había empezado a hacerse pis en la cama y estaba mostrando problemas de conducta, y el asma de tu hijo estaba empeorando. Estabas convencida de que la culpa de todo la tenía el ambiente que había en tu casa.

—Y yo tenía parte de culpa. Estaba muy disgustada por lo de sus aventuras y no supe ocultar bien mis sentimientos.

—Fue él el que tuvo las aventuras —Daniel se recordó que su trabajo era ofrecer asesoramiento legal, no marital. Normalmente no tenía ningún problema con eso, pero hoy…

—¿Pasa algo? ¿Estás enfermo? —Elisa lo estaba mirando fijamente—. Te veo raro.

—No estoy enfermo —con gran esfuerzo, volvió a ocultar sus emociones—. No te precipites. De momento, seguid viviendo separados y date espacio.

—Quiere que renovemos nuestros votos y yo quiero hacerlo lo antes posible por si cambia de opinión. Esta vez los dos queremos de verdad que funcione. Y es curioso que hayamos pagado una tonelada de dinero en terapia de pareja y que al final el mejor consejo nos lo hayan dado gratis.

De pronto, Daniel se puso alerta.

—¿Alguien más te ha estado asesorando?

—Sí. Jamás pensé que le daría las gracias a otra mujer por devolverme a mi marido, pero si alguna vez conozco a Aggie, le daré un abrazo.

—¿Aggie? ¿Me estás diciendo que Henry ha estado teniendo otra aventura desde que os separasteis?

—¡No! Me refiero a esa Aggie, la que está por todas partes. Tiene un blog fantástico, *Pregunta a una chica*. El caso es que Henry estaba tan confundido con todo lo que estaba pasando que le escribió y ella dijo que, como teníamos hijos, merecía la pena intentarlo con más ganas. Seguro que has oído hablar de ella. Lo sabe todo sobre relaciones; cómo arreglar un matrimonio, cómo elegir el regalo perfecto... Lo que sea. Tiene millones de seguidores en redes sociales.

—¿Me estás diciendo que Henry está siguiendo el consejo de una bloguera? ¿De una especie de columnista de consultorio sentimental? —Daniel intentó ocultar su incredulidad, pero no lo logró—. ¿A eso viene todo esto? ¿Cómo has dicho que se llama?

—Aggie.

—¿Aggie qué? ¿Aggie Entrometida? ¿Aggie No Sabe De Qué Narices Habla? —vio el primer reflejo de duda y tristeza en los ojos de Elisa y sintió una puñalada de culpabilidad—. Lo siento, Elisa, pero no quiero que cometas un error. Si vas a hacerlo, quiero estar seguro de que es realmente lo que quieres, y una extraña que no te conoce de nada no puede ayudarte con esa decisión, por muchos seguidores que tenga en redes sociales.

—Pero a veces un observador imparcial puede ver las cosas con más claridad.

—Aquí tenemos un equipo de gente cualificada que puede...

—No. Y Aggie sí que sabe de lo que habla. No creo que tenga apellido. Pero es doctora.

—Todo el mundo tiene apellido. Si no lo revelan, suele haber una razón –y dudaba que Aggie fuera «doctora» de nada, excepto tal vez del engaño–. Lo único que sugiero es que deberías pensártelo dos veces antes de seguir el consejo de alguien que no está cualificado para tratar los problemas que tienes.

—Aggie es buena. Eres muy desconfiado.

—Ese es mi trabajo. Me pagan para ser desconfiado. Estoy haciendo las preguntas que deberías estar haciendo tú –garabateó el nombre en su libreta. Por lo que sabía, la gente que no daba sus apellidos escondía algo. Y más le valía a Aggie estar escondiéndose ahora mismo porque iba a encontrarla y a decirle lo que pensaba de sus consejos. Y no sería una conversación educada.

Pensar en Elisa y Henry juntos de nuevo bajo el mismo techo le produjo escalofríos. Elisa se apocaría hasta reducirse a la mitad y en cuanto a los niños...

Seguía pensando en Harriet y en aquella espantosa noche en el colegio cuando su padre se había presentado inesperadamente entre el público. Ni siquiera ahora podía recordarlo sin estremecerse.

Elisa se levantó.

—Daniel, eres el mejor abogado de divorcios de Manhattan y has sido genial, pero ya no necesito un abogado de divorcios porque no me voy a divorciar. Lo que dice Aggie nos convence. Nos dice que pensemos en la vida que hemos creado juntos. En nuestro hogar. En nuestros amigos. En nuestros hijos.

–¿Él no los llamó «lastre»?

Ella se sonrojó.

–Se había tomado unas copas. Los dos nos hemos dado cuenta de que los niños deben ser lo primero.

Salió de la sala y Daniel permaneció en su escritorio mirando por los ventanales que recorrían su despacho por dos laterales. Desde la mesa podía ver el Empire State Building y más allá, a lo lejos, el brillo de cristal y acero del One World Trade Center.

Normalmente esas vistas lo relajaban, pero no hoy.

¿Quién era esa tal Aggie que le decía a una familia disfuncional que permaneciera junta? ¿Cómo podía dar una opinión sobre algo tan importante basándose solo en una carta? Y fuera cual fuera la carta o mensaje electrónico que Henry hubiera escrito, Daniel estaba seguro de que no había mencionado el profundo trauma que sufrían sus hijos como consecuencia de su matrimonio.

Aún no podía creer que Elisa estuviera dispuesta a pasar por alto todo lo que había pasado.

Y no podía entender por qué hoy todo lo estaba afectando tan profundamente.

Maldiciendo, se apartó del escritorio y se levantó.

Su despacho estaba impecable y ordenado, como el resto de su vida.

Lo prefería así. Prefería navegar por la vida sin ancla ni equipaje. Así, si su barco chocaba contra las rocas, los que lo rodeaban no se hundirían con él.

¿Cómo habría sido si su vida hubiera sido distinta? ¿Habría elegido ser abogado? ¿O habría seguido un camino distinto y más agradable?

La puerta del despacho se abrió y Marsha entró con unas carpetas y una taza de café.

—He pensado que podrías necesitarlo. Y, viéndote la cara, creo que no me he equivocado.

—Me siento como si me hubiera pasado el día entero peleando. ¿Por qué no me hice boxeador o luchador de MMA? Habría sido más llevadero.

—Te encanta pelear. Se te pone esa cara, con la mandíbula apretada y ese brillo peligroso en los ojos que parece decir «Cuidado conmigo». Doy por hecho que no te ha gustado oír lo que te ha dicho Elisa.

—¿Me brillan los ojos? ¿Por qué no me lo has dicho nunca?

—Porque cuando te brillan así estoy demasiado asustada como para abrir la boca delante de ti, y cuando dejan de brillar, se me olvida mencionártelo. Han llegado las flores y son preciosas, gracias. Y ahora dime por qué estás tan estresado.

—Yo nunca estoy estresado. Solo calmado o ligeramente menos calmado —dejó de fingir y se frotó la nuca para aliviar la tensión—. Nunca deja de asombrarme la capacidad del ser humano para fastidiarse la vida.

—Odio ser yo la que diga esto, pero precisamente por eso este es un bufete de abogados próspero y cargado de trabajo. Si todos actuáramos bien, no tendrías trabajo —dejó las carpetas sobre la mesa—. Son para ti. Y por si lo has olvidado, hoy también es el cumpleaños de Audrey. Están en la cocina tomando tarta. Si tienes un minuto, sé que significaría mucho que te pasaras un rato. No me quiero imaginar lo que sería nuestra jornada laboral sin Audrey, y Max la está volviendo loca. Unas palabras tuyas serían como una recompensa.

Audrey era una de los pasantes. Llevaba dos años con el bufete y a los cinco minutos de empezar ya había demostrado que resultaba indispensable.

—Gracias por el recordatorio. Y hablaré con Max —dejó

de pensar en Elisa y en lo que una reconciliación supondría para los niños. Comprobó los documentos y los firmó–. ¿Has oído hablar de alguien llamado «Aggie»?

–¿La experta en relaciones?

–¿Cómo es posible que todo el mundo conozca a esa mujer menos yo?

–¿Tienes la costumbre de pedir consejo sobre relaciones?

–¿Por qué iba a pedir consejo sobre relaciones? He visto todas las combinaciones de relaciones conocidas por el hombre. Y la mujer.

–Y aun así sigues soltero.

–Esa es precisamente la razón por la que estoy soltero. Bueno, dime qué sabes de Aggie.

Marsha sonrió.

–Es maravillosa. He comprado su libro.

–¿Ha escrito un libro?

–*Compañero de por vida*. ¿No lo has visto? Ha estado en lo alto de las listas de superventas y en todas las librerías.

–Compro por Internet, es una de las consecuencias de no salir nunca de mi despacho durante el horario comercial.

–También ha estado en Internet. Es un libro excelente. Es sabia y sensata.

–¿En serio? Porque les dijo a Elisa y a Henry que deberían volver juntos por el bien de los niños. Yo no veo nada de sabiduría o sensatez en eso.

Marsha apretó los labios con gesto pensativo.

–Tal vez sería lo mejor para los niños.

–¿Estás de broma? Elisa y Henry se odian. Sus hijos quedarán marcados para siempre. No entiendo en absoluto por qué la gente cree que es lo mejor –tras interceptar la mirada de curiosidad de Marsha, Daniel respiró lentamente y señaló a su ordenador–. Búscame algo que haya escrito. Tengo que saber más de ella.

–Será fácil –rodeó su escritorio–. Podrías empezar por leer la carta que Max le escribió.

–¿Max le ha escrito? –Daniel sacudió la cabeza con incredulidad–. Imagino que de broma.

–¿Por qué piensas eso? Los dos sabemos que Max necesita ayuda seria en el terreno de las relaciones. ¿Recuerdas la cafetera que le regaló a su novia?

–Llámame insensible, pero mi interés por la vida personal de mi equipo solo se limita a acontecimientos serios, no a elecciones de regalos.

–Fue algo serio –Marsha clicó sobre un enlace–. Le regaló una cafetera y ella la vendió en eBay. Rompieron.

Daniel frunció el ceño.

–¿Por qué la vendió? ¿No le gustaba la marca?

–Porque no bebe café.

Daniel se empezó a reír.

–¿Y él tuvo que escribir para preguntar qué había hecho mal?

–Estamos hablando de Max, así que sí. Dijo que lo hacía feliz una cafetera y que a ella debería hacerla feliz que él fuera feliz. La chica no lo vio así. Nunca sabré cómo llegó a aprobar el examen de abogacía.

–Como has dicho, es un abogado brillante y tremendamente inteligente.

–No en lo que respecta a las mujeres. Mira –desplazó la página hacia abajo–. Lee, aunque tú no necesitas ninguna ayuda con las relaciones.

Pregunta a una chica.

Las palabras estaban resaltadas en letra negrita azul.

Daniel frunció el ceño.

–¿Pregunta a una chica qué? ¿Qué clase de cosas pregunta la gente?

—Cualquier cosa. De todo. Su consejo es sincero y directo. Tiene muchísimos seguidores.
—Así que sabe muy bien cómo exprimir el negocio.
—Es empresaria. Tiene un don y conocimientos, y los usa. No es propio de ti mofarte de una mujer por ser inteligente.
—No me estoy mofando de ella por ser inteligente. Me estoy mofando de ella por aprovecharse de los vulnerables y por dar consejos peligrosos.
—Esa es tu opinión, Daniel. Y aunque muchas personas pagan una enorme suma de dólares a la hora por oír tu opinión, eso no significa que siempre tengas razón en todo.
—En esto sí tengo razón.
—Su columna es buena. Interesante. La leo todas las semanas. Todos la leemos.
—¿Todos?
—Todas las mujeres que hay aquí e incluso algunos de los hombres. El blog solo es una parte. Responde preguntas y creo que ofrece asesoramiento individualizado por teléfono.

Daniel ojeó su página web.
—No hay foto. ¿Qué aspecto tiene?
—Nunca muestra ninguna foto. Solo usa el logotipo del corazón.
—Así que no tiene apellido y no muestra su rostro. Todo el que no muestra su cara debe de tener una razón para no hacerlo. A lo mejor no es una persona. A lo mejor solo son un puñado de informáticos partiéndose de risa.
—Es imposible que un hombre haya podido escribir los consejos que da.
—Eso es sexista.
—Es la verdad —dijo secamente—. Léelo tú mismo.

Él leyó.

Querida Aggie, en el trabajo hay una mujer que es una diosa. Soy un tipo corriente, nada especial. ¿Cómo puede un hombre como yo atraer la atención de alguien como ella? ¿Estoy perdiendo el tiempo?
Con cariño,
Inseguro.

Daniel levantó la mirada con incredulidad.
—Esto es una broma, ¿verdad?
—Es real.
—¿Y ella le da alguna respuesta? La mía sería: «Sí, estás perdiendo el tiempo. Muestra un poco de carácter».
—Y precisamente por eso no eres tú el que tiene que responder a la pregunta. No es que espere que lo entiendas, pero hay hombres que tienen problemas para acercarse a las mujeres. No todos tienen tu tasa de éxito.

Daniel pensó en la mujer del parque. Con ella, su tasa de éxito había dado un buen bajón.
—¿Y ella responde?
—Baja. Su respuesta está abajo. Y a la gente también se le permite colgar sus consejos. Es una comunidad.
—Una comunidad de gente que no sabe de lo que habla. Mátame directamente. «Querido Inseguro...» —miró a Marsha brevemente—: ¿Te puedes creer que alguien se haga llamar así?
—A mí me parece adorablemente sincero.
—Es profético. Eres lo que crees que eres —siguió leyendo—. «Querido Inseguro, todo el mundo es especial a su manera...». ¿En serio? ¿Me puedes traer un cubo? Tengo ganas de vomitar.
—Que tú no seas un sentimental no significa que esto

sea una basura. No a todo el mundo le dan miedo las emociones.

—Que yo tenga un control pleno de mis emociones no significa que tenga miedo. Aunque sí que le tengo un sano respeto al dolor que las emociones pueden causar. En las relaciones, las emociones provocan malas decisiones —le tembló la voz y Marsha lo miró como si de pronto le hubieran salido cuernos y alas.

—¿Seguro que estás bien? —preguntó ella con cautela—. ¿Hay algo personal que debería saber?

—No.

—Llevamos cinco años trabajando juntos y podría ser tu madre. Por mucho que digas que no tienes corazón, los dos sabemos que no es así. Me ayudaste cuando estaba en mi peor momento y espero que sepas que siempre puedes hablar conmigo con confianza.

—No necesito hablar de nada. Y tú no te pareces en nada a mi madre —al darse cuenta de que había dicho demasiado, Daniel se pasó la mano por la nuca y contuvo sus sentimientos. No quería pensar en su madre. Hacía tiempo que había asumido lo sucedido. Era un niño, por el amor de Dios. Había hecho lo que había podido. Y desde entonces había ayudado a muchas mujeres. Más de las que podía contar—. Las emociones son lo que hace que no deje de entrar gente en mi despacho. Si más gente le hiciera caso al cerebro en lugar de a las hormonas, la tasa de divorcios sería más baja.

—Y tú no estarías ganando millones.

—Sé que no me crees, pero el dinero siempre ha sido secundario —intentando distraerse, miró unas preguntas más en la web, fascinado y horrorizado a la vez—. ¿De verdad la gente le escribe preguntándole estas cosas? ¿No pueden averiguar la respuesta ellos solos? —intentó imaginar qué clase de persona se sentiría cómoda exponiendo secretos tan íntimos y privados en un foro público.

Marsha parecía estar divirtiéndose.

—¿Alguna vez has pedido consejo sobre mujeres?

—Ya sé todo lo que necesito saber sobre las mujeres, incluyendo el hecho de que esta mujer en cuestión está explotando a personas emocionalmente vulnerables —apagó la pantalla y vio en ella el reflejo de la expresión de Marsha—. ¿Qué?

—Por favor, dime que ves la ironía que hay en eso. Eres el abogado de divorcios que todos esperan que su pareja no contrate.

—¿Y eso qué quiere decir?

—Que también se podría decir que tú cobras dinero a las personas cuando se sienten más vulnerables. No puedes culparla por intentar solucionar algo en lugar de romperlo.

—Yo nunca he roto nada que se pudiera arreglar. Y, además, intentar solucionar lo de Henry y Elisa es como intentar pegar un jarrón hecho pedazos solo con saliva y esperanza —los músculos de los hombros le dolían por la tensión. Deseó estar en Central Park viendo el sol salpicando las flores y a Molly y a Valentín corriendo por allí.

—Puede que sea un consejo sensato —dijo Marsha—. Puede que sea algo que celebrar. Tienen dos hijos pequeños, Daniel.

—Nunca podré entender por qué la gente cree que crecer con dos padres que no son felices es mejor que crecer con un solo progenitor y que este sea feliz.

—No espero que lo entiendas. No tienes hijos.

Pero sí tenía dos hermanas pequeñas. Sabía mucho más sobre el tema de lo que Marsha probablemente imaginaba.

—Si vuelven juntos, acabarán divorciados en un año.

—Espero que te equivoques. Pero si no es así, entonces al menos habrán sido ellos los que han tomado la decisión y no culparán a sus abogados.

—No, culparán a esta columnista de consultorio sentimental —Daniel dejó el tema y fue hacia la puerta—. ¿Tienes perro?

—Dos. ¿Por qué?

—¿Vienen cuando los llamas?

—Normalmente. A menos que vean algo mejor a lo lejos —parecía desconcertada—. ¿Por qué me preguntas por perros?

Daniel estaba a punto de contarle lo de Brutus, pero decidió no hacerlo. Lo de pasear al perro sería solo algo temporal. No necesitaba convertirse en un experto.

—No tenía ni idea de que en Nueva York hubiera tanta gente con perros. ¿Qué haces con ellos durante el día mientras estás aquí?

—Contrato a una empresa de paseo de perros. ¿Es este tu modo de decirme que te vas a convertir en dueño de un perro?

—¿A qué viene esa mirada de espanto?

—Yo... No tengo ningún motivo en concreto. Supongo que no me pareces una persona de perros.

—¿Y cómo es una «persona de perros»? —pensó en las largas piernas de Molly y en cómo sonreía a Valentín. Si así era una persona de perros, entonces eso podría ser su nueva cosa favorita.

—Para empezar, no suelen llevar trajes hechos a medida ni trabajar dieciocho horas al día. Y las personas de perros suelen tener un lado tierno.

—Yo tengo un lado tierno y por eso voy a alejarme de esta montaña de trabajo que hay en mi mesa y voy a ir a desearle a Audrey un feliz cumpleaños. Para estrechar lazos. Ah, Marsha... —se detuvo en la puerta—, vamos a descubrir quién es Aggie. Pon a Max a trabajar en ello.

—¿Necesitas consejo sobre citas?

—No. Necesito decirle que se mantenga alejada de mis clientes.

Capítulo 6

Querida Aggie, ¿por qué las mujeres dicen que están «bien» cuando está claro que no lo están? ¿Qué significa exactamente «bien»? Sospecho que es una palabra en clave y necesito descifrarla.
Con cariño,
Confundido.

–¿Cómo pueden los seres humanos tratar tan mal a los animales? –Harriet se cambió de postura para que el cachorrito que tenía en el regazo estuviera más cómodo–. Tiene seis semanas. ¿Cómo puede alguien querer hacerle daño a algo tan vulnerable?

–No lo sé, pero ahora está a salvo porque te tiene a ti y tú eres el mejor lugar para las cosas perdidas y abandonadas –Fliss se puso las zapatillas de correr y se recogió el pelo en una coleta–. Tengo que irme. Tengo un día apretado.

–¿Ya? No has desayunado –olfateó–. ¿Qué es ese olor tan terrible? ¿Se nos está quemando algo?

–Se me ha quemado la tostada, pero no te preocupes. No sé cocinar, pero sé extinguir llamas.

–No te puedes ir sin comer algo.

—Una barrita energética —Fliss se metió la mano en el bolsillo y sacó la prueba.

Harriet se estremeció.

—Eso no es un desayuno. Es un insulto nutricional.

—No tengo tiempo para nada más. He quedado con un nuevo cliente, tengo que llevar al caniche Paris al veterinario por Annie, porque va a estar fuera de la ciudad hasta mañana, y después tengo doce paseos privados. Al menos esto me mantiene delgada, lo cual es bueno porque tengo la intención de pasar por la pastelería Magnolia de camino a casa y comprarme algo que hayan cocinado otros. ¿Te puedo tentar con algo?

Harriet negó con la cabeza.

—Luego voy a hornear algo, así que te puedes ahorrar tu visita a la pastelería para otro día.

—¿Tus famosas galletas con pepitas de chocolate? Qué ricas. Por eso te quiero —Fliss agarró sus llaves de camino a la puerta y se detuvo—. Por cierto, Molly nos ha reservado tres paseos para Valentín para la semana que viene. Tiene que revisar su libro y también tiene una reunión con su editor.

—Sin problema. Adoro a Valentín. Es el perro más mono del planeta.

—Eso lo dices de todos los perros.

—Es verdad —Harriet acariciaba con la punta del dedo el suave pelaje del perrito—. Que tengas un buen día. ¿No quieres esperar a ver a Daniel? Estabas en la ducha cuando ha venido a recoger a Brutus —se sonrojó al ver a Fliss enarcar las cejas—. ¿Qué? La verdad es que creo que ese nombre le va mejor que «Volantes». Volantes debería ser un caniche gracioso o tal vez un schnauzer. Un griffon. Pero no un robusto pastor alemán con músculos en los sitios justos. Daniel tiene razón.

—No le digas eso. No habrá quien lo aguante.

—Me gusta verlo con el perro.

—¿Por qué? ¿Porque te parece bueno verlo preocupándose por algo más que por sí mismo?

—Siempre se ha preocupado por nosotras —dijo Harriet obstinadamente y Fliss suspiró.

—Sí, lo sé. No me hagas sentir culpable. Además, las dos sabemos que va a dejar tirado al perro en cuanto consiga a la chica. Y entonces dejará también a la chica poco después. Es el procedimiento típico de Daniel. No hay excepciones. Así que no empieces a inventar finales felices.

—Al menos sale con alguien. Es más de lo que hacemos nosotras.

—¿Tú quieres salir con alguien?

—Sí —Harriet fue sincera—. Sí que quiero. Me gustaría conocer a alguien. Quiero un hogar y una familia —agarró al perrito antes de que este pudiera deslizarse por su regazo—. ¿Tú no?

—Estoy demasiado ocupada viviendo la mejor época de mi vida como para dejar que un hombre lo estropee. Hasta luego.

Fliss fue hacia la puerta con zancadas largas y cuando la puerta se cerró de golpe tras ella, el perrito que Harriet tenía sobre el regazo se sobresaltó.

—Solo conoce esa forma de cerrar la puerta —dijo Harriet tranquilizándolo—. Te acostumbrarás a ella —pero entonces se dio cuenta de que no se acostumbraría a ella porque no se quedaría en casa. Era un cachorrito y una monada, además. No tardarían en encontrarle una familia—. Tenemos que encontrarte una pareja perfecta. Alguien con quien seas feliz.

Y tal vez ella debería hacer lo mismo.

No estaba bien decir que quería salir con alguien y después no hacer nada al respecto.

Pasó al cachorrito al sofá.

–Tal vez debería ponerme en adopción.

Molly estaba tirada en el sofá viendo cómo Mark añadía lentamente caldo caliente al *risotto*.

–Lo he visto en el parque cada día durante las dos últimas semanas paseando a su perro y hemos hablado un poco. Bueno, mucho en realidad. Y me ha pedido que cene con él. Salir a cenar no es algo accidental. Salir a cenar no es un encuentro casual. Es una decisión. Es un paso. Y he dicho que no. ¿Te parezco una cobarde? –decidió que no había nada más relajante que ver cocinar a Mark. Sus movimientos eran suaves y pausados, nada que ver con el pánico que se desataba cuando ella estaba en la cocina. Mark era igual de artista con la comida que con un lápiz y papel–. Cuando sabes que algo se te da mal, ¿deberías rendirte simplemente? ¿O deberías practicar? Si te caes de un caballo porque eres un jinete espantoso, seguro que es mejor decidir que montar a caballo no es lo tuyo y pasarte a la natación en su lugar, ¿verdad?

–No importa lo que yo piense –él añadió otro cazo de caldo hirviendo–. Lo que importa es lo que pienses tú.

–En esta amistad solo hay lugar para un psicólogo y yo ya me he hecho con ese puesto.

–Entonces no necesitas que te explique tu comportamiento. Pero, para que conste, no me pareces una cobarde. No hay nada de malo en que te protejas, Molly.

–Lo sé, pero... –se mordió el labio–. Mi padre me dijo que soy una hipócrita. Lo obligué a salir después de que mi madre se marchara y dice que yo me niego a hacer lo mismo después de lo de Rupert.

–Por lo que me has contado, Rupert era un gilipollas.

Molly sintió calor en la cara. Solo le había contado una pequeña parte de lo que había pasado.

—Lo era, pero fue complicado —«no tienes ni idea de cómo estar en una relación». Tragó saliva—. Tengo algunos problemas.

—Todo el mundo tiene problemas, Molly.

—Los míos afectan a mi capacidad para mantener relaciones saludables.

—Escúchese, doctora Parker. Si puedes diagnosticarlo, ¿por qué no puedes arreglarlo?

—No estoy segura de querer arreglarlo. El amor es un riesgo. Tengo motivos para ser cauta.

—Los grandes riesgos traen grandes recompensas.

—No estoy segura de verlo como una recompensa —respiró hondo—. No se trata de proteger solo mi corazón, sino mi seguridad profesional. He rehecho mi vida y soy feliz. No quiero estropearlo. En la vida es importante centrarse y explotar los puntos fuertes de cada uno, y las relaciones no son mi punto fuerte.

—Eso no es verdad. Eres una gran amiga.

Pensó en todas las personas con las que había perdido el contacto; personas que la habían apartado de su lado cuando su vida se había desmoronado.

—Lo de la amistad es distinto.

—¿Qué es una pareja si no hay amistad? —él giró la cacerola ligeramente y removió de nuevo para evitar que el arroz se pegara—. Creo que el objetivo es sentirse feliz y realizado. Tal vez tú no necesitas otra persona. No se puede decir que no tengas muchos amigos. Buenos amigos —dejó de remover y la miró—. Amigos que van a estar a tu lado en lo bueno y en lo malo.

Le había contado esa parte, cómo se habían distanciado sus amigos cuando su vida se había venido abajo de un modo muy público.

—¿Serías tendencia en Twitter por mí?
Él sonrió.
—Por ti, cielo, lo que sea.
Ella se sintió conmovida.
—Me alegro, aunque ya he pasado por tantas cosas malas como para varias vidas. Y estoy de acuerdo con lo que dices. Así que, ¿por qué hay una parte de mí que desearía decirle que sí?
Mark bajó el fuego.
—Eso es culpa de las hormonas.
—Odio a las hormonas. Y odio cómo la sociedad nos presiona para que nos comportemos de un cierto modo y nos ajustemos a ciertos estereotipos. Si estás soltero, la gente siempre te da una palmadita en la cabeza con compasión y te dice que están seguros de que encontrarás a alguien pronto. Después te casas y te preguntan cuándo vas a tener un bebé. Las cosas tienen un orden. Se da por hecho que si no tienes pareja, te conviertes en alguien de quien compadecerse. Como si estar soltero fuera un estado anormal que tuviera que rectificarse.
Mark añadió al *risotto* lo que quedaba de caldo.
—Si quieres experimentar la presión que ejerce la sociedad sobre un individuo, prueba a ser *gay*. Prueba a ser el único niño raro del instituto.
—Yo fui la rara del instituto hasta que descubrieron que se me daba genial emparejar a la gente. Después de eso tuve un propósito. Y me encanta. Creo que es mi vocación. Ayudar a los demás a encontrar a la persona ideal. ¿Qué más da que yo no pueda encontrármela a mí? Los cirujanos ortopédicos no tienen que romperse una pierna para saber arreglar una fractura.
—Todo eso es cierto, pero ¿no te resulta agotador llevar esta doble vida?
—En realidad no es una doble vida.

—Tienes un seudónimo y un personaje que ocultas a los demás.

—Eso no es agotador, es divertido. Me encanta esa parte. Es mi capa de invisibilidad. Mi disfraz.

Mark soltó el cazo.

—Lo sé todo sobre llevar un disfraz. Durante años me moví con este enorme secreto dentro. Era como llevar un disfraz. Nadie sabía quién era debajo.

—¿Y eso no te hacía sentirte seguro?

Mark se detuvo.

—¿Sinceramente? No. Me hacía sentir solo y aislado. Eso es lo malo de guardar secretos —volvió a girarse hacia la cocina—. Espero que Gabe vuelva pronto o esto se echará a perder.

No había nada mejor, pensó Molly, que tener vecinos que se convertían en grandes amigos.

El apartamento de ellos estaba encima del suyo y tenía mucho encanto. El sol entraba por la gran ventana en saledizo inundando de luz la habitación. Cada espacio disponible estaba ocupado por libros, que abarrotaban dos estantes profundos y estaban apilados por el suelo. Las obras de arte de Mark cubrían las paredes, grandes lienzos llenos de atrevidos trazos de color. En las calurosas noches de verano abrían las puertas y se sentaban en las escaleras de incendios a tomar mojitos y a fingir que estaban en una playa en lugar de atrapados en una ciudad sofocante, abrasándose en el calor de Nueva York.

—No voy a cenar con un desconocido —dijo Molly retomando el asunto. Se descalzó y se acurrucó en el sofá mientras Valentín se acomodaba sobre la alfombra—. A fin de cuentas, Daniel es un tipo que he conocido en el parque. Es una locura, ¿verdad?

—Depende de lo bueno que esté —dijo Gabe entrando en el apartamento con una caja de champán.

Molly enarcó las cejas.

—¡Vaya! Cuando me dijiste que me pasara a «tomar una copa» pronto, no pensé que estuvieras hablando tan en serio.

Gabe le lanzó una sonrisa.

Tenía una belleza clásica, con las mejillas esculpidas y los ojos azules. En una ocasión, Mark le había contado a Molly que el primer día en la agencia de publicidad donde trabajaba como director creativo, Gabe había hecho correr la voz de que era *gay*. Al parecer, eso le había ahorrado muchos momentos embarazosos e incómodos en anteriores trabajos, aunque no parecía haber evitado que las mujeres con las que trabajaba se enamoraran de él.

—Mark me ha enviado un mensaje diciéndome que quieres hablar de un chico. Cuéntamelo todo —Gabe se quitó la chaqueta—. ¿Está bueno?

—Está bueno. Quiero decir, si es que el físico te parece importante.

—¿Encantador? ¿Carismático?

Molly pensó en la conversación que habían tenido.

—Supongo. Se siente cómodo consigo mismo. Eso siempre resulta atractivo —¡vamos!, ¿a quién intentaba engañar? Era mucho más que atractivo. Y eso era lo que le asustaba.

—Entonces, ¿a qué esperas?

—No quiero una relación.

—¿Y qué pasa con la diversión? —Gabe cortó una fina loncha de queso parmesano y se lo comió—. ¿No quieres un poco?

—Las relaciones no me resultan divertidas cuando se trata de las mías.

—Sabes más sobre relaciones que nadie que haya conocido nunca. Tienes un sexto sentido para la gente. No entiendo por qué no aplicas ese sentido común y esa experiencia a tus propias relaciones.

—Yo tampoco lo entiendo —aunque sí lo entendía. Acarició la cabeza de Valentín. Una cosa era contenerse cuando estabas hablando con un desconocido en el parque y otra muy distinta era ocultarles secretos a unos buenos amigos que a ti no te ocultaban ninguno—. Bueno, estoy mintiendo. Sí que lo entiendo. Pero entenderlo no significa que lo pueda solucionar, lo cual es un fastidio porque como psicóloga debería saber cómo dejar atrás el pasado.

—El pasado es así, cielo. Puedes probar a deshacerte de él, pero de algún modo siempre encuentra el camino de vuelta.

Gabe sacó una botella de champán de la caja y la metió en la nevera.

Mark enarcó las cejas.

—¿Estamos celebrando algo que debiera saber?

—Andamos detrás de una cuenta de champán. Durante el próximo mes nos van a rebosar las burbujas.

—¿Intentar conseguir la cuenta implica beberse el producto?

—Por supuesto. No puedo intentar vender algo que no me resulte completa y absolutamente familiar.

Molly sonrió.

—Deberíamos dar gracias de que no ande detrás de una cuenta de jarabes para la tos.

—Elijo muy bien las cuentas que quiero —Gabe empezó a desabrocharse la camisa—. Necesito darme una ducha. Será rápida. Hablad entre vosotros.

Volvió a entrar en la sala diez minutos después, justo cuando Mark estaba sirviendo el *risotto* y Molly estaba poniendo la mesa. Valentín estaba tumbado con el hocico sobre las patas y observándola con actitud protectora.

—Lo he dicho antes y lo volveré a decir: ese perro será una niñera maravillosa cuando tengas hijos —Gabe se había cambiado de camisa y de vaqueros. Iba descalzo—. Bueno, ¿por qué has quedado con nosotros y no con ese tío bueno y encantador que conociste en el parque?

Molly salía de la cocina con los platos.

—Me gusta estar con vosotros.

—Porque te hacemos sentir cómoda y segura.

—Porque sois amigos —últimamente elegía con mucho cuidado a sus amigos. La vida la había hecho cauta.

Mark se sentó en la mesa.

—¿Y a qué se dedica el señor Tío Bueno del Parque? La profesión de una persona te dice mucho de ella.

Gabe frunció el ceño.

—No estoy de acuerdo.

—La gente elige hacerse médico porque son personas que se preocupan por los demás.

—No siempre. También está el dinero y el estatus social. Además, el médico del libro que estoy leyendo ahora mismo es un asesino en serie. Estudió Medicina porque le gustan los cadáveres.

Molly esbozó una mueca de disgusto.

—Tienes que empezar a leer otras cosas.

—No puedo. Soy adicto a Lucas Blade. Escriba lo que escriba, lo leo.

—Bueno, pues el hombre del parque no es médico. Es abogado.

—Así que es inteligente y se le dan bien las palabras. Ya me gusta. ¿Y cuántas veces os habéis visto?

—Una o dos —a Molly se le encendieron las mejillas—. Tal vez más.

—¿Cuántas veces más?

—Ha ido todas las mañanas durante las dos últimas semanas.

—¡Vaya! —Gabe abrió los ojos de par en par—. Esta sí que es una relación seria y a largo plazo.

—Nos sentamos en un banco del parque. Estamos en público todo el tiempo. Nuestros perros son amigos.

—¿Así que estás charlando con él para que Valentín pueda estar un rato con su amigo?

—En parte sí. Es como una cita para que jueguen los perros.

—Cariño, no nos puedes engañar. Te interesa este tipo, lo sé. Así que, ¿por qué no le has dicho que sí a lo de la cena?

Molly parecía avergonzada.

—Porque es demasiado... —se mordió el labio y Gabe enarcó una ceja.

—¿Demasiado?

—No sé. Es demasiado... todo. Demasiado guapo, demasiado encantador.

—Ningún hombre puede ser demasiado algo para ti —Gabe se recostó en su silla—. Tú, Molly Parker, te mereces lo mejor en todo. Incluyendo el champán. Por cierto... —se levantó, sacó la botella de la nevera y la descorchó provocando un satisfactorio ¡pop!

—Tú no eres objetivo —Molly lo vio verter el chispeante líquido en las tres copas.

—¿Por qué ibas a pensar que no mereces lo mejor? ¿Porque hace miles de años un gilipollas con un ego enorme te hizo sentir del tamaño de un grano de arroz?

—Hace tres años. No hace tanto tiempo —les había contado parte de la historia, pero, por supuesto, no toda. Nadie lo sabía todo, aunque a ellos les había contado gran parte de lo sucedido una noche mientras compartían los *spaghetti* boloñesa de Mark y una botella de vino. Esa misma noche Gabe le había contado que su padre no le hablaba desde su último año de instituto, cuando había salido del armario, y Mark le había confesado que tenía un armario lleno de camisas rosas porque su madre creía que eso era lo que llevaban los *gays*.

Familias, pensó. La relación más compleja de todas.

—¿Sinceramente? No se me da muy bien ese tipo de hombres.

—¿Hombres que están buenos y que son sexis y encantadores? Sí, es verdad, es una combinación letal. Entiendo que puedas pasarlo mal.

—Los hombres que están muy seguros de sí mismos me generan cierto recelo.

—¿Porque tienen más posibilidades de derribar esas defensas que has construido a tu alrededor? Cielo, la seguridad en uno mismo resulta sexi.

—La seguridad en uno mismo puede resultar intimidante. Y después está el hecho de que es abogado de divorcios y yo apoyo las relaciones.

—A pesar de no tener ninguna —Mark examinó el *risotto* con el tenedor, analizando la textura, y al parecer quedó satisfecho—. ¿Tu tío bueno del parque sabe lo de tu identidad secreta?

De repente, Molly se sintió alarmada.

—¡No! Claro que no. Soy Molly.

—¿Entonces no sabe lo de Aggie?

—Nadie sabe que soy Aggie excepto vosotros, mi padre y mi editor. Y va a seguir así.

—Deberías estar orgullosa de tu éxito.

—Lo estoy. Pero últimamente separo mi vida privada de mi vida personal.

Molly miró a Valentín y Gabe le siguió la mirada.

—Es una monada. Qué pena que los humanos no puedan casarse con perros. Es un buen partido.

Molly asintió.

—Incluso la señora Winchester lo quiere, y eso que no es una mujer fácil de agradar.

Gabe rellenó las copas.

—Hablando de la señora Winchester, la he visto hace un momento. Le han arreglado el sonotone, así que nada de decir groserías y guarrerías en la escalera.

—Siempre grita cuando no le funciona el sonotone – Mark se terminó la copa–. Con suerte ahora a lo mejor deja de gritar «¡Tú eres ese *gay* tan simpático que vive arriba!» cada vez que me la encuentro.

—A mí me dice: «A tu edad, yo ya estaba casada» – dijo Molly–. Es una de mis favoritas –dio un trago de champán y disfrutó de la efervescencia y la calidez que se extendieron lentamente por sus venas–. No hay nada mejor que beber champán con tus amigos. Hace que cada día sea una celebración.

Gabe la miró.

—¡Eso es!

—¿Eso es qué?

—El champán... hace que cada día sea una celebración –se echó atrás y la silla se balanceó peligrosamente mientras agarraba un bolígrafo y un pedazo de papel, que en realidad era propaganda de *pizzas* a domicilio–. Tengo que apuntarlo antes de que se me olvide. Joder, Molly, eres un genio absoluto.

Mark volteó los ojos.

—Ese lenguaje. La señora Winchester puede tolerar el pelo de perro y que seamos *gays*, pero si te oye decir palabrotas, te echará de aquí.

Molly frunció el ceño.

—¿El champán no se debería reservar para ocasiones especiales?

—Si la gente lo reserva para ocasiones especiales, la empresa no vende tanto y no aumentan sus beneficios.

Así, la gente lo bebe todo el tiempo y yo me llevo un bonus bien grande –soltó el bolígrafo y levantó la copa–. ¡Por los amigos! Y por el sonotone de la señora Winchester, que esperemos que le dure un poco más que el anterior.

Capítulo 7

El día comenzó con un amenazador cielo oscuro, pero Daniel no alteró sus planes. El día antes, Molly y él habían pasado media hora hablando sobre sus lugares favoritos de Nueva York mientras Brutus y Valentín retozaban por el césped. Sí, cierto, aún no había aceptado su invitación a cenar, pero él tenía la sensación de que pronto lo haría. Por otro lado, encontrar el momento sería todo un desafío; esa mujer no estaba saliendo con nadie, pero desde luego no paraba quieta.

Harriet le entregó a Brutus.

–No llegues tarde hoy. Alguien va a venir a verlo. Y no lo lleves por ningún charco. Necesito que esté perfecto.

–¿Diriges una agencia de citas para perros?

–Es un perro rescatado, Daniel. Lo he tenido en casa porque el refugio estaba abarrotado, pero nuestro objetivo siempre es encontrarles un nuevo hogar a todos los perros abandonados. Poppy se marchó la semana pasada.

–¿Quién es Poppy?

–El labrador color dorado que conociste el mes pasado.

En ningún momento se le había pasado por la cabeza que Brutus no estaría con sus hermanas permanentemente.

Miró al perro que había sido su compañero diario durante las últimas semanas. Brutus sacudió la cola y le rozó el hocico contra el muslo, deseando dar comienzo a su paseo.

—Daba por hecho que se quedaría aquí contigo.

—Con todos los animales que acojo, no hay sitio para otro habitante permanente.

Daniel se preguntó si el perro sabría que estaba a punto de marcharse a vivir con unos extraños.

—Es un perro muy inteligente. No podéis dejar que se vaya con cualquiera.

—No lo haremos. El refugio lleva a cabo exhaustivas comprobaciones de cualquiera que quiere adoptar. Se lo toman muy en serio.

—¿Y cómo pueden hacerlo cuando no han pasado nada de tiempo con él? No solo hay que comprobar que el ambiente sea idóneo, sino que lo sea también la persona. Tiene que ser alguien que entienda que es un perro de verdad. No va a ser feliz con alguien que le ponga lazos rosas alrededor del cuello y lo llame Volantes.

Harriet miró a Brutus.

—¿Tú qué opinas? ¿Te ves con un lazo rosa, Volantes?

El perro sacudió la cola.

Daniel la fulminó con la mirada.

—Con ese tono que estás usando, se cree que le estás ofreciendo un jugoso hueso.

—Le gusta oír su nombre.

—Te puedo asegurar que este animal es mucho más feliz ahora que cuando se llamaba Volantes. Lo he salvado de una grave crisis de identidad.

Harriet lo miró atentamente.

—¿Por qué te importa tanto? No es propio de ti encariñarte con nada.

—No me he encariñado con él –¿o sí?–. El perro ya ha pasado por una mala experiencia. No debería volver a pasar por lo mismo.

—Nadie quiere que un perro abandonado vuelva a pasar por una mala experiencia. Realizan comprobaciones exhaustivas que llevan su tiempo, así que no te preocupes. Podrás usarlo para ligar un tiempo más. Supongo que eso es lo que te preocupa, ¿verdad?

—Probablemente sea eso –apartó los ojos de la mirada confiada de Brutus–. ¿Qué clase de comprobaciones hacen? ¿Cómo saben que esas personas no están fingiendo para conseguir un perro y que después se vuelven desagradables una vez el perro es suyo?

—Los miembros del equipo tienen experiencia. Se les da bien detectar engaños. A menudo las personas que seleccionan ya han tenido perros en el pasado –Harriet lo observó–. ¿Le has tomado cariño, verdad?

—¿Qué? –la idea hizo que lo invadiera el pánico–. No. ¡Es un perro!

—Es fácil querer a un perro.

—Yo no lo quiero, pero admito que me ha sido muy útil. Y es todo un carácter. No me gustaría que se fuera con alguien que no lo entendiera.

El brillo en los ojos de su hermana le hizo preguntarse si había dicho algo divertido.

—Está claro que te conoce. Ladra cuando te oye en la puerta. Y mira, está moviendo la cola.

—Eso lo podría hacer con cualquiera –ni en un millón de años admitiría que estaba empezando a disfrutar de sus paseos matutinos con el perro. Brutus se acurrucó contra él y Daniel bajó la mano y le acarició la cabeza–. ¿Estás listo, chico? ¿Vamos a ver qué nos ofrece el parque esta mañana?

—¿Sigue yendo esa mujer cada mañana? Deberías pedirle salir, Daniel. Antes de que a Brutus le asignen otro hogar y ya no tengas excusa para pasear por allí.

—Me llevaré a otro perro —vio a Brutus girar la cabeza—. Deja de mirarme así. Me estás haciendo sentir culpable. Deberías ser mi compinche, mi compadre.

—Tu «comperro» —Harriet soltó una risita—. No puedes presentarte con otro perro. Eso sería muy raro. A menos que le hayas dicho que el perro no es tuyo en realidad.

—No —y sabía que debía. Estaba empezando a sentirse mal por no haberlo hecho. Cuanto más tiempo pasaba con Molly, más le gustaba. Por otro lado, tampoco es que le hubiera dicho que Brutus era suyo; no se lo había dicho con tantas palabras, pero sabía que probablemente ella lo habría dado por hecho. Había puesto mucho empeño en no permitir nunca que su vida se complicara, pero de pronto era complicada. Ya era hora de decirle la verdad—. Pensé que hablaría con ella la primera vez que saqué a pasear a Brutus y supuse que aceptaría una cita en el segundo paseo. No pensé que tendría que seguir haciendo esto. Tal vez Fliss tenga razón y a ella no le interese.

—Le interesas. En Nueva York no hay escasez de sitios por los que pasear a un perro, Daniel. Si quisiera evitarte, lo podría hacer fácilmente.

—¿Entonces por qué no ha aceptado mi invitación a cenar?

—Porque decirle que sí a un tipo al que has conocido en el parque supone un gran paso. Podrías ser un acosador espeluznante.

Fliss pasó por delante con una rebanada de pan quemado en una mano y un café en la otra.

—Nos ha pedido un perro para ligarse a una chica. Es un acosador espeluznante.

Harriet la ignoró.

—Dar un paseo es algo sencillo, no requiere tomar ninguna decisión. Lo haces sin más. Pero una cena es... —se detuvo, pensando—. Una cena es un compromiso.

—Una cena no es un compromiso cuando la invitación la lanzo yo. La estoy invitando a comer conmigo, nada más. A compartir una comida, no una vida.

—Aun así, es un gran paso.

—¿Un paso?

—Sí. Puede que tu chica esté nerviosa —el tono melancólico de Harriet le hizo pensar que probablemente era un paso que a ella le encantaría dar.

—No es mi chica.

—Bueno, pues más te vale hacer que lo sea pronto, antes de que ya no tengas a Brutus para sacarlo a pasear.

Brutus y él llegaron al parque al mismo tiempo que Molly. Valentín inmediatamente echó a correr hacia Brutus, eufórico de ver a su amigo.

A Molly le entraron ganas de hacer lo mismo. Volver a ver a Daniel le produjo cierto impacto. Tenía su imagen grabada a fuego en la cabeza y, aun así, en persona le parecía más grande, más sexi y una mayor amenaza para su equilibrio emocional. Sintiendo un extraño letargo que se extendía por sus extremidades, se sentó en lo que había llegado a ver como «su» banco. El banco de los dos. ¿Volvería a pedirle que salieran a cenar? ¿Aceptaría ella?

No tenía ni idea. Tenía la cabeza hecha un lío.

—¿Sabías que hay alrededor de nueve mil bancos en Central Park? —fue un comentario insustancial, pero hablar era el único modo que tenía de romper la tensión que la invadía—. Me encantan las placas con las dedicatorias. Cada banco te cuenta su propia historia. Mira... —se giró en su asiento para poder leer–: «Al amor de mi vida en el día de nuestra boda». Qué optimista, ¿verdad? Poner eso en un banco implica algo permanente. La gente va a seguir leyéndolo para siempre, así que tienes que sentir de verdad lo que dices. ¿Alguna vez te preguntas quiénes serán las personas que hay detrás de cada inscripción?

–No, hasta ahora –Daniel se sentó a su lado y le dio un vaso de Earl Grey–. Si nosotros tuviéramos una placa, diría: «Mi perro quiere a tu perro».

Ella pudo sentir su pierna rozando la suya. La presión era suave, pero aun así notó la dureza de su muslo.

Incomodada por las repentinas sensaciones, se echó hacia delante y le hizo carantoñas a Brutus.

–Antes me daban un poco de respeto los pastores alemanes y este es un perro bien grande y machote, pero tiene una naturaleza muy noble. Lo adoro.

–¿Alguna vez has pensado en tener otro perro?

–¿Por qué? ¿Es que vas a vender a Brutus? –preguntó de broma, pero algo en la mirada de Daniel le hizo pensar que tal vez había pisado un terreno delicado–. Era broma. Puedo ver lo unidos que estáis.

–¿Sí?

–Claro. Siempre se te ve muy feliz cuando estás con él. A mí me pasa lo mismo con Valentín. Por muy mal que estés pasando el día, cuesta bastante sentirte triste cuando tienes un perro. Te animan mucho.

–Eso es verdad –respondió él sorprendido, como si nunca antes lo hubiera pensado.

–Y luego están esos juegos raros a los que jugáis y que no conoce nadie, como el de «no vayas a buscar el palo».

–¿Es raro?

–Sí, porque la mayoría de la gente quiere que sus perros vayan a buscar el palo. En eso consiste el juego.

—Le estoy enseñando autocontrol. Y parece que le gusta.
—Le gustan los elogios. Es una monada. La primera vez que te vi, no me podía creer que te gustaran los perros. No parecías de esa clase.

Él vaciló.

—Me gustan los perros.

—Está claro. Si no, no tendrías a Brutus –y había algo tremendamente sexi en el modo en que ese hombre fuerte y poderoso trataba a su perro con tanta paciencia y delicadeza–. ¿Y qué haces con él cuando estás trabajando?

—Lo cuidan mis hermanas –hubo una pausa–. Molly, escucha...

Ella sintió un golpe de pánico que la dejó sin aliento.

—Nunca me has contado mucho sobre tu trabajo. Solo sé que eres abogado de divorcios –habló antes de darle la oportunidad de volver a pedirle que salieran a cenar, y no porque tuviera miedo a rechazarlo, sino porque temía que esta vez pudiera aceptar. Y aceptar le supondría dolor y una posible amenaza para la vida que se había construido.

Él la miró.

—A juzgar por tu expresión, no te gustan mucho los abogados matrimoniales. ¿De qué manera te han hecho daño los de mi especie?

—Nunca he tenido nada que ver con abogados matrimoniales, pero sí que es cierto que, en general, el divorcio me parece algo horrible.

—Podría estar de acuerdo contigo –dio un sorbo de café tomándose su tiempo–. Y precisamente por eso un buen abogado puede marcar la diferencia. Si hay algo más horrible que un divorcio es vivir atrapado en un matrimonio horrible. La parte horrible por lo general empieza mucho antes de que yo me implique. Intento no agravar la situación.

Independientemente de lo que ella opinara sobre el asunto, estaba segura de que sería un abogado muy bueno.

–¿No te resulta deprimente trabajar todo el tiempo con personas que se encuentran viviendo el fin de su relación?

–A veces. Y a veces es satisfactorio ayudar a alguien a salir de una situación que le resulta inaguantable. De cualquier modo, intento mantener una distancia emocional.

¿Podía alguien verse tan cerca del dolor de otra persona y no absorber, al menos, parte de ese sufrimiento?

–El divorcio es algo definitivo. ¿No crees que sería mejor que la gente intentara solucionar las cosas antes de que empeoraran tanto? Es como ignorar un agujero en un jersey.

–¿Pero y si el jersey no era de la talla adecuada en un primer lugar? –se inclinó hacia delante y apoyó los antebrazos sobre los muslos–. A veces la gente puede arreglar lo que está mal y a veces no. Si no pueden, entonces tal vez pueden separarse amistosamente, aunque otras veces no es posible y necesitan recurrir a un abogado. Esa es mi opinión profesional.

–¿No te sientes mal por ello?

–¿Por ser bueno en mi trabajo? No. Lo cierto es que a veces el matrimonio no es más que un gran error y tienes que intentar minimizar las pérdidas y salir de él.

Las palabras de Daniel se colaron en una parte muy delicada de su ser que solía mantener protegida.

¿Era eso lo que había hecho su madre?

¿Había visto a su marido y a su única hija como un gran error?

Tragó saliva.

–¿Cómo sabes que no estás rompiendo algo que posiblemente se podría arreglar?

—Para cuando la gente cruza mi puerta, lo que tienen ya está roto. Yo les muestro cómo avanzar con el mínimo daño posible.

—¿Y qué pasa si hay niños de por medio?

El cambio que se produjo en la expresión de Daniel fue tan breve que le habría pasado desapercibido si no hubiera estado mirándolo fijamente.

—¿Eres una de esas personas que piensan que unos padres deberían seguir juntos pase lo que pase? ¿Crees que es algo bueno?

Alguien menos obsesionado con el estudio de las personas lo habría visto relajado, pero ella se fijó en las pequeñas muestras de tensión. Y esa tensión le dijo que su actitud estaba marcada por algo más que el interés profesional.

—Soy de los que piensan que si dos personas se quieren lo suficiente como para casarse, al menos deberían intentar redescubrir esos sentimientos que tenían al principio. Creo que a veces la gente se rinde con demasiada facilidad.

—¿Eso es una observación profesional o personal?

—Profesional —se detuvo—. Y tal vez un poco personal.

—¿Un poco? ¿Se divorciaron tus padres?

—Mi madre se marchó cuando yo tenía ocho años. Es algo que ya he dejado atrás, pero supongo que todavía estoy un poco sensible con el tema.

No sabía por qué le había contado algo tan privado. No era algo de lo que soliese hablar, y menos con alguien a quien apenas conocía. Se sentía avergonzada, como si se hubiese desnudado delante de él. Sin embargo, Daniel no parecía en absoluto incómodo o desconcertado; al contrario, reaccionó como si intercambiar confidencias fuera algo que hicieran habitualmente.

—¿Y cómo es tu relación con ella ahora? ¿Te resulta incómodo cuando la ves?

—No tengo ninguna relación con ella, así que no. No me resulta incómodo.

—¿No la ves?

—Pensó que lo más sencillo para todos era una ruptura radical.

—¿Y lo fue?

Molly bajó el vaso. Ya le había contado todo eso, así que no le veía mucho sentido a parar ahora.

—En aquel momento, no. Fue duro. No es fácil asimilar que tu propia madre no te quiere en su vida de ninguna forma. Pero a medida que fui creciendo, me di cuenta de que probablemente era más sencillo así.

—Porque haberla tenido entrando y saliendo de tu vida habría sido como abrir una herida una y otra vez.

—Algo así —sintió la calidez del vaso en las manos—. Y sobre todo porque creo que mi padre no habría podido soportarlo.

—¿Lo llevó mal?

—Muy mal —no dio más detalles. No dijo que había habido días en los que había tenido miedo de ir a clase y dejarlo solo, y otros en los que había temido volver a casa por miedo a lo que se pudiera encontrar—. Pasamos un año duro, y entonces un día llegué a casa y olí a quemado y fue cuando supe que las cosas irían bien.

—¿Que se quemara tu casa fue una buena señal?

Ella se rio.

—No, pero sí lo fue el hecho de que mi padre estuviera cocinando. Después de aquello, las cosas fueron mejorando poco a poco, aunque mi padre tardó un tiempo en reunir valor para salir con otra persona. Fue la parte más complicada. Él era incapaz de ver su propia valía. No había sido suficiente para ella y lo interpretó como que nunca sería suficiente para nadie.

Daniel vio cómo dos ardillas se perseguían por la hierba.

—Eso explica por qué eres tan cauta con las relaciones.

—Tiene algo que ver, pero no todo. La auténtica razón es más sencilla. No se me dan bien —pensó en cómo terminaban siempre sus relaciones. Nunca de un modo limpio, sino desastroso. Dolor. Angustia—. ¿Y a ti? Te pasas el día viendo relaciones que están destrozadas. Eso debe de hacer que te cueste creer que una relación puede funcionar.

—Sin duda hace que tenga cuidado.

Ella sopló su té mientras se preguntaba por qué hablar con él la hacía sentirse tan cómoda y relajada.

—Bueno, ¿y por qué decidiste hacerte abogado matrimonial? ¿Por qué no criminalista o corporativo?

Daniel se agachó y agarró un palo.

—Me hice abogado de divorcios porque crecí con unos padres que no deberían haber estado juntos. Habría dado lo que fuera por que alguien los hubiera ayudado a solucionar su matrimonio. Aprendí de primera mano lo que es crecer con unos padres que no se gustan —lanzó el palo trazando un elegante arco e hizo esperar a Brutus antes de darle la orden para que fuera a buscarlo.

Su sinceridad la sorprendió. Se había esperado que fuera más reservado emocionalmente.

—Eso explica por qué no te parece que sea siempre una buena idea que una pareja siga junta solo porque tengan hijos.

—Depende del caso en cuestión —vio cómo Brutus recogía el palo—. Tal vez para algunas personas sería lo más apropiado.

—¿Acabaron divorciándose?

—Sí. Pero después de que mis hermanas se hubiesen ido de casa —se giró para mirarla.

A Molly, atrapada por esa intensa mirada, le costó encontrar algún pensamiento o comentario profesional.

—¿Por qué siguieron juntos tanto tiempo?

—Porque a mi madre le daba miedo marcharse. Y porque mi padre le dijo que, si se iba, perdería a sus hijos —se terminó el café y arrojó el vaso a la papelera. Fue un lanzamiento perfecto.

Molly se quedó allí sentada, impactada.

—¿Era un maltratador?

—Físico no, verbal. Aunque puede resultar igual de malo. La menoscabó y le robó la autoestima hasta que estuvo convencida de que sin él no podría sobrevivir. ¿Quieres saber por qué me hice abogado de divorcios? Por esa razón. Mi madre me dijo una vez que, si se marchaba, mi padre buscaría un buen abogado que se aseguraría de que ella no pudiera volver a vernos nunca. Nos perdería a nosotros y perdería su hogar. Y no estaba dispuesta a correr ese riesgo. Le dije que cuando fuera mayor, yo iba a ser mucho mejor abogado que cualquiera de los que él habría contratado. Le dije que me aseguraría de que ni nos perdía a nosotros ni perdía su hogar —se inclinó hacia delante y le quitó a Brutus una rama que se le había enganchado en el pelo—. Y, por cierto, es demasiada información para darle a alguien que he conocido en el parque.

—Yo estaba pensando lo mismo sobre lo que te acabo de contar —observó hipnotizada cómo él deslizó los dedos delicada y pacientemente sobre el cuello del perro hasta que le quitó la molesta rama.

Daniel le frotó las orejas al perro y volvió a apoyarse en el banco.

—¿Tu madre es la razón por la que no sales con nadie?

Lo único en lo que Molly podía pensar era en sus dedos acariciando al perro. Se preguntó si sería tan delicado con todo lo que hacía.

—¿Yo? ¿Salir con alguien? No. Me estoy divirtiendo estando soltera.

Él se acercó un poco más.

—Cena conmigo y te demostraré que hay algunas cosas más divertidas que estar soltera.

Desorientada por su voz, tardó un momento en responder.

—Eso no va a pasar.

—¿Por qué no?

Porque tenía sentido común. Porque ese hombre ya estaba haciendo que se comportara de un modo que no era nada propio de ella. ¿Desde cuándo le contaba todos sus secretos a un desconocido que había conocido en el parque?

—A lo mejor no te gusto lo suficiente.

—No es por eso.

Daniel le dirigió una lenta y confiada sonrisa y ella pensó que probablemente con esa sonrisa podía cruzar una puerta cerrada sin necesidad de llave.

—¿Siempre estás tan seguro de todo?

—No de todo, pero sí que estoy seguro de esto. Admítelo, hemos tenido conexión desde el primer día que nuestros perros se conocieron en el parque. Esa es la razón por la que tú no dejas de volver y yo no dejo de volver. Nuestra relación de pasear a los perros ya ha durado más que algunos matrimonios.

La mirada de Daniel era directa y penetrante y ella lo miraba a los ojos intentando formular pensamientos y palabras.

Era cierto que tenían conexión. Esa era la razón por la que estaba sentada ahí ahora. Hacía mucho tiempo que no sentía algo así por nadie, y la última vez había terminado con el corazón roto.

—La razón por la que tienes interés es porque sigo diciendo que no.

—Eso no es verdad. Tienes un gran sentido del humor

y me gusta hablar contigo. Y después está el hecho de que ahora conoces todos mis secretos más profundos e íntimos, así que tengo que neutralizarte de algún modo antes de que me hagas daño.

La hizo reír.

—Admítelo, eres competitivo.

—Tal vez. Un poco. Pero también me resultas interesante. Y sexi. Tienes unas piernas fantásticas y los pantalones de correr te hacen un culo bonito. Además, tu perro es una monada.

—¿Te resulta atractivo mi perro?

—Lo que me resulta atractivo es cuánto quieres a tu perro. Bueno, ¿qué me dices? En lugar de sentarnos aquí a ver salir el sol cada mañana, ¿qué te parece si compartimos una buena botella de vino y vemos el sol ponerse para variar?

Podía imaginarlo en el juzgado; un formidable oponente con una respuesta para todo. Emplearía un cóctel letal de encanto y agudeza verbal para obtener la respuesta que quería. Encontraría los puntos débiles y los usaría.

—Me encanta ver salir el sol.

Daniel miró cómo el sol se alzaba sobre las copas de los árboles e iluminaba los rascacielos que enmarcaban el parque.

—A mí también, pero me gustaría pasar algo de tiempo contigo sin tener a todo Manhattan pasando por delante de nosotros haciendo *footing*.

—Seguro que eres de los que odian perder.

—No lo sé. Nunca he perdido. Pero si alguna vez lo hago, te diré lo que se siente —la conversación era liviana, pero ella era consciente de la deliciosa tensión que subyacía bajo las bromas.

Estaba intentando encontrar una respuesta cuando

empezó a llover; fue un ligero tamborileo que le refrescó la piel.

Daniel maldijo para sí y se puso de pie.

—Si corremos, nos podemos refugiar bajo esos árboles.

—¿Refugiarnos? Son solo unas gotas. No seas un debilucho.

Los ojos de Daniel mostraron un peligroso brillo.

—¿Me estás llamando debilucho?

—Sí, pero no te preocupes. Está bien saber que tienes una debilidad —empezó a llover con más fuerza y unas gotas enormes cayeron empapando todo lo que tocaban.

—Tienes razón. Deberíamos refugiarnos.

Molly llamó a Valentín y echó a correr salpicando al pisar los charcos recién formados mientras la lluvia se filtraba por la fina tela de su camiseta y le aplastaba el pelo.

Valentín ladró, emocionado y entusiasmado por la emergencia. Brutus lo seguía. Los dos perros, el uno al lado del otro, corrieron al cobijo de los árboles.

Ella se abrió paso entre las largas y oscilantes ramas de un sauce llorón y sintió las hojas rozándole la cara y los brazos. Sabía que Daniel iba detrás de ella. Oía las pisadas más fuertes de sus deportivas sobre la tierra y el deseo le recorrió la piel; fue una sensación intensa, como una presión. Podría alcanzarla con facilidad, y cuando lo hiciera...

Se detuvo bajo el árbol, inquieta por la explícita naturaleza de sus propios pensamientos.

Había pasado mucho tiempo desde la última vez que un hombre le había interesado lo suficiente como para entablar una relación con él. Había pasado los últimos tres años centrándose en reconstruir su vida y el sexo no había formado parte de eso.

Se giró y lo miró a los ojos.

Se dijo que sentía opresión en el pecho y tenía la respiración acelerada por haber corrido tanto, pero sabía que se mentía a sí misma. Era por él. Por ese hombre de mirada pícara y sonrisa sensual y peligrosa. Ese hombre que le hacía sentir un millón de cosas que no quería volver a sentir y que la aterrorizaban.

¿Lo sabía él? Si lo sabía, entonces era un sádico por no darle espacio. No le dejó espacio para recomponerse. Todo lo contrario; se detuvo frente a ella, tan cerca que Molly se vio obligada a dar un paso atrás para no tocarlo.

Sintió la áspera corteza del árbol contra su espalda y supo que no podía retroceder más. O se quedaba quieta o se movía hacia delante.

—¿Qué estás haciendo?

—Manteniéndote seca. Protegiéndote de la lluvia —Daniel esbozó una lenta y sexi sonrisa—. Mostrándote mi debilidad.

Sin embargo, estando así, tan cerca, ella no veía nada más que fuerza. Había fuerza en los brazos que la enjaulaban, en las curvas que formaban sus músculos y en la anchura de los poderosos hombros que le tapaban las vistas del mundo. Había fuerza en las líneas de sus mejillas y en su mandíbula, ensombrecida por esa incipiente barba.

Los ojos de Daniel atrapaban los suyos y le hacían pensar en largos días de verano llenos de cielos azules e infinitas posibilidades.

—No me importa la lluvia.

Él acercó la boca a la suya.

—Había olvidado que eres inglesa. Probablemente nuestra relación con la lluvia sea distinta.

—La lluvia y yo somos amigas íntimas.

—Jamás pensé que pudiera llegar a tener envidia de la

lluvia –él levantó la mano y le apartó el pelo mojado de la cara.

Molly sintió las puntas de sus dedos sobre su piel, posándose, y supo que él no lo estaba haciendo para que pudiera ver mejor. Se trataba de una exploración. Posesión.

Había pasado mucho tiempo desde la última vez que la habían tocado así y estaba extremadamente sensible; su imaginación y sus sentidos eran intensamente conscientes de cada roce.

«Querida Aggie, hay un chico que me resulta terriblemente atractivo y cuando estoy con él me olvido de todo. Sé que cualquier cosa que tengamos será a corto plazo. Me preocupa que una relación pueda terminar en dolor. ¿Qué debería hacer? Con cariño, Aturdida».

La lluvia ahora caía con más fuerza, pero solo alguna que otra gota lograba atravesar la cascada de ramas del sauce llorón. Estaban refugiados en su refugio privado, protegidos por el enmarañado laberinto de verde y oro.

Había imaginado que habría mucha gente buscando refugio, pero parecía que todos los demás habían optado por irse del parque. Estaban solos, o al menos así lo sentía; atrapados por la lluvia y resguardados por la naturaleza. Era como si alguien hubiera corrido unas cortinas a su alrededor para ocultarlos del resto del mundo. Oía el golpeteo de las gotas de lluvia al caer sobre las copas de los árboles, el crujido de las hojas y el susurro de la brisa rozando las ramas. Y oía también el latido de su propio corazón y la respiración entrecortada de él.

Levantó la mano y, al quitarle una gota de la mandíbula, sintió la aspereza de su barba bajo sus dedos.

«Querida Aturdida, no todas las relaciones terminan en sufrimiento. De vez en cuando merece la pena confiar en tus instintos y correr el riesgo».

Cuando él bajó la cabeza, ella se puso de puntillas y acercó la boca. Se encontraron a medio camino, o eso se dijo ella. Lo cierto fue que desde el momento en que la boca de Daniel tocó la suya, ya no hubo duda de quién estaba al mando. Él le rodeó la cara con las manos y la besó con una determinación pausada y relajada. Hubo algo brusco en el modo en que la hizo prisionera, pero también algo infinitamente delicado en la tierna presión de su boca sobre la suya. Con cada roce de sus labios y cada caricia de su lengua, avivó el fuego hasta que ella estuvo temblando y mareada de deseo. El placer resultaba desorientador; se deslizaba por su vientre, era como una trémula electricidad sobre su sensibilizada piel. Ella hundió los dedos en su sedoso pelo para acercarlo más a sí.

La creciente marea de excitación arrastró consigo toda razón y toda lógica. Molly se vio incapaz de hablar. Lo único que podía hacer era sentir. No creía en la magia, pero por un momento llegó a ver estrellas. El mundo a su alrededor se desvaneció hasta que solo quedó el roce erótico de la boca de Daniel y el suave tamborileo de la lluvia sobre las hojas.

Ella se derritió bajo los aturdidores roces de su lengua, balanceándose contra él, y sintió su mano deslizándose por su espalda y deteniéndose sobre la base de su columna, acercándola más. Ese roce confirmó todo lo que ella ya sabía sobre el cuerpo de Daniel. Que era duro y fuerte, tonificado y atlético. La implacable presión de sus músculos sugería que para mantenerse en forma hacía algo más que perseguir a un perro por el parque.

No sabía cómo había llegado allí, pero estaba atrapada entre el robusto árbol y su poderoso cuerpo.

Y él seguía besándola. No le dejó escapatoria mientras exploró, exigió y descubrió hasta que ella estuvo temblando de excitación. Daniel no daba señales de ir a parar y a Molly el cerebro no le funcionaba lo suficientemente bien como para encontrar una sola razón por la que debiera ser ella la que frenara algo que estaba resultando tan agradable.

Daniel llevó la mano hacia su pecho y con el pulgar acarició su cúspide. La deliciosa fricción la hizo estremecerse, gemir y acercarse más a él. Sintió sus dedos sobre el bajo de la camiseta y, al instante, la calidez de su mano posándose sobre su piel desnuda.

Era como estar en llamas; la excitación le quemaba la piel y se asentó en su vientre.

No llegó a saber cómo de lejos habrían llegado porque justo en ese momento Valentín ladró.

Daniel se retiró con clara reticencia.

—A lo mejor deberíamos seguir con esto en un lugar cerrado.

¿Un lugar cerrado?

Las palabras atravesaron las nubes de deseo que le empañaban el cerebro y se instalaron en su conciencia.

Se soltó de sus brazos enérgicamente y se estremeció de dolor al rasparse el brazo con la corteza del árbol.

—Tranquila —la voz de Daniel sonó áspera y sexi—. Menos mal que has elegido un sauce llorón, porque, de lo contrario, habríamos hecho una exhibición pública.

Oír esas palabras fue como que la arrojaran de cabeza a un cubo de agua fría.

El pánico le recorrió la piel. ¿En qué había estado pensando? Siempre tenía la precaución de no ponerse en una situación en la que su credibilidad profesional pudiera verse cuestionada y, aun así, ahí estaba, besándose en el parque como una adolescente, a la vista de cualquiera que pasara por allí.

Solo hacía falta una simple fotografía, una publicación en Internet, y antes de que pudieras darte cuenta, tu vida se convertía en un tema candente, cada detalle privado quedaba al descubierto y expuesto para el malicioso deleite de un público sediento de otra humillación pública.

Respiró hondo varias veces y se recordó que incluso aunque alguien los hubiera visto, nadie la habría relacionado con «Aggie». Había creado ese identidad precisamente por esa razón. Por protección. Una capa extra de defensa que añadir a las demás capas.

Y eso era lo que más miedo le daba. Desde que había llegado a Nueva York, nadie había abierto la más mínima brecha en ninguna de sus defensas. Nadie.

Hasta que había aparecido Daniel.

—Ven a casa conmigo —le rodeó la cara con las manos y, pronunciando las palabras contra su boca, añadió—: Nos quitaremos esta ropa mojada y nos ducharemos juntos. Sabes que va a estar muy bien.

Sí, lo sabía. Y precisamente por eso estaba retrocediendo. Cuando se jugaba con esa clase de fuego, alguien terminaba quemándose inevitablemente.

¿Cómo habían pasado de un divertido flirteo en el parque a algo tan real? En realidad, sabía la respuesta. En el momento en que había empezado a besarla, lo había olvidado todo. Incluso ahora se veía tentada a ignorar la voz sensata de su cabeza y marcharse con Daniel.

—No —se apartó de él con tanta brusquedad que Daniel tuvo que apoyar la mano en el árbol para sujetarse.

Empatizó con él. Desde el momento en que la había besado, ella había perdido la fe en que sus rodillas pudieran mantenerla en pie. Si Valentín hubiera medido unos centímetros más, se habría montado en su lomo y habría cabalgado sobre él hasta llegar a casa.

Se agachó, lo agarró del collar y enganchó la correa apresuradamente.

—Molly, espera —la voz de Daniel sonó empañada; sonó casi como si estuviera drogado, como si se hubiera dado un atracón de una sustancia ilegal.

Conocía esa sensación. Aunque en su caso la sustancia ilegal era él.

Le gustaba de verdad, y esa conexión extra iba acompañada del riesgo de acabar con el corazón roto.

No volvería a acercarse.

Capítulo 8

Daniel comprobó que la puerta de su despacho estuviera cerrada. Después, abrió el portátil y tecleó *Pregunta a una chica*.

Tal vez Aggie tendría algún consejo sobre cómo actuar ante una mujer que salía huyendo de algo bueno. El beso lo había vuelto loco y estaba seguro de que también la había vuelto loca a ella. Era una mujer sexi, inteligente y sin compromiso. Le había contado cosas que no había hablado prácticamente con nadie, y mucho menos con alguien a quien apenas conocía. Aún no entendía por qué lo había hecho. Solo sabía que había algo en la conexión que tenía con Molly que había acelerado el ritmo de su relación. Estaba seguro de que ella sentía lo mismo y, precisamente por eso, no se le ocurría ni una sola razón lógica por la que Molly no quisiera llevar esa relación al siguiente nivel.

Ojeó la página web y leyó algunas de las preguntas. Jamás lo admitiría, pero esa página tenía una calidad extrañamente adictiva.

Él solo veía relaciones ya rotas y nunca se había parado a pensar en el difícil camino que llevaba a la gente hasta su oficina. ¿Era así cómo empezaba todo? ¿Con una simple pregunta? ¿Con un simple malentendido? ¿Con una grieta que, si no se reparaba, se iba abriendo hasta convertirse en un cañón demasiado grande como para cruzarlo?

Jamás habría imaginado que hubiera tantos hombres dispuestos a escribir a una mujer pidiendo consejo. Y ahí, suponía, residía el poder de Internet. Eras anónimo. O al menos creías serlo. Y Aggie tenía opinión sobre todo. Sobre qué decir. Qué pensar. Qué sentir.

Querida Aggie, mi novia tiene una vida tan plena y activa que a veces me pregunto si me necesita. ¿Cómo puedo convencerla para que me dé prioridad a mí antes que a su grupo de lectura o a su grupo de costura?
Con cariño,
Insignificante.

Daniel enarcó las cejas. Si a un tipo le costaba resultar más interesante que un libro o un trozo de tela, tenía un problema, ¿no?

Pero entonces pensó en Molly y en sus bailes de salsa, sus clases de *spin* y sus clases de cocina y sintió un atisbo de empatía. Tal vez no era tan fácil como él creía.

Intrigado, leyó la respuesta de Aggie.

Querido Insignificante, en lugar de pedirle a tu novia que renuncie a sus actividades favoritas por ti, ¿por qué no la acompañas? Compartir una afición puede resultar una experiencia íntima y uniros más emocionalmente. Aunque siempre es sano mantener intereses por separado, también es bueno compartir cosas. Eso puede hacer que os entendáis mucho mejor y llevaros a una relación más satisfactoria.

¿Esperaba que el chico se apuntara a clases de costura? Esa mujer era una ilusa.

Miró la pantalla pensando en los intereses de Molly. No quería ir a clases de cocina y nunca le había visto sentido a las clases de *spin*, así que lo único que quedaba era bailar salsa. Pero la única salsa que él conocía era la que se servía con los nachos y, por muy atractiva que le pareciera Molly, no iba a ponerse a dar vueltas por una pista de baile con ropa de licra y lentejuelas. Preferiría pasear por el parque con un caniche.

¿Por qué no podían gustarle el béisbol o el póquer? ¿O el *jazz*? Con mucho gusto él la acompañaría a cualquiera de esas actividades. ¿Arte? ¿Teatro? Iría como un rayo. ¿Pero clases de *spin*? Pagar dinero para montar en una bicicleta que no iba a ninguna parte le parecía una locura.

Tenía que haber un modo mejor.

¿Tan bajo había caído que se estaba planteando escribir a una columnista de consultorio sentimental que probablemente sabía menos que él sobre relaciones?

Iría al parque al día siguiente, a la hora habitual, y esperaba encontrarla allí. Si seguía sin acceder a salir a cenar, bajaría un poco el ritmo y la convencería para que lo acompañara a hacer algo que él pudiera soportar al menos durante cinco minutos.

Alguien llamó a la puerta. Daniel minimizó la pantalla unos segundos antes de que Marsha entrara en el despacho.

—Han cancelado tu cita de las dos, así que he adelantado a Alan Bright a esa hora.

—Sin problema. ¿Bailas?

—¿Cómo dices? —preguntó Marsha mirándolo.

—Bailar, ya sabes... Tango, salsa, esas cosas.

Ella sonrió.

—Daniel, si yo bailara tango, me pasaría el resto de la semana con un quiropráctico. ¿Por qué lo preguntas?

—Por nada.

—Querrás decir por nada de lo que quieras hablar. Estoy intrigada —se cruzó de brazos—. ¿Me vas a decir por qué lo has preguntado?

—No.

Marsha puso los ojos en blanco y fue hacia la puerta.

—Eso me imaginaba. Pero si no vas a contarme nada, deja de provocarme.

En cuanto la puerta se cerró tras ella, Daniel escribió en el buscador: «clubs de salsa en Nueva York».

Al cabo de dos minutos logró entender la respuesta de Marsha.

¿Por qué no acompañarla a hacer una actividad que a ella le encantaba?

¿Tal vez porque no tenía ni idea de bailar? Se tropezaría con sus propios pies o, peor aún, se tropezaría con Molly. Y eso no lo ayudaría nada en su causa, aunque sí que sería un modo original de acabar tumbado encima de ella.

Salir con alguien era complicado. No le extrañaba que Aggie estuviera tan ocupada. Él seguía intentando descubrir su identidad, pero ahora mismo no le habría sorprendido que Aggie hubiera resultado ser un equipo de cuarenta personas. A juzgar por la cantidad de consejos que se daban ahí, probablemente cada una de esas personas estaría trabajando a tiempo completo en busca de respuestas.

Pero él no necesitaba escribir una carta para saber qué hacer a continuación.

Ya era hora de contarle la verdad a Molly. Había intentado hacerlo antes, pero ella no le había dado oportunidad.

Pensar en dar oportunidades a la gente le hizo pensar en Brutus. Se preguntó si les habría gustado a las personas que habían ido a verlo. ¿Debería haberle mencionado a Harriet que al perro le gustaba beber de los charcos?

Se recostó en la silla y se preguntó cómo reaccionaría Molly cuando descubriera que el perro no era suyo.

Con suerte, se sentiría halagada al ver que se había tomado tantas molestias por llamar su atención.

Tenía sentido del humor, así que estaba seguro de que le resultaría divertido.

Le diría la verdad, ella se reiría, y después saldrían a cenar.

Había exagerado. ¡Era un beso, por Dios! Un beso.

Lo que debería haber hecho era sonreírle, darle las gracias y marcharse con su dignidad intacta. Pero en lugar de eso había salido corriendo como Cenicienta al oír la primera campanada a medianoche.

Solo pensarlo hacía que se muriera de vergüenza; y así, muriéndose de la vergüenza, había pasado la noche, prácticamente sin dormir, para despertarse temprano y con la cabeza embotada.

Había sacado a Valentín a dar un paseo rápido por el parque más pronto de lo habitual y por un camino distinto para tener menos oportunidades de toparse con Daniel, y el perro no pareció extrañarse ni por el cambio de rutina ni por la ausencia de compañía canina.

Lo había soltado un momento y se había sentado en un banco diferente. Había intentado pensar en la reunión que tenía más tarde con su editor, pero solo había logrado pensar en Daniel.

¿Iría Daniel al parque?

¿Se preguntaría dónde estaba ella?

No, probablemente a esas alturas ya pensaría que estaba loca.

Después de haberse despejado un poco la cabeza, llamó a Valentín y volvió al apartamento.

—Vas a pasar el día con Harriet. Yo voy a reunirme con mi editor —le dijo al perro mientras se preparaba dedicándole especial atención a su aspecto.

Querían que hiciera una gira promocional, a lo cual se había negado al igual que se había negado a que apareciera una foto suya en la sobrecubierta del libro. Hacer una gira promocional supondría mostrar su rostro, arriesgarse a exponerse. No quería que Aggie tuviera un rostro. En la página web usaba un logotipo, un corazón con una interrogación dentro, y usaba esa misma imagen en sus redes sociales. ¿De qué servía usar un seudónimo si luego mostrabas tu cara y dejabas que todo el mundo la viera?

Se miró al espejo mientras terminaba de aplicarse el maquillaje.

Cuando estaba respondiendo preguntas en línea o escribiendo su libro se convertía en Aggie, el personaje que se había inventado. Aggie era valiente a la hora de dar consejos. Era fuerte, segura de sí misma y sensata.

Ahora mismo Molly tenía ganas de escribir a Aggie para preguntarle cómo desenmarañar su complicada vida. Frunció el ceño. Nunca se había sentido así. Siempre se había sentido cómoda separando su trabajo y su vida privada.

Era aquella conversación sobre el divorcio lo que la había desconcertado. O quizás había sido el beso. ¿Qué consejo debería darse a sí misma?

«Sé tú misma».

Aunque tal vez eso no sería lo que se diría. ¿Quién de verdad lo mostraba todo de sí? La mayoría de la gente tenía un lado que mostraba al mundo y otro que mantenía en privado.

Ella no era distinta a esa gente; la única diferencia era que le había dado un nombre a su identidad pública.

—Eres buena en lo que haces —le dijo con seriedad a su reflejo—. Sabes más sobre relaciones que nadie que haya conocido nunca y tienes cientos de mensajes de agradecimiento que lo demuestran.

Pero entonces, si tan experta era en relaciones, ¿por qué había salido huyendo de Daniel?

Un beso no era una declaración de amor eterno. Ahí no había sentimientos de por medio.

No había habido motivos para reaccionar como lo había hecho, excepto saber que esa clase de besos inevitablemente conllevaba otras cosas y, antes de que te dieras cuenta, alguien resultaba herido.

Por otro lado, Daniel no era el tipo de hombre que mantenía una relación más allá de un tiempo determinado, así que tal vez podrían disfrutar de la pasión sin llegar a sufrir.

¿Eso era posible?

Recordar el beso le despertó mariposas de excitación en el estómago.

¿Dónde estaría ahora? ¿En el parque?

Tal vez, o tal vez no.

Tal vez había valorado su huida y había preferido olvidarse de ella por considerarla demasiado complicada. ¿Quién querría una relación con una mujer que se comportaba como si unos zombis la persiguieran cada vez que un tipo la besaba?

Valentín la miró con reproche mientras se ponía la falda de corte lápiz y una camisa con botones diminutos.

—No me mires así. No puedo ir a ver a mi editor en pantalones de yoga. Tengo que parecer profesional y competente. Y no puedo llevarte conmigo. Con Harriet lo pasarás bien —se puso unos zapatos planos y se guardó unos tacones en el bolso–. Esto es lo que nos paga las facturas. Y te puedo asegurar que en Nueva York las facturas son enormes, así que sé un buen chico y esta tarde te llevaré al parque.

El perro gimoteó y se tumbó junto a la puerta con mirada lastimera.

–¡No intentes hacerme sentir culpable! Ya sabes que adoras a Harriet –guardó el móvil en el bolso y miró a su alrededor para comprobar si había olvidado algo–. ¿Echas de menos a Brutus?

Valentín se levantó y ladró.

–¿Reconoces su nombre? Pues ya es más de lo que hace él –le acarició la cabeza–. Mañana iremos al parque y, si Daniel está allí, me disculparé por haberme comportado como una loca y aceptaré salir a cenar con él.

A cenar, se prometió. Nada más. Era atractivo y le gustaban los perros. Eso le daba puntos extra.

Agarró la correa de Valentín y unas chucherías para perro y fue hacia la puerta.

La casa de Fliss y Harriet estaba a diez minutos andando.

Fliss abrió la puerta nerviosa.

–Molly, llegas pronto.

–Lo siento. ¿Te importa? Os pagaré más, por supuesto, pero necesito comprar un regalo para mi editor de camino a la oficina –sonrió al ver que Valentín entraba en el apartamento–. Aquí se siente como en casa. Le encanta.

La respuesta de Fliss quedó acallada por una cacofonía de ladridos de emoción.

Molly asomó la cabeza por encima del hombro de Fliss.

–¿Harriet vuelve a tener algún perro de acogida? ¿Qué...? –se detuvo al ver a Valentín corriendo hacia ella acompañado por un pastor alemán.

Incluso aunque no hubiera reconocido al otro perro por sus inconfundibles rasgos, habría sabido quién era por la euforia de Valentín al saludarlo.

—¿Brutus? ¿Qué estás haciendo aquí? ¡Qué coincidencia! —sonriendo, se agachó para acariciarle la cabeza—. Conozco a este perro. Es de un tipo al que veo en el parque casi todas las mañanas. Es adorable. Me refiero al perro, no al tipo. Aunque para ser sincera, el tipo es bastante adorable también —se sonrojó al darse cuenta de que estaba hablando como si fuera una adolescente—. Nunca me ha mencionado que contratara servicios de paseos de perros —levantó la mirada y vio la expresión congelada de Fliss—. ¿Qué pasa?

—Repítelo. Eso que has dicho —dijo Fliss entre dientes—. ¿Lo de que ves a ese tipo en el parque... significa que lo ves al pasar y sigues corriendo?

—Al principio sí, pero después empezamos a hablar. Ahora quedamos casi todas las mañanas. Es algo sin importancia. No hay duda de que este es su perro. Lo reconocería en cualquier parte. Brutus.

Brutus sacudió el rabo como loco y Fliss tragó saliva.

—Mierda. Molly... —abrió más la puerta. Había palidecido un par de tonos—. Será mejor que entres.

—¿Por qué? Tengo muchas cosas que hacer y...

—Pasa. ¡Harriet! —exclamó Fliss gritando el nombre de su hermana—. Ven ahora mismo, te necesito. Ha surgido una situación especial y no se me dan bien.

—¿Qué situación? —confundida, Molly entró en el apartamento mientras Valentín y Brutus jugaban a un juego que consistía en ladrar y rodar por la alfombra que había en el centro de la habitación—. Los dos perros se llevan genial. Será como un día de chicos, así que no os preocupéis por tener que sacarlos a pasear juntos.

—¿Qué pasa? —Harriet apareció con el cepillo de dientes en la mano–. Hola, Molly. Voy con un poco de retraso porque he tenido que ir a recoger a unos gatitos abandonados en mitad de la noche, pero estamos deseando quedarnos hoy con Valentín. Es el mejor perro del mundo.

–Pues quédate con eso en la cabeza porque puede que no nos lo deje –murmuró Fliss, y Harriet la miró aturdida.

–¿Por qué no? ¿Qué ha pasado?

–No tengo ni idea –inquieta, Molly miró a las gemelas–. ¿Qué está pasando?

Fliss apretó la mandíbula.

–Molly ha estado paseando a Valentín por el parque cada mañana y ha estado viendo a Brutus. Valentín y él se conocen muy bien.

A Harriet se le iluminó la cara.

–Es genial. Facilita mucho las cosas que ya sean amigos porque así los dos pueden… –se detuvo a mitad de frase y abrió los ojos de par en par. El regocijo dio paso a la consternación–. ¡Oh!

–Sí, oh –Fliss se tocó el pelo–. Molly, no es fácil decir esto, así que voy a ir directa al grano y después ya puedes ponerme un ojo morado. Venga. Adelante. Ese hombre del parque… No es el dueño de Brutus.

Molly sonrió.

–Sí que lo es. Los he visto juntos cada día. Se quieren.

–Sabía que tendríamos que haberle dicho que no – cada vez más furiosa, Fliss caminaba de un lado para otro–. Vino el mes pasado y nos dijo que quería pedirnos prestado un perro para poder conocer a una chica guapa. ¿Cómo iba a saber yo que eras tú?

–¿Cómo dices?

–Daniel. Vino a vernos.

–Espera. ¿Cómo sabéis su nombre?

–Llevo sabiendo su nombre toda mi vida. Daniel es nuestro hermano.

Molly tardó un momento en comprender lo que Fliss estaba diciendo.

—¿Vuestro hermano?

—Sí —Fliss resopló—. No se nos ocurrió que tú pudieras ser la chica guapa. Vas a matarme. Y después probablemente lo mates a él. Y ninguna de nosotras te culparíamos por ello. Es más, nosotras mismas nos hemos visto tentadas a hacerlo muchas veces.

Molly miró a Brutus. El perro de Daniel... con la excepción de que no era suyo.

Había pedido prestado al perro para poder conocerla. Y ella se lo había creído.

Fliss parecía disgustada.

—Di algo. ¿Te sientes halagada o estás a punto de ponerte como loca? Apuesto a que vas a ponerte como loca. Adelante. Grita o chilla. Tira algo, pero que no sea una pelota porque si no los perros intentarán ir a por ella.

Harriet parecía afligida.

—Lo sentimos mucho, Molly. No deberíamos haberle prestado a Brutus, pero ahora mismo nuestro negocio está en auge y ese perro es muy travieso, así que, para serte sincera, nos venía bien tener a alguien que lo sacara a pasear.

—Y también influyó tu lado romántico —dijo Fliss lanzándole una mirada acusadora a su hermana, que se sonrojó.

—Sé que en parte es culpa mía. A Fliss le pareció una mala idea, pero, entiéndeme, Daniel nunca ha mostrado un cariño de verdad ni por nadie ni por nada y pensé que tener la responsabilidad diaria del perro podría irle bien. Si hubiera sabido que iba a portarse mal con...

Molly pensó en la delicadeza con la que Daniel le había quitado a Brutus la rama que se le había quedado enganchada en el pelo.

—No se ha portado mal. No se ha portado mal con Brutus —seguía sin asimilarlo.

Había pedido prestado un perro. Brutus no era suyo.

La furia empezó a invadirla.

—Pero en realidad no ha mentido —dijo Harriet con gesto esperanzado.

—Ha mentido por omisión. Sabía que yo creía que el perro era suyo —a Molly dejaron de funcionarle las piernas y se sentó en el sofá. Se hundió en los cojines y notó algo clavándosele en el muslo. Se había sentado sobre un libro. Ni siquiera se había fijado. Se lo sacó de debajo de la pierna y vio el título.

Compañero de por vida.

—Es mío —Harriet se lo quitó de la mano y lo colocó bajo una pila de libros—. Estaba buscando algunos consejos, aunque es demasiado avanzado para mí. Necesito la versión para principiantes, *Compañero durante cinco minutos*. Sería un buen comienzo, pero por desgracia Aggie aún no lo ha escrito. ¿Lo has leído? Es bueno.

Molly emitió un sonido evasivo. «Qué ironía», pensó. Harriet estaba leyendo su libro sin tener ni idea de que ella era la autora y a ella, a su vez, en ningún momento se le había pasado por la cabeza que Daniel pudiera ser el hermano de las gemelas.

—Pensé que si Daniel estaba con el perro podría formar un vínculo —confesó Harriet—. Admito que no estaba pensando en la mujer tras la que iba. Lo siento.

—No lo sientas. No has sido tú, ha sido él —Molly se dijo que era normal sentirse furiosa, pero lo cierto era que sentía mucho más que eso. Sentía náuseas.

Su primer instinto no se había equivocado. Lo único que la había confundido había sido el perro, y al final había resultado que Brutus ni siquiera era suyo. Nada de lo que había vivido era real. ¡Y pensar que se había ilusionado con volver a verlo y aceptar por fin su invitación a cenar!

—No debería haber interferido —murmuró Harriet—. Fliss y yo tampoco somos dadas a estrechar vínculos, así que no somos tan distintas a él.

—Nosotras sí que estrechamos vínculos —protestó Fliss—. Yo estrecho vínculos contigo y con mis clientes y con los perros que saco a pasear. Lo único que pasa es que ahora mismo no tengo un hombre en mi vida.

Harriet miró a su hermana, como desafiándola.

—Nunca.

—Tener una relación con un hombre genera unos sentimientos fuertes y, cuando todo sale mal, tienes que encontrar algo que hacer con esos sentimientos que no implique quebrantar la ley. Además, me encanta estar soltera.

—Daniel ha hecho algo malo, pero eso no significa que sea una mala persona —la defensa de Harriet de su hermano resultó conmovedora.

—¿Qué vas a hacer? —Fliss estaba mirando a Molly.

¿Qué iba a hacer? No lo sabía.

Miró a Brutus, acurrucado con Valentín.

—¿Qué va a pasar con Brutus?

—Alguien vino a verlo el otro día. Van a volver mañana y después se tendrán que realizar muchas comprobaciones, por supuesto, pero si la cosa funciona, Brutus tendrá un nuevo hogar.

Molly recordó lo cariñoso que había sido Daniel con el perro el día anterior. De pronto se le formó una idea en la cabeza y supo exactamente lo que iba a hacer.

—¿Me lo prestáis un par de horas?

—¿Por qué?

El tono de Harriet sonó un poco más frío y Molly supo que, por muy amable que pudiera ser, estaba más que dispuesta a luchar por una causa que le importara. Y una de las cosas que más le importaban eran los animales vulnerables.

—Quiero hacer una cosa. Prometo que no le pasará nada.

Harriet se relajó.

—Nunca lo he dudado. Pero ¿qué vas a hacer? He de admitir que me sorprende que no estés más enfadada.

—Estoy enfadada —Molly se levantó. Ahora ya sentía las piernas firmes. Seguía furiosa, aunque ya no temía acabar rompiendo algo—, pero hay muchos modos distintos de dejar salir ese enfado.

—¿No tienes una reunión con tu editor?

—No hasta la hora del almuerzo. Primero iba a ponerme al día con unas cosas y a comprar un regalo, pero puede esperar. Si me doy prisa, debería llegar a tiempo a mi reunión. Pero necesito llevarme a Brutus.

—De acuerdo. Aunque ya que vas a estar con él un rato, hay algo más que deberías saber —Harriet miró a Fliss, que volteó la mirada exageradamente.

Molly se preparó para más revelaciones.

—¿Qué?

—No se llama Brutus. Se llama Volantes.

Capítulo 9

—Daniel, en recepción hay una mujer que quiere verte. Dice que es urgente.

Agobiado por las complejidades del caso que estaba estudiando, Daniel ni siquiera levantó la mirada.

—Tiene que pedir una cita.

—Es más complicado que eso.

—Si es complicado, entonces definitivamente tiene que pedir una cita.

—No se trata de trabajo. Es... eh... personal.

Daniel levantó la mirada. Él nunca, jamás, permitía que su vida personal interfiriera en su profesión. Era una de las razones por las que nunca había tenido ninguna relación con nadie del trabajo.

—¿Cómo se llama?

—No me ha dado su nombre, pero viene con un perro. Y esto es lo raro: dice que es tu perro.

—¿Un perro? —el radar interno de Daniel hizo saltar varias alarmas—. ¿Qué clase de perro?

—Un pastor alemán escandaloso que está causando estragos en recepción —Marsha sonrió—. El otro día, cuando hiciste todas esas preguntas, me pregunté qué estaría pasando. ¿Te preocupaba que eso te hiciera parecer más humano? Porque, sinceramente, no estaría mal. Deberías habérmelo dicho.

—¿Haberte dicho qué?

—Que tienes un perro.

La tensión se le extendió por los hombros y por la espalda.

—¿Me estás diciendo que una de mis hermanas está en recepción?

—¿Tus hermanas? No. Conozco a Fliss y a Harry. Esta mujer tiene el pelo oscuro. Es muy guapa —Marsha parecía intrigada—. He dado por hecho que la conoces.

La conocía. La descripción encajaba con Molly, y si estaba en recepción con un pastor alemán, eso significaba que él tenía más problemas de los que había podido imaginar.

Había descubierto que el perro no era suyo.

Se apartó del escritorio y se levantó justo cuando el móvil empezó a sonar y en la pantalla apareció el nombre de Harriet.

Lo ignoró. Si era una advertencia, entonces llegaba demasiado tarde. Ahora mismo su prioridad era ocuparse de Molly, no saber cómo había descubierto la verdad.

Lo que más le fastidiaba era que su intención había sido contárselo esa misma mañana, pero al final ella no había aparecido. Él había dado por hecho que lo que fuera que la había hecho salir corriendo el día anterior seguía incomodándola y después había dejado a Brutus con sus hermanas mientras se decía que volvería a intentarlo al día siguiente.

La voz de Marsha lo detuvo en la puerta.

—Ha dicho que te dé un mensaje: «que espera que te guste la camisa de volantes que te ha comprado». ¿Significa algo?

Sí. Significaba que Molly no solo sabía que el perro

no era suyo, sino que además sabía que no se llamaba Brutus.

Volantes.

—En una escala del uno al diez, ¿cómo de enfadada está?

—¿Por qué iba a estar enfadada?

—Por nada —por todo.

Salió del despacho y bajó en el ascensor hasta la planta baja para reunirse con su destino.

No tuvo que mirar muy lejos para encontrarlo. Había una multitud de mujeres apiñadas en el centro del vestíbulo y vio una cola marrón y negra asomando entre sus piernas. Se sacudía frenéticamente.

«Traidor», pensó Daniel diciéndose que luego mantendría una charla muy seria con Brutus. Si el perro tuviera una pizca de lealtad, se habría aliado con él y se habría negado a entrar en el edificio. Después de tantos paseos, de todos los palos que le había tirado jugando, de todas las veces que le había rascado la barriga y de todos los pelos de perro que se había quitado de la ropa. Jamás había presenciado semejante muestra de ingratitud canina.

Oyó fragmentos de la conversación.

—Es precioso.

—Qué perro tan maravilloso. ¿De verdad es de Daniel Knight? No sabía que tuviera perro. No parece que le gusten.

—Oh, pues es un gran amante de los perros —dijo una animada voz de mujer que Daniel reconoció de inmediato como la de Molly.

¿Por qué no sonaba enfadada?

Y entonces volvió a oír su voz, dulce y un poco entrecortada.

—¿No lo sabíais? Saca a pasear a su perro por Central

Park todos los días. Así fue como nos conocimos. Es tan romántico.

Así que así iba a jugar. Muy lista.

Lo que tenía en mente no era ira, sino venganza.

Durante una de sus conversaciones, él le había dicho que nunca trasladaba su vida privada a la oficina, así que ella se la había llevado a su misma puerta y, por lo que parecía, estaba decidida a provocarle una humillación máxima.

Preparado para ejecutar el control de daños, cruzó el suelo de mármol en dirección al pequeño grupo.

—¡Molly! Qué sorpresa.

Molly se puso de pie y durante una milésima de segundo lo miró a los ojos. Y después sonrió.

Fue la primera vez en su vida que una sonrisa le dio miedo.

—¡Daniel! Cariño —se acercó y lo besó en la mejilla.

El último pensamiento coherente de Daniel antes de que sus sentidos estallaran fue que deseaba que hubiera sido un beso de verdad. Cuando sus labios le rozaron la mandíbula, se vio transportado al sauce llorón, con sus cuerpos pegados el uno al otro y su pulso palpitante mientras sentía el erótico roce de la lengua de Molly contra la suya.

Deseó llevarla hasta la mesa de recepción y tumbarla sobre la suave superficie de cristal, pero por suerte para su reputación, Brutus intervino. Soltó un ladrido de alegría y saltó sobre él, claramente emocionado de verlo. Daniel se quedó sorprendido al descubrir que el sentimiento era mutuo, y no solo porque el perro le hubiera evitado el riesgo de ser arrestado por comportamiento obsceno en un lugar público.

—Hola, Brutus —se agachó para saludarlo y se sintió tremendamente agradecido de que sus hermanas aún no le hubieran encontrado un nuevo hogar. El perro le lamió la mano y sacudió la cola con tanta fuerza que él estuvo a punto de perder el equilibrio y caer sobre el resbaladizo suelo pulido–. ¡Qué sorpresa!

Molly le lanzó una sonrisa juguetona.

–Espero que buena. No despeines a Brutus, Daniel –dijo recalcando el nombre del perro con un énfasis sutil pero imposible de ignorar–. Ya sabes que siempre le gusta estar perfecto.

Daniel se puso recto mientras valoraba cuánto estaría dispuesta a humillarlo.

–No me esperaba recibir el placer de tu visita.

La sonrisa de Molly le dijo que ella sabía exactamente cómo de placentera le resultaba la visita.

–Sé que no deberíamos molestarte en el trabajo, pero Brutus... –dijo pronunciando otra vez el nombre con énfasis– echaba mucho de menos a su papaíto.

Daniel se estremeció al oír la palabra «papaíto». No había duda que Molly estaba dispuesta a ir a por todas. Por lo que sabía de ella, era inteligente y profesional, y estaba seguro de que la palabra «papaíto» no solía formar parte de su vocabulario, y menos en ese contexto.

Ella se agachó y agarró la cara de Brutus con las manos mientras hablaba con una voz exageradamente infantil.

–Pobre bebé, dile a papaíto cuánto lo echabas de menos –y añadió canturreando–: Querías que se acurrucara contigo y te hiciera cosquillitas en la tripita como cuando está en casa, ¿a que sí?

Las tres recepcionistas que habían abandonado sus puestos para acariciar a Brutus estaban mirando a Daniel atónitas. Sin duda, imaginarlo acurrucado a algo les resultaba tan extraño como imaginarlo ejerciendo de «papaíto». Su reputación se estaba desintegrando ante sus ojos. Aunque eso no le importaba. Lo que le importaba era el cliente tan importante que estaba bajando de un coche justo fuera del edificio. Calculaba que tenía unos dos minutos para llevar a cabo un control de daños o, de lo contrario, tendría muchos más problemas que unos cuantos pelos de perro en el traje.

–A Brutus le cuesta un poco sostenerse sobre este suelo tan resbaladizo, así que por qué no seguimos con esto fuera...

–Seremos muy breves. Brutus te ha traído un regalo –dijo empleando la misma voz ridícula. Una voz que él nunca la había oído usar.

Una voz que le decía que tenía un gran problema.

–Molly...

–¿Le has traído a papaíto un regalo especial? ¿Se lo damos ahora o le hacemos esperar? –su voz cantarina resonó por el interior del austero y serio edificio de oficinas y Brutus, emocionado por el tono de voz de Molly, gimoteó y sacudió la cola con tanta fuerza que casi lanzó volando a una recepcionista.

Daniel agarró la correa de Brutus con la intención de sacarlo a la calle, donde podrían continuar con la conversación con un mínimo de intimidad, pero Brutus estaba tan contento de verlo que dio un salto y le plantó las patas en el centro del pecho.

Reconociendo lo ridículo de la situación, Daniel se rio. Si alguna vez hubiera decidido tener un perro, habría elegido uno exactamente como Brutus, que mostraba una sana indiferencia por las opiniones de la gente y las convenciones sociales.

–Oh, qué feliz está de ver a su papá –Molly parecía encantada y Daniel decidió jugar a su mismo juego.

A veces, cuando te veías atrapado por una fuerte corriente, lo mejor era dejar de resistirse a ella.

—Y yo estoy feliz de que hayáis venido. Esta mañana me he marchado pronto y no quería despertarte.

Molly abrió los ojos de par en par y se sonrojó.

Por encima de su hombro, Daniel vio a su cliente cerrando la puerta del coche.

Faltaba un minuto para que entrara en el edificio.

Tenía que encontrar el modo de que Molly se fuera corriendo y solo conocía uno.

La llevó hacia él enérgicamente y ella perdió el equilibrio y se sujetó poniendo una mano sobre su torso. Dejó escapar un grito ahogado, pero antes de que pudiera protestar, él la besó. Su intención había sido que fuera breve, pero en cuanto ella abrió la boca, él perdió la noción del tiempo. Hundió la mano en su sedoso pelo y le rodeó la nuca para sujetarla con firmeza durante el beso. Le exploró la boca, absorbiéndola, saboreándola.

Y solo cuando alguien carraspeó, recordó dónde estaba y, muy a su pesar, la soltó.

Se quedaron mirándose, aturdidos. Era difícil saber cuál de los dos se había quedado más desconcertado con el beso.

—Luego te veo —logró decir Daniel—. Debería estar en casa a las ocho. No cocines. Sé que ahora mismo tienes muchas cosas en la cabeza... —como, por ejemplo, mil maneras distintas de matarlo—. Yo invito —vio la mirada de alarma de Molly, que fue consciente de que ya no estaba al mando de la situación.

—No hace falta...

—Insisto. Es mi forma de darte las gracias por cuidar de Brutus mientras estoy trabajando.

El cliente entró por la puerta y Daniel decidió que había llegado el momento de dar por finalizado el encuentro.

—¿Rebecca? —dijo dirigiéndose a una de las chicas que trabajaban en recepción—. Dile a Marsha que llame a Rob y le diga que traiga el coche para llevar a Molly y a Brutus a casa.

—Por supuesto, señor Knight —fue corriendo al mostrador y el resto de mujeres se dispersaron poco a poco, sin duda para hacer correr la voz de que Daniel Knight, el incorregible soltero, por fin tenía una relación seria con una mujer. Y era dueño de un perro.

Sospechaba que la vida de oficina iba a complicársele mucho.

Después de saludar al cliente levantando una mano, agarró la correa de Brutus y lo sacó a la calle.

Molly se giró hacia él con un peligroso brillo en la mirada.

—Has pedido prestado un perro.

—Sí.

—¿Por qué?

—Te lo diré si me dices por qué saliste corriendo después del beso en el parque.

Ella dio un paso atrás, nerviosa.

—Eso no tiene nada que ver con esto. Utilizaste a un perro para conocerme.

—Sí.

—¿Y tenías intención de decírmelo en algún momento?

—Hoy. Pero no has ido.

—Estaba ocupada. Tengo una reunión con mi editor dentro de un rato y...

—Y el beso de ayer te asustó. Admítelo.

Ella tenía la respiración acelerada.

—Fue...

—Sí que lo fue —Daniel bajó la mirada a su boca y se preguntó si debería complicar las cosas besándola otra vez ahora. Tenía un cliente esperando, así que probablemente no fuera la mejor idea. La próxima vez que besara a Molly, no quería un límite de tiempo.

–No solo pediste prestado un perro. Le cambiaste el nombre.

–Sí.

–¿Ni siquiera vas a negarlo ni a poner excusas?

–Es la verdad. Me declaro culpable de todo. ¿Por qué lo hice? Porque quería conocerte. Me intrigabas una barbaridad, Molly. Y lo sigues haciendo. Y estoy respondiendo a todas tus preguntas, pero tú aún no has respondido a las mías.

Ella ignoró el comentario.

–No podía entender por qué nunca respondía a su nombre. Al principio pensé que era desobediente y después me pregunté si tendría problemas de oído, ¡pero lo que estaba pasando era que no se llamaba Brutus! Es espantoso.

–¡Brutus! –el perro giró la cabeza y Daniel se agachó para hacerle carantoñas–. Ahora ya sabe su nombre.

Ella lo miró furiosa.

–Ese no es...

–¿Qué nombre crees que le sienta mejor? ¿Volantes o Brutus?

Ella miró al perro y después lo miró a él.

–Esa no es la cuestión.

–Es precisamente la cuestión –Daniel se levantó–. Es un perro fuerte y masculino. Necesita un nombre fuerte y masculino.

–Eso es sexista. Además, el nombre de una persona no influye en su identidad.

–¿De verdad crees que tiene aspecto de «Volantes»? –se hizo a un lado para dejar pasar a un grupo de peatones.

Ella abrió la boca y la cerró.

–Tienes que ganar cada discusión.

–Soy abogado. Discutir forma parte de mi trabajo, al igual que analizar los comportamientos forma parte del tuyo. Pero te voy a ahorrar el trabajo, Molly. ¿Quieres saber qué está pasando aquí? Te lo diré. Cuando deseo algo con todas mis fuerzas, voy a por ello. Y a ti te deseo. Es así de simple –vio cómo la respiración de Molly se volvió más lenta.

–¿No te parece que involucrar a un perro en todo esto es no tener escrúpulos?

–Brutus era feliz viniendo conmigo a Central Park; sospecho que más feliz que yendo contigo de excursión por la ciudad de Nueva York cuando el único propósito no es correr por el parque sino utilizarlo para avergonzarme delante de mis colegas –vio un brillo de culpabilidad en el rostro de Molly.

–He cuidado muy bien de él.

–¿Sabes qué creo, Molly? –se acercó más–. Creo que te sientes aliviada de que haya pasado esto porque así tienes una excusa para dar marcha atrás.

–No necesito ninguna excusa. Puedo decirte sin más que te alejes de mí.

–Me refiero a una excusa contigo misma. Puedes decirte que estás dando marcha atrás porque pedí prestado un perro, pero los dos sabemos que el perro no es el motivo –le sonó el teléfono y maldijo para sí–. Tengo que irme. Tengo una reunión, pero intentaré escaparme pronto. Con suerte estaré libre a las ocho.

–¿Qué? No –se echó el pelo hacia atrás, nerviosa–. Daniel, no vamos a vernos luego.

–Hay cosas que tienes que decir y no es bueno que te las guardes, así que puedo pasarme luego y podrás decirme todo lo que está bullendo dentro de ti ahora mismo y amenazando con estallar. Dame tu dirección.

—No necesitas mi dirección. Ya he dicho todo lo que he venido a decir.

—No sé por qué, pero lo dudo.

—¡Me hiciste pensar que te gustaban los perros!

Daniel miró a Brutus, que estaba sacudiendo el rabo con expresión atontada.

—Resulta que es posible que sí me gusten los perros, lo cual puede resultar un poco confuso para los dos —se agachó y habló a Brutus con firmeza, de hombre a hombre—. Cuídala de camino a casa, ¿me oyes? Estás al mando. Nada de cruzar la carretera corriendo. Nada de beber de charcos sucios.

Brutus se acurrucó contra su pierna y gimoteó de alegría. Daniel pensó que si la mitad de sus clientes estuvieran tan relajados y fueran tan sencillos de complacer como Brutus, su jornada laboral sería mucho menos estresante.

Molly lo miró.

—¿Supongo que piensas que te has salido de rositas?

—No —Daniel se levantó—. Pero podemos hablar de eso esta noche. Y también podemos hablar de ese beso —asintió hacia la carretera—. Rob os llevará a casa o al apartamento de mis hermanas, o adonde quieras.

—El coche se llenará de pelos de perro.

—Rob es un hombre que puede prácticamente con todo. No creo que le vayan a molestar unos cuantos pelos de perro. ¿Tu dirección?

Ella vaciló y después se la dijo.

—Si te presentas allí, puede que te mate.

Daniel sonrió.

—Te veo a las ocho, Molly. Eso debería darte tiempo para pensar en unos cuantos millones de maneras de lograr tu objetivo.

Capítulo 10

A Molly no le hacía falta encontrar la respuesta a cómo se sentía. Sabía cómo se sentía. ¡Estaba furiosa con él! Le había mentido. ¿De verdad pensaba que iba a tener una relación con él después de la maniobra que había hecho? Y en cuanto a la insinuación de que ella estaba utilizando lo que había pasado como una excusa para apartarlo de su lado... No era ninguna excusa. Era la verdad.

Ninguna mujer en su sano juicio tendría una relación con un hombre que pedía prestado un perro para conocerla.

Iba bullendo de rabia por dentro mientras el elegante coche avanzaba lentamente entre el tráfico que congestionaba el centro de Manhattan.

Cuando llegó a casa de las gemelas, Harriet abrió la puerta con gesto de culpabilidad.

—No sé qué decirte. Me siento fatal por todo esto. Si no quieres volver a hablarnos nunca, lo entenderé. Te recomendaré otras empresas de paseo de perros.

—Sois las mejores de Manhattan. No quiero a nadie más. ¿Qué tal está mi chico favorito? —Molly contaba con que Valentín fuera corriendo a saludarla, pero él se quedó donde estaba, con la cabeza apoyada sobre sus patas y aletargado de un modo inusual—. ¿Qué pasa?

—Eso iba a preguntarte. Parece como si estuviera un poco pachucho —Harriet cerró la puerta y le quitó la correa a Brutus—. ¿Ayer estaba bien?

—Sí. Y también estaba bien esta mañana cuando lo he llevado al parque.

Vio cómo Brutus se acurrucaba contra Valentín. Y cuando su perro no quiso jugar, Brutus se tumbó a su lado.

—Qué monos están juntos —dijo Harriet suspirando—. ¿Es posible que Valentín haya comido algo por la calle? A veces lo intenta, ¿verdad? Es una de las razones por las que no suelo sacarlo a pasear con otro perro. Tengo que tenerlo vigilado.

—No ha comido nada. Ni siquiera hemos estado mucho rato —Molly se quedó pensativa. Había estado perdida en sus pensamientos, preocupada por Daniel, y no había estado prestando tanta atención como de costumbre. Sintió un puñetazo de culpabilidad en el estómago y, por debajo de esa culpabilidad, nerviosismo. No era habitual que Valentín tuviera tan poca energía—. A lo mejor sí ha comido algo. Es posible.

—Seguro que no es nada. Estaré vigilándolo y, si me preocupa cómo lo veo, llamaré al veterinario.

—Cancelaré mi reunión —empezó a buscar el teléfono, pero Harriet sacudió la cabeza.

—No lo hagas. No estás lejos. Si veo que es preocupante, te llamaré. ¿Qué tal te ha ido con Daniel? Espero que se haya disculpado.

Molly se puso de rodillas junto a Valentín, preocupada por su perro.

—Eso se lo está ahorrando para esta noche.

—¿Esta noche?

—Va a venir a mi casa para que podamos hablar.

A Harriet se le iluminó la cara.

—Ah, bueno, eso es...

—No es nada.

—Qué pena. Eres la primera mujer que podría manejarlo. Daniel está acostumbrado a que las mujeres se enamoren de él. Empezó a suceder en cuanto entró en la pubertad. Las chicas se nos acercaban a Fliss y a mí queriendo saber cómo atraer su atención. Siempre ha podido tener a las chicas que ha querido. Sinceramente, creo que nunca ha oído la palabra «no» viniendo de una mujer.

—Bueno, pues ya la ha oído –aunque no parecía haber estado escuchando.

—Estás enfadadísima con él. Y no te culpo.

—Lo que más me molesta no es solo que haya fingido tener un perro que no era suyo, sino la enrevesada historia que se inventó sobre su pasado. ¿Te puedes creer que me dijo que Brutus era la víctima de un caso de divorcio muy complicado? Me dijo que el hombre se lo quedó solo para castigar a su mujer porque sabía cuánto quería al perro y que, después, cuando se dio cuenta de que ya no quería al perro, la mujer tampoco lo quiso porque quería castigar al marido. Me lo creí y me sentí muy mal por Brutus.

—Bueno, pero eso no era mentira. Efectivamente, Daniel rescató al perro de esa horrible pareja de Harlem. Eso era verdad. Lo único de la historia que omitió a su favor fue que él no se lo quedó, sino que nos lo trajo directamente a nosotras.

Desconcertada, Molly la miró.

—¿Pero por qué sabía del perro?

Como si supiera que estaba siendo el centro de conversación, Brutus se levantó y se acercó al sofá para ver de cerca al cachorrito que Harriet tenía acogido.

Harriet lo miró.

—Daniel era el abogado del hombre, pero al final se

separaron porque tenían diferencia de opiniones. No sé por qué. Daniel puede ser muy selectivo con los casos que acepta. Está especializado en casos complicados, sobre todo cuando hay de por medio custodias de hijos.

Molly pensó en lo que le había contado en el parque sobre su madre, sobre cómo se había convertido en abogado de divorcios por lo que había pasado.

Maldita sea. Bajo ningún concepto se dejaría engatusar por él.

–Lo hace por dinero, ¿verdad? Porque esos son los casos que le reportan más dinero y más publicidad.

–No. Opina que para los niños es muy negativo crecer en un ambiente familiar hostil. Le encanta luchar por los más débiles –Harriet rescató al cachorrito dormido antes de que Brutus lo empujara del sofá al acurrucarse tanto a él–. No es ningún santo, Molly, pero tampoco es tan malo como crees. Bueno, ¿y qué vas a hacer esta noche con él?

–No voy a hacer nada con él. No puedo impedir que se presente en mi puerta, pero no tengo por qué dejarle pasar –y se negaba a imaginarlo defendiendo a los más débiles o ayudando a mujeres que no podían ayudarse a sí mismas…

Mierda.

–Así que no te interesa.

Molly pensó en las últimas semanas. En los paseos, en las charlas, en las risas, en el beso.

Y pensó en cómo había fingido hacerse pasar por un hombre al que le gustaban los perros.

–No –dijo con firmeza–. No me interesa.

Preocupada por Valentín e intentando no pensar en Daniel, acudió a la reunión con su editor y volvió a su apartamento una hora antes de la hora a la que estaba previsto que él llegara.

Valentín seguía apático y pachucho. Lo tumbó en su cesto y lo situó donde podía verlo.

Se dio una ducha rápida y se puso un vestido.

Después cambió de opinión y se puso unos vaqueros.

De ese modo Daniel recibiría el mensaje de que no iban a salir a cenar.

Se maquilló con esmero, pero solo porque maquillarse le daba seguridad en sí misma, no porque quisiera que la viera con el mejor aspecto posible.

Valentín la observaba lánguidamente.

—¿Por qué pareces tan preocupado? —le dijo mientras se aplicaba máscara de pestañas—. Sigues siendo mi chico favorito y siempre lo serás. Solo me estoy maquillando porque me da seguridad. Cuando se vaya, pediré una *pizza*. Y ahora vamos a hacer eso que probablemente no debería hacer. Voy a buscar a Daniel Knight por Internet.

Se sirvió una copa de vino, se la llevó al escritorio y tecleó su nombre en el portátil mientras se preguntaba si lo lamentaría.

¿Qué iba a descubrir?

Fuera lo que fuera, ¿podría ser mucho peor que fingir tener un perro?

Veinte minutos más tarde, se levantó y se rellenó la copa.

—Bueno, tiene una buena reputación. Y una mente brillante, obviamente. Es fuerte. Letal en el juzgado pero justo, según todo el mundo. La clase de hombre que quieres a tu lado si te estás divorciando. Lo cual, por supuesto, ni es mi caso ni lo será nunca —miró a Valentín.

El perro intentó levantarse, pero se tambaleó. Le fallaron las patas y se desplomó sobre su cama. Estaba temblando y gruñendo. A Molly le dio un vuelco el corazón.

—¿Qué pasa?

Se agachó junto a él y le acarició la cabeza. Valentín emitió un suave gemido y vomitó. Los ojos se le pusieron en blanco y en ese momento ella sintió una explosión de pánico.

—¡Valentín! No, no. No me hagas esto —con las manos temblorosas, agarró el teléfono, pero había estado tan ocupada pensando en Daniel que había olvidado cargarlo.

Presa del pánico, intentó pensar. Tendría que pedirle un teléfono a alguien. Mark y Gabe. Gabe estaba prácticamente pegado a su teléfono. Seguro que lo tenía cargado. Corrió por su apartamento tropezándose, abrió la puerta y se topó con Daniel. Se habría caído si él no la hubiera agarrado por los hombros.

—Vaya, ¿dónde está el fuego?

—Necesito un teléfono. Tengo que ir a ver si Mark y Gabe tienen un teléfono.

—Yo tengo un teléfono —su tono había pasado de jocoso a serio—. ¿Qué pasa?

—Valentín. Está... —se le atragantaban las palabras—. Está muy enfermo. Tengo que llamar al veterinario, pero tengo el teléfono descargado y...

—El mío está cargado —la metió en el apartamento y para cuando ella había cerrado la puerta, él ya tenía el teléfono en la mano—. ¿Tienes el número de tu veterinario?

Estaba de rodillas junto a Valentín.

—Está en mi teléfono y mi teléfono está muerto...

—Dime el nombre.

Intentó concentrarse. Centrarse. Tenía la mente en blanco.

—Es el mismo al que va Fliss. Me los recomendó ella.

Daniel marcó un número.

—¿Fliss? Necesito el número de tu veterinario —fue tajante. En su voz no había ningún rastro de su habitual tono de broma—. No. Es para Valentín —hubo una pausa—. Sí, eso es… Ahora mismo no, pero si te necesitamos, te llamaré —colgó y marcó otro número. Mientras esperaba una respuesta, miró a Molly—. Ve a por tu chaqueta y las llaves.

Ella tenía la mano sobre la cabeza de Valentín.

—Nunca lo he visto así.

—Molly —le dijo Daniel con firmeza atravesando su pánico con su voz—. Chaqueta y llaves.

Ella se levantó y siguió sus órdenes de manera automática mientras escenarios espantosos le llenaban la cabeza. De fondo oía a Daniel hablando con el veterinario.

Para cuando él terminó la llamada, ella estaba casi hiperventilando.

—¿Y si…? —ni siquiera podía pronunciar esas palabras—. No quiero perderlo.

—No vas a perderlo. Eso no va a pasar —Daniel se puso de cuclillas junto a Valentín y puso la mano sobre la cabeza del perro, que apenas se movió—. Van a mandar una ambulancia. Están de camino.

—¿Y cómo lo llevamos hasta la ambulancia? —no recordaba dónde había puesto las llaves. ¿En el bolso? ¿En la mesa? No podía pensar. Tenían que llevar a Valentín al veterinario, rápido. Pero ¿y si no podían hacer nada por él?

—Llaves —dijo Daniel con delicadeza—. Están en la encimera de la cocina.

Ella las encontró y se las guardó en el bolsillo con dedos temblorosos.

—Puedo levantarlo, pero no creo que pueda bajarlo por las escaleras. Pesa demasiado para mí.

—Yo puedo llevarlo en brazos, pero no quiero hacerle daño, así que tráeme una toalla grande. Algo con lo que lo pueda envolver.

Él había tomado el control de la situación y ella se alegraba porque no era capaz de centrarse en lo que había que hacer. Lo único en lo que podía pensar era en qué iba a hacer si perdía a Valentín. Era su mejor amigo.

Miró a Daniel de verdad por primera vez desde que había entrado en el apartamento y se dio cuenta de que debía de haber ido directamente desde la oficina.

—No puedes llevar en brazos a mi perro. Llevas un traje...

—Molly —dijo con tono paciente—. Tráeme una toalla. Y estate atenta por si viene la ambulancia.

Ella encontró una toalla y ayudó a Daniel a envolver a Valentín en ella. Después él lo levantó en brazos, sin dejar de hablarle, sin dejar de decirle que pronto se encontraría mejor y que en muy poco tiempo volvería a estar jugando en el parque con Brutus.

Molly esperaba que tuviera razón.

Salió del apartamento tras él y nerviosa observó cómo bajaba a Valentín por las escaleras, con cuidado.

—Llama a mis hermanas y vuelve a preguntarles si existe alguna posibilidad de que haya comido algo en el parque cuando ha estado con ellas. El veterinario dice que sería útil saberlo. Tengo el teléfono en el bolsillo.

—No ha pasado cuando estaba con ellas, ha pasado cuando estaba conmigo —el estómago le dio un vuelco—. Esta mañana lo he llevado a dar un paseo rápido por un sitio distinto.

—¿Un sitio distinto?

—No por nuestro sitio habitual.

«Nuestro sitio habitual». Sonó íntimo; como si, en lugar de semanas, llevaran meses quedando en el parque.

Esperó a que él le preguntara por qué había llevado a Valentín a un sitio diferente, pero Daniel no lo hizo, probablemente porque ya sabía la respuesta.

Ella había estado evitándolo.

—¿Y podría haber comido algo por ahí?

Molly pensó en lo distraída que había estado.

—Sí —dijo con pesar—. No conozco muy bien esa zona del parque. Podría haber encontrado algo.

—No te culpes. Eres la mejor dueña de perro que he conocido en mi vida —Daniel entregó a Valentín al personal de la clínica. Después agarró la mano de Molly y entró con ella en la ambulancia.

Ella no apartó la mano. Necesitaba desesperadamente ese consuelo. La otra mano la posó sobre el cuerpo quieto de Valentín, rota por la culpabilidad.

—Lo siento. Lo siento mucho. Debería haber prestado más atención a lo que estabas comiendo.

Valentín ni siquiera abrió los ojos y ella sintió las lágrimas acumulándosele en la garganta.

Daniel le apretó la mano con fuerza y se echó hacia delante para hablar con el conductor.

—¿Puede ir más deprisa? —miró por la ventana—. No gire a la derecha por ahí, hay obras.

Cuando por fin llegaron a la clínica, Valentín seguía sin moverse y Molly estaba presa del pánico.

—Es un perro muy fuerte y muy sano. Nunca había estado malo...

—Se pondrá bien —Daniel parecía estar tan seguro que ella no se lo discutió. Al contrario, se aferró a su optimismo como si se tratara de un salvavidas y así entraron juntos en la clínica.

El veterinario apareció inmediatamente.

—Soy Steven Philips.

Daniel tomó el mando.

—Hemos hablado hace un momento. Valentín está muy enfermo.

El veterinario no perdió ni un segundo. Le dio un par de instrucciones a la enfermera y mientras la mujer atendía a Valentín, él habló con Molly.

—¿Puedes darme algún dato sobre la historia clínica de tu perro?

Molly se la dio, aunque fue breve porque era la primera vez que estaba enfermo.

El veterinario volvió a mirar a Valentín.

—Intenta no preocuparte. Te prometo que está en buenas manos —se lavó las manos, se puso unos guantes y se centró en Valentín—. ¿Entonces crees que ha podido comer algo? ¿Alguna idea de qué ha podido ser?

—No. Estaba muy apático cuando lo he recogido de la casa del servicio de paseo. Esta tarde no ha querido comer nada y después de pronto ha empezado a vomitar mucho. Me ha gruñido. Y él nunca gruñe. Y después se ha quedado muy quieto. No es nada propio de él.

El veterinario estaba examinando a Valentín, moviendo las manos con cuidado.

—Sospecho que tienes razón al decir que ha podido comer algo que no debía. Los perros comen de forma indiscriminada.

—Lo sé, y por eso siempre tengo cuidado. Nunca me había pasado —sintiéndose terriblemente culpable, Molly tragó saliva—. Esta mañana lo he llevado a una zona distinta del parque. No suelo ir allí. No he prestado tanta atención como debería haber hecho.

—¿Qué zona? —el veterinario seguía examinando a Valentín mientras Molly describía dónde había estado.

—¿Por casualidad te has fijado en si había narcisos? —preguntó el veterinario.

—Yo... —no se había fijado en nada. Había estado pensando en Daniel–. Puede que hubiera narcisos. ¿Crees que ha sido eso?

–No estoy seguro, pero si ayer estaba bien y ha mostrado síntomas después del paseo por el parque, sospecho que puede ser alguna clase de intoxicación. Voy a hacerle unas pruebas.

–¿Qué clase de pruebas?

–Un análisis de sangre, una radiografía y una ecografía y también tomaremos algunas muestras. Dado lo tarde que es y lo enfermo que está, pasará aquí la noche.

Molly se revolvió por dentro.

–¿Quieres que se quede aquí?

–Voy a ponerle una vía intravenosa para suministrarle líquidos y electrolitos y así si es necesario darle medicación, se la administraremos por ahí.

A Molly la invadió el pánico ante la idea de que a Valentín tuvieran que ponerle una intravenosa.

–¿Crees que va a empeorar?

El veterinario vaciló.

–Los agentes tóxicos suelen ir a los riñones. Eliminarlos con líquido ayuda a evitar que el órgano se dañe. Normalmente suelen bastar cuarenta y ocho horas de reposición de líquidos para evitar que algunas toxinas produzcan un daño renal permanente.

–¿Daño renal? –Molly empezó a temblar. Tenía las puntas de los dedos frías–. Entonces me quedo.

El veterinario le lanzó una mirada de disculpa.

–Por desgracia no tenemos instalaciones para los dueños, pero si nos dejas tu número en recepción, te llamaremos si se produce el más mínimo cambio en su estado.

–Si tan enfermo está, no voy a dejarlo solo. No vivo a la vuelta de la esquina y si le pasa algo…

–Yo vivo a la vuelta de la esquina. Se quedará conmigo –dijo Daniel–. Mi casa está a una manzana. Podemos estar aquí en cinco minutos si es necesario. Ya tienes mi número.

El veterinario le dio más instrucciones a la enfermera y Molly se quedó rezagada. No soportaba la idea de dejar a Valentín. ¿Y si le pasaba algo en mitad de la noche y ella no estaba a su lado? ¿Y si se daba cuenta de que se había ido y se sentía abandonado? ¿Y si…?

Se sentó en una de las duras sillas de plástico.

—Esperaré. No pasa nada. Daniel, tú te puedes ir, y gracias.

—Os deberíais ir los dos —insistió el veterinario—. Aquí no hay nada que podáis hacer. Tienes que descansar. Te recomiendo que aceptes la oferta de tu amigo.

¿Descansar? ¿Estaba de broma? ¿En serio pensaba que podría descansar mientras Valentín estaba tan enfermo?

—Molly —Daniel se puso de cuclillas frente a ella—. Lo he dicho en serio. Vivo a cinco minutos de aquí. Será como estar aquí en la sala de espera pero mucho más cómodo. Si hay algún cambio, Steven nos llamará —habló con calma y firmeza.

Y Molly, absorbiendo algo de esa calma, miró al veterinario.

—¿A qué hora termina tu turno?

—Hoy tengo guardia y me acompaña un nuevo colega, así que estaré aquí toda la noche.

Eso la hizo sentirse un poco mejor.

A regañadientes, se levantó y le hizo una última caricia a Valentín en la cabeza. Tenía los ojos cerrados y no movía la cola. Molly sintió náuseas y dio un paso atrás intentando ser pragmática.

—Tengo que darte los datos del seguro, pero no llevo nada encima. Mi tarjeta…

—Ya me he ocupado yo. Luego lo hablamos.

Daniel le echó el brazo sobre los hombros. La estaba llevando hacia la puerta cuando apareció un hombre.

–Steven, he puesto…

El hombre se detuvo al ver a Daniel, y Molly vio sorpresa en su mirada.

Y algo más.

Cautela.

Molly sintió cómo Daniel apartaba la mano de sus hombros y, al girarse hacia él, vio que estaba apretando la mandíbula.

Sintió tensión, pero ¿cómo podía haber tensión si eran dos extraños?

–Os presento a Seth Carlyle –dijo Steven–. Es especialista en cuidados intensivos y acaba de unirse a nosotros.

Molly esperó a que Daniel respondiera, pero él se quedó en silencio y con la mirada clavada en Seth.

El silencio se prolongó como si fuera a durar eternamente y los dos hombres seguían mirándose, como dos ciervos sopesando si atacarse abiertamente.

Y entonces supo que no eran unos desconocidos.

Se conocían.

La atmósfera era tan tensa que parecía que iba a estallar en cualquier momento.

Seth Carlyle era tan alto como Daniel y tenía los hombros igual de anchos. Los dos tenían el pelo oscuro, pero mientras que los ojos de Daniel eran azules como el océano en un día de verano, los de Seth eran casi negros.

Estaba desconcertada.

Tal vez Daniel había representado a la exmujer de Seth. Era la única explicación que se le ocurría.

Tras saludar brevemente a Steven asintiendo con la cabeza, Daniel llevó a Molly hacia la puerta. Después, caminó tan rápido que ella casi tuvo que correr para poder ir a su paso.

—Eh... ¿Quieres hablar?

—¿Hablar de qué?

—De lo que acaba de pasar ahí dentro. ¿Conoces a ese tipo? ¿Al otro veterinario? Pensaba que ibais a atacaros.

—Hemos tenido trato.

—Pero no bueno —estaba lloviendo y en un instante Molly estaba empapada y temblando—. ¿Llevaste su divorcio o algo así?

—No. Olvídalo. No importa. Tenemos que llevarte a casa. Tienes frío.

Tras salir de la nube negra que parecía haberlo envuelto, Daniel se quitó la chaqueta y se la echó sobre los hombros.

Una agradable calidez le penetró la piel y el ligero y familiar aroma de Daniel despertó sus sentidos.

Llevar su chaqueta resultó una experiencia ridículamente íntima. Tal vez debería habérsela devuelto, pero en lugar de eso, se la acercó más a sí.

Iban caminando hacia el parque y cada paso que daban la alejaba más de Valentín.

Estaba a punto de detenerse y decir que se estaban alejando demasiado de la clínica cuando él giró en una esquina.

—Aquí vivo.

—¿Aquí? —preguntó ella atónita—. Estamos en la Quinta Avenida.

—Eso es. Vivo en la Quinta Avenida.

Ahora Molly sí que se detuvo.

—¿Vives en la Quinta Avenida? ¿Con vistas al parque?

—Sí. Y te sugiero que entremos antes de que mueras de hipotermia.

Sin darle oportunidad de responder, él entró en un

edificio, intercambió unas palabras con el portero y directamente entraron en el ascensor, que ascendió con un suave deslizamiento.

Daniel tenía la camisa empapada y la tela se le pegaba a la piel. Ella no podía apartar los ojos de los poderosos músculos de sus hombros y cuando finalmente lo hizo, sus ojos se encontraron y la conexión hizo que se sintiera como si la hubiera alcanzado un rayo.

–Tú también estás empapado –la voz de Molly sonó ronca, pero al menos se sintió aliviada de que sus cuerdas vocales no se hubieran achicharrado junto con sus neuronas–. Lo siento.

Daniel se quitó la corbata. Unas gotas de lluvia relucían sobre su pelo y sus hombros.

–Sé que es más fácil decirlo que hacerlo, pero intenta relajarte. Mis hermanas llevan yendo años a ese veterinario. Son buenos.

Para evitar pensar en Valentín, Molly pensó en el tipo que acababan de conocer. Seth. Quería saber por qué Daniel lo había mirado con tan patente animadversión.

Estaba a punto de hacerle más preguntas, pero las puertas se abrieron y él la sacó apresuradamente del ascensor.

Su piso era tan espectacular como la ubicación: un dúplex con una escalera de caracol que conducía al piso superior y una terraza que rodeaba dos laterales.

Todo su apartamento habría entrado perfectamente en el salón de Daniel.

Recordó lo que había leído de él. Estaba considerado uno de los mejores abogados matrimoniales de Manhattan. Era el abogado que querías a tu lado cuando las cosas iban mal. Y esa noche había estado a su lado, a pesar de que ella había llevado a Brutus a su oficina con la única intención de avergonzarlo.

Se giró hacia él con tanta gratitud que daba lástima.
–Gracias.
–¿Por qué?
–Por ayudarme esta noche. Después de lo que te he hecho hoy, no te habría culpado si te hubieras marchado.
–¿Y por qué iba a marcharme? Parecía que necesitabas ayuda.

Estaba tan preocupada por Valentín que apenas pudo esbozar una sonrisa.

–¿Así que de verdad eres un caballero como indica tu apellido? ¿Knight? ¿De qué clase? ¿Blanco o de la Brillante Armadura?

–Supongo que todo depende de la perspectiva.

–Creo que yo he perdido toda perspectiva.

Él frunció el ceño.

–Tienes que sentarte un rato, pero primero tendríamos que asearnos. Date una ducha y después prepararé algo de comer. Las preguntas que tengas pueden esperar para luego –la llevó por las escaleras–. Tengo una habitación de invitados con baño que puedes usar. Dentro tienes toallas. Buscaré algo para que te puedas poner y te lo dejaré encima de la cama.

Molly no se había fijado en el estado de su ropa, pero ahora veía que estaba hecha un desastre casi tanto como él.

–Valentín te ha destrozado el traje. Y lo que ha empezado él lo ha rematado la lluvia. Te pagaré el tinte. Y si no tiene arreglo, entonces…

–Molly –él la interrumpió con delicadeza–. Ve a darte una ducha.

–Sí. Una ducha. Suena bien –sintió el escozor de las lágrimas en los ojos y parpadeó rápidamente. Llorarle encima sería el insulto definitivo a su traje. Se dio la vuelta, pero Daniel le agarró el brazo.

—Se pondrá bien, Molly.

—No lo sabes.

—Sí. Tengo buen instinto —bajó la mano como si hubiera decidido que tocarla no era buena idea—. Estás temblando. Métete en la ducha. Y no eches el cerrojo. Si te desmayas, quiero poder sacarte de ahí antes de que te ahogues.

—No me voy a desmayar.

—A lo mejor no, pero no eches el cerrojo.

Daniel salió de la habitación y ella miró a su alrededor.

Si las circunstancias hubieran sido distintas, habría sacado el móvil y se habría puesto a sacar fotos porque era poco probable que volviera a ver esas vistas otra vez en su vida.

Nunca había estado dentro de un piso de la Quinta Avenida. La gran extensión de cristal que enmarcaba la habitación presumía de unas increíbles vistas de Central Park. En su apartamento, si se subía al retrete y se asomaba por la ventana, podía ver las copas de algunos árboles, pero nunca podría decir que veía el parque.

Se quitó la ropa, la dejó en la habitación y entró en la ducha, donde dejó que el agua caliente arrastrara el estrés de las últimas horas. Intentó no pensar en Daniel, un hombre al que apenas conocía y que estaba a solo unos pasos de ella.

Ni siquiera habían tenido una cita de verdad y, aun así, dudaba que hubiera podido sobrellevar esa noche de no haber sido por él.

Temiendo la posibilidad de que el veterinario llamara y no lo oyera, no se entretuvo. Envuelta en una toalla extragrande, volvió al dormitorio y vio un par de vaqueros y una sudadera sobre la cama. La sudadera era de color rosa suave. No hacía falta un título de psicología para saber que pertenecía a una mujer que no temía liberar su lado más femenino.

Se preguntó cuántas mujeres se habrían dejado ropa en el piso de Daniel.

La suya había desaparecido de pronto, así que no tuvo otra elección que ponerse la que le había dejado él.

Los vaqueros le quedaban un poco justos, pero la sudadera era perfecta y le resultó agradable sentirse tan limpia por mucho que con ese color pareciera el glaseado de un pastel.

−¿Estás visible?

El profundo tono de la voz de Daniel se coló por la puerta y de pronto ella se sintió cohibida, lo cual era ridículo ya que estaba allí por Valentín. Ahí no había nada romántico ni personal. Es más, su presencia en ese piso no tenía absolutamente nada que ver con su relación con Daniel.

−Sí −respondió con voz ronca−. Pasa.

Él entró en la habitación y un repentino calor casi la asfixió. Tal vez no había nada romántico, pero sí que notaba algo personal. De pronto lo único en lo que podía pensar era en cómo había sido sentir su boca sobre la suya. El abrasador calor, el apremio, la mareante química.

−¿Te sirve la ropa? Te habría dado un albornoz, pero te habría sobrado por todas partes.

La idea de pasearse por su piso desnuda bajo un albornoz no ayudó a aplacar el fuego que le recorría el cuerpo.

−La ropa está bien, gracias, aunque la que fuera de tus novias que se la dejó aquí es un poco más menuda que yo −se tiró ligeramente de los vaqueros y vio la mirada de Daniel recorriendo lentamente su cuerpo y posándose en sus caderas.

—Es de mi hermana —su voz sonó ronca. Espesa. Con un nuevo matiz de intimidad, como si él también estuviera reaccionando a esa forzada atmósfera de familiaridad—. No suelo tener muchas visitas que se queden a dormir.

Ella había dado por hecho que su piso estaría tan concurrido como la Gran Estación Central, con mujeres entrando y saliendo conforme a un horario estricto.

—¿De Fliss?

—De Harriet —esbozó una media sonrisa—. Fliss no llevaría ropa rosa ni muerta. Para ella sería como ir en contra de sus principios. Si la conoces, entonces probablemente lo sabrás.

—No la conozco bien. Intercambiamos unas cuantas palabras cuando dejo a Valentín, pero eso es todo —aunque ahora tenía un millón de preguntas que hacerle, sobre todo con respecto a Daniel. Había creído que era un mujeriego, pero él le había dicho que no tenía visitas que se quedaran a dormir—. ¿Entonces no es habitual que haya mujeres en tu piso?

—Trabajo muchas horas, más de las que la mayoría de las relaciones pueden soportar. Cuando tengo una cita con alguien... y no es en absoluto con tanta frecuencia como se rumorea... suelo llegar tarde o termino cancelando, así que la mayor parte del tiempo me relajo quedando con mis amigos. He mandado tu ropa a la tintorería, por cierto, junto con mi traje. Mañana lo traerán todo. Tienes que estar hambrienta. Baja y prepararé algo para comer —salió de la habitación y ella se lo quedó mirando mientras digería todo lo que le había dicho.

Tenía un nudo de tensión en el estómago y las extremidades rígidas. No estaba segura de poder hacer que la comida le bajara con lo seca que tenía la garganta.

Se dijo que la falta de apetito se debía a la preocupación por Valentín, pero en realidad sabía que la razón era más compleja.

Lo siguió y pasaron por delante de un estudio lleno de libros y de un dormitorio principal decorado con tonos verdes y marrones suaves. Ese lugar desprendía un lujo sencillo, un lujo acogedor, como si cada elemento de diseño estuviera ahí para ofrecerle comodidad al habitante, no para impresionar.

Las escaleras dibujaban una elegante y moderna curva de cristal y más cristal conformaba el elemento principal del salón, unos ventanales de suelo a techo que servían de marco para las deslumbrantes luces de la Quinta Avenida y la ensombrecida extensión de Central Park.

Y casi igual de llamativas eran las obras de arte de las paredes.

–¿Te interesa el arte? –preguntó él mientras abría una botella de vino y servía dos copas.

–Sí, pero no soy ninguna entendida –ahora deseaba haberlo sido porque eso le habría dado un tema de conversación seguro y neutral en un momento en el que lo necesitaba desesperadamente–. ¿Eres coleccionista?

–Es uno de mis intereses.

–¿Por eso elegiste vivir en esta zona?

–Es una de las razones. También están el hecho de que me gustan las vistas y que está cerca de mi oficina. No me gusta demasiado tener que desplazarme hasta lejos para ir a trabajar.

El comentario sobre su oficina le recordó a Molly que le debía una disculpa.

–Escucha, con respecto a lo de hoy... –se sentó en uno de los taburetes junto a la encimera de granito. Se sentía incómoda–. Lo siento.

–¿Por qué?

–Por presentarme en tu oficina con Brutus y...

—¿Y avergonzarme?

Molly vio un atisbo de su sonrisa antes de que él se girara para levantar su copa.

—No parecías avergonzado.

—Hazme caso, va a pasar mucho tiempo hasta que esto se olvide. Es la primera vez que una mujer con la que estoy saliendo se presenta en mi oficina. Y no deberías disculparte. Estabas enfadada y tenías todo el derecho a estarlo. Lo sigues teniendo.

Estuvo a punto de decir que ellos no estaban saliendo, pero entonces se dio cuenta de lo ridículo que sonaría. Estaba sentada en su piso y con el pelo aún húmedo tras la ducha que se había dado en su cuarto de baño. Y además estaba aquel beso. Que ninguno de los dos lo hubiera mencionado no cambiaba el hecho de que había sucedido. Es más, no mencionarlo aumentaba incluso su importancia.

—Has llevado a mi perro enfermo al veterinario. Ahora mismo puedes hacer prácticamente cualquier cosa y yo seguiría pensando que eres un héroe.

—No soy un héroe, Molly —el modo en que la estaba mirando hizo que se le acelerara el corazón.

—La primera vez que te vi, pensé que te tenía calado. Pensé que sabía cómo eras. Fue el perro lo que me descolocó. No parecías ser de la clase de personas que tienen un perro y eso fue lo que de verdad me desconcertaba.

—¿Es que hay clases de personas en función de eso?

—Sí. Un perro es una responsabilidad y a mí no me diste la impresión de ser un hombre que se deja atar por nada.

—Muy lista.

—Mi instinto me dijo que eras un hombre superficial.

—Creo recordar que eso te lo dije yo también.

—Sí, y aun así, esta noche, con mi perro enfermo, lo que has hecho... lo que estás haciendo... Esos no son actos de un hombre superficial —se detuvo y lo miró a los ojos.

Y entonces él sonrió.

—No te engañes. Te he ayudado con Valentín porque pensé que te sentirías tan agradecida que te desnudarías conmigo.

—¿Quieres que me acueste contigo solo por gratitud?

—Con tal de que te desnudes, no me importan tus motivaciones.

Molly sabía que estaba bromeando y eso la hizo reír.

—Eres imposible.

—¿Eso es un «sí»?

—¿Te aprovecharías de una mujer emocionalmente vulnerable?

—Sin duda —le rellenó la copa de vino—. Pero para asegurarme de hacerlo bien no me vendrá mal emborracharte. Las mujeres borrachas y emocionalmente vulnerables son mis favoritas.

—No te creo lo más mínimo. Me pareces un tipo decente y honrado.

—Mierda. ¿Qué me ha delatado?

—Has cargado en brazos a un dálmata que estaba vomitando por todas partes. Y me has dado un lugar donde alojarme, a pesar de que no sueles dejar que las mujeres se queden a dormir en tu casa.

—Pero no te dejes aquí el cepillo de dientes porque, de lo contrario, esperaré que me des sesiones de terapia gratis.

El delicado tono de diversión de su voz hizo que a Molly se le acelerara el pulso.

Para distraerse, dio un sorbo de vino. Los toques de frutos rojos y madera estallaron en su paladar.

—Está delicioso.

—Mi vecino y yo compartimos la pasión por el vino. Este es uno de sus descubrimientos. Intercambiamos consejos.

—¿Tienes vecinos? —miró a su alrededor—. Parece como si estuvieras en tu castillo privado.

—Hay otros castillos privados por aquí, lo cual resulta muy útil los días que necesito pedir una taza de azúcar.

Ella se rio.

—O un perro.

—Eso también —él se rellenó la copa—. ¿Por eso estabas tan enfadada esta mañana? ¿No porque hubiera pedido prestado el perro, sino porque te equivocaste con la imagen que te creaste de mí?

—Estaba desconcertada —el alcohol pasó a sus venas y sintió cómo parte de la tensión se desvanecía—. Me formé una opinión basada en tu relación con Brutus y después resultó que no tenías ninguna relación con Brutus, así que nada de lo que pensaba sobre ti era cierto. Ha sido todo muy confuso.

Él soltó la copa.

—Mi relación con Brutus es bastante real.

—Le tienes cariño, y me sorprende teniendo en cuenta que solo lo pediste prestado para que me fijara en ti.

Él sonrió.

—A mí también me sorprende muchísimo. Brutus es genial. Resulta que puede que al final me gusten los perros más de lo que los dos creíamos.

Cada conversación que tenía con él parecía erosionar otra más de sus barreras. Era encantador, de eso no había duda, pero ella normalmente podía resistirse con facilidad al encanto. El encanto podía ser todo fachada y empañarse bajo ciertas circunstancias. Pero Daniel Knight tenía mucho más que encanto.

—¿Me estás diciendo que te estás planteando comprarte un perro?

—No, solo te estoy diciendo que me gusta Brutus —le acercó su móvil—. No he llamado al veterinario. He pensado que querrías hacerlo tú. Mientras hablas con ellos, yo prepararé algo de comer.

—Gracias —Molly levantó el teléfono, casi temiendo usarlo por si recibía malas noticias.

—¿Quieres que lo haga yo?

La conmovió no solo su ofrecimiento, sino también que comprendiera lo que estaba pensando.

—No, pero gracias —marcó el número diciéndose que si hubiera malas noticias, ya habrían llamado ellos.

Y resultó que tenía razón. No había novedades. El estado de Valentín seguía sin cambios y hasta el momento las pruebas no habían aportado ningún dato útil.

—No hay cambios —dijo devolviéndole el teléfono a Daniel—. Siguen estando bastante seguros de que ha debido de comer algo, pero, sin saber qué, lo único que pueden hacer es darle tratamiento de soporte. Dicen que van a intentar mantener la función normal de los órganos hasta que elimine del cuerpo lo que sea que ha comido.

—Harriet ha llamado dos veces mientras estabas en la ducha. Está preocupada.

—Harriet es maravillosa. Cuando me dijiste que tenías hermanas, no tenía ni idea de que eran Fliss y Harry.

—No sabía que las conocías. De haberlo sabido, habría insistido en que nos presentaran. Habría sido más sencillo que pedir un perro.

—Aún sigo sin poder creer que hicieras eso. ¿Siempre eres tan ingenioso?

—No, pero estabas totalmente absorta en tu perro y me pareció que era el único modo de poder llamar tu atención.

—¿Lo de salir a correr por el parque también fue por mí?

—Llevo años corriendo por el parque. Es el mejor momento del día. Después de que sale el sol y antes de que lleguen las multitudes.

Ella opinaba lo mismo.

—Esta mañana cuando he ido a tu oficina, en ningún momento me habría podido imaginar que acabaría pasando la noche en tu piso.

En el momento de crisis no se había parado a pensarlo mucho y directamente se había aferrado a la oportunidad de estar lo más cerca posible de Valentín. Pero ahora que había pasado ese momento, estaba empezando a ser consciente de lo íntima que resultaba la situación. Fuera por el motivo que fuera, la realidad era que estaba a solas con él, compartirían una cena y dormirían bajo el mismo techo.

Se sentía atraída por él, pero se dijo que era por lo de Valentín, porque Daniel se había mostrado fuerte, resuelto y protector. Además, no pasaba nada en absoluto por apoyarse en alguien de vez en cuando. Eso no la convertía en una persona débil o incompetente. La hacía humana. Y cualquier mujer se emocionaría en esas circunstancias.

Él se la quedó mirando durante un largo y desconcertante momento y después se giró y abrió la nevera.

—No esperaba visita, así que mi nivel de hospitalidad no te va a dejar impresionada. Tengo queso y embutidos que irán a la perfección con el vino. Y no me digas que no tienes hambre. Necesitas comer. Si no, te desmayarás y ya he llegado a mi tope de cuidados médicos por hoy —sacó varias cosas de la nevera, les quitó los envoltorios y las preparó en platos—. No tengo nada de pan. Espera aquí mientras hago una llamada.

Molly dio otro sorbo de vino mientras se prometía que daría unos cuantos bocados y después pondría alguna excusa para irse a la cama. Cerraría la puerta y todo iría bien.

Mientras trazaba su plan, lo oyó decir a alguien por teléfono «¿Tienes algo de tu delicioso pan?». Se preguntó a quién podía estar llamando tan tarde. ¿Pretendía vagar por todo Manhattan buscando pan recién hecho? ¿O lo estaba pidiendo a domicilio?

Un momento después, alguien llamó a la puerta y oyó una voz femenina.

–He traído pan y estás de suerte porque estaba experimentando con unas quiches diminutas para un evento que haremos la semana que viene, así que necesito catadores. Pruébalo y dime qué te parece.

–¿No las está probando Lucas?

–Ya lo ha hecho. Su informe ha sido «sabrosas», pero dice que si no cocino un gran y jugoso bistec en las próximas veinticuatro horas, va a meterme en un libro y a matarme en él.

Al reconocer su voz, Molly se levantó del taburete y fue hacia la puerta.

–¿Eva?

La preciosa rubia que se estaba riendo con Daniel giró la cabeza.

–¡Molly! ¡Pero qué sorpresa! –le dejó a Daniel la comida que había llevado y al instante Molly se vio envuelta en una nube de perfume, calidez y amistad.

–¿Qué estás haciendo aquí? –le preguntó al apartarse y mientras pensaba, no por primera vez, que Eva era probablemente la persona más agradable que había conocido en su vida–. Creía que vivías en Brooklyn.

–Así es. Bueno, quiero decir, así era. Ahora paso la mayor parte del tiempo aquí porque estoy con Lucas y no puedo sacarlo de aquí cuando tiene una fecha de entrega. Además, su cocina es un telón de fondo increíble para mis vídeos de YouTube. ¿Y tú qué estás haciendo aquí? Ahora que lo pienso, es la primera vez que veo a una mujer en el piso de Daniel –dijo lanzándole a Daniel una elocuente mirada.

Molly intervino.

–Valentín está enfermo y Daniel me ha ayudado. Además, su casa está más cerca del veterinario, así que...

–¿Valentín está enfermo? –la expresión de Eva pasó de la curiosidad a la preocupación–. ¿Cómo de enfermo? –el tono de horror en su voz hizo que todo resultara más real todavía y Molly sintió cómo el pánico que había contenido volvía a la superficie.

–Muy enfermo.

–Pero se pondrá bien –dijo Daniel–. ¿De qué os conocéis?

–Molly es clienta de Genio Urbano. Fuimos nosotras las que la pusimos en contacto con The Bark Rangers. ¿Necesitáis algo? ¿Estáis conformes con el veterinario? ¿Os lleno la nevera? ¿Os hago la colada? Si hay cualquier cosa que pueda hacer que os ayude a centraros en Valentín, no tenéis más que decírmelo.

Molly se sintió tan conmovida que por un momento no pudo hablar.

Daniel tomó las riendas.

–Puedes llenarme la nevera. Está que da pena.

–¿No tienes un plan de comidas?

–Mi plan es emborrachar a mis invitados para que no noten la carencia de comida.

Eva se rio.

–Hoy me ha llamado Marsha. ¿Lo sabes?

–¿Por lo de la fiesta de verano?

–Por eso mismo. Sabía que tú estabas detrás. Gracias.

—Por mucho que me gustaría llevarme el mérito, todo ha sido idea de Marsha. Vuestra fama se está extendiendo.

—No lo lamentaréis. Te prometo que será una fiesta digna de recordar.

—Suele serlo, aunque normalmente por las razones equivocadas. Hay ciertos miembros de mi equipo que suelen soltarse la melena.

—No es nada que no podamos manejar nosotras. Y ahora id a cenar —dijo Eva señalando la comida—. Las quiches han salido del horno hace media hora, así que siguen calientes. ¿Tenéis ensalada? Puedo traeros.

—Deberías cenar con nosotros —dijo Molly de manera impulsiva.

En cualquier momento la puerta se cerraría tras Eva y ella se quedaría sola con Daniel, y no estaba segura de que fuera a poder manejar una situación tan profundamente íntima.

La mirada de Daniel le dijo que sabía muy bien por qué había lanzado esa invitación.

—Me encantaría, pero Lucas está pegado al ordenador y yo tengo trabajo que hacer. Otro día. Llamadme si necesitáis algo más.

Eva se marchó y Daniel cerró la puerta y se giró hacia Molly. La mirada que le lanzó hizo que le diera vueltas la cabeza.

—Daniel...

—¿Me tienes miedo o te tienes miedo a ti misma?

—¿Cómo dices? —estaba empezando a desear no haberse bebido el vino con el estómago vacío.

—Has invitado a Eva a cenar con nosotros porque no querías estar a solas conmigo, pero no era necesario —fue a la cocina y dejó la comida sobre la encimera—. Cuando con el tiempo demos un paso más será porque tú estés preparada y porque lo desees tanto como yo. Y eso no va a suceder mientras te sientas frágil y vulnerable.

—No soy vulnerable.

—Valentín está enfermo y tú te estás alojando en el piso de un hombre al que apenas conoces. Eso te convierte en vulnerable.

—Tal vez. Un poco —era cierto. ¿Por qué negarlo?

—No necesitas a Eva para que te proteja de mí, Molly —le dijo con delicadeza—. Cuando estemos juntos será por lo que sintamos el uno por el otro, no por nada más.

El hecho de que él hablara como si estar juntos fuera una conclusión inevitable hizo que le diera un vuelco el corazón.

Probablemente se lo debería haber discutido, pero no le salían las palabras. En su lugar, eligió un tema menos peligroso.

—No sabía que conocieras a Eva.

Él se la quedó mirando un momento. Después, esbozó una ligera sonrisa y aceptó el cambio de tema.

—No la conozco muy bien. Eva, Frankie y Paige dirigen Genio Urbano. Resulta que soy amigo del hermano de Paige, así que cuando me enteré de que organizaban eventos y ofrecían servicios de asistencia personal, las puse en contacto con Fliss y Harriet porque en Manhattan hay mucha gente que necesita servicios de paseo de perros. A Eva la he visto más desde que se vino a vivir con Lucas, mi vecino.

Ella parpadeó atónita.

—Qué pequeño es el mundo.

—Sí que lo es. Pero ella ha vuelto a su pequeño mundo y nos ha dejado a nosotros en el nuestro, así que te propongo esto: vamos a fingir que nos hemos olvidado de ese beso. Si no te miro a la boca y tú no me miras a la mía, supongo que podremos controlarlo. Ignoraremos la química y el hecho de que me está suponiendo todo un reto no tocarte, y esta noche nos centraremos en conocernos un poco mejor.

—Tienes razón. Deberíamos olvidarlo por completo —sin embargo, intentar no pensar en el beso hacía que fuera lo único que tenía en la cabeza.

—Yo no he dicho nada de que lo olvidemos por completo —le brillaron los ojos—. Tengo intención de recordarlo en cuanto no estés tan nerviosa y preocupada ni pensando en Valentín.

—No vamos a recordarlo —respondió ella, aunque le gustó que no hubiera dicho «tu perro». Hizo que pareciera como si también le importara.

—Me gustas, Molly —su sinceridad resultaba apabullante—. Me gustas tanto como para haber pedido prestado un perro para poder conocerte.

—Pero nunca habías hablado conmigo, así que no podías saber si te gustaba.

—Admito que puede que fueran tus piernas lo primero en lo que me fijé. Y tu pelo... cómo se mueve. Me gustaría soltártelo y... Bueno, da igual —tenía la voz áspera—. No importa qué quiera hacer con él.

—¿Pediste un perro prestado porque te gustaba mi pelo?

—Y por cómo corrías como si estuvieras machacando el asfalto. Joder, ¿podemos hablar de otra cosa? —fue a la cocina, agarró los platos de comida y los llevó a la mesa del salón—. ¿Alguna vez has estado en la Antártida?

—No —respondió sorprendida por la pregunta—. ¿Y tú?

—No.

—¿Pero te gustaría? ¿Por qué lo dices?

—Porque intentaba pensar en algo frío. He empezado pensando en hielo picado en un margarita, pero no ha sido suficiente. Y tampoco me ha servido pensar en el invierno en Nueva York. Estaba probando con la Antártida, pero creo que voy a tener que rendirme y apañarme con una ducha fría. No, no te sientes a mi lado... –dijo señalando con la mano–. Siéntate enfrente. Me siento más seguro con una mesa de comida entre los dos.

Nerviosa y más que halagada, Molly se sentó.

Los sofás eran profundos y cómodos y estaban colocados para sacar el máximo provecho de las vistas. A esas horas, lo único que podía ver era oscuridad y el destello de las luces.

–Siempre me había preguntado cómo sería tener unas vistas así del parque.

–Es genial. Cuando tengo tiempo para mirarlas, claro –añadió unas cuantas cosas más al plato y se lo dio–. Come. Y háblame de Valentín. ¿Cómo lo encontraste?

Ella vaciló y después se quitó los zapatos y se sentó sobre sus piernas.

–Llevaba en Nueva York un par de meses y me lo encontré en el parque. Alguien lo había abandonado. Lo llevé al veterinario y después al centro de adopción, pero entonces me di cuenta de que no quería que lo tuviera nadie más.

–¿Nunca habías tenido perro?

El corazón le empezó a latir un poco más deprisa.

–Tuve un perro cuando era pequeña. Se llamaba Toffee. Era un labrador color chocolate. Lo adoraba.

–Siempre es duro perder a una mascota.

Ella no tenía más que asentir y seguir con la conversación, no tenía por qué corregir el malentendido, pero por alguna razón quiso hacerlo.

–Toffee no murió... Al menos, no en aquel momento. Mi madre se lo llevó.

–¿Se lo llevó?

–Cuando se marchó –se inclinó hacia delante y cortó

una fina loncha de queso. La puso en el plato junto con un tomate y una de las miniquiches de Eva–. Resultó que, aunque podía vivir perfectamente sin mi padre y sin mí, no quería perder a Toffee. Fue muy duro.

–Me lo puedo imaginar. Sufriste dos pérdidas en una. Eso tiene que ser duro para cualquiera y todavía más duro cuando eres una niña.

Daniel la entendía. Y no porque lo hubiera visto en su trabajo, sino porque él mismo lo había vivido. Tal vez por eso le estaba contando cosas que no le había contado nunca a nadie.

–Fue especialmente duro porque cuando intentó explicar por qué se marchaba, me dijo que quería ser libre pero se llevó a Toffee –se detuvo–. Así que lo que eso me dijo fue que quería ser libre de mí –la comida de su plato estaba intacta.

Y la de Daniel también. Estaba quieto, con la mirada clavada en ella.

–Joder, Molly...

–No pasa nada. No tienes que pensar en algo que decirme. No hay nada que decir. Imagino que oyes historias así todo el tiempo en tu trabajo. Probablemente estarás inmunizado.

–No estoy inmunizado –vaciló–. ¿Es esta la razón por la que no sales con nadie?

–¡No, claro que no! Eso pasó cuando tenía ocho años y seguí adelante. ¿Que si soy cauta? Por supuesto, pero también lo es mucha gente, tú incluido. Tratar con gente que se encuentra viviendo el final de su matrimonio debe de empañar tu visión de la vida.

Daniel estuvo a punto de decir algo, pero cambió de opinión.

–A veces, aunque intento sacar lo positivo de todas las situaciones y ayudar a la gente a encontrar el mejor modo de resolver sus asuntos, que en ocasiones consiste en el asesoramiento y la conciliación.

El comentario la hizo sonreír.

–¿Eres un hombre que hable de sus problemas?

–Hablar es lo que se me da mejor. Hablo con los clientes y, si es necesario, hablo en el juzgado delante de un juez.

–Seguro que se te da muy bien –y entonces decidió confesar–: He buscado información sobre ti.

–¿En Internet? –parecía más divertido que enfadado–. Ahora entiendo por qué tenías reticencia a quedarte sola conmigo. ¿Qué parte has leído? ¿Esa en la que me describen como una mezcla entre el Caballero Oscuro y Gladiator o en la que me llaman «el Rompecorazones»?

Ella pensó en lo que había leído sobre que era un maestro de la estrategia que sabía encontrar el punto débil de su oponente. Entonces pensó en el ritmo acelerado de su corazón y en sus piernas, que le temblaban como un flan, y decidió que, cuando se trataba de Daniel, era completamente débil.

–Sé bien que no debo creerme todo lo que leo –pensó en lo que descubriría Daniel si la buscara en Internet. Tal vez ya lo había hecho aunque, de ser así, no habría encontrado nada. No había nada sobre Molly Parker. Y si de algún modo lo hubiera descubierto, ahora mismo estarían teniendo otra conversación–. Vaya reputación tienes.

–A los medios de comunicación les gusta exagerar las cosas.

Y ella lo sabía muy bien.

–Por eso lo leo todo con una mirada crítica.

–¿Y qué te dice tu mirada crítica?

–Que casi siempre ganas tus casos, así que o eres muy bueno o solo llevas a juicio los casos que sabes que puedes ganar, lo cual, probablemente, te convierte en alguien sensato además de bueno en su trabajo.

–Un divorcio contencioso nunca es mi primera opción. No obstante, jamás le recomendaría a nadie que contrate los servicios de un abogado de divorcios que tema litigar ante un tribunal. Si lo haces, tienes o poco o ningún poder de negociación. Necesitas a alguien que esté preparado para luchar por tus mejores intereses pero que también sepa cuándo parar. El escenario ideal es una pronta resolución.

–¿Tú sabes dónde parar? Habría dicho que siempre vas a por la victoria.

–«Porque conseguir cien victorias en cien batallas no es el súmmum de la habilidad. Someter al enemigo sin combatir es el súmmum de la habilidad».

–¿Cómo dices?

–Sun Tzu. *El arte de la guerra*.

–¿Guerra? No me parece un modo sano de ver un divorcio.

–Se trata de estrategia y de conocer a tu enemigo. Sun Tzu fue un general militar chino. *El arte de la guerra* es una obra maestra sobre la estrategia. Debería interesarte porque dice que el secreto consiste más en aprovecharte del estado psicológico de tu enemigo que en emplear la fuerza.

–¿Me estás diciendo que eres discípulo de un antiguo general militar chino?

–Me parece que sus ideas tienen relevancia, sí –se terminó la comida del plato–. Bueno, si me has buscado en Internet, entonces probablemente ya sepas todo lo que hay que saber de mí. Y sin embargo yo sigo sin saber prácticamente nada de ti.

El corazón le latió un poco más deprisa.

–¿Qué quieres saber?

—¿Por qué huiste de mí en el parque el otro día?

—Has dicho que no íbamos a hablar de eso.

—No, lo que he dicho es que vamos a olvidarnos del beso por ahora —se sirvió otra loncha de queso en el plato—. No te estoy preguntando por el beso, te estoy preguntando por qué saliste corriendo. Eres cauta y reservada. No dejas que la gente se acerque demasiado. Habría dicho que eso tiene que ver con el hecho de que te abandonaran a una edad en la que se es muy impresionable, pero si no es el caso, entonces tu reacción tiene que ver con algo más reciente.

—O tal vez simplemente no sentí la química.

Él la miró fijamente.

—Creo que saliste corriendo precisamente porque sentiste la química. No porque no la sintieras, sino porque la sentiste demasiado.

—Oye, que la psicóloga soy yo.

Él bajó su plato lentamente.

—¿Quién te ha hecho daño, Molly?

A ella se le secó la boca.

—¿Qué te hace pensar que alguien me ha hecho daño?

—Vives sola, tu mejor amigo es tu perro y evitas las relaciones. Esos son los actos de alguien a quien han hecho daño. Mucho daño. Y ahora te proteges. Haces lo que sea necesario para asegurarte de que no te vuelven a romper el corazón. ¿Tengo razón?

Podía dejar que lo pensara. Podía terminar ahí la conversación.

O podía ser sincera y terminar la relación.

Miró a su plato un momento sopesando las opciones a pesar de que desde el principio había sabido que lo mínimo que debía hacer era ser sincera.

Admitiéndolo, levantó la cabeza.

—En lo primero tienes razón. Vivo sola, Valentín es mi

mejor amigo y evito los compromisos románticos. Pero no me han roto el corazón. Estás equivocado por completo –dijo lentamente para que no hubiera ningún malentendido–. No fui yo quien resultó herida. Fui yo la que hice daño. No soy la del corazón roto. Soy la que se lo rompe a los demás. Siempre.

Daniel la miró.

–¿Qué quieres decir con «siempre»?

–Mi primera relación de verdad la tuve cuando tenía dieciocho años. Un novio de la universidad. Se enamoró, pero yo no. Terminé la relación porque sabía que nunca iba a sentir lo que él quería que sintiera y pensé que si la prolongaba lo único que haría sería empeorarlo todo. Se quedó tan hundido que dejó los estudios. Sus padres me escribieron una carta diciéndome que le había arruinado el futuro –podría haber dado más detalles, pero se ciñó a los datos básicos–. Después de aquello estuve con alguien mayor. Lo conocí en un club cuando yo estaba con unos amigos. Me dijo que solo le interesaba pasar un buen rato y le creí. Tal vez en aquel momento lo dijo en serio.

–¿También se enamoró de ti?

–A las seis semanas me pidió matrimonio con el anillo de diamantes más grande que hayas podido ver en tu vida. Pidió un préstamo para comprarlo.

Daniel enarcó una ceja.

–Parece que produces un gran efecto en los hombres.

–Adam era genial. Absolutamente genial... –tragó saliva–. En teoría, lo teníamos todo a nuestro favor. Después de mi experiencia en la universidad no me quería arriesgar a hacer daño a nadie más y solo salía con hombres que consideraba la pareja perfecta en ese sentido. A lo mejor suena un poco artificial, pero no era así. Solo estaba haciendo por mí lo que siempre había hecho por los demás. Pero la relación no funcionó. Y créeme que lo intenté. Intenté con todas mis fuerzas enamorarme de él. Trabajé mucho para lograrlo, no sabes cuánto.

—Haces que suene como si hubieses intentado pasar el examen del Colegio de Abogados en lugar de enamorarte —su tono sonó suave y ella se estremeció.

—Acepté que probablemente enamorarme no sería algo que me ocurriera de forma natural. Por mi ADN.

—¿Tu ADN?

—A mi madre no se le daba bien el compromiso.

—No soy científico, pero estoy seguro de que no es una cuestión genética.

—Yo no estoy tan segura. Bueno, el caso es que después de Adam estuve mucho tiempo sin salir con nadie.

—No me sorprende. Pero por alguna razón noto que la historia no ha acabado —la miró expectante y ella suspiró.

—Puede que quieras un poco más de vino.

—¿Cuánto más?

—Compra un viñedo.

—Parece una gran estrategia de inversión —rellenó las dos copas—. Adelante. ¿Quién fue el siguiente?

—Los detalles no importan. Digamos que, aunque éramos aparentemente perfectos y él era una persona muy especial, yo no sentía nada. Nada. Ya me he dado por vencida, no puedo hacer que suceda. Básicamente termino cada relación que empiezo. Y la última fue... fea.

Él la miró.

—¿Cómo de fea? ¿Lo suficiente como para hacer que abandonaras el país?

—Sí. Y lo que más me molesta de ese desastre en particular es que tuve mucho cuidado. No hacía más que buscar señales de que él estuviera emocionalmente implicado y no vi nada. Nos divertíamos, pero él no mencionó la palabra «amor» hasta la noche en que me pidió matrimonio. Por poco me muero del impacto. Y eso que soy yo la que se supone que tiene que entender el comportamiento humano —se hundió en el sofá—. Te llaman «el Rompecorazones», pero te aseguro que la gente tiene nombres mucho menos aduladores para mí.

—Me has sorprendido. Daba por hecho que te habías enamorado y te habían partido el corazón.

—Nunca me he enamorado. No me puedo enamorar —y eso la asustaba. La asustaba tremendamente. ¿Qué le pasaba? No tenía ni idea. Lo único que sabía era que carecía de algo muy importante—. Otras personas se enamoran varias veces en su vida y yo no puedo lograrlo ni una sola vez por mucho que lo intento. No deberías tener nada conmigo, Daniel. No traigo nada bueno.

—A mí no me lo parece —le respondió mirándola lentamente y su ardiente mirada la encendió por dentro.

—Las apariencias pueden engañar. No quiero que nadie se vuelva a enamorar de mí, porque no soy capaz de devolver ese sentimiento —ahí estaba. Había lanzado una advertencia, alto y claro.

Él no se movió ni apartó la mirada de ella.

—No me voy a enamorar de ti.

—Eso fue lo que dijo Adam antes de que se gastara todos sus ahorros en un anillo.

—No soy de los que se enamoran. Y parece que tú tampoco.

—Al parecer, mi corazón y mis defensas son impenetrables. Soy como la Gran Muralla China pero sin turistas. Tal vez deberías recordarlo —se levantó deseando no haberse tomado esa segunda copa de vino—. Nos vemos por la mañana. Y gracias otra vez por lo que has hecho por Valentín.

Capítulo 11

El veterinario llamó a primera hora de la mañana. Daniel respondió mientras terminaba de abrocharse la camisa.

Era obvio que Molly había oído el teléfono, porque apareció en la puerta, pálida y con mirada nerviosa.

–¿Qué? ¿Ha pasado algo?

Daniel la miró brevemente y al ver esas sombras bajo sus ojos supo que había dormido tan poco como él.

Tenía muy mal aspecto.

–Está mejor. Evolucionando bien –y sabiendo que no se quedaría conforme hasta que no hubiera hablado con el veterinario ella misma, Daniel le pasó el teléfono.

Tenía una cita en el juzgado, pero no se marcharía hasta asegurarse de que ella estaba bien.

Sacó una corbata mientras la oía hacer una docena de preguntas. Eran buenas preguntas, minuciosas. De algún modo, Molly logró controlar la emoción, aunque se dejó caer en el borde de la cama como si las piernas no la sostuvieran.

–Gracias. Gracias –le repitió al veterinario antes de colgar. Después respiró hondo unas cuantas veces y levantó la cabeza–. Está mejor. Progresando. Se pondrá bien.

Parecía exhausta, como si hubiera consumido toda su fuerza y su energía para poder superar esa crisis.

Preocupado, vio cómo cerró los ojos y unas lágrimas le asomaron por la línea de las pestañas.

—Oye...

—Estoy bien. No me hagas caso —Molly se pellizcó el puente de la nariz intentando contener el llanto—. Creía... Me siento aliviada, es solo eso. Temía que...

Daniel la levantó y la llevó contra su pecho. Actuó como lo habría hecho si una de sus hermanas hubiera estado así de afectada.

—Eso no va a pasar. El veterinario dice que se recuperará bien —la sintió quedarse sin fuerzas contra él. Sintió su mano aferrándose a su camisa. Pasaron unos segundos hasta que los sentimientos que lo invadían cambiaron y se dio cuenta de que abrazar así a Molly no tenía nada que ver con abrazar a sus hermanas.

Solo había pretendido reconfortarla, pero al parecer su cuerpo no era capaz de dejar de lado la atracción sexual.

Se quedó quieto, pensando que era un momento muy malo para tener una erección.

Se apartó cuando ella dio un paso atrás.

—El veterinario quiere tenerlo allí hasta mañana, solo para vigilarlo —sonó nerviosa—. Volveré a mi apartamento.

Él no se molestó en sugerirle que se quedara porque sabía que no aceptaría y porque suponía que, al igual que él, tenía trabajo que hacer. En realidad, sabía muy poco sobre su trabajo. Lo único que sabía era que era psicóloga, pero al parecer había lugares a los que tenía que acudir y necesitaba acceso a su correo electrónico.

—En ese caso te veo en tu casa sobre las ocho. No cocines. Recogeré algo de camino.

Vio la expresión de Molly conforme iba asimilando sus palabras.

—Daniel...

—¿Qué? Anoche teníamos pensado cenar, pero las circunstancias nos lo impidieron, así que lo haremos esta noche. Te llevaría a cenar fuera, pero creo que tratándose de nuestra primera cita será mejor hacer algo más privado. Así que puedes darme todas las razones por las que crees que lo que vamos a hacer es una mala idea y yo te daré el punto de vista opuesto.

—¿Qué vamos a hacer? —sacó la lengua y se humedeció los labios—. Anoche te dije...

—Sé lo que me dijiste, Molly —la interrumpió—. Y yo puedo decirte que no existe ninguna posibilidad de que me rompas el corazón. Cero. ¿Y cómo lo sé? Porque me han dicho un millón de veces que no tengo corazón. Y eso no solo me protege de tus tendencias de chica mala, sino que me convierte en tu cita perfecta.

—Yo no tengo citas con nadie.

—Porque te da miedo hacer daño, pero a mí no me vas a hacer daño. Y ahora tengo que irme porque una mujer que sí que tiene corazón, y cuyo marido la ha engañado y ahora intenta hacer de su vida un infierno, necesita que saque las garras por ella ante un tribunal.

—Creía que intentabas evitar los tribunales.

—«Ganará aquel que sepa cuándo luchar y cuándo no hacerlo».

—¿Más Sun Tzu?

Él le lanzó una sonrisa.

—Hay café en la cafetera. Cierra la puerta al salir. Ahora tengo que ir a afilarme las garras.

Querida Aggie, acabo de salir de una mala relación y no me puedo imaginar volviendo a tener otra con nadie. ¿Cómo puedo aprender a confiar?

*Con cariño,
Herida.*

Molly miró la pantalla.

«Querida Herida, no tengo ni idea».

No tenía respuesta. Ni consejo. Ni comentarios.

Tenía la mente en blanco. Ahora que sabía que Valentín se iba a recuperar por completo, Daniel era lo único en lo que podía pensar.

Daniel, cargando con Valentín en brazos hasta la ambulancia. Daniel, quedándose a su lado en la clínica. Daniel, prestándole ropa y preparándole comida. Distrayéndola.

Daniel diciéndole que jamás le haría daño porque él no tenía corazón.

¿En serio iría a su casa después del trabajo? No. Probablemente se pasaría el día en el juzgado defendiendo a alguna mujer que estaba emergiendo de las ruinas de una relación destruida y decidiría que no quería pasar por eso.

Lo imaginó en el juzgado, librando una batalla por una mujer que no podía luchar sola.

Volvió a mirar la pantalla intentando centrarse.

Al volver al apartamento, se había esperado encontrarlo tal como lo había dejado, pero estaba impoluto. Seguro que tenía que agradecérselo a Mark y a Gabe. La invadió un fuerte sentimiento de gratitud.

Lo primero que había hecho al llegar había sido ponerse unos vaqueros y una camiseta limpia. Después, se había sentado frente al portátil.

Tenía mucho trabajo esperándola, ese no era el problema. El problema era su capacidad de concentración.

Tenía que dejar de pensar en Valentín y sobre todo tenía que dejar de pensar en Daniel y en lo que pasaría después.

Se levantó y fue a la estantería. Justo frente a ella tenía una copia de *Compañero de por vida*. Lo sacó y le dio la vuelta. Lo había escrito en un arranque de pasión, volcando sobre el papel todo lo que sabía, todo lo que había aprendido al observar a la gente en sus relaciones.

Ahora que lo miraba, no podía recordar cómo lo había hecho.

Se sentía una impostora.

¿Qué sabía ella de relaciones?

Todo lo que sabía lo había aprendido de los libros, de estudiar. Era todo teoría. Nada provenía de la experiencia.

Aunque habían pasado tres años, la voz de Rupert aún le resonaba por la cabeza.

«Tú tienes un problema».

¿Tenía razón? Estaba empezando a pensar que tal vez la tuviera. Aunque le había dirigido esas hirientes palabras porque le había hecho mucho daño, tanto que desde entonces ella había tenido la precaución de no volver a tener ninguna relación con nadie, reconocía que tenían algo de verdad. Rupert era un buen hombre y la ruptura había sido brutal, tanto profesional como personalmente. Había sido muy duro mirarse al espejo cada mañana. Se había odiado a sí misma y había odiado lo que le había hecho a él. Y una parte de ella creía que si no podía amar a Rupert, que era encantador, inteligente, divertido y tenía a montones de mujeres que se morían por llamar su atención, entonces no podría amar a nadie. En aquel momento había decidido que tenía que dejar de intentarlo y aceptar cómo era. Tal vez sus problemas tenían su origen en su infancia, o tal vez no, pero nada cambiaba la realidad de lo sucedido. Por mucho que lo hubiera intentado, no era capaz de enamorarse.

Se había dado un nuevo comienzo, pero parte de ese

nuevo comienzo había incluido la decisión de no volver a ponerse en esa situación.

Podía tener una vida social activa e interesante sin mantener ninguna relación con un hombre.

Esa decisión nunca le había supuesto un desafío... Hasta ahora.

Soltó el libro y se preparó un café. Sin Valentín, el apartamento parecía más pequeño. Vacío. Como si le faltara una pieza importante.

Estaba a punto de volver a sentarse frente al portátil cuando alguien llamó a la puerta.

Era Mark con un ramo de flores enorme.

—¿Cómo está Valentín? Gabe y yo nos quedamos preocupadísimos cuando recibimos tu mensaje.

—Está mejor. Si todo va bien, mañana volverá a casa. Pasa —cualquier excusa le servía con tal de no trabajar.

—Son para ti. Gabe te manda un beso —Mark le dio las flores, un ramo de gerberas.

Ver el rostro de esas flores con forma de sol la hizo sonreír.

—Gracias. Es imposible sentirse triste cuando se tienen gerberas —«y se tienen amigos»—. Gracias por venir al apartamento anoche. Me marché en estado de pánico y ni siquiera estaba segura de haber cerrado con llave. Y además lo limpiasteis todo. Sois únicos.

—Tienes un aspecto espantoso. Siéntate. Las pondré en agua —se llevó las flores a la cocina—. ¿Has estado trabajando?

—Tenía intención de ponerme al día, pero me está costando concentrarme.

—¿Y te sorprende?

—No suelo tener problemas para concentrarme.

—En tu vida está pasando algo muy serio y eso te ocupa toda la cabeza.

—El veterinario dice que se pondrá bien. No hay razón por la que no debiera concentrarme.

Mark encontró un jarrón y lo llenó de agua.

—A menos que, tal vez, lo que te esté ocupando la cabeza no sea Valentín.

Ella notó cómo un rubor la delató.

—¿Y eso qué quiere decir?

—Has pasado la noche con él.

—¿Con Daniel? Sí, pero solo porque su casa estaba más cerca. No ha pasado nada. Ni siquiera me ha besado —aunque sí la había mirado y ella había sabido que si hubiera estado allí por motivos diferentes, habría hecho algo más que besarla. Por otro lado, ese razonamiento era algo ridículo porque, si no hubiera sido por Valentín, directamente no habría ido a su casa—. Le dije que no traigo nada bueno y que debería mantenerse alejado de mí.

—¿Y cuál fue su respuesta? ¿Te dio las gracias educadamente por haberle advertido y accedió a centrar su interés en otro lugar?

—No —Molly descubrió que estaba desesperada por hablar con alguien—. Me dijo que esta noche traería la cena.

—Me está empezando a gustar ese tipo.

Y a ella también. Ese era el problema.

—Eso es lo otro que no te he contado. ¿Sabías que Fliss y Harry tienen un hermano?

—Sí, aunque no lo he visto nunca. Un abogado superestrella. Uno de esos hombres que querrías a tu lado si tu relación se desmorona.

—Bueno, pues es él. Daniel. Daniel es su hermano.

—Espera, ¿me estás diciendo que tu Daniel es su Daniel? —Mark se pasó la mano por el pelo—. ¿El tío bueno del parque al que le encantan los perros es el hermano de las gemelas?

—Resulta que no le encantan los perros. Lo pidió prestado para llamar mi atención.

Mark se sentó junto a la mesa.

—Estoy empezando a entender por qué no te puedes concentrar. Eso es...

—¿Deshonesto?

—Iba a decir «halagador».

—¿Te parece halagador que alguien esté dispuesto a secuestrar y a engañar por ti? ¿Se me está escapando algo?

—¿Te dijo que era su perro?

—No. Pero cuando alguien tiene un perro lo más natural es dar por hecho que es suyo.

—No en la ciudad de Nueva York. En la ciudad de Nueva York la mitad de la gente de Central Park va paseando perros que son de otros.

—Pero pidió un perro prestado para aparentar ser una persona a la que le gustan los perros. ¿Qué clase de hombre hace eso? —frunció el ceño mientras recordaba cómo se había comportado con Brutus—. En realidad, puede que le encanten los perros, aunque creo que acaba de descubrirlo.

—Por lo que sé de él, no tiene que esforzarse mucho por llamar la atención de una mujer. El hecho de que estuviera dispuesto a llegar a esos extremos para atraer la tuya significa algo.

—Significa que cree que a mi trasero le sientan muy bien las mallas de correr.

Mark sonrió.

—O a lo mejor se ha enamorado de Valentín. ¿Pero entonces secuestró al perro?

—No. Fliss y Harriet se lo prestaron y la verdad es que aún no he tenido tiempo de procesar esa parte.

—¿No conocía al perro de nada?

–Sí lo conocía. Lo rescató de un caso de divorcio muy feo. Abandonaron al perro y... –se fijó en la mirada de Mark–. No me mires así.

–¿Así cómo? Estaba pensando que está claro que es cruel y despiadado.

–Necesito comprensión, no sarcasmo. Y no he dicho que sea despiadado exactamente. Solo he dicho que fingió tener un perro.

–¿Y al perro le importó? ¿Se ignoraban mutuamente?

Molly recordó cómo Brutus casi le había arrancado la mano al tirar de ella para poder acercarse a Daniel cuando lo había llevado a la oficina.

–No. Se los veía genial juntos. ¿Puedes dejar de mirarme así?

–¿Así cómo?

–Como si estuviera loca porque me importa que pidiera prestado un perro. No es normal.

–Estamos en Nueva York. Aquí no hay nada normal y por eso me encanta. ¿Sabes lo que creo? Creo que estás buscando razones para alejarlo de ti.

–Tienes razón. Eso es exactamente lo que estoy haciendo, pero ahora mismo no parece estar escuchando. Cuando le dije que siempre termino las relaciones, sonrió. Me dijo que entonces es mi pareja perfecta.

–Y tal vez lo sea. Cada vez me gusta más ese tipo. Parece que ha derribado cada objeción que le has ido poniendo.

–¡Porque es abogado! Es su trabajo. No voy a hacerlo, Mark. Por muy sexi que sea, y muy encantador y persistente, no voy a hacerlo. Cuando empiezo una relación, la gente sale herida. Es como meter una cosechadora en un campo de cultivo y no esperar que lo corte todo.

Mark la miró.

–Ni siquiera después de una noche en vela pareces

una cosechadora. Y, por lo que dices, no parece que exista la más mínima posibilidad de que él vaya a resultar herido.

—Eso es verdad, pero no quiero correr el riesgo —pensó en Rupert—. Le he roto el corazón a alguien de un modo bestial. No ha sido un pequeño arañazo. No ha sido una muesca. Ha sido un destrozo enorme, masivo. En público. Y eso no va a volver a pasar.

El recuerdo hizo que se le encogiera el pecho. Sintió las manos de Mark sobre sus hombros.

—Entiendo que lo que pasó con Rupert te afectara tanto, pero parece que Daniel es un tipo que se conoce muy bien. ¿Y si te está diciendo la verdad?

—Seguro que sí, pero no es tan fácil controlar los sentimientos.

—Tú no tienes ningún problema para controlar los tuyos. ¿Y si él es exactamente igual que tú? Imagina la relación tan increíble que podríais tener.

Molly lo miró. Ahora mismo no podía pensar en nada.

—Yo...

—¿Cuándo fue la última vez que te divertiste, Molly? Y no me refiero a divertirte sola, sino a divertirte con un tipo sexi. ¿Cuándo fue la última vez que te acostaste con alguien sin preocuparte por la parte emocional? ¿Cuándo fue la última vez que saliste con alguien sin preocuparte por que él fuera a enamorarse de ti y tú no de él?

—Hace bastante tiempo.

—Pues piensa en ello. Piensa en la diversión y no en las repercusiones —Mark se levantó, la llevó hacia él y la besó en la mejilla—. Y ahora vuelve al trabajo.

—No puedo. Hoy soy Molly y Molly no sabe nada sobre relaciones.

—Pues entonces Molly debería preguntar a Aggie. Ella sabe muchísimo.

Molly vio a Mark yendo hacia la puerta.

—De todos modos, seguro que no viene. Se lo habrá pensado mejor.

Mark se dio la vuelta.

—Vamos a esperar a ver qué pasa, ¿de acuerdo? Por lo que me has contado, me parece un tipo que sabe muy bien lo que quiere en la vida. Prométeme una cosa...

—¿Qué?

—Si viene, abre la puerta.

Daniel pulsó el botón del portero automático preguntándose si Molly le abriría.

Se había pasado el día desenredando relaciones enrevesadas y dolorosas y la idea de pasar la noche con una mujer que no quería ninguna atadura emocional era el equivalente a una cerveza fría en un día caluroso. Molly era divertida, sexi e inteligente. Le gustaba. Y el hecho de que no fuera a enamorarse de él era música celestial para sus oídos. ¡Adelante!

Ella abrió la puerta casi de inmediato. Llevaba unos vaqueros, aunque en esta ocasión eran los suyos propios, y su sudadera era azul, no rosa. Resultaba adorable y potente al mismo tiempo. Era una rompecorazones. Muy sexi.

Terriblemente sexi.

No era difícil entender por qué los hombres se enamoraban perdidamente de ella.

—Tal vez deberías colgar un letrero en la puerta —le sugirió—. «Cuidado con la mujer». Eso mantendría a raya a los peleles y a los pringados y te aseguraría que solo se interesaran por ti chicos malos de verdad que preferirían perder dinero jugando al póquer antes que malgastarlo en un anillo. Ese soy yo, por cierto.

Molly lo recompensó con una ligera sonrisa. Después, se fijó en la botella que llevaba en la mano.

—¿Champán? ¿Vamos a celebrar algo que yo debiera saber?

—La recuperación de Valentín, los jueces con sentido común y nuestra primera cita.

—Has tenido un buen día en el juzgado.

—He tenido un día muy largo pero bueno. Y lo de esta noche es mi recompensa —deslizó la mano sobre su nuca y la besó brevemente—. No te irás a enamorar de mí, ¿verdad? ¿No? Bien. Solo quería asegurarme —aprovechó que ella se había quedado en silencio, asombrada, y entró en el apartamento—. ¿Dónde tienes las copas?

Molly cerró la puerta, pero se quedó con la mano en el pomo, como si estuviera pensando algo.

—¿No deberías estar celebrándolo con tus colegas?

—Lo estoy celebrando contigo. He pedido *pizza* —había intentado que fuera algo informal. Nadie podía sentirse amenazado por una *pizza* grande de *pepperoni*.

—¿*Pizza*?

—Cuando nos apetezca una cena elegante, te llevaré a un restaurante que te hará preguntarte si es la primera vez que saboreas comida de verdad, pero esta noche vamos a comer *pizza* —se quitó la chaqueta y la colgó en la silla más cercana suponiendo que cuanto más cómodo se sintiera en la casa, más le costaría a ella echarlo.

Su apartamento era pequeño, pero Molly había aprovechado bien el espacio. Había un libro abierto en el asiento de la ventana y el escritorio de la esquina estaba abarrotado de papeles y notas. Los deslumbrantes rayos dorados del atardecer neoyorquino se reflejaban en los suelos de madera. Había una puerta que, suponía, era la del dormitorio y otra que debía de ser el baño. En una esquina de la sala había unos zapatos tirados, como si se los hubiera quitado y los hubiera dejado ahí tirados mientras pensaba en otra cosa.

Cada rincón de ese lugar tenía su sello de identidad. Todo en su vida decía a gritos que no necesitaba ni nada ni a nadie.

Pero él tenía la intención de demostrarle que había algunas cosas que sí necesitaba.

—Me gusta tu apartamento.

El lugar tenía un olor familiar y fue solo al respirar la fragancia cítrica y floral que le ponía la cabeza del revés cuando se dio cuenta de que le resultaba familiar porque era el aroma de Molly.

El aroma lo llevó de vuelta a aquel beso en el parque, cuando ese perfume se había apoderado de él. Cuando ella se había apoderado de él.

—Tienes un ático en la Quinta Avenida.

—¿Y? Me gusta cómo tienes tu casa. Has aprovechado la luz al máximo —abrió la botella de champán y lo sirvió en las dos copas que ella había sacado; mientras, se preguntaba qué iba a tener que hacer para lograr que se relajara a su lado, porque lo único que veía en sus ojos era desconfianza. Se fijó en que tenía el portátil abierto sobre el pequeño escritorio y unas gafas al lado—. ¿Un mal día?

—Improductivo.

—¿Te cuesta concentrarte?

—Algo así.

«Interesante», pensó él, y decidió investigar un poco más.

—¿Estás pensando en Valentín?

Ella tardó un poco en responder.

—Sí.

Lo invadió una intensa satisfacción. Estaba seguro de que no solo había estado pensando en Valentín. Había estado pensando en él. La había desestabilizado, que era exactamente como la quería tener. Ella creía que lo conocía y él quería demostrarle que no era así.

—¿Qué estabas haciendo exactamente? Háblame más sobre tu trabajo. ¿Eres asesora?

—Entre otras cosas —respondió con evasivas.

Daniel se preguntó si su renuencia a hablar sobre su trabajo se debía a algo más que al respeto al secreto profesional.

Gracias a su trabajo había desarrollado un instinto para saber cuándo la gente estaba ocultando cosas y estaba seguro de que Molly estaba ocultando muchas.

—Molly —dijo con tono suave—. ¿Por qué no me dices en qué estás pensando y así nos libramos de esta atmósfera de tensión y puedo dejar de intentar adivinar en qué estás pensando? No solo porque sea un chico y no se me dé bien leer el pensamiento, sino también porque he tenido un día muy largo.

—No pensé que fueras a venir. A lo mejor no me has escuchado.

—Te he escuchado. He oído cada palabra que has dicho, incluyendo la parte en la que me has dicho que no debería tener una relación contigo —dejó el champán en la mesa—. Lo he escuchado todo perfectamente.

—Y, aun así, aquí estás. Con champán. Y *pizza*.

—Así es. No estaba seguro de cuánto tardaría en convencerte de que estamos haciendo lo correcto y he pensado que podríamos necesitar algo de sustento mientras te asedio.

—Sun Tzu no creía en los asedios.

Él se quedó impresionado.

—Has buscado información sobre él.

—Estaba intentando comprenderte, pero no puedo. Lo único que se me ocurre es que estés aquí porque no me crees. Porque crees que estoy exagerando.

—No creo que estés exagerando. Y estoy aquí porque sí te creo. Me gustas, Molly. Eres tremendamente sexi y no te vas a enamorar. Para mí, eso no es ningún problema. Es más, en mi caso, lo considero un requisito previo para poder entablar una relación.

—Una vez le hice tanto daño a un hombre que me dijo que le había arruinado la vida y que jamás se repondría.

La angustia de su mirada lo destrozó por dentro.

Sin embargo, sabía que por mucho que hubiera sufrido aquel tipo, ella también había sufrido. Por distintas razones, tal vez, pero no era difícil ver que Molly no hacía daño a la gente queriendo.

—Yo tampoco he estado enamorado nunca, Molly. No tengo ni tiempo ni ganas. Te puedes relajar.

Aun así, ella no seguía muy convencida.

—No traigo nada bueno, Daniel.

—Pues a mí me has traído lo mejor que he tenido en mucho tiempo. Piénsalo: por primera vez, no vamos a tener que preocuparnos por una relación porque los dos estamos inmunizados. La vida nos ha inoculado. ¿Y ahora podemos dejar de hablar? La *pizza* llegará en cualquier momento.

Quería decirle más cosas, quería saber más sobre ella, pero se dijo que todo eso podía esperar. Poco a poco. Se giró para dejar su copa y se fijó en las flores.

—¿Alguien te ha comprado flores? ¿Tengo un rival que también compite por tu falta de atención?

Eso la hizo reír.

—¿Estás celoso?

—Tal vez. Si vas a ser mala, quiero que seas mala exclusivamente conmigo.

—¿No crees que estás yendo demasiado deprisa?

—He cargado en brazos con tu perro enfermo y te has quedado en mi piso sin que te haya puesto un solo dedo encima. Eso puede considerarse como un juego preliminar.

Ella abrió la boca para decir algo, pero en ese momento sonó el teléfono. Miró el número.

—Es el veterinario...

—Contesta —Daniel tomó su copa otra vez y, mientras ella respondía la llamada, fue hacia la librería.

En una ocasión había salido con una mujer que en la librería tenía libros diseñados especialmente para aparentar y una colección de libros completamente distintos en su Kindle. Le fascinó que esa mujer hubiera sentido la necesidad de esconder lo que leía de verdad.

La selección de Molly era ecléctica. Había unas cuantas biografías, libros de cocina y una variedad de novela criminal y romántica. Nada que le dijera mucho sobre ella.

Un libro, sin embargo, llamó su atención. *Compañero de por vida*.

¿Por qué le resultaba familiar ese título?

Al comprobar el autor, vio el nombre de Aggie y recordó que Marsha le había comentado que ese libro era un superventas. Lo invadió la furia. Esa mujer estaba por todas partes. No podía librarse de ella.

Al parecer, Molly lo había consultado mientras intentaba dar con el hombre perfecto, pero ¿por qué iba a necesitar una psicóloga la ayuda de una consejera sentimental? ¿Qué podía enseñarle Aggie que ella no supiera ya?

Por mucho que él no lo entendiera, esa era otra muestra más de lo desesperada que debía de haberse sentido.

¿A quién le importaba que no pudiera enamorarse? Había mucha gente enamorada que pensaría que era una mujer afortunada.

Molly colgó.

—Mañana por la mañana recojo a Valentín.

—Qué bien —Daniel decidió no avergonzarla mencionando el libro—. ¿Ha sonado el timbre? Debe de ser nuestra *pizza*.

Pagó y la llevó a la mesa.

—Huele bien —Molly retiró una silla y se sentó—. Precisamente por esto no suelo comer *pizza*. Me cuesta no comer más de una porción.

—Así que eres una chica mala en lo que concierne a cuestiones de autocontrol y de apetito. Esto se pone cada vez mejor y está resultando ser la mejor primera cita que he tenido en mi vida.

—Seguro que eras de esos niños que jugaban con cuchillos y trepaban árboles.

—Y con fuego —abrió la caja—. No te olvides del fuego. Aunque básicamente lo provocó mi hermana, que es una cocinera terrible. Me encantaba hacer cualquier cosa que entrañara el peligro de hacerme daño.

—Pues me parece que no has cambiado mucho.

—¿Es esa otra advertencia sutil? No me vas a hacer daño. Así que siempre que quieras rendirte ante la química, perder el control, arrancarme la ropa y usar mi cuerpo para tu propia gratificación, adelante —complacido al verla sonreír, eligió una porción de *pizza*—. Y ahora tengo una pregunta. Y es personal.

Ella dejó de sonreír.

—¿Cómo de personal? ¿Quieres saber si me gustan las aceitunas en la *pizza*?

—No. Quiero saber cuándo fue la última vez que tuviste sexo.

—¿Qué? —preguntó con una carcajada de asombro—. ¿En serio me acabas de preguntar eso?

—En serio. ¿Y la respuesta es...?

Evitando su mirada, ella se sirvió una porción.

—Digamos que ha pasado bastante tiempo.

—¿Cuánto es «bastante»?

—Creo que puedo recordar cómo se hace, pero es posible que mi recuerdo se haya disipado con el tiempo —tenía las mejillas sonrojadas pero sus ojos mostraban un brillo desafiante—. ¿Tienes miedo?

—Me estoy cargando de carbohidratos mientras hablamos —se sirvió otra porción—. ¿Y por qué tanto tiempo? ¿Dejaste de practicar sexo porque el último chico te hizo sentir culpable?

—No me hizo sentir culpable. Yo misma me produje ese sentimiento.

—Hablas como una psicóloga.

—Porque lo soy.

—Lo eres, pero no es un crimen no enamorarte de alguien, Molly. La gente se enamora y se desenamora constantemente. Lo veo cada día en mi trabajo. No es algo que puedas controlar. Todos queremos cosas que no podemos tener. Eso ocurre continuamente. Trabajos que no conseguimos, casas en las que no podemos vivir, problemas de salud que por supuesto no queremos tener…, gente a quien queremos y que no nos corresponde. No sentir lo que otra persona quiere que sientas no te convierte en una mala persona —había algo más. Lo sabía con solo mirarla a la cara. Pero también sabía que no estaba preparada para hablar de ello—. Y ahora ya puedes contarme tus secretos más íntimos, como por ejemplo, si te gustan las aceitunas en la *pizza*.

—Me encantan las aceitunas. ¿No quieres un plato? Llevas un traje y no pareces el típico chico que come directamente de la caja de *pizza*.

—Llevo traje porque he estado en el juzgado, y, por cierto, ya estás juzgándome otra vez… —le acercó la caja.

—No suelo equivocarme en mis juicios. En un principio no me pareciste una persona a la que le gustaran los perros y resultó que tenía razón –mordió una porción con un gemido de placer–. ¡Qué rica!

Daniel miró el movimiento de su garganta. Jamás pensó que ver a alguien comer *pizza* pudiera resultar sexi.

–Que no tenga un perro no significa que no me gusten los perros, pero me halaga saber que me estabas prestando tanta atención.

–Es mi trabajo. Estudiar a la gente –masticó lentamente, saboreando cada bocado.

–Admítelo, me has estudiado más que a la media.

Ella dejó de masticar.

–Tienes un ego más grande que esta *pizza*.

–Lo he alimentado bien. Y sé que estabas estudiándome porque yo también te estaba estudiando a ti –miró las librerías–. ¿Lees mucho?

–Sí. ¿Y tú?

–Sí. Sobre todo novela negra.

–Escrita por tu vecino Lucas Blade. Él sí que se mete en la mente de sus personajes. Sus libros no tratan solo del asesino, sino también de la persona.

–Tiene conocimientos de psicología. La próxima vez que Eva y él se apiaden de mí y me inviten a cenar, te llevaré conmigo. Es un tipo interesante –supuso que ella protestaría, pero no lo hizo.

–¿Y qué más lees?

–¿Además de ficción? –Daniel se sirvió otra porción–. Leo biografías, algo de historia y catálogos de arte.

–¿Catálogos de arte?

–Catálogos de exposiciones a las que no puedo asistir porque estoy demasiado ocupado. Me pasa con demasiadas. Necesito sacar algo de tiempo.

–Trabajas mucho.

—Pero disfruto haciéndolo —estiró las piernas—. No haría algo con lo que no disfrutara. ¿Y a ti? ¿Te encanta tu trabajo?

—Sí —se levantó y recogió la caja de la *pizza*—. Estaba deliciosa. Gracias. ¿Quieres café?

Molly fue a la zona de la cocina y él vio cómo molía los granos y lo preparaba de cero.

Cuando terminó, sirvió dos tazas y se giró. Daniel le apartó el pelo de la cara y ella le puso la mano en mitad del pecho.

—Has dicho que no ibas a besarme.

—Eso fue anoche. Esta noche puede pasar por cualquier cosa.

—¿Lo dice Sun Tzu?

—No. Yo —y bajó la boca hacia la de ella.

El cuerpo de Molly se derritió con el calor que emanaba del de él y su suavidad lo envolvió. Él saboreó sus labios y sintió cómo su aroma estimulaba sus sentidos.

Para cuando se apartó, estaba listo para practicar sexo encima de la encimera de la cocina, algo que no había hecho nunca en su vida.

Molly se tambaleó ligeramente. Seguía con la mano sobre su camisa.

—Ha sido...

—Sí, lo ha sido. Y por eso he decidido marcharme —le dio otro beso en la boca y le apartó los dedos de su camisa antes de apartarse. Era lo más difícil que había hecho en su vida.

—¿Te marchas? —preguntó ella con voz ronca—. Creía que te habías cargado de carbohidratos.

—Y lo he hecho —le rodeó la cara con las manos y le atrapó la mirada con la suya—. Pero tú sigues sin estar preparada para esto. Te muestras un poco cauta y desconfiada y temes hacerme daño. Y también temes hacerte daño a ti misma otra vez al verte forzada a analizar las posibles razones por las que no te puedes enamorar. Pero te lo voy a poner fácil. Ninguna mujer en su sano juicio se enamoraría de mí, así que ni siquiera malgastes tu energía haciéndote esa pregunta.

Ella parecía algo aturdida, un poco vulnerable.

–¿De verdad te marchas?

–Sí, porque cuando tengamos sexo, no habrá dudas. No habrá represión.

–¿Entonces para qué era el beso? –el tono de decepción y anhelo en su voz casi le hizo cambiar de opinión.

Casi.

Sonrió.

–Para que probáramos lo que está por venir.

Capítulo 12

Molly recogió a Valentín a la mañana siguiente y se sintió aliviada al ver que volvía a ser el mismo de siempre. La saludó como si hubieran estado separados un siglo y ella lo abrazó mientras notaba cómo se le movía todo el cuerpo al sacudir la cola de alegría.

–Gracias –le susurró al veterinario con la cara hundida en el pelo de su perro–. Gracias por todo lo que habéis hecho –estaba tan emocionada que apenas podía hablar.

Si le hubiera ocurrido algo a Valentín... Si lo hubiera perdido...

–De nada. Es un perro precioso –Steven le dio una cariñosa palmadita al perro y volvió a su consulta.

Por allí no había rastro de Seth.

Mientras recordaba que Daniel aún no le había contado de qué lo conocía, le puso la correa a Valentín.

–De ahora en adelante no te voy a quitar los ojos de encima. Cualquier cosa que tengas pensado comer la tengo que ver yo primero.

Había recibido un mensaje de Daniel invitándola a cenar a su casa y la convenció al decirle que Valentín también estaba invitado.

–Te han invitado a cenar. ¿Qué opinas? –era un perfecto día neoyorquino. La lluvia había dado paso a unos perfectos días azules. La luz del sol se reflejaba en las torres de cristal y las calles estaban abarrotadas de tráfico y de gente–. ¿Crees que deberíamos ir?

Valentín sacudió el rabo con emoción.

–Antes de que tomes una decisión, deberías saber que Brutus no estará allí porque, en realidad, no vive con Daniel. Y tendrás que comportarte. Tiene un piso muy caro. Si mordisqueas algo, te vas fuera.

Valentín soltó un ladrido.

–De acuerdo. Lo tomaré como un «sí» –le acarició la cabeza–. Si vamos a salir esta noche, será mejor que vayamos a casa y trabajemos un poco.

A unas cuantas manzanas, en su oficina, Daniel había empezado la jornada muy temprano.

Estaba solo, lo cual era perfecto porque después de haber estado los dos últimos días en el juzgado, tenía una montaña de trabajo.

Miró por la ventana y se imaginó a Molly y a Valentín disfrutando del parque. Tal vez debería preguntarles a sus hermanas si necesitaban que sacara a pasear a Brutus de vez en cuando. No porque se sintiera especialmente unido al perro, sino porque sabía que estaban ocupadas. Desbordadas. Sería un modo de ayudarlas.

Según Fliss, dos familias habían ido a verlo. La primera había dicho que era mucho más grande de lo que habían imaginado, y habían decidido que no querían un pastor alemán, lo cual le resultaba incomprensible porque ya sabían la raza del perro antes de haber ido a visitarlo. A la segunda familia le había preocupado que Brutus pudiera suponer un riesgo para sus dos bulliciosos hijos.

A Daniel lo ponía furioso que alguien pudiera pensar que Brutus era agresivo. Nunca había conocido a un animal más bueno.

Y no es que fuera un experto en perros, pero sí que había jugado con él haciendo el bruto cuando nadie los había estado mirado y los dos habían salido sin el más mínimo roce o rasguño. Además, tenía la cara más graciosa que había visto. Hasta conocer a Brutus nunca había imaginado que un perro pudiera esbozar un gesto de culpabilidad.

Si esas familias no se habían encariñado con él inmediatamente, entonces, en su opinión, Brutus había salido ganando.

El sol salió, la gente comenzó a llegar a la oficina y a las ocho los teléfonos empezaron a sonar y Marsha apareció con café.

—¿Has estado aquí toda la noche?

—Como si lo hubiera hecho —el aroma a café se le coló en el cerebro. Agarró la taza y se permitió disfrutar de su olor antes de dar un trago. La cafeína fue como una muy necesitada descarga eléctrica para su organismo—. Me has salvado la vida.

—¿Tan mal estás?

—La gente no deja de intentar venderme seguros por mala praxis. Espero que no sepan algo que no sé yo. Te veo inquieta. ¿Pasa algo?

—Elisa Sutton está subiendo y esta vez trae a los niños. Se ha presentado en recepción muy alterada.

—Si está alterada, deberíamos remitirla a un psicólogo. Mi trabajo se limita al asesoramiento legal. Además, soy más caro que un psicólogo.

—Confía en ti. Sabe que no eres uno de esos abogados que se aprovecharía y dejaría que un cliente generara una factura enorme por estar siempre quejándose por teléfono.

—Mi trabajo es dar con una estrategia de divorcio de éxito. Nada más.

—A juzgar por lo alterada que está, puede que eso sea lo que viene a pedirte.

Daniel se levantó al oír llantos fuera del despacho.

—¿Sabemos lo que ha pasado?

—No, pero seguro que Henry no ha cumplido con sus promesas.

—Vaya, qué sorpresa, ¿eh? —salió del despacho y entró en el de Marsha. Elisa estaba intentando calmar al bebé y Kristy estaba llorando tanto que parecía que se fuera a asfixiar.

Daniel analizó la situación y decidió empezar por la hija mayor.

—Hola, Kristy —se puso de cuclillas frente a la pequeña—. ¿Qué pasa?

Kristy respiró entrecortadamente.

—He per... perdido a Ro... Rosie.

—Hemos comprado una muñeca en la juguetería que hay en Broadway y la ha perdido por alguna parte —Elisa se puso al bebé, que no dejaba de llorar, en el otro hombro mientras lo explicaba. Parecía agotada—. Es culpa mía. Iba con mucha prisa. Seguro que se le ha caído en la acera. No sé. Volveremos a buscarla cuando nos marchemos de aquí.

Al ver que Kristy volvía a arrugar la cara, Daniel intervino rápidamente.

—¿Cómo es Rosie?

—Pe... pelo ne... negro. Fal... da ro... roja. ¿Por qué?

—Porque si vamos a buscar a una persona desaparecida, necesitamos un nombre y una descripción. Así es cómo funciona —al recordar aquella vez en la que Harriet perdió a su muñeca favorita y al final descubrieron que su padre la había tirado a la basura, Daniel se levantó, agarró el teléfono y pulsó el botón de recepción–. Soy Daniel Knight. Contacten con seguridad y díganles que tenemos una persona desaparecida. Pelo negro. Vestido rojo. Responde al nombre de «Rosie». Es una muñeca... Sí, eso es, me ha oído perfectamente. Que envíen a alguien a echar un vistazo fuera del edificio... Sí, es una prioridad –colgó y se giró justo a tiempo de ver a Marsha escondiendo una sonrisa–. Kristy, tengo a mi mejor equipo ocupándose del problema. Vamos a enviar una patrulla de búsqueda.

Kristy dejó de llorar y lo miró con los ojos abiertos de par en par, maravillada.

A Elisa se le llenaron los ojos de lágrimas.

–Qué amable eres. Lamento presentarme así sin avisarte, pero...

–Vamos a hablar en mi despacho –y al darse cuenta de que si no se ocupaba del asunto rápidamente habría más llantos, extendió la mano hacia Kristy y dijo–: Tengo algo que enseñarte –la llevó hacia un armario al fondo del despacho de Marsha–. Marsha tiene una caja secreta aquí dentro, pero solo se la enseña a las personas muy especiales.

Kristy observó el armario.

–¿Qué hay en la caja secreta?

–No lo sé. Yo no soy lo bastante especial, así que no me la ha enseñado nunca. Tendrás que preguntarle a Marsha.

Marsha intervino siguiéndole la corriente.

–¿Echamos un vistazo juntas?

Mientras Kristy abría la puerta y miraba dentro, Daniel se giró hacia Marsha y le dijo en voz baja:

–Si no encuentran la muñeca, llama a la tienda y pide que nos envíen una nueva.

Marsha asintió y Daniel pensó que una de las razones

por las que le encantaba trabajar con ella era que podía con todo. Dejó el problema en sus competentes manos, entró en su despacho y dejó la puerta entreabierta.

—Kristy estará bien con Marsha.

—Eres brillante —dijo Elisa resoplando—. Hay días en los que me gustaría estar casada contigo. Te portas mejor con mis hijos que Henry.

Daniel mantuvo una expresión neutra.

—Si necesitas hablar con un psicólogo, Elisa, entonces Marsha puede...

—No es eso. Sé que no estás aquí para escuchar mis problemas, pero a veces no resulta fácil separar lo emocional de lo práctico. No sé qué hacer, Daniel. Esta mañana ha gritado a Kristy. Por eso le he comprado la muñeca. No me puedo creer que me esté convirtiendo en esa clase de persona que cree que comprar cosas compensa ser un mal padre —se le volvieron a llenar los ojos de lágrimas y respiró hondo—. Sé que es mucho pedir, pero ¿podrías sujetarme a Oliver mientras voy al baño? He estado intentando mantenerme calmada porque cuando me tenso, él empeora de su asma...

Daniel tomó en brazos al pequeño, que no dejaba de moverse, y lo sujetó con firmeza. El niño le agarró un mechón de pelo y lo miró, intrigado.

A Elisa se le saltaron las lágrimas.

—¿Lo ves? Prefiere estar contigo, un extraño, que conmigo. Sabe que estoy tensa. Soy una madre terrible.

—Eres una madre fantástica —dijo Daniel con delicadeza—. Siéntate —le dio una caja de pañuelos de papel, ella agarró un puñado y se dejó caer en el asiento como si estuviera demasiado cansada para hacer cualquier otra cosa.

—Lo siento. Henry no deja de decirme que debería controlar mis nervios.

Daniel se contuvo para no decir lo que opinaba de Henry.

—Tienes dos hijos pequeños. Incluso sin los problemas maritales, ya tienes demasiada presión encima.

Elisa resopló con fuerza.

—Intento hacer lo mejor para ellos, pero ya ni siquiera sé qué es lo mejor para ellos. Primero pienso que estarían mejor creciendo en una familia biparental y entonces Henry habla mal a Kristy y el asma de Oliver empeora cada día, al igual que sus rabietas. Henry se lo toma como algo personal y me acusa de envenenar a los niños en su contra —respiró hondo y se levantó—. Bien. Ya estoy empezando a calmarme. Ahora mismo vuelvo —salió del despacho y Marsha asomó la cabeza por la puerta. Enarcó las cejas al ver a Daniel señalándole algunos de los lugares más emblemáticos de Nueva York a un fascinado Oliver.

—¿Quieres que me ocupe yo de él? O, al menos, gíralo hacia el otro lado. Puede que se asuste cuando vea las multitudes de Times Square.

—Tienes razón —se giró para que el niño pudiera ver el Empire State Building. El pequeño de pronto abrió los ojos de par en par, asombrado, y alargó una regordeta mano hacia el cristal. Daniel sonrió—. Es monísimo.

Marsha se apoyó en la puerta.

—Baja la voz. Si todas esas personas que te llaman «El Caballero Oscuro» y «El Rottweiler» pudieran verte ahora, tendrías problemas.

—Entonces es una suerte que no puedan verme. Y para que quede claro, si este pequeñajo deposita sobre mi traje algún fluido corporal de cualquier tipo, les cobraremos el doble.

Ella se cruzó de brazos y ladeó la cabeza.

—¿Sabes, Daniel? El numerito de chico duro no funciona del todo cuando tienes a un bebé en brazos. No sabía que se te dieran tan bien los niños.

–Tuve dos hermanas pequeñas. Tengo mucha práctica.

Cuando Elisa volvió, se había cepillado el pelo y se había aplicado más pintalabios. Volvió a tomar al niño en brazos y Daniel se sentó en el borde de su mesa.

–¿Qué ha pasado?

–Dos días –dijo Elisa sentando a Oliver sobre su regazo–. Eso es lo que ha aguantado. Se mudó a casa y dos días después le sorprendí llamándola. ¿Te lo puedes creer? Cuando me dijo que deberíamos volver, creí que lo decía en serio. Creí que estaba comprometido a hacer esto por los niños, pero todo era mentira. Al parecer, soy yo la que tiene que hacer sacrificios por los niños, no él. No puedo vivir así, pero él me dice que será perjudicial para los niños que nos separemos –se le volvieron a llenar los ojos de lágrimas–. Aggie dijo...

–¿Qué piensas tú? No me hables ni de Henry ni de Aggie –dijo con tono tranquilo, aunque estaba empezando a pensar que si volvía a oír ese nombre rompería algo.

–¿Sinceramente? Me parece una cadena perpetua. No porque no lo quiera, sino porque lo quiero. ¿Te puedes imaginar lo que tiene que ser pasarte la vida con alguien que no siente lo mismo que tú sientes por él?

Daniel tuvo la precaución de escuchar manteniéndose neutral.

Tal vez Molly pensara que no enamorarse de nadie era un problema, pero a él tampoco le parecía muy bueno enamorarse de la persona equivocada.

Elisa se sorbió la nariz.

–No quiero estar con alguien que no me quiera. Pero me ha dicho que, si me marcho, me impedirá ver a los niños.

Daniel sintió una presión en el pecho.

En su cabeza oyó otra voz, en otro momento. A otra mujer llorando.

«Si me marcho, se quedará con vosotros tres. Me ha dicho que se asegurará de que no vuelva a veros nunca. Es duro, pero tengo que quedarme. No voy a perder a mis niños».

—¿Daniel? —la voz de Elisa, vacilante e insegura, se coló en sus recuerdos—. Por eso estoy aquí. Sé que me dijiste que solo acudiera a ti por cuestiones legales, pero ahora me da mucho miedo que me impida ver a mis hijos si sigo adelante con el divorcio. Me ha dicho que si quiero tener a los niños, tengo que quedarme.

Daniel volvió al presente con brusquedad.

No había podido ayudar a su madre, pero sí podía ayudar a su clienta, al igual que había ayudado a tantos otros.

—No va a impedir que veas a tus hijos, Elisa. Las leyes de custodia de Nueva York protegen los mejores intereses de los niños y los jueces ven con muy malos ojos a los padres o madres que utilizan a sus hijos como arma o moneda de cambio.

—¿Estás seguro? Él es tan convincente... Probablemente no me creas...

—Te creo —Daniel había presenciado algo similar. Había presenciado las amenazas de su padre y había visto a su madre acobardada e intimidada, con demasiado miedo como para luchar—. Elisa, mírame. ¿Confías en mí?

Ella lo miró y asintió. Tenía los ojos nadando en lágrimas.

—Bien —le dio otro pañuelo—. ¿Has estado guardando esos registros por escrito de los que hablamos? ¿Las citas médicas de Oliver? ¿Las reuniones con los profesores para Kristy? ¿Recuerdas todo lo que hablamos?

Ella volvió a asentir.

—Entonces esto es lo que vamos a hacer...

Habló con ella durante una hora, ideó una estrategia y después salió del despacho y se encontró a Kristy y a Marsha jugando con una muñeca.

Kristy le sonrió.

—La patrulla de búsqueda la ha encontrado.

—Genial —Daniel miró esa sonrisa y se preguntó cuánto de su infancia arrastraría la niña hasta su vida adulta. ¿Sería cauta con las relaciones? ¿Se arriesgaría o decidiría permanecer soltera?

Tal vez se haría abogada de divorcios.

Fuera lo que fuera lo que el futuro les deparara a Oliver y a ella, él se aseguraría de que esa familia no pasara por el mismo infierno que vivió la suya.

Molly había elegido su atuendo cuidadosamente. No quería parecer demasiado arreglada, pero la ocasión requería algo más que unos vaqueros. Después de varios intentos fallidos, se había decidido por un vestido ajustado de color azul intenso que la hacía sentirse sexi. Aprovechó el ascensor de Daniel para ponerse los tacones y retocarse el pintalabios. Y en cuanto a lo que llevaba bajo el vestido... Esbozó una pequeña sonrisa... Eso solo lo sabía ella y solo lo podía descubrir él.

Valentín sacudió la cola con gesto de aprobación.

—Vas a tener que mirar a otro lado —murmuró—. Eres demasiado pequeño para presenciar lo que va a pasar esta noche.

Porque había decidido que pasaría algo. Había dominado a esa parte de su cabeza que le decía que era una mala idea. Había pasado mucho tiempo desde la última vez que se había visto tentada a hacer algo así, lo cual resultaba estresante y estimulante al mismo tiempo.

Cuando Daniel abrió la puerta, el corazón le dio un vuelco.

Él la miró fijamente y después fue moviendo la mirada hacia abajo, lentamente; se posó en su boca antes de seguir recorriéndola hasta los tobillos. No la tocó y aun así ella se sintió como si lo hubiera hecho. Notaba un cosquilleo por la piel y el estómago le daba volteretas.

El momento estaba envuelto por una deliciosa tensión y una atmósfera eléctrica. Tenía la sensación de que Daniel iba a abrazarla allí mismo, en el pasillo, pero Valentín decidió que no le estaban prestando demasiada atención y le tocó la pierna con la pata a Daniel, que pasó a centrar su atención en el perro. Molly podía haberlo aprovechado como un momento de respiro, pero su cuerpo y su cerebro se negaron a hacerlo. En su lugar, se vio mirando sus anchos hombros, sus poderosos muslos y la delicadeza de sus manos e imaginó lo que le esperaba. Su beso lo había sido todo: delicado, decidido, exigente e íntimo. Era imposible no imaginar el siguiente paso.

Daniel se incorporó, volvió a mirarla durante un rato prolongado y después le indicó que entrara, sin decir nada.

Ella estaba bien familiarizada con el lenguaje corporal y las señales no verbales, pero estaba segura de que nunca dos personas habían dicho tanto sin abrir la boca.

Lo siguió hasta la cocina sin apartar la mirada de sus hombros. Sus tacones resonaban por el suelo. Se preguntó si debía quitárselos, pero cuando se detuvo y se agachó, él se giró y la agarró del brazo.

—No —solo una palabra y una mirada que le ofrecía mil más.

Molly sintió la tensión de Daniel. Estaba en sus hombros, en la expresión de su boca y en cómo se movía por la cocina haciendo tanto ruido.

Se había puesto unos vaqueros y una camisa, pero aún tenía el pelo mojado por las puntas, lo cual indicaba que no hacía mucho que había salido de la ducha.

—Espero que comas filetes. Es una de las pocas cosas que sé cocinar.

Las palabras de Daniel añadieron un toque de normalidad a la situación y frenaron su imaginación, que la estaba arrastrando hasta un viaje vertiginoso.

—Me encantan los filetes —soltó el bolso sin decirle que estaba tan nerviosa que no estaba segura de que fuera a poder comer. Hacía mucho tiempo que no tenía nada con nadie y era imposible no pensar en cómo había acabado todo la última vez. Apartó ese pensamiento. Si pensara que Daniel podía parecerse a Rupert, no estaría allí—. ¿Qué tal te ha ido el día?

Podía hacerlo. Podía mantener una conversación normal o, al menos, comportarse como si sus pensamientos no estuvieran adelantándose al momento en que los dos estarían desnudos.

—Digamos que ha mejorado mucho cuando has aparecido en mi puerta —abrió la nevera—. ¿Qué tal el tuyo?

—Bi... bien.

Tal vez no podía hacerlo. Estaba empezando a dudar de su habilidad para hablar con normalidad o para centrarse en algo que no fuera lo que estaba sintiendo.

Estaba justo detrás de él y vio cómo la camisa se le tensó sobre los hombros y los bíceps al apoyar el brazo en un lateral de la nevera.

Notó el golpe de aire fresco y se preguntó si habría algún modo de meterse dentro.

—¿Vino o cerveza? —preguntó Daniel sin girar la cabeza.

Ella cerró los ojos.

—Cerveza —tenía la boca seca. El corazón le palpitaba con fuerza—. No, espera. Vino. To... tomaré vino.

Él agarró una botella y se giró.

Se le iluminaron los ojos, brillantes como el acero, y después, sin previo aviso, le puso detrás de la cabeza la mano que tenía libre y la llevó hasta su boca. Molly cayó contra él, aturdida, y él dio un paso atrás. Se oyó el ruido de unos cacharros chocando, del cristal contra el cristal. Algo se había roto, pero ella solo podía sentir el abrasador golpe de calor, la puñalada de deseo. Nada existía aparte de ese momento. Todo lo demás quedaba olvidado; su día, el de él, el pasado, el futuro, todo se desvaneció cuando sus mundos se centraron en ese momento.

El beso de Daniel fue profundo y explícito y la respuesta de ella fue igual e instantánea. Le devolvió el beso mientras deslizaba los brazos alrededor de su cuello y se ponía de puntillas. Sintió los brazos de Daniel rodeándola, acercándola a él, y sintió la fuerza de su cuerpo contra el suyo cuando la acercó todavía más.

Sin levantar la cabeza, Daniel la hizo retroceder unos pasos y cerró la puerta de la nevera con el pie. Su boca era habilidosa, exigente, y ella se derritió bajo el abrasador calor de su beso y el aluvión de sensaciones que la embargaban. Se quitaron la ropa con complicidad, rasgando telas y arrancando botones hasta que él estuvo desnudo y ella allí de pie, únicamente en tacones. No habían planeado nada, pero parecía como si lo hubieran hecho, como si ya conocieran los movimientos, como si eso fuera algo que hubieran experimentado miles de veces antes. Era una sensación extraña y a la vez familiar, y mientras él la exploraba con labios y manos, pronunció solo dos palabras: «Te deseo». Y las pronunció con tanto ímpetu que por un momento ella sintió su propio poder y se deleitó en él. Y entonces sintió la calidez y la fuerza de su mano sobre su espalda y la urgencia de su boca sobre su piel y se dio cuenta de que él tenía la misma cantidad de poder.

Nunca antes se había sentido así; nunca había sentido esa energía sexual, esa desesperación, esa necesidad. No había posibilidad de llegar al dormitorio. No había posibilidad de parar. Se sentía mareada, como si hubiera perdido el equilibrio, y al aferrarse a sus hombros, notó sus duros músculos bajo los dedos.

Notó la mano de Daniel en su pelo, notó su boca quemándole la piel y cerrándose sobre la cúspide de su pecho. El roce de su lengua la hizo gritar y Daniel la provocó y la atormentó usando su mano y su boca para explorar y descubrir qué la excitaba más hasta que ella no fue más que una masa de desesperación en ebullición. No podía pensar, solo sentir. Al cerrar la mano alrededor de su firme masculinidad, lo oyó gemir y lo sintió endurecerse. Después, Daniel la llevó hacia el sofá, aunque ella no recordaba haber pasado de la cocina al salón. Por un momento se sintió como si no pesara nada y entonces fue vagamente consciente de que la había levantado en brazos. Al instante sintió su peso sobre ella, atrapándola, enjaulándola. Excitada, lo rodeó con los muslos y se arqueó con agonizante deseo. Lo quería ya, ahora mismo, pero justo cuando necesitaba que fuera más rápido, él aminoró el ritmo. No podía entenderlo, no podía pensar. Estaba abrumada. Apretó la boca contra su hombro, intentó hablar, pero entonces notó cómo Daniel descendía sobre su cuerpo y sintió el calor de su aliento y el hábil roce de su lengua contra su sensible piel.

La saboreó y la torturó retrasando el momento sin piedad, decidido a llevarla hasta el pico más alto de placer, hasta que estuviera gimiendo y retorciéndose bajo él. Y cuando hundió los dedos en ella, una serie de intensos espasmos de placer la sacudieron.

Él se incorporó y la llevó contra la calidez de su torso. Molly estaba impactada. En su estupor cargado de placer se dio cuenta de que nunca antes se había entregado tanto. Siempre había contenido una parte de sí. Pero esto era distinto. Y era distinto porque por primera vez en su vida no le preocupaba adónde les llevaría esa relación o qué pasaría a continuación. No pasaría nada. Solo existía ese momento. El ahora.

Liberada por esa idea, lo tumbó boca arriba y se tendió a su lado. Lo miró a los ojos, aliviada de no ver en ellos nada que la preocupara.

Daniel tenía los ojos entrecerrados y la boca curvada en una sonrisa de satisfacción.

–Lo siento. ¿Habías dicho vino o cerveza? Puede que me haya distraído un poco.

–No me acuerdo. Yo también me he distraído un poco –bajó la cabeza y recorrió la aspereza de su barbilla con sus labios.

–Iba a prepararte un filete.

–No pronuncies esa palabra delante de Valentín –miró al perro, pero estaba durmiendo al otro lado del salón–. Está como en su casa. Creo que le gustas.

–Me alegra saberlo –gimió cuando ella deslizó la mano lentamente sobre las firmes y planas líneas de su abdomen–. Deberíamos subir mientras aún puedo andar.

–¿Tenemos que hacerlo?

–Estaremos más cómodos.

No debería haberle importado dónde estaba con tal de que él estuviera con ella.

–Si quieres comodidad, debería quitarme los zapatos.

–Déjatelos puestos.

Él le puso la mano en la nuca y llevó su boca hasta la suya; le estaba dejando claro el mensaje: eso era una breve pausa, no una parada.

Molly no tenía ni idea de cómo llegaron al dormitorio, pero lo hicieron, y una vez dentro Daniel cerró la puerta con el pie y la tendió sobre la cama, devorándole la boca y explorándola íntimamente con las manos hasta que ella tembló y se sintió aturdida. Lo sintió todo, cada caricia, cada aliento, cada sensual roce de su lengua y, finalmente, cuando ya no podía soportarlo más, se tumbó encima de él. Los ojos de Daniel parecían más oscuros ahora y él levantó las manos y le rodeó la cara con gesto posesivo y la acercó para besarla. Era como si no pudiera evitar tocarla, y ella lo entendía porque sentía esa misma apremiante necesidad. El pelo le cayó hacia delante, sobre las manos de él, y los envolvió a los dos como resguardándolos en un lugar donde el mundo exterior no podía molestarlos. Por un momento se quedaron así, besándose desesperadamente, sin contener nada, y después él le apartó de la cara sus sedosos mechones y la tendió sobre la cama con decisión y determinación.

El deseo la devoró, abrasador e intenso. Primero notó vagamente cómo Daniel sacaba algo de la mesilla de noche y al momento ya no fue consciente de nada más que de sus cuerpos y del modo en que la hacía sentir. Lo rodeó con las piernas y él se adentró en ella con un sedoso movimiento que le arrancó un gemido. Molly le hundió las uñas en los hombros, sintió la dureza de sus músculos mientras él se sostenía y se obligaba a aminorar el ritmo. Pero ella necesitaba un ritmo más acelerado. Lo necesitaba tanto como Daniel. Movió las caderas, arqueándose hacia él, y después ya no hubo más que placer y el diestro y habilidoso ritmo, tan intenso como el deseo que los invadía a los dos. Ella lo necesitaba todo; lo necesitaba todo de él. No se contuvo nada. Y él tampoco. Fue algo casi salvaje. Desinhibido, íntimo y desenfrenado. No aminoraron el ritmo ni se detuvieron hasta que el éxtasis cayó sobre los dos, al mismo tiempo, con una intensidad cegadora. Después, se quedaron tumbados en silencio, sin aliento, y con sus cuerpos íntimamente entrelazados. Molly sentía la presión de su mano, fuerte y protectora, y de su muslo velloso contra la suavidad de su piel.

Sin separarse de ella, Daniel se giró y se tumbó boca arriba.

—¿Cuánto tiempo has dicho que llevabas sin practicar sexo?

—Puede que estuviera un poco desesperada —respondió con la cabeza apoyada en su pecho mientras esperaba a que su ritmo cardíaco se estabilizara. Lo que habían compartido no se había parecido a nada que ella hubiera experimentado antes. Porque la relación que tenía con Daniel era sencilla. Sí, tenía que ser por eso. No se estaba preocupando por lo que pudiera pasar a continuación porque no iba a pasar nada. Nada, excepto más sexo tal vez—. Tienes una resistencia impresionante. Espero no haberte agotado.

—No hay problema. Seguro que me recuperaré en un mes o así, aunque puede que necesite un extra de nutrientes —el humor evitó que el momento adquiriera un cariz más serio—. A lo mejor sí que debería preparar la cena ya.

—Vas a tener que hacerlo solo. No estoy segura de poder moverme.

—Yo tampoco. Ha sido un final perfecto para un día infernal.

—¿Has tenido un día infernal? —preocupada, se alzó y se apoyó en el codo para poder mirarlo—. Cuéntame.

—Ahora no puedo ni acordarme. Creo que me has fundido el cerebro —tenía los ojos cerrados y ella le acariciaba el pecho dibujando la línea de vello que conducía hasta abajo.

—¿Quieres una cerveza? ¿Vino?

Daniel abrió los ojos.

—A lo mejor no están fríos. ¿Hemos cerrado la puerta de la nevera?

—Ni idea. Pero sí que recuerdo que se ha roto algo.

—Puede que lo que se haya roto haya sido mi autocontrol, pero por si acaso no ha sido eso, será mejor que no andemos descalzos —se incorporó, la besó en la boca y salió de la cama—. No te muevas. Iré a por unas bebidas.

—O nos las podríamos tomar en tu terraza.

Él se puso unos vaqueros sin molestarse en abrochárselos.

—¿Quieres practicar sexo en público y arriesgarte a caerte por mi terraza?

—Más bien estaba pensando en tomarnos un vino y charlar.

—Charlar. Eso probablemente puedo hacerlo siempre que tú te quedes en un extremo de la terraza y yo en el otro —le lanzó una camisa—. Póntela.

—Tengo el vestido por alguna parte.

—Tu vestido es lo que nos ha traído hasta este punto. Si te lo vuelves a poner, te lo volveré a quitar en menos de cuatro segundos. Tu única oportunidad de tomar vino y charlar es si llevas puesta una camisa sin forma. Y ni siquiera así te puedo garantizar nada. Te sugiero que te abroches los botones hasta el cuello.

Ella se sentía aturdida, feliz y ridículamente halagada, pero hizo lo que él le sugirió y se puso una de sus camisas. Le llegaba a mitad de muslo y las mangas le caían por debajo de los dedos, así que se remangó.

Y como no tenía nada más con qué calzarse y sin duda había oído el ruido de cristales rotos, Molly se quedó con los tacones puestos.

Mientras bajaba, lo oyó maldecir.

—Tienes razón. Sí que hemos roto algo. No entres aquí. Lo recogeré todo y sacaré el vino a la terraza. Eso, contando con que encuentre una botella que no hayamos roto.

Molly fue a ver cómo estaba Valentín y después salió y sintió el aire fresco en su piel.

La azotea rodeaba dos laterales del piso. Ahí arriba estaban aislados del bullicio y del ruido de las calles, de la locura de Nueva York. Muy por debajo de ella imaginaba a la gente paseando por la Quinta Avenida, deteniéndose a mirar los escaparates, abriéndose paso a empujones entre la multitud. Amigos, amantes, extraños, todos se concentraban en la pequeña área de Manhattan. Oyó el bramido de una sirena y el sordo estruendo de las bocinas. Nadie se molestaba en mirar arriba mientras corría por las calles atendiendo sus asuntos; volviendo del trabajo, yendo a cenar, paseando al aire libre, saliendo a caminar para calmarse tras una discusión... Todo el mundo tenía un motivo distinto para estar allí. Le fascinaba pensar en todas esas vidas separadas. Personas cruzándose pero sin encontrarse nunca, ajenas a los altibajos de la vida de los demás.

Se quedó allí de pie un momento, satisfecha, y después se giró al oírlo tras ella.

—Llevo tres años viviendo en esta ciudad y casi cada día sigue habiendo un momento en que me roba el aliento. Las vistas desde tu piso son increíbles.

—Fue esta azotea lo que me convenció para comprar el piso. Eso, y el hecho de estar lejos de la locura de ahí abajo —en las manos llevaba una botella de vino y dos copas—. A veces, después de un mal día, me siento aquí fuera.

—¿Y hoy es uno de esos días?

—Ha empezado así —sirvió el vino y le dio una copa—. Pero ha terminado bien.

—¿Quieres hablar de ello?

—Rotundamente no —apoyó los antebrazos en la baranda y miró hacia el parque—. Soy un hombre que tiene control pleno sobre sus emociones. No necesito hablar de nada.

Ella miró su perfil, a la espera, y al final él se giró y la miró.

—¿Qué? —suspiró—. De acuerdo, estoy mintiendo. Por lo general, soy un hombre que tiene control pleno sobre sus emociones. Cuando estoy trabajando, soy el abogado y estoy ahí para hacer lo mejor por mi cliente. Todo lo demás sobra. Me enorgullezco de mi objetividad profesional. Soy tan neutral como Suiza.

—¿Pero?

Daniel respiró hondo y se pasó la mano por la cara.

—Desarmado por una niña y su muñeca —respondió murmurando.

Ella no estaba segura de haberlo oído bien.

—¿Cómo dices?

—Últimamente se me está haciendo más difícil. Mi experiencia personal está empañando mi vida profesional. Se está colando disimuladamente, tanto que normalmente no me doy cuenta, pero entonces de pronto reacciono de un modo distinto al habitual. Un poco más extremo. Un poco menos distanciado.

—¿Y eso suele pasar cuando tienes casos con niños de por medio?

—Llevo toda mi carrera profesional tratando casos con niños de por medio. No sé por qué me está pasando esto ahora.

Ella se quedó en silencio un momento.

—A veces algo sucede en el presente que nos hace pensar en el pasado. Por ejemplo, si estuvieras llevando un caso que reflejara tu propia experiencia de la niñez, eso podría hacer que te resultara más difícil de lo habitual distanciarte o ser objetivo. Porque, te guste o no, estás trasladando tu experiencia personal y tus sentimientos a la situación.

–Sí, tiene sentido –respondió con voz ronca–. Soy especialmente sensible a los casos en los que se utiliza la custodia de los hijos como amenaza.

–¿Quieres decir cuando una parte amenaza con negarle acceso a la otra para manipular la situación conyugal?

–Sí. Y me preocupa el daño que le supone a un niño presenciar esos conflictos.

Molly dio un trago de vino asombrada por lo cómoda que se sentía con él.

–Los conflictos en una relación no son necesariamente malos. Lo más importante es cómo se desarrolla ese conflicto y cómo se resuelve. Cuando los niños presencian peleas de sus padres pero luego también los ven resolver el enfrentamiento, eso los reconforta. No es tan perturbador como lo pueden ser otros conflictos conyugales.

Él frunció el ceño.

–¿Como por ejemplo?

–Por ejemplo, casos en los que uno de los padres cede sin más. Ahí no se ha resuelto nada, solo se ha evitado.

–Espera... –él levantó la mano–, ¿estás diciendo que las peleas a gritos pueden ser buenas?

–Está claro que es mejor si no hay gritos, porque los gritos no crean un ambiente tranquilo y positivo para los niños y pueden asustarlos, pero si la discusión es acalorada y se soluciona de un modo limpio y el niño lo puede ver, entonces sí, se podría decir abiertamente que no tiene por qué resultar tan dañino. Si uno de los padres grita al otro y este responde marchándose y se pasa tres días fuera de casa, entonces ahí no hay ni discusión ni resolución del problema y eso sí que probablemente será más dañino.

—Porque los niños no ven que se haya resuelto —dijo él escuchando atentamente—. Perciben toda la tensión, pero no ven que se arregle nada.

—Así es. Si un padre claudica constantemente y el ambiente está cargado de resentimiento implícito, eso es más dañino que una explosión que despeja el ambiente y termina en resolución. Un niño no entiende qué está pasando y siente inseguridad, miedo e incertidumbre.

—Así que la cuestión es la resolución —dejó la copa de vino—. Nunca lo había visto de ese modo.

—Ver a los padres discutir es una lección de vida. Experimentamos el conflicto todo el tiempo. No solo con los padres, sino también con los amigos y en el lugar de trabajo. Aprender a manejar un conflicto es una habilidad para la vida y lo ideal sería aprenderla en casa, en un ambiente seguro e indulgente. Los buenos padres enseñarán a sus hijos a resolver el conflicto de un modo positivo y saludable en el que se escucha a ambas partes. Así el niño entra en el mundo sabiendo resolver los conflictos de ese modo. Es una habilidad que se mantiene en el tiempo.

—¿Entonces qué opinas cuando una pareja no sabe resolver el conflicto de un modo saludable? ¿Dirías que su hijo crecerá sin saber solucionar un conflicto?

—No es tan sencillo ni tan lineal como eso, pero sí, esa siempre es una posible consecuencia. Tal vez temen expresar un punto de vista opuesto por si la otra persona se molesta. Si han visto a alguno de los padres sin reaccionar nunca ni dar sus argumentos pero acumulando resentimiento por dentro, ese será el único modo en el que sabrán enfrentarse a un conflicto. Se alejarán del problema sin tratarlo con calma y madurez.

—O a lo mejor se van al lado opuesto y se convierten en el agresor.

¿Estaba pensando en su padre?

—Eso también. Pero a veces lo que no aprenden de los padres lo pueden aprender de otra gente que los rodea. Hermanos. Compañeros de clase. Así que no es necesariamente una cuestión de causa y efecto.

Él dejó escapar un largo suspiro.

—Sabes muchísimo.

—Es mi trabajo. Estoy segura de que tú sabes muchísimo del tuyo.

—¿Y tratas esta clase de asuntos a diario?

—Hasta cierto punto. No estoy tan profundamente implicada como tú. Lo trato de un modo más superficial. He escrito blogs sobre el manejo de conflictos dentro del matrimonio —estuvo a punto de mencionar su nuevo libro y entonces se dio cuenta de que eso llevaría la conversación por un lugar al que no estaba preparada a ir. Aún no. Era demasiado pronto. La relación era demasiado nueva y esa era una parte de su vida que no estaba dispuesta a compartir—. Es un asunto importante. No te puedes pasar el resto de tu vida con alguien que no te escucha, que pisotea tus opiniones y tus esperanzas.

—Eso fue lo que le pasó a mi madre. Mi padre era un obseso del control con problemas para manejar su ira. Hacía falta muy poco para que estallara. Si mi madre no le daba la razón, explotaba. Si ella intentaba dar una opinión que él no compartía, el resultado era el mismo. Si se ponía algo que a él no le gustaba o sonreía de un modo que le molestaba... —se detuvo y miró la copa que tenía en la mano—. Lo que acabas de decir... No lo había pensado. No se me había ocurrido que los conflictos en casa pudieran ser beneficiosos para un niño. Creo que por naturaleza tengo cierto recelo a recomendar que unos niños permanezcan en lo que considero un entorno familiar destructivo.

–No me malinterpretes. Estoy segura de que hay muchas circunstancias en las que un niño estaría mejor si los padres se divorciaran, pero presenciar conflictos no es necesariamente una de ellas –lo observó–. Imagino que a tus padres no se les daba bien la resolución de conflictos.

–¿Tirar platos contra la pared cuenta?

Ella sintió una punzada de empatía.

–Supongo que es un modo de abordarlo. Debió de asustaros mucho presenciar algo así.

–Sí. Mi padre tenía un carácter terrible. A mi madre la aterrorizaba. Todo lo que hacía, el modo en que vivía, estaba diseñado para aplacarlo y mantenerlo calmado. «No enfadéis a vuestro padre» eran las palabras que más oímos de pequeños. Mi madre fue la mujer que has descrito: la que se marcha para no discutir y cierra la puerta. Solía oírla llorar a través de la puerta de la habitación.

Ella le puso la mano en el brazo y sintió sus duros músculos bajo la suave tela de la camisa.

–No sé cómo pudiste sobrellevarlo.

–Estaba demasiado ocupado protegiendo a mis hermanas como para pensar mucho en mí mismo. Nunca hubo maltrato físico, pero el verbal puede hacer el mismo daño. Fliss contestaba y se defendía, lo cual tampoco ayudaba mucho, pero Harriet… –frunció el ceño y sacudió la cabeza–. Él no tenía más que alzar la voz y ella se quedaba paralizada por el miedo. De pequeña tenía un tartamudeo muy marcado y eso a él lo volvía loco. Cuanto más gritaba, más tartamudeaba ella. Hubo un incidente en el colegio… –vaciló–. Tenía que recitar un poema. Fliss y yo la habíamos ayudado a practicar. Una y otra vez. No tartamudeó ni una sola vez. Estaba muy ilusionada y orgullosa. Pero entonces subió al escenario y vio a nuestro padre en la última fila. Él nunca iba a las actividades del colegio. Te juro que solo lo hizo aquella noche porque sabía lo importante que era para ella poder recitar ese poema a la perfección.

A Molly la invadió un horror frío al intentar imaginarse lo que había pasado.

—Lo vio y no pudo decir ni una palabra.

—Sí, y ese acto tan cruel arruinó todo el trabajo que Harriet había hecho. Fliss se enfadó tanto que lo golpeó con una sartén.

Molly se quedó horrorizada.

—¿Cuántos años tenías?

—No lo sé. ¿Dieciséis? Las gemelas tendrían unos once. De vez en cuando nuestra vida era bastante normal. Pasábamos los veranos con nuestra abuela en los Hamptons mientras mi padre trabajaba en la ciudad. Tiene una casa justo al lado del océano. Es espectacular. Algunos promotores inmobiliarios le han ofrecido una pequeña fortuna por la tierra, pero no quiere vender, así que ahí está mi abuela en su modesta casa de playa rodeada de mansiones. Exceptuando las contadas ocasiones en las que él nos iba a visitar, allí pasamos nuestros momentos más felices. Mi madre me dijo un tiempo después que solía soñar con que viviéramos así, solos los cuatro, junto a la playa.

—¿Así que te hiciste abogado para que eso le resultara posible a otra gente? ¿Qué pasó con tu padre?

—Tuvo su primer ataque al corazón hace cinco años y el segundo, un año después. Lo ablandó un poco, pero solo porque tiene miedo. Se ha pasado la vida alejando a la gente de su lado y ahora ha descubierto que está solo.

—¿Os veis?

—No me quiere ver porque me culpa de que mi madre

acabara divorciándose de él, pero yo estoy muy bien sin verlo –se apoyó en la barandilla y vio cómo la oscuridad se extendía por Central Park–. A Fliss tampoco la quiere ver.

–¿Y a Harriet?

–Harriet lo ve de vez en cuando, pero eso la estresa mucho. En cierto modo, sufrió más que cualquiera de nosotros. Incluso ahora, si está disgustada o afectada por algo, el tartamudeo a veces reaparece. Es una de las razones por las que trabaja con animales y no con personas.

–¿Y tu madre?

La expresión de Daniel se suavizó.

–Tras el divorcio por fin reconstruyó su vida. Fue un poco como un bebé aprendiendo a caminar. Pasos pequeños. La emoción de lo logrado y de saber que dar pasos te lleva a sitios. Fue maravilloso verlo. Estudió Enfermería y el año pasado decidió que quería ver el mundo. Ahora mismo está en Sudamérica con tres amigas que conoció en un grupo de ayuda al que asistía.

–Es una bonita historia.

–Sí. Por fin tiene la vida que siempre ha querido –respiró hondo y se terminó la copa–. Y acabo de contarte un montón de cosas que nunca antes le había contado a nadie. Debe de ser lo que pasa cuando después del sexo te quedas con la persona el tiempo suficiente para charlar.

Ella sonrió.

–Tal vez. O tal vez es lo que pasa cuando confías en alguien.

La conversación había elevado el grado de intimidad.

Daniel se giró para mirarla con una expresión extraña en los ojos.

–Tal vez –le acarició la mejilla y sus dedos se posaron unos instantes en su mandíbula–. Estás guapa con mi camisa. ¿Cómo puedes estar guapa con mi camisa?

Su caricia hizo que a Molly se le acelerara el pulso.

–Es la luz, que es muy compasiva.

–Me acabo de dar cuenta de que aún no te he preparado el filete.

–No tengo hambre.

–Mañana. Volveremos a intentar todo esto mañana otra vez –bajó la cabeza–. Te invitaré a cenar fuera. Así no podré arrancarte la ropa. Y hablaremos de ti, no de mí.

–Mañana estoy ocupada.

–¿Le estás dando más importancia a una clase de *spin* que al sexo?

–No es una clase de *spin*.

–¿Una de cocina? ¿De salsa? Ni siquiera sé qué día es…

–Es por una cosa de trabajo –una cosa de trabajo que ahora mismo, al ver cómo la estaba mirando, se veía tentada a cancelar, pero sabía que no podía. Era demasiado importante.

–¿A qué hora termina? Ven después –al notar su mano bajo la camisa, se debilitó.

–Estoy libre la noche siguiente.

–Bien –respondió Daniel con la voz amortiguada porque estaba recorriéndole el cuello con la boca–. Eso me dará tiempo para recoger el resto de cristales.

Capítulo 13

—El padre no ha cumplido con las visitas ningún fin de semana durante los tres primeros meses de este año y su comportamiento no es consecuente con... —Daniel se detuvo cuando Marsha entró en el despacho y después continuó la llamada—. Sí, eso es. Eso mismo estoy diciendo... Ha faltado a dos reuniones del colegio, así que no lo creo, pero luego hablamos —colgó—. Estás muy seria, pero te puedo asegurar que hoy nada me va a estresar.

Había pasado la mejor noche de su vida y no había sido solo sexo, a pesar de que llevaba la mayor parte de la mañana pensando en eso. Era más que sexo. Era el modo en que ella lo había escuchado. El modo en que habían hablado. Había creído que se sentiría un poco incómodo por todas las cosas que le había contado, pero por alguna razón no había sido así. Podría haber estado hablando con Molly toda la noche, y también podría haber estado practicando sexo con ella toda la noche. En realidad, prácticamente lo había hecho. Lo único que no habían hecho había sido comer, pero eso iba a solucionarlo. Al día siguiente la llevaría a cenar a un sitio especial. Un sitio romántico.

Se recostó en la silla y sonrió a Marsha expectante.

—¿Y bien? ¿Cómo pretendes pinchar hoy mi burbuja de felicidad? Con tal de que no me digas que me vas a dejar, todo irá bien.

La expresión de Marsha le dijo que nada iba bien.

—¿Qué hiciste anoche?

Era extraño en ella que no hubiera ido directa al grano, pero Daniel le siguió la corriente.

—Tuve una cita con Molly. ¿Y tú?

—Cené con mis chicas —le puso el café en la mesa—. ¿Molly es la chica que viste abajo? ¿La del perro precioso?

—Sí, la misma. Te gustaría. Es inteligente, divertida y sabe escuchar —«y es fantástica en la cama», pensó, por no decir muy sexi también. Tan pronto parecía una atleta con su graciosa cola de caballo balanceándose sobre su espalda mientras corría, tan pronto lucía de maravilla un vestido y unos tacones altísimos. Recordarlo hizo que todo el cuerpo le ardiera. Tenía la sensación de que también había llevado lencería de encaje debajo, pero se había dado demasiada prisa en desnudarla como para prestar atención. La próxima vez iba a prestar atención, aunque le molestaba un poco que esa «próxima vez» no fuera a ser esa noche. Él, que nunca antes había tenido ni el tiempo ni las ganas de quedar con alguien dos noches seguidas, se sentía ligeramente molesto por el hecho de que Molly ya tuviera planes.

Se obligó a centrarse en el trabajo.

—¿De qué querías hablarme?

—Querías que Max averiguara la identidad de Aggie.

—A juzgar por tu expresión, no me va a gustar lo que voy a oír.

—Creo que hace un buen trabajo. No apruebo tu misión de desenmascararla y darle una lección.

—¿No estás siendo un poco dramática?

Ella lo miró detenidamente.

—Cuando descubras quién es, vas a desear no haberlo preguntado nunca.

—¿Así que es una persona? Estaba empezando a pensar que Aggie era una centralita con cientos de personas repartiendo consejos al azar basándose en algo escrito por un ordenador. Me alegra oír que al menos hay alguien con quien puedo contactar y que es humana.

—Sin duda, es humana.

—Genial —extendió la mano para agarrar la carpeta y Marsha vaciló.

—A veces no compensa hacer demasiadas preguntas. Puede que descubramos cosas que preferiríamos no haber sabido.

—Un tema más en el que no estamos de acuerdo. Yo prefiero hacer todas las preguntas posibles. Así después puedo tomar una decisión bien fundamentada —mantuvo la mano extendida y ella le entregó la carpeta con renuencia.

—«Aggie» es el seudónimo de la doctora Kathleen Parker —dijo el nombre despacio, con énfasis, a la espera de que él reaccionara.

Él miró la capeta y la miró a ella preguntándose qué se le estaba escapando.

—¿Doctora? ¿Doctora en qué? ¿En engaños? ¿En sandeces?

—La doctora Parker, la doctora Kathleen «Molly» Parker, es psicóloga conductual.

Daniel levantó la mirada. La sangre le retumbaba en los oídos.

—¿Has dicho «Molly»?

—Así es.

—¿Mi Molly?

—No creo que vaya a ser tuya durante mucho tiempo cuando se entere de que la has investigado. O a lo mejor ya se lo has dicho.

—No la he investigado. He investigado a Aggie, aunque técnicamente ha sido Max quien lo ha hecho.

—Resulta que Molly y Aggie son la misma persona. Aggie es su seudónimo.

—Tiene que ser un error —Daniel se levantó y fue hasta la ventana. Distintos pensamientos se le agolpaban en la cabeza. No, no podía ser. Ella se lo habría dicho. Después de todo lo que habían compartido, se lo habría mencionado. ¿Verdad?

Pensó en las veces que Molly había cambiado de tema cuando él le había preguntado por su trabajo, en las veces que había intentado sacarle más información y no había obtenido nada.

Le había dicho que era psicóloga, pero nunca le había dado ningún dato más específico.

Daniel seguía frente a la ventana, de espaldas al resto del despacho.

—Dime.

—Está todo en el informe. O podría llamar a Max para que te...

—Quiero que me lo cuentes tú —aunque una parte de él no quería oírlo.

Por primera vez en su vida estaba disfrutando de una relación con una mujer y ahora resultaba que ella no era quien decía ser.

Respetaba su deseo de proteger la confidencialidad del paciente, pero sabía que ese no era el problema. El problema era que no confiaba en él. Él le había confiado información personal sobre su pasado que nunca antes había compartido con nadie, pero ella no había estado dispuesta a devolverle el gesto.

No se giró, simplemente escuchó mientras Marsha leía el informe.

—Tiene un postgrado en Oxford. Su blog *Pregunta a una chica* actualmente registra ocho millones de accesos a la semana... —se detuvo al oír a Daniel soltar un improperio—. Sí, es popular. Su primer libro, *Compañero de por vida*, vendió cerca de medio millón de copias durante las dos primeras semanas, y el segundo...

—Espera... —se pasó la mano por el pelo. Por eso Molly tenía un ejemplar de ese libro en su apartamento. No lo había comprado en busca de consejo. ¡Ella misma había escrito el puñetero libro!

Lentamente, la imagen que tenía de ella cambió.

«¿Das consejos sobre relaciones?».

«Sí».

Se giró y vio que Marsha lo estaba mirando como si estuviera frente a un tigre que había salido de su jaula, no sabía si decir más o no.

Daniel apretó la mandíbula.

—Sigue.

—Acaba de firmar un contrato para otro libro con la Editorial Phoenix, pero aún no se han hecho públicos los detalles.

—¿Phoenix? ¿Son los que querían que les escribiera un libro sobre cómo sobrevivir al divorcio?

—Así es. ¿Quieres saber el resto?

—No —ya había oído más que suficiente. Lo que necesitaba ahora era una conversación con «Aggie». O con Molly. O con quien narices fuera en realidad.

¿Cómo podían ser la misma persona? Con una quería acostarse y a la otra quería estrangularla.

Había pensado que Aggie era una charlatana ignorante y en realidad era una mujer inteligente y profesional.

El café que Marsha le había llevado antes seguía ahí, intacto y olvidado en el escritorio.

¿Por qué no había podido mencionarle que trabajaba como consejera sentimental? ¿Por qué tanto hermetismo? No tenía sentido. Estaba confundido y, bajo esa confusión, sentía rabia. Molly lo había acusado de engañar, pero su engaño era mucho mayor que el de él, que simplemente había pedido prestado un perro. Ella, en cambio, estaba ocultando una identidad.

Marsha seguía mirándolo.

–¿Estás enfadado por motivos profesionales o por motivos personales?

Imaginó a Molly desnuda, riéndose y burlándose de él. Pero después recordó cómo lo había escuchado esa noche en la terraza.

Sabía cómo hacer que la gente hablara, pero ella no contaba nada.

–Profesionales –respondió entre dientes–. Es una cuestión profesional. ¿No me habían invitado a una fiesta en la Editorial Phoenix?

–Esta noche hay un cóctel en el Met. Me dijiste que pusiera alguna excusa.

–Pues *desexcúsame*. Voy a ir.

–¿Para hablar con ellos del proyecto que tenían en mente? Porque si vas a montar una escena embarazosa, no quiero tener nada que ver. Me gusta Aggie. Su libro es brillante y...

–Se llama «Molly». Llama a Phoenix. Voy a ir, esté o no invitado. Y dile a Max que borre este proyecto de su memoria. No quiero que se vuelva a mencionar.

Marsha parecía disgustada.

–Odio verte así de dolido.

–¿Dolido? –él apenas reconoció su propia voz–. No estoy dolido.

—Pero creía que ella y tú...

—¿Qué? A mí no me van las relaciones, ya lo sabes. Molly y yo nos hemos divertido, pero no estamos atados emocionalmente.

—¿Estás seguro? Porque me he preguntado si era posible... Si tal vez... —se humedeció los labios y él la miró con gesto serio.

—¿Qué?

—Estas últimas semanas parecías distinto. He pensado, me he preguntado, si tal vez ella te está empezando a importar.

Daniel se quedó paralizado, verdaderamente atónito.

—¿Qué estás sugiriendo?

—Nada —respondió Marsha apresuradamente—. Es solo que pareces muy disgustado, nada más.

—Tienes razón. Estoy disgustado. Y lo estoy porque no me gusta que me mientan —era obvio, ¿no? No entendía por qué Marsha podía pensar que había algo más. Y sí, por supuesto que le importaba Molly, pero no de un modo profundo ni significativo. Cuando había dicho que no se enamoraría de ella, lo había dicho en serio. No tenía ninguna preocupación al respecto. Su relación era perfecta.

Aunque, al parecer, no tan perfecta como para que ella confiara en él.

La azotea del Museo de Arte Metropolitano ofrecía unas vistas perfectas de Central Park y de los rascacielos del centro de Manhattan. Torres de pisos se alzaban tras las copas de los árboles como si la ciudad estuviera decidida a recordarle al asombrado espectador quién era exactamente la estrella del espectáculo.

¿Y quién podía olvidarlo?

Sonriendo, Molly se sirvió una copa de champán aunque, probablemente, no la necesitaba. Ya se sentía como si se hubiera tomado una botella entera sin pararse a respirar. Había pasado el día en una nube de felicidad, mareada de la emoción. Una parte de ella deseaba haber puesto alguna excusa esa noche para haber podido ver a Daniel. Si lo hubiera hecho, ahora estarían en la cama.

Disimuladamente, sacó el teléfono del bolso, pero no tenía ningún mensaje. Tal vez él aún estaba decidiendo dónde la llevaría a cenar al día siguiente. Probablemente debería haberle dicho que con mucho gusto se tomaría un simple tazón de cereales en su cama.

Perdida en un sueño, fue a un extremo de la azotea plantando los pies con delicadeza. ¿Por qué los zapatos que parecían cómodos cuando te los probabas resultaban ser instrumentos de tortura cuando llevabas unas horas con ellos puestos? Era uno de los misterios de la vida.

Miró al parque. Corría por allí todos los días, pero nunca lo veía desde ese ángulo. A través de las copas de los árboles veía senderos serpenteando entre claros enmarcados a su vez por edificios al fondo.

Se puso de puntillas para intentar localizar el lugar donde había visto a Daniel por primera vez. No podía dejar de pensar en él. Para ella el sexo siempre había sido parte de una relación y eso en sí ya había bastado para refrenarla. Ahora se estaba dando cuenta de cuánto se había contenido en el pasado. Nunca había disfrutado de un sexo tan desinhibido, tan real. Había sido una locura, tan electrizante y excitante que no estaba segura de cómo iba a aguantar veinticuatro horas sin verlo.

Estaba contemplando las vistas y escuchando el tintineo de las copas y el murmullo de las voces tras ella cuando oyó a alguien decir su nombre.

Se giró y vio a Brett Adams, el director ejecutivo de la Editorial Phoenix, acercándose. Lo acompañaban un hombre y una mujer.

—¡Aggie! —el hombre se inclinó y le dio dos besos en las mejillas, brevemente, muy al estilo neoyorquino—. Me alegro de que hayas podido venir. Estamos muy ilusionados con el próximo libro. Tenemos grandes planes.

—Yo también estoy ilusionada —se sintió aliviada y agradecida de que hubiera empleado su seudónimo. Brett le había asegurado que su identidad estaría protegida en esa pequeña y exclusiva fiesta. No había fotógrafos ni periodistas que pudieran escribir una crónica de su historia.

—Quiero que conozcas a mi hermano Chase y a su mujer, Matilda. Matilda es una de nuestras estrellas emergentes. Escribe novela romántica y es una gran admiradora tuya. Ha estado insistiendo para que os presentara.

La mujer era guapa, con una larga melena castaña y mirada agradable.

—Me encanta *Compañero de por vida*. Lo usé para inspirarme cuando estaba escribiendo mi último libro. Tienes un modo de explicar las cosas que hace que todo tenga mucho sentido. Ojalá hubiera tenido tu libro cuando estaba soltera —alargó la mano para estrechársela, pero al hacerlo tiró un poco de su champán—. Oh, cuánto lo siento...

—Trae, dame —Chase le quitó la copa de la mano con delicadeza; la velocidad de sus movimientos sugirió que no era la primera vez que había rescatado a su mujer del desastre.

Matilda le lanzó una mirada de agradecimiento que él recibió con una calidez y un gesto de diversión conmovedores.

Molly decidió que esos dos no necesitaban ningún consejo suyo para llevar su relación.

—Me alegra que lo disfrutaras. ¿Has escrito muchos libros para Phoenix?

—Voy por el tercero, así que aún soy nueva.

—Está siendo modesta –dijo Brett–. Su primer libro entró en la lista de los más vendidos del *The New York Times*. Eso es poco habitual para una autora debutante. La protagonista resultaba atrayente y muchas mujeres se identificaron y encontraron un punto en común con ella. Te gustaría, Aggie. Le diré a mi secretaria que te envíe un ejemplar.

—¡Me encantaría! ¿Estás trabajando en algún libro ahora mismo?

—Sí, y tengo que tenerlo escrito antes del verano –se puso una mano en el abdomen y sonrió a Chase–. Porque en agosto vamos a estar ocupados.

Molly sonrió.

—Enhorabuena.

—Estamos muy ilusionados.

Charlaron unos minutos más y después alguien se acercó a Brett y a Matilda. Molly se apartó para dejarles espacio, pero al hacerlo se topó con un muro macizo de músculo.

—Hola, Molly.

Habría reconocido esa voz tan masculina y profunda en cualquier parte. La recorrió una ráfaga de pura adrenalina y se giró.

—¿Daniel? ¿Qué estás haciendo aquí?

¡Se alegraba tanto de verlo! Por primera vez en su vida quiso reaccionar como Valentín y sacudir la cola y abalanzarse sobre él.

—Estaba a punto de hacerte la misma pregunta –respondió él con tono frío. Más frío de lo que ella se habría esperado teniendo en cuenta que veinticuatro horas antes habían estado íntimamente entrelazados.

La desconcertó. Aunque no hubiera habido ninguna implicación emocional, sí que había una amistad, una conexión que le había añadido a la relación una dimensión extra.

Pero ahora no había ni rastro de esa conexión. Lo notó distinto.

¿Sería porque estaban en público? No. Ahí pasaba algo más. En su mirada había un brillo que no reconocía, una dureza que no había observado antes. Sí, sabía que era un hombre duro, pero lo ocultaba bajo capas de encanto y carisma que te hacían olvidar su reputación.

Era como jugar con un león manso y olvidar que al fin y al cabo era un animal salvaje.

Ahora mismo estaba mirando al Daniel abogado, no al Daniel amante.

Su emoción se esfumó y quedó sustituida por el pánico al darse cuenta de algo.

No había acudido a la fiesta como «Molly» y él iba a querer saber qué estaba haciendo ahí.

—¡Daniel! —Brett se acercó y le estrechó la mano con firmeza—. Me alegro de verte. Espero que esto signifique que estás considerando nuestra propuesta. Y ya veo que has conocido a Aggie. Creo que tendréis mucho de qué hablar. Aggie es psicóloga y escribe los libros más perspicaces y agudos sobre relaciones. El año pasado fue la autora con más ventas de Phoenix y esperamos que tenga un éxito similar con su siguiente libro.

Molly cerró los ojos brevemente. Al presentarla con su seudónimo, Brett había dado por hecho que la estaba ayudando a proteger su identidad cuando, en realidad, la había revelado sin darse cuenta.

Se sentía tremendamente avergonzada y era consciente de que ahora se la podría acusar abiertamente de hipocresía. Se había puesto hecha una furia al descubrir que Daniel no era el dueño de Brutus, pero ¿no era mucho peor lo suyo? ¿Qué haría Daniel? Sintió náuseas. Él le había contado cosas, cosas personales, y ahora probablemente se sentiría vulnerable, y un hombre que se sentía vulnerable solía luchar para defenderse. Algunos buscaban venganza y ¿qué mejor forma de vengarse que destapar su identidad?

Imaginaba que Daniel la desafiaría, pero no lo hizo. En su lugar, escuchó atentamente a Brett, que parecía ajeno a la tensa atmósfera.

—Daniel es uno de los mejores abogados de divorcios de Manhattan. Estoy intentando convencerlo para que escriba un libro sobre cómo hacer que un proceso de divorcio sea lo más civilizado posible. Tal vez deberíamos encargaros a los dos que escribierais algo juntos.

Daniel esbozó una sonrisa evasiva.

A Molly la invadían los nervios. ¿Diría algo Daniel allí mismo o al menos esperaría hasta que estuvieran en privado? Casi deseaba que hubiera dicho algo directamente porque la incertidumbre la estaba matando.

Se bebió la copa de champán en cuatro tragos y apenas se percató de que Brett se había marchado a hablar con otro grupo de personas que reclamaban su atención.

Daniel agarró dos copas más de una bandeja y las dejó sobre un muro bajo.

—Sírvete. Parece que la necesitas, Molly. ¿O debería llamarte «Aggie»? Estoy confundido.

No parecía confundido, aunque Molly no sabía cómo interpretar su expresión. La puesta de sol se aseguró de que no pudiera mirarlo a la cara.

—Daniel...

—Y tienes un blog muy popular y una cantidad impresionante de seguidores en las redes sociales. No lo mencionaste mientras estábamos ardiendo y sudando juntos

–se acercó y su cálido aliento le rozó la mejilla–. Nunca había practicado sexo con dos mujeres a la vez. Me interesaría saber si me acosté con Aggie o con Molly. ¿Tienes algún consejo que darme al respecto?

La pareja que tenían al lado los miraba con curiosidad.

Avergonzada, Molly se terminó la segunda copa de champán y se alejó unos pasos.

–Muchos escritores utilizan un seudónimo. Si echas un vistazo por aquí, dudo que encuentres a mucha gente que escriba utilizando su propio nombre.

–Y yo dudo que encuentres a gente que no se lo cuente a sus amigos. Sobre todo a amigos con los que han estado desnudos. Si Aggie no es más que un seudónimo, ¿por qué no me lo dijiste?

Molly sentía su furia.

–Probablemente por la misma razón por la que tú no me dijiste que Brutus no era tuyo.

–¡Eso es distinto! Eso es... –Daniel maldijo para sí y se pasó la mano por el pelo. La luz de sus ojos se había oscurecido y ahora parecían de estaño–. Entonces no te conocía –algo en su tono de voz hizo que a Molly se le cortara la respiración.

Quería decirle que ahora tampoco la conocía, pero eso sería mentir. Porque sí que la conocía. No sabía todos los detalles de su pasado, pero sí sabía más que nadie.

–Separo mi identidad laboral de mi auténtico yo. Lo prefiero así.

–¿Así que confías en mí lo suficiente para desnudarte conmigo pero no lo suficiente para contarme esto?

Podía oír dolor en su voz. Orgullo. Tenía que ser eso. Había herido su orgullo. Él le había contado cosas, pero ella no había hecho lo mismo.

–Me has contado lo que querías contarme, nada más.

—Esto no tiene nada que ver con lo que te he contado y sí todo que ver con lo que tú no me has contado a mí.

Fueran cuales fueran las razones por las que se sentía dolido, era imposible negar que estaba dolido y que ella era la culpable. Y eso lo odiaba. Hacerle daño era lo último que habría querido.

—Parece que tienes un gran problema con el hecho de que sea Aggie y no lo entiendo porque ni siquiera habías oído hablar de mí hasta esta noche.

—He oído hablar de ti.

Daniel soltó una carcajada carente de humor y ella lo miró deseando no haber bebido champán con el estómago vacío. Necesitaba su ingenio y ahora mismo su ingenio estaba... algo difuso.

—¿Estás diciendo que has leído mi blog? No te creo.

—Yo no lo he leído, pero mis clientes sí.

Alguien le tocó el brazo y él se giró enmascarando la inquietud con una breve sonrisa.

Estrechó la mano, escuchó lo que le decían como si le interesara y respondió con unos cuantos comentarios educados a los efusivos agradecimientos que le dirigían. Después volvió a girarse hacia ella; su lenguaje corporal dejaba claro que la siguiente persona que los molestara acabaría cayendo al parque por el borde de la terraza.

A pesar del champán, Molly tenía la boca seca.

—¿Tus clientes? ¿Qué clientes? ¿De qué estás hablando?

—Una de mis clientas se iba a divorciar hasta que convenciste al marido de que no lo hiciera. Le dijiste que, como tenían hijos, tenían el deber de seguir adelante con su matrimonio.

A ella le palpitaba la cabeza. Levantó la mano y se llevó los dedos a la frente intentando recordar. ¿Cómo iba a recordar unas pocas palabras de las miles que escribía?

—Yo nunca daría un consejo sobre una situación tan específica. Hago observaciones generales, nada más.

—Bueno, pues tus «observaciones generales» han provocado mucha ansiedad y perturbaciones emocionales en una familia que ya de por sí tenía demasiadas.

—No me disculparé por haber sugerido que podría valer la pena darle otra oportunidad a un matrimonio antes de abandonarlo. Si hay niños implicados, no hay nada de malo en volver a intentarlo.

—No sabes nada sobre su situación.

Eso era cierto, pero Molly sabía que la conversación no tenía que ver con sus clientes. Por fuera, tal vez, pero en realidad tenía que ver con otra cosa. Con ellos. Con el hecho de que no hubiera confiado en él.

Bajó la mano y eligió sus palabras cuidadosamente.

—Sé mucho del asunto, tanto profesional como personalmente. La gente me escribe explicándome su situación y yo les doy mi opinión. Nada más. ¿Alguna vez has leído los consejos que doy? A lo mejor deberías hacerlo antes de lanzar acusaciones. Buenas noches, Daniel.

Con las manos temblorosas, dejó la copa vacía sobre la bandeja de un camarero que pasaba por allí y se giró para marcharse.

Él la agarró del brazo.

—Espera —dijo con tono imperioso—. Aquí pasa algo. ¿Por qué no me dijiste la verdad? Y no me digas que fue por marcar «distancia profesional». Le tienes miedo a algo. Estás ocultando algo. ¿Tiene esto algo que ver con el hecho de que te marcharas de Londres? ¿Tiene algo que ver con el último chico?

A Molly se le salía el corazón. No respondió y él la agarró con más fuerza.

—Dímelo.

¿Por qué no? Lo descubriría de todos modos. Ahora nada que hiciera o dijese cambiaría eso.

—Si introduces «doctora Kathleen Parker» en un buscador, encontrarás las respuestas que estás buscando.

—¿Kathleen Parker? ¿Hay algún otro nombre que debería conocer?

Ella se apartó intentando averiguar por qué se sentía tan mal. Ya había hecho daño a otros hombres antes, a hombres con los que había tenido una relación muy profunda. Lo que Daniel y ella habían compartido no había sido más que diversión superficial, así que ¿por qué se sentía tan mal?

—Kathleen Molly Parker es mi nombre completo. Ahora solo uso «Molly». Cuando me hayas buscado en Internet, entenderás por qué —y entonces ya no habría más secretos. Él vería ese terrible y humillante vídeo en YouTube. Vería por sí mismo cómo era. Contárselo era una cosa, pero que él lo presenciara era otra muy distinta.

«Tú tienes un problema».

Molly se giró y cruzó la azotea corriendo hacia las escaleras; los zapatos se le clavaban en los pies.

Llegó al ascensor y oyó la voz de Daniel.

—¡Molly! ¡Molly, espera!

Pero ella no esperaría bajo ningún concepto.

Pulsó el botón con fuerza, con decisión, y las puertas se cerraron justo cuando Daniel la alcanzó.

Cerró los ojos aliviada porque sabía que en cuanto la buscara en Internet, después ya no la seguiría.

Fuera lo que fuera lo que habían tenido, lo que habían compartido, ya había terminado.

Y no sabía por qué eso la hacía sentirse tan mal.

Capítulo 14

Molly aporreó la puerta del apartamento de Mark y Gabe.

Mark abrió y, al verla, su expresión distraída se volvió una sonrisa.

—¡Molly! No te esperaba tan pronto. Valentín se ha enganchado a un *reality show* de perros. No vas a poder despegarlo de la tele ahora.

—Tengo un problema —tenía el pulso acelerado y las palmas de las manos húmedas.

—¿Problema? ¿Qué clase de problema?

—Lo sabe —se apartó el pelo de los ojos y se dio cuenta de que le temblaba la mano—. No esperaba verlo hasta mañana, pero se ha presentado en el Met y Brett me ha presentado como «Aggie». No ha sido culpa suya, se pensaba que me estaba ayudando. Y se ha enfadado.

—¿Brett se ha enfadado?

—Daniel. Y... se ha ofendido. Siempre ofendo a la gente. Se lo advertí, pero no me escuchó. Debería haberme escuchado, pero no lo hizo y ahora me he cargado toda mi vida en una sola noche. Con lo feliz que era. Pero así son las cosas, ¿no? Estás con tus cosas, viviendo tu vida, construyendo una buena carrera profesional y al momento aparece un *hashtag* y todo el mundo tiene una opinión al respecto y de pronto eres esa mujer que aconseja sobre relaciones a pesar de no tener una experiencia real en ellas, y la verdad es que esa crítica nunca la he entendido porque no hace falta viajar por el mundo para enseñar Geografía, pero por encima de todo no quería hacerle daño –¿y qué iba a pensar él? Tal vez habría acabado contándole lo de Rupert con el tiempo, pero no ahora, no así. Habría esperado hasta que se conocieran mejor, hasta que hubiese menos probabilidades de que la juzgara.

–¡Para, para! Espera un minuto, retrocede. ¿A quién has hecho daño? ¿A Daniel? ¿Por qué estaba en el Met? Por cierto, estás fabulosa. Me encanta el vestido. Ese azul y esos tirantes cruzados... Precioso.

A ella no le importaba el vestido. No le importaba nada más que lo que Daniel estuviera haciendo ahora, lo que iba a pensar de ella.

Valentín fue hasta la puerta dando saltos y ladrando de alegría.

Ella se agachó para abrazarlo y su presencia la calmó. Acarició su suave pelaje e inhaló su familiar olor a perrito abrumada por el amor que sentía por él.

–Debería haberme quedado contigo esta noche. Eres mi chico favorito. No sé por qué estaba Daniel en el Met –se incorporó. Le daba vueltas la cabeza y sentía un cosquilleo de miedo por el estómago–. Quieren que escriba un libro o algo así. ¡Qué iba a saber yo! Y lo de anoche fue tan fantástico, Mark. Por primera vez en mi vida disfruté de un sexo salvaje y loco y fue increíble porque no me estuve preocupando ni del amor ni de ninguna de esas cosas. Es la primera vez que he roto algo practicando sexo. Pensé que todo era genial, pero no es así...

–Espera, ¿has dicho que te has roto algo? –Mark dio

un paso atrás y la observó de arriba abajo buscando algún rastro de daño.

Ella esbozó una temblorosa sonrisa.

—No, he dicho que he roto algo. Tiramos una botella de vino. O de cerveza. Ni siquiera lo sé. Nos estábamos besando y la nevera estaba abierta...

—Será mejor que pases antes de que me sigas contando porque, de lo contrario, vas a dejar espantada a la señora Winchester —Mark la metió en el apartamento, cerró la puerta y la llevó al salón.

—No tenía pensado darte los detalles.

—Si practicaste sexo en una nevera, quiero los detalles. Abriremos el champán de Gabe.

—¡Yo no he dicho que practicase sexo en una nevera! Y no necesito más champán. Ya he bebido más que suficiente. ¿Dónde está Gabe? —distraída, miró a su alrededor y vio algunos de los dibujos de Mark esparcidos sobre la mesa—. ¿Estás trabajando?

—Gabe tiene una cena con un cliente, así que estoy poniéndome al día con el trabajo atrasado.

—Te estoy molestando...

—No hay nada que me pudiera apetecer más que oír hablar de tu vida sexual.

—¡No es de sexo de lo que quiero hablar, sino de lo otro! No quiero que sepa todo aquello —gruñó y se cubrió los ojos con las manos—. Probablemente su teléfono se autodestruirá cuando vea todo eso. Jamás debería haber ido a lo de la editorial y jamás debería haberme acostado con él. Me dijo que era imposible que le hiciera daño porque ninguno de los dos tenía sentimientos por el otro, pero le he hecho daño ¡y ahora me siento tan tan mal!

—Pero si ninguno tiene sentimientos por el otro, ¿cómo puedes haberle hecho daño?

—Orgullo, supongo.

—Orgullo —Mark la miró fijamente—. ¿Crees que es una cuestión de orgullo?

—¿Qué va a ser si no?

Mark abrió la boca y la volvió a cerrar.

—No lo sé. Qué más da.

—No debería haberme acostado con él. Haga lo que haga, siempre me equivoco. Me buscará en Internet y descubrirá lo que saben todos los demás: que en lo que respecta a relaciones, soy nula.

Mark suspiró.

—Siéntate.

—¿Crees que va a desvelar mi tapadera? ¿Crees que va a decirle a la gente quién es Aggie? No quiero ser tendencia en Twitter por segunda vez en mi vida.

—No tienes cuenta de Twitter.

—Estoy en Twitter como «Aggie», no como «Molly».

—Es un milagro que no tengas una crisis de identidad. ¿Por qué importa? ¿Por qué importa si usas un seudónimo? Es tu elección. ¿Y de verdad importa que él lo sepa?

—No me puedo permitir que esto vuelva a explotar. No puedo estar emigrando eternamente. ¡Y además me encanta Nueva York! No quiero tener que mudarme a Brasil.

—¿Brasil?

—Lo he dicho al azar.

—Estoy confundido. ¿Te preocupa que Daniel pueda desvelar tu tapadera o que vuestra relación pueda acabar?

—No tenemos una relación. Pero fuera lo que fuera lo que teníamos, me gustaba.

—A lo mejor no tienes por qué hablar en pasado. A lo mejor no ha terminado.

—Claro que ha terminado. La gente me trata como si fuera una enfermedad altamente contagiosa cuando se entera. Y lo entiendo. ¿Quién necesita algo así en su vida?

Mark la llevó hacia el sofá.

—Quítate esos zapatos matadores y relájate. No te vas a mudar a Brasil. ¿Para quién iba a cocinar yo entonces? Ya lo solucionaremos.

Su amabilidad rompió los últimos hilos que sostenían su autocontrol.

—Si esto estalla, si esto llega a todas partes, tienes que fingir que no me conoces. Que tengas la desgracia de ser mi vecino no significa que vayan a descubrir que eres mi amigo. Si alguien te pregunta algo, puedes hacerte el loco. Aunque estaría bien que no mencionaras que esta es la primera vez en tres años que has visto a un hombre entrar en mi apartamento.

—Si alguien me pregunta —dijo Mark—, le diré que se meta en sus puñeteros asuntos, y se lo diré porque soy tu amigo. Cuando un amigo tiene un problema, lo mantienes cerca de ti, no lo arrojas por la borda. Sé que tus amigos te dieron la espalda en el pasado, pero eso no te va a pasar esta vez. Yo no haría eso. Y Gabe tampoco.

—No... —se quitó los zapatos—. No me hagas llorar. Ya estoy destrozada.

Mark la sentó en el sofá.

—Esta es una amistad a largo plazo. Voy a ser el padrino de tus hijos.

Ella no sabía si reír o llorar.

—Si además de todo esto me quedo embarazada, entonces me va a dar algo —vio a Mark abrir la nevera y sacar una botella de champán—. No sé qué vamos a celebrar, a menos que sea mi habilidad para complicar incluso una relación que no era complicada.

—No hay ninguna relación que no sea complicada. Además, te has acostado con un hombre —descorchó la botella y contuvo la erupción de burbujas en una copa—. Eso es algo que celebrar —le pasó el champán.

Ella dio un sorbo y sintió el ligero amargor y el cosquilleo de las burbujas.

—A lo mejor lo que voy a decir es por culpa del champán, pero Gabe y tú sois los mejores amigos que se pueden tener.

—Solo has dado dos sorbos, así que voy a tomarlo como el cumplido que es.

—Dos sorbos además de las dos copas que me he bebido en el Met.

—Sigue bebiendo. Quiero que me cuentes si es bueno en la cama.

A pesar de todo, eso la hizo sonreír.

—Increíblemente bueno.

—¿Has estado tres años sin sexo y esos son todos los detalles que me vas a dar? Eres cruel y despiadada.

—Eso llevo diciéndotelo mucho tiempo. ¿Sabes? Probablemente todo esto sea para bien. Tenía que terminar en algún momento, así que mejor que haya sido ahora.

—Molly...

—¿Qué? Tengo un grave problema de abandono, lo sé. Soy una profesional y soy bien capaz de diagnosticar mi propia afección. Pero resulta que saber lo que está pasando no implica que sepa cómo solucionarlo.

—No sé de qué manera has podido hacerle daño. Por lo que me has contado, las defensas de ese hombre son más impenetrables que las tuyas y él se ha metido en esto porque ha querido.

—Me contó algunas cosas. Yo también le conté algunas cosas, aunque tal vez no tantas como las que él me contó a mí —se mordió el labio—. Probablemente le he hecho sentirse vulnerable y ahora está a la defensiva —sí, probablemente era eso. Cuanto más pensaba en ello, más sentido tenía.

—Me sorprende que hayáis logrado besaros sin acordar unas condiciones primero.

Lo habían logrado. Y habían hecho algo más que besarse. Y muy muy bien, por cierto.

Recordarlo hizo que un intenso calor se deslizara sinuosamente hasta su pelvis. Se terminó el champán.

—No me esperaba que fuera a ser tan bueno.

—¿Así que besaste a alguien porque pensabas que te iba a generar una experiencia muy mala? Cielo, te quiero, pero jamás te entenderé —Mark le rellenó la copa y ella gruñó a la vez que sacudía la cabeza.

—No me des más.

—Tu apartamento está un piso más abajo. Te echaré sobre mi hombro y te llevaré yo mismo si es necesario. Además, si te han puesto la etiqueta de chica mala, deberías hacer honor a tu reputación.

—Me siento una persona horrible. ¿Cómo puedo sentirme así si se lo advertí? No debería sentirme culpable, pero es como me siento.

—¿Y estás segura de que lo que estás sintiendo es culpabilidad?

—¿Qué más podría ser?

Mark vaciló.

—Nada. Mira, a lo mejor es bueno que conozca tu secreto.

—No lo es. Da miedo.

—Entiendo lo que es tener miedo —Mark levantó el lápiz y agarró una hoja de papel—. Me pasé la adolescencia teniendo miedo, y con razón. La gente puede ser muy despiadada, como los dos bien sabemos, pero esconderse también tiene su parte mala. Significa que vives una vida pequeña. Una vida mucho más pequeña de la que mereces.

—La gente cree que me merezco muchas cosas, la mayoría malas.

—La opinión de la gente que no conoces y que no

te importa no debería tener ningún impacto en tu vida. Nunca deberías tener miedo a ser tú. Defectos, fallos, debilidades... eso es lo que nos hace humanos.

–Haces que parezca muy fácil.

–No es fácil. Pero esconderse tampoco es fácil.

–¿De dónde sacas todo ese valor?

–De tener amigos que son como la mejor familia del mundo –soltó el lápiz–. Cuando tienes un grupo de gente que te conoce y te quiere por ello, te das cuenta de que lo que piensen los demás no importa.

–Esa es una de las razones por las que quiero a Valentín. No me juzga. Y también está mi padre, por supuesto...

–Y Gabe y yo –añadió Mark sonriendo–. Y estoy bastante seguro de que la señora Winchester también daría la cara por ti si tuviera que hacerlo. Si Daniel Knight te crea problemas o te molesta, nos encargaremos de él.

Molly pensó en los poderosos hombros de Daniel y en su afilado intelecto.

–No os lo pondrá fácil –se levantó y al instante se sintió mareada–. No debería haberme tomado esa última copa. Demasiado champán.

–Nunca hay demasiado champán. Toma, un regalo para ti –le dio el papel, un dibujo de Valentín. Había captado al perro a la perfección.

Ella, desbordada de amor, tocó con la punta del dedo el hocico con forma de corazón.

–Es brillante. Te quiero mucho. Gracias –se puso de puntillas y besó a Mark en la mejilla. Sin duda, se sentía inestable–. Me voy a casa... contando con que pueda bajar las escaleras sin caerme –recogió los zapatos y se acercó a la mesa para ver los dibujos–. Son preciosos. ¿Es una nueva idea?

—Estoy jugando con algunos temas, aunque es demasiado pronto para saber si funcionarán.

—¿Es una liebre o un conejo?

—Una liebre ártica. Estoy trabajando en una historia sobre camuflaje, sobre ocultarse de los depredadores —esbozó una sonrisa carente de humor—. Tú de eso lo sabes todo.

—Y tú también —con la mano que tenía libre fue agarrando cada dibujo y siguiendo la historia—. La nieve se derrite y de pronto ella se hace visible.

—Así es.

—Por favor, dime que no se la comen. En el estado tan emocionalmente vulnerable en que me encuentro, puede que no lo soporte.

—Hace amigos y le dan cobijo hasta que vuelve a nevar y está a salvo.

—Una familia de amigos. Me gusta —soltó los dibujos—. Tienes mucho talento. Voy a enmarcar mi dibujo de Valentín. Un día, cuando seas más famoso incluso de lo que eres ahora, alguien me ofrecerá una fortuna por él y les diré que no está a la venta. Debería irme. Gracias por escucharme y por emborracharme tanto que no pueda ni preocuparme por mis problemas.

—Si se pone en contacto contigo, cuéntame.

—No lo hará. Es un hombre que no quiere complicaciones y yo soy una complicación más grande de lo que la mayoría de la gente puede soportar —llamó a Valentín y el perro fue brincando hacia ella y sacudiendo el rabo.

No importaba lo que pasara en su vida, no había nada que no mejorara al menos un poco teniendo un perro.

—Gracias a Dios que los perros no pueden leer. Me quieres incondicionalmente, ¿verdad? Eres parte de mi familia —se agachó para abrazarlo y Valentín la lamió y sacudió la cola con tanta fuerza que por poco no le sacó un ojo—. No te importa que no me pueda enamorar.

—No es un crimen no estar enamorado —abrió la puerta y la llevó hacia ella—. ¿Quieres que te acompañe a casa?

Al oír la palabra «casa», Valentín salió corriendo del apartamento y se detuvo en lo alto de las escaleras, esperándola.

Ella miró su cara adorable y sonrió.

—No, puedo bajar un tramo de escaleras aunque sea a trompicones. Y si me caigo, Valentín me rescatará. Pero gracias por el ofrecimiento.

Abrazó a Mark y siguió al perro.

¿Qué estaría haciendo Daniel ahora mismo? Probablemente, buscándola en Internet. Juzgándola.

Fue con cuidado, bajando las escaleras en silencio y con los zapatos colgándole de los dedos de la mano.

Valentín, sacudiendo el rabo, no dejaba de mirarla para asegurarse de que estaba bien.

—Eres mi chico favorito. Mi hombre favorito.

Cuando giró en la escalera, Valentín empezó a ladrar de alegría y ella vio a Daniel apoyado contra la pared de su puerta.

Por un momento pensó que debía de estar teniendo alucinaciones, pero la reacción del perro le indicó que lo que estaba viendo era real.

Había estado segura de que no volvería a verlo. Sintió una ráfaga de felicidad y el corazón empezó a golpetearle con fuerza contra las costillas, pero entonces recordó que estaba enfadado y que probablemente solo había ido allí porque quería terminar la conversación de la que ella había huido.

Los extremos de la pajarita le colgaban alrededor del cuello y tenía los ojos brillantes. Llevaba el teléfono en la mano.

—Bueno... ¡Vaya reputación tienes!

Capítulo 15

Daniel vio a Molly caminar hacia él. Iba descalza y llevaba el pelo suelto cayéndole sobre los hombros y los zapatos colgando de los dedos de una mano. El ceñido vestido azul exponía la piel suficiente para que a un hombre se le olvidara lo que estaba pensando.

Cuando se le acercó, vio que tenía los ojos brillantes y cierta inestabilidad.

Se apartó de la pared.

−¿Dónde has estado? Estaba preocupado.

−¿Por qué ibas a preocuparte? No soy responsabilidad tuya −respondió Molly arrastrando un poco las palabras y desafiándolo con la mirada.

−¿Cuánto has bebido?

−Todavía no lo suficiente, pero estoy en ello, así que ni se te ocurra estropeármelo.

−¿Estás borracha porque te he disgustado?

−No. Estoy borracha porque me he ido de la fiesta antes de que sirvieran la comida y porque me acabo de beber media botella de champán. Me gusta mucho el champán.

−Tenemos que hablar.

−No es buen momento −respondió sacudiendo el dedo

índice delante de su cara–. Si no puedo caminar en línea recta, no puedo mantener una conversación seria. Querré decir cosas que no digo. No... –frunció el ceño–. Así no es. Diré cosas que no quiero decir. Sí, ahora sí.

–Yo quiero hablar ahora.

–¿Estás aquí para aprovecharte de que me siento débil y vulnerable?

–Estoy aquí porque te debo una disculpa –se guardó el móvil en el bolsillo mientras pensaba que era la situación más incómoda en la que se había visto en toda su vida–. He actuado como un cretino y cuando actúo como un cretino, me aseguro de disculparme rápidamente.

–«Cretino». Esa no es una palabra muy legalista. El demandado es un cretino, Su Señoría.

–El demandante.

–¿Qué?

–Da igual. No estoy aquí como abogado.

Ella buscó las llaves en el bolso y sacó un pintalabios y unos pañuelos de papel.

–Estabas enfadado.

–Ahora no lo estoy –la furia le había durado justo lo que había tardado en escribir su nombre en el buscador de Internet. Lo que había encontrado le había impactado y repugnado y había explicado muchas cosas sobre ella; sobre las razones por las que guardaba tanto las distancias y su reticencia a embarcarse en una relación. Sobre sus dificultades para confiar en la gente–. ¿Dónde estabas? ¿Con quién has bebido champán?

–Con Mark. Estaba cuidándome a Valentín –levantó la mirada del bolso y la centró en él–. ¿Por qué estás aquí? ¿Ya me lo has dicho?

–No. ¿Quieres que te ayude a encontrar las llaves?

–Puedo encontrarlas yo sola, gracias. ¿Lo ves? –las

sacó del bolso y las agitó delante de su cara–. Llaves. ¿Cuánto llevas aquí?

–¿Una hora? He intentado seguirte, pero no dejaban de abordarme personas que querían asesoramiento gratuito sobre sus divorcios.

–Da gracias de que no seas médico. La gente se podría haber quitado la ropa para enseñarte sus sarpullidos –manejaba las llaves con torpeza y se le cayeron al suelo.

–¿Mark es tu vecino? ¿El cocinero?

–Es artista. Ilustra libros infantiles. La cocina es una afición.

–¿Y Mark conoce tu verdadera identidad? ¿Cree que eres Molly?

–Soy Molly, pero si me estás preguntando si sabe que trabajo bajo el seudónimo de «Aggie», la respuesta es sí. Lo sabe. Es mi amigo.

–¿Y yo no?

–Tú solo eres un tipo al que he conocido en el parque –se agachó para recoger las llaves a la vez que lo hizo él.

Sus bocas estaban tan cerca que Daniel podía sentir la calidez de su aliento, pero sabía que si la besaba ahora, ella probablemente le pondría un ojo morado. Y no podría culparla si lo hiciera.

–Soy más que eso, Molly.

Seguía pensando en las cosas que ella le había dicho. La imaginaba con ocho años viendo a su madre marcharse con el perro que tanto quería. Pensó en todo lo que había logrado y en lo vulnerable que era bajo esa fachada dura e inteligente. Pensó en ella desnuda y desinhibida en su cama y en lo asustada que debía de haberse sentido al saber que él conocía su secreto.

Molly bajó la mirada a su boca y la mantuvo ahí un momento, como si estuviera tomando una decisión. Después, sacudió la cabeza.

—No.

—¿No?

—No voy a besarte —se incorporó con las llaves en la mano—. Eso no va a pasar.

Él se contuvo las ganas de decir que ya había pasado. Varias veces.

—¿Por alguna razón en particular?

—Porque esta relación ya ha ido demasiado lejos. Esta noche te he hecho daño. Te he visto la cara. Tengo un largo historial haciendo daño a los hombres. Deberías haber visto lo que le hice a Rupert —chocó la llave contra la puerta en lugar de introducirla en el cerrojo.

A él lo invadió una ráfaga de distintas emociones. Exasperación, compasión y también ternura porque estaba claro que se consideraba un peligro para los hombres.

—Por lo que puedo ver, fue él el que te hizo daño. Intentó destruirte. Intentó destruir tu reputación profesional y tu vida personal. Todo.

Ella se quedó quieta.

—Eso es lo que pasa cuando enfadas mucho a alguien.

—No. Eso es lo que pasa cuando alguien es un gilipollas. Un adulto puede enfadarse sin tener que enrabietarse.

—Ya te advertí que era un asunto feo. Y no fue culpa suya. Fue la prensa. El público.

¿En serio creía eso? La miró a la cara y decidió que no era momento para sacarla de su error.

—Dame las llaves —extendió la mano, pero ella negó con la cabeza.

—Puedo abrir mi puerta, gracias. Es mejor que te vayas. Y si de verdad eres una persona decente, te olvidarás de lo que has descubierto esta noche y te olvidarás de mí.

—No eres una mujer fácil de olvidar, Molly.

—Rupert estaría de acuerdo contigo. Le dijo a un periodista que jamás me olvidaría pero que esperaba aprender algún día a vivir con el dolor de haberme perdido.

—Rupert necesita madurar. ¿Saben mis hermanas que eres Aggie?

—No. Gabe y Mark son las únicas personas que lo saben aparte de mi padre y de mi editor. Y ahora tú también, así que estoy condenada.

El modo en que lo dijo removió algo dentro de él.

—¿Por qué estás condenada?

—Porque no te conozco y no es agradable verte expuesta ante alguien que no conoces.

—Has pasado una noche entera conmigo desnuda en mi cama —y no podía sacarse de la cabeza ni un solo momento de esa noche.

—Ese es un tipo de exposición completamente distinta. La exposición física no es ni por asomo tan aterradora como la exposición emocional —se tambaleó levemente—. Puedes ver mi cuerpo desnudo cualquier día, pero mis sentimientos preferiría mantenerlos cubiertos, muchas gracias. No tienen tan buen aspecto como deberían —volvió a intentar abrir la puerta—. La llave no entra. Es otra llave. O a lo mejor es otra puerta...

Se balanceó otra vez y Daniel le quitó la llave de los dedos con delicadeza y abrió la puerta.

Valentín se abrió paso entre ellos y entró en el apartamento olfateando el suelo y sacudiendo la cola.

—Gracias —Molly lo siguió hasta dentro, tiró el bolso y los zapatos y se dejó caer boca abajo sobre el sofá—. Deberías irte.

—No me voy a ir.

—Si esperas más cotilleos jugosos, no pienso hablar —su voz sonó amortiguada.

Daniel sacudió la cabeza y fue directo a la cocina.

—Necesitas un café bien cargado.

—No quiero café. Quiero más champán. Estaba delicioso. Ha hecho que todos mis problemas parezcan más livianos. Más efervescentes. Más flotantes. ¿Esa palabra estaría bien dicha? Si no, debería.

Se tumbó de lado y cerró los ojos. Valentín fue trotando hasta ella y le dio un empujoncito en la cadera con el morro.

Cuando ella no se movió, el perro miró a Daniel con preocupación.

—Sí, ya me ocupo yo, colega.

Daniel preparó el café y se lo llevó. Valentín se tumbó junto al sofá como un centinela y él apartó las piernas de Molly y se sentó.

—Bébete esto.

—Nunca bebo café después de las dos. Me mantiene demasiado despierta.

—Te quiero despierta. Quiero que hables conmigo.

—Demasiado cansada —dijo con los ojos cerrados—. Te lo he dicho. No habrá más detalles escabrosos. Es como dar de comer a las pirañas. Les eches lo que les eches, nunca es suficiente. No están felices hasta que te han arrancado toda la piel.

Por lo que Daniel había leído, esa era una buena analogía.

—No soy una piraña. Soy un amigo. Quiero datos reales.

Ella abrió los ojos.

—¿No me habías buscado en Internet?

—Los dos sabemos que lo que se cuenta ahí no son necesariamente los datos reales.

—Todo es verdad. Soy Molly la Devorahombres. La Viuda Negra sin las piernas peludas. La mayoría de los hombres preferirían nadar con un gran tiburón blanco antes que salir conmigo. Pero tú estabas avisado. Te avisé e ignoraste la advertencia, así que probablemente ahora te voy a partir en dos de un bocado o a picarte con mi cola de escorpión... o algo –se puso boca arriba y dejó un brazo colgando por el extremo del sofá.

Valentín se levantó al instante y le lamió la mano como intentando convencerla de que se incorporara.

Mientras, Daniel pensaba que si los humanos fueran tan devotos como los perros, la vida sería mucho más tranquila y calmada.

–Ignoré la advertencia porque no me importaba nada de eso –alargó la mano y le acarició la cabeza a Valentín, reconfortándolo–. Puedes sentarte, chico. Se pondrá bien.

Pero Valentín no se rendía. Acercó el hocico al pecho de Molly como animándola a sentarse, pero ella no lo hizo.

–No pasa nada, Daniel –dijo Molly poniéndose el antebrazo sobre los ojos–. Puedes llevarte tu corazón, tu humor y tus increíbles habilidades amatorias y guardarlo todo en un lugar seguro.

–No voy a ir a ninguna parte. Siéntate y bébete el café.

–No me puedo sentar. El mundo se está moviendo. Si me siento, me caeré por el borde –soltó un gemido y Valentín gimoteó también mientras miraba a Daniel como diciéndole que era hora de que alguien hiciera algo.

–Incorpórate. Estás asustando al perro.

Daniel apartó una pila de libros y dejó el café sobre la mesa. Después se levantó y tomó a Molly en brazos. Ella se dejó caer como una muñeca de trapo.

Valentín se levantó sacudiendo el rabo como señal de aprobación. Sin embargo, Molly no parecía compartir la misma opinión.

–¿Qué estás haciendo? ¿Adónde vamos? ¿Puedes dejar de moverte? Me están entrando ganas de vomitar.

—Voy a quitarte la borrachera.

—No quiero que me quites la borrachera. Me gusto tal como estoy. Efervescente. Estaba nerviosa por lo que pudieras hacer, pero ahora ya no estoy nerviosa. Estoy anestesiada.

Detestando haberla puesto nerviosa, Daniel fue al cuarto de baño y con cuidado la bajó al suelo.

—Quédate aquí y no te muevas.

—No te puedo prometer nada. Mis piernas no están haciendo lo que quiero que hagan. ¿Por qué estamos en mi baño? ¿Es esta otra excusa para desnudarme?

—Para eso no necesito ninguna excusa —le bajó los tirantes por los hombros y dejó que el vestido cayera al suelo.

Sosteniéndola con una mano e intentando ignorar su cuerpo, se acercó a la ducha y abrió el grifo del agua fría.

—No me vas a dar una ducha fría. Si me metes ahí dentro, Valentín te morderá. Ni se te ocurra… ¡ah! —exclamó con un grito ahogado cuando él la situó bajo el chorro de agua helada—. Eres un torturador. ¡Valentín, ayuda, ayuda! ¡A por él!

El perro entró apresuradamente en el baño y patinó sobre los azulejos al ir hacia ella. Vaciló una fracción de segundo antes de meterse en la ducha junto a Molly, que perdió el equilibrio, resbaló y cayó sobre Daniel.

Soltando una sarta de improperios mientras intentaba ocuparse de una mujer mojada y de un perro mojado, cambió de posición para sujetarse mejor y no resbalar. Molly empezó a reírse sin parar y él, al agarrarla de los brazos con más fuerza para evitar que se cayera, acabó empapado también.

—Valentín —dijo apretando los dientes—, ¿puedes salir de la ducha? No estás ayudando nada.

El perro sacudió la cola y lo salpicó todo de agua.

Daniel se pasó la mano por la cara para poder ver bien.

—Es la primera vez que me doy una ducha con un perro y con un hombre —dijo Molly agarrándose a la pechera de su camisa—. Es toda una experiencia.

—He perdido la cuenta de la cantidad de trajes que se me han estropeado desde que os conozco. Ahora mismo desearía que no le gustara tanto el agua.

—Valentín odia el agua, pero a mí me quiere mucho. Por eso está aquí dentro. ¿No es el perro más adorable y perfecto del mundo?

—No sé muy bien qué pensar de él. Lo único que sé es que me está suponiendo una fortuna en facturas de la tintorería —sin soltarla, descolgó una toalla del perchero. La camisa se le pegaba a la piel y se alegró de, al menos, haberse quitado los zapatos.

Le echó la toalla por encima, alargó la mano como pudo por detrás de ella para cerrar el grifo y después se pasó la mano por la cara para quitarse las gotas de los ojos.

—Café. Y después, vas a hablar conmigo.

Ella plantó la cabeza sobre su pecho.

—No hay nada que contar que no hayas leído ya.

Daniel le secó el pelo con la toalla y agarró una bata de detrás de la puerta.

—Hay cosas que no tienen sentido.

—Todo tiene un perfecto sentido. Volví a intentar enamorarme y no sucedió. Nada de amor. Nada de sentimientos —se tambaleó mientras Daniel le ataba la bata a la cintura.

—Esa parte la entiendo. Lo que no entiendo es que por terminar una relación te pusieran la etiqueta de «devorahombres» —se quitó la camisa empapada y vio a Molly fijar la mirada en su torso—. No me mires así.

—¿Por qué no? Soy una devorahombres. Y tú estás buenísimo.

—Y tú, borrachísima.

—No tanto. Puedo caminar en línea recta. A lo mejor deberías quitarte el resto de la ropa para que pueda lamerte por todas partes.

Él decidió que su fuerza de voluntad se resentiría menos si se dejaba puesta tanta ropa como fuera posible e intentaba por todos los medios mantenerse centrado.

—Y no entiendo cómo pudieron despedirte del trabajo. Que te vaya mal una relación amorosa no es motivo de despido. Deberías haberlos demandado.

—Los índices de audiencia cayeron en picado y fue todo culpa mía. Hicieron lo único que podían hacer.

Volvió tambaleándose al sofá y se hizo un ovillo sobre él. Sin maquillaje y con el pelo cayéndole en húmedos mechones, parecía pequeña y vulnerable.

—¿Quieres oír la lamentable historia al completo? ¿A quién le importa?

—A mí me importa.

—No tenemos ningún compromiso emocional, ¿lo recuerdas?

A él se le oscurecieron los ojos.

—Que no estemos enamorados no significa que no me importes.

—¿Qué vas a hacer con la información?

Daniel estuvo a punto de hacer un comentario algo mordaz, pero entonces vio la vulnerabilidad en su mirada y supo que estaba verdaderamente asustada.

La idea de que estuviera asustada lo desgarró por dentro.

—Yo jamás expondría tus secretos.

—Si no te hubieras presentado en esa fiesta, jamás lo habrías sabido.

¿Debería decirle la verdad? ¿Debería decirle que lo había sabido antes de la fiesta? No. No ganaba nada con decírselo. Lo único que importaba era que lo sabía, no de qué modo lo había sabido.

Además, la imagen que tenía de «Aggie» había sufrido una enorme transformación en las últimas horas. No había tenido la más mínima idea de que su Molly fuera la mujer que se ocultaba detrás de la popular consejera sentimental. Eso lo cambiaba todo. Para empezar, Molly sabía de lo que hablaba.

Le dio la taza de café.

—Bébetelo y cuéntamelo todo. Desde el principio.

Ella rodeó la taza con las manos.

—Mi investigación de postgrado se basó en el comportamiento humano y en las relaciones y por eso me pidieron ser consejera en un *reality show* nuevo, *La pareja ideal*. Ya había habido programas de citas antes, pero los productores querían darle más credibilidad y despertar más interés añadiendo secciones en las que un psicólogo hablara sobre los distintos aspectos que intervenían a la hora de encontrar pareja. Yo era «la doctora Kathy». No me preguntes por qué, pero en cuanto empezaron a emitirlo, mi sección se convirtió en la más popular del programa.

—Eso no me sorprende.

—Tenían dos presentadores, pero el programa realmente giraba en torno a Rupert. Estudió Medicina, aunque dejó de ejercer poco después de licenciarse. Presentó un programa de televisión sobre cuestiones médicas antes de que lo cazaran para estar al frente de *La pareja ideal*. Era fantástico delante de la cámara. Guapo, carismático, divertido... y hacía de médico a pesar de que después de licenciarse no había vuelto a poner las manos sobre un paciente. Tenía un grupo enorme de seguidoras

—dio un sorbo de café y lo miró por encima del borde de la taza—. Lo llamaban «doctor Sexi».

A Daniel le habría gustado darle un puñetazo a ese hombre.

—Lo capto. El tipo tenía un público que lo adoraba.

Ella bajó la taza.

—La gente veía el programa, en parte, por Rupert. Había una presentadora, Tabitha, pero no recibía tanta atención ni mucho menos. Yo representaba el lado serio. Entrevistaba a los participantes y después grababa fragmentos para emitirlos. Nunca aparecía en directo. Era un papel muy cómodo para mí. Pero entonces un día Tabitha se puso mala media hora antes de que empezara el programa y me pidieron que la sustituyera.

—Y lo hiciste como si hubieras nacido para ello.

Ella negó con la cabeza.

—Ni mucho menos. Me sentía incómoda, no estaba en mi terreno, y fue Rupert quien salvó la situación y a la audiencia le encantó porque lo vieron como un ejemplo más de la persona tan maravillosa que era. Era una gran estrella y, aun así, se aseguró de que yo me sintiera cómoda. Tabitha estuvo de baja un mes. Cuando pasó el mes, la audiencia se había triplicado. Tabitha decidió que no quería volver; estaba cansada de estar siempre a la sombra de Rupert. La sustituí. Teníamos química en la pantalla y enseguida el público empezó a seguir el programa para ver cómo se desarrollaba nuestra relación. Los productores le sacaron partido. Propusieron que Rupert me invitara a cenar en directo y él lo hizo. La historia llegó a algunos tabloides.

—¿Y fuiste a la cena?

—Sí. Me gustaba. Era una compañía agradable y, la verdad, lo llamaban «doctor Sexi» con razón. Todo el público estaba enamorado de él.

—Pero tú no.

—No, pero no pensé que importara. Nos estábamos divirtiendo, nada más.

Era como ver un accidente de tráfico a cámara lenta.

—¿Él no pensaba lo mismo?

Molly dejó la taza sobre la mesa con la mano temblorosa.

—Una noche habíamos terminado de grabar el programa y estábamos entre bambalinas cuando me dijo que me quería. Me pidió que me casara con él. Allí mismo se puso de rodillas y sacó un anillo. Pensé que era una broma. Le dije que se levantara porque me preocupaba que se pudiera electrocutar entre tantos cables y fue entonces cuando me di cuenta de que iba totalmente en serio. Me dijo que nunca había sentido algo así por nadie, que estaba loco por mí y quería pasar el resto de su vida conmigo. Todo el mundo lo quería, así que dio por hecho que yo también lo quería. ¿Cómo no iba a quererlo? Y, claro, no pude responder. No sé por qué no me puedo enamorar –levantó la voz ligeramente–. Lo único que sé es que no puedo. Y tal vez sea por mi madre. Tendría sentido pensar que me preocupa que me rechacen, pero en lo más profundo creo que hay algo más; que no es solo por lo que he presenciado o experimentado, sino que es parte... –tragó saliva con dificultad haciendo un gran esfuerzo por hablar–. Es parte de quien soy. Me falta algo –se cubrió la cara con las manos–. La verdad es que esto nunca se lo había dicho a nadie. Debe de ser por el champán.

Daniel esperaba que lo hubiera hecho porque confiaba en él, pero no lo dijo. Se limitó a apartarle la cara de las manos.

—Supongo que no se lo tomó muy bien.

—No –se produjo una larga pausa, como si ella estuviera decidiendo si ya había contado demasiado–. Y resultó que, por la razón que fuera, el equipo de producción se había enterado de lo que él tenía planeado y lo emitió en directo. Yo no tenía ni idea y lo que pensé que era un momento privado entre los dos en realidad llegó a millones de hogares. Lo vio una población entera de mujeres que creían que Rupert era el partido del siglo. Al doctor Sexi le habían dado calabazas. ¿Lo has visto? Está en YouTube. La última vez que miré, tenía treinta y cinco millones de visitas, pero eso fue hace unos años.

Le temblaba tanto la voz que Daniel decidió que no era momento de decirle que, desde entonces, el vídeo había recibido unos cuantos millones de visitas más. Ver ese vídeo había sido una de las experiencias más incómodas de su vida.

–Estabas distinta –apenas la había reconocido–. Tenías el pelo más corto. Aunque estabas igual de preciosa.

–No lo suficientemente preciosa, según las legiones de fans de Rupert. No se habrían conformado con alguien inferior a Helena de Troya. Según los fans, tendría que haberme considerado afortunada de que alguien tan guapo como él me quisiera y, a pesar de eso, lo había rechazado en público de un modo terrible. Después la prensa intentó sacarle alguna declaración a Rupert, pero lo único que decía era que estaba demasiado hundido para hablar.

–¿Sabía lo que iban a hacer?

–¡No! Y me sentí fatal por él y me enfadé muchísimo con el equipo de producción. Ya habían dicho en alguna ocasión que querían emitir en directo una proposición de matrimonio, pero yo siempre les había detenido. Les decía que era un momento íntimo y no algo que se debiera compartir, y también les dije que nunca se podía saber cuál sería el resultado. Así que decidieron filmar la mía. Les salió el tiro por la culata.

Daniel podía llegar a imaginar lo horroroso que debió de ser para ella descubrir que todo se había emitido en directo, que sus inseguridades las habían presenciado millones de personas.

—Tomaste una decisión, Molly. No sé por qué eso derivó en una caza de brujas.

Hubo otra larga pausa.

—Rupert se fue a casa, humillado, y no salió en una semana. Corrían rumores de que se había hecho daño... —se le rompió un poco la voz—. Fue absolutamente terrible. La atención y la rabia de todo el mundo recayeron en mí. Los medios de comunicación sacaron a la luz detalles de mis relaciones anteriores y se concluyó de manera unánime que yo era una zorra sin corazón que necesitaba un castigo. Y tal vez tenían razón. Ya le había hecho daño a otro hombre bueno y decente. Jamás debí aceptar salir con él.

—Molly...

—Rupert siguió escondido alimentando así los rumores. Un tabloide publicó una foto mía con el titular «El rostro de la culpa». Dejé de encender el portátil. Para intentar proteger a mi padre, me fui a vivir con una amiga, pero al cabo de un día rodearon su casa también y me dijo que tenía que irme.

Daniel apretó los dientes.

—Pues entonces no era muy buena amiga.

—Hizo lo que pudo. Al final Rupert reapareció muy demacrado y le dijo a la gente que estaba bien.

—Lo cual le granjeó más simpatías todavía —Daniel estaba empezando a sentir una seria aversión por Rupert—. ¿Llamó para preguntarte qué tal estabas sobrellevando todo lo que estaba pasando? ¿Le dijo a la prensa que te dejara tranquila?

—Estaba demasiado dolido como para pensar en alguien más que en él.

«O era demasiado egoísta».

—¿Y qué pasó con el programa? ¿Seguiste presentando?

—Sí. Grabé el programa sola mientras él estuvo de baja, pero a la gente le parecía una barbaridad que yo siguiera adelante con mi vida cuando había arruinado la suya. Me seguían al supermercado y al gimnasio. Personas que había creído que eran mis amigos entraron al trapo y alimentaron a la prensa con sus historias. Un par de mis antiguos novios se unieron también.

—¿Ninguno de tus amigos estuvo a tu lado?

—Para ser justa, era espantoso soportar toda la atención que despertaba y después fue a más. El público emprendió una campaña... «La doctora Kathy a la calle». Había literalmente millones de personas que no me conocían y nunca me habían visto acosándonos a la productora y a mí y diciendo que no deberían dejarme trabajar. Que no deberían presentarme como experta en relaciones cuando nunca había tenido una. Fueron juez, jurado y verdugo.

Hablaba cada vez más deprisa; casi resultaba doloroso ver su angustia. Y Valentín claramente pensó lo mismo porque se puso de pie y corrió a su lado, haciéndole mimos con el hocico, asegurándose de que estaba bien. Ella le acarició la cabeza y se calmó un poco.

—Y aunque no me gustaba especialmente estar de cara al público, sí que me encantaba el programa. Seleccionaban a personas que de verdad tenían muchos problemas para encontrar pareja. No eran unos narcisistas egocéntricos que querían hacerse un nombre en la televisión, eran personas de verdad con problemas de verdad. Mis conocimientos los ayudaban verdaderamente y yo sentía que lo que hacíamos era muy positivo, así que me arrebataran todo eso... Me hicieron parecer un fraude –vaciló–. Y supongo que todo eso se sumó a los miedos que yo había ocultado, mis miedos por no considerarme suficiente. Me hicieron sentir como si no valiera nada, pero lo peor de todo fue ver a Rupert tan mal. Me recordó a mi padre durante aquellas semanas y aquellos meses tan terribles después de que mi madre se marchara de casa. No soportaba la idea de haberle roto el corazón a Rupert igual que mi madre se lo había roto a mi padre.

–¿Entonces dejaste el trabajo?

–No. Me despidieron y me quedé únicamente con un montón de culpabilidad, baja autoestima y una reputación dañada para siempre –respiró hondo–. Y además estaban todos aquellos sentimientos. Sentimientos que había enterrado. Sentimientos que no quería y que estaban relacionados con cómo me había sentido cuando mi madre se marchó y con el hecho de no ser capaz de enamorarme.

–Deberías haberlos demandado –Daniel mantenía su rabia bajo control–. Así que te despidieron, ¿y después qué? ¿Buscaste otro trabajo?

–¿Quién iba a contratarme? Era una paria. Por suerte, había ganado bastante dinero con el programa y tenía ahorros. Los suficientes para mantenerme durante un tiempo. Así que me mudé aquí e intenté pasar desapercibida. Dejé de usar el nombre de «Kathy» y me hice llamar «Molly», que es mi segundo nombre. Temía que la prensa me siguiera la pista o que alguien me localizara por las redes sociales y publicara mi paradero. Cerré todas mis cuentas de Internet. Por suerte, los medios de comunicación perdieron el interés. Supongo que una vez me habían destruido, habían destrozado mi trabajo y mi reputación y me habían alejado de mi hogar, se quedaron satisfechos. A nadie pareció importarle adónde había ido.

—¿Conocías a alguien en Nueva York?

—No conocía a nadie, y fue positivo. Me mudé a un diminuto apartamento sin ascensor en Brooklyn, pagué en efectivo y me pasé un mes llorando. Solo salía del apartamento para ir al supermercado. Pero entonces un día decidí que ya me había castigado bastante. Empecé el blog en un intento de recuperar la confianza en mí misma. En un principio yo misma publicaba las preguntas y las respondía y después empezaron a llegar preguntas de verdad. Para serte sincera, jamás me esperé que creciera como lo hizo. Y la atención que desperté generó a su vez más atención. Un par de páginas importantes de noticias mencionaron mi blog y la gente empezó a hacer preguntas. Rechacé entrevistas. Jamás colgué una fotografía. No había nada que pudiera relacionar mi nombre con Aggie. No me interesaba recibir ningún tipo de publicidad. Cuando la Editorial Phoenix contactó conmigo, dejé claro que no quería que usaran ni mi foto ni mi identidad real.

—Así que mantuviste tu nombre al margen.

—Sí. Por suerte, los escritores usan seudónimos todo el tiempo. Mi foto no aparece en la sobrecubierta y no hago firmas de libros ni apariciones públicas, así que es imposible que reconozcan mi cara. He cubierto mi rastro y he tenido cuidado. He reconstruido mi vida. Pero entonces te conocí a ti. Debería haber sabido que no podría esconderme para siempre. Cuando escondes algo que no quieres que sepa la gente, puedes estar seguro de que al final saldrá a la luz —se puso de lado y hundió la cara en los cojines—. Deberías irte.

—¿Irme? ¿Adónde?

—No sé —respondió con la voz amortiguada—. Adonde sea. Seguro que no quieres estar aquí.

—Es exactamente el lugar donde quiero estar.

—Lo fastidié todo. Y mucho.

Daniel no podía distinguir si estaba llorando o no, así que la apartó de los cojines y la llevó a sus brazos.

—No fastidiaste nada. Nada de lo que pasó fue culpa tuya. Y me impresiona que no solo sobrevivieras a aquello, sino que además resurgieras y prosperaras. Es una experiencia de la que mucha gente no se habría recuperado.

—Huí.

—No. Te apartaste de la línea de fuego. Eso es sentido común, no cobardía. Es una táctica inteligente. Cuando el enemigo te ataca, te haces pequeño.

—¿Sun Tzu?

Él sonrió contra su pelo.

—Acabaré convirtiéndote en una discípula.

—Antes te has enfadado. Me has dicho que le he dado un mal consejo a uno de tus clientes. ¿Qué querías decir?

—Me he equivocado. Después de que habláramos, he leído algunas de tus entradas antiguas del blog y he encontrado su carta y tu respuesta.

Ella enarcó una ceja.

—¿Cómo? Es anónimo.

—Conozco a esa persona. Reconozco cómo escribe. Cómo piensa. Y tenías razón, tu consejo era general, no específico.

—¿Pero él lo interpretó como si fuera específico?

—Lo interpretó cómo mejor le convenía y lo utilizó para manipular a su mujer y que siguiera con él.

—Oh, no —parecía preocupada—. Sé que no puedes hablar de tus clientes, pero tan solo dime... ¿Lo has solucionado?

—Ella lo ha solucionado. Le ha echado en cara su mal comportamiento y ha guardado documentación. No habrá ningún problema.

—Bien. ¿Has dicho que has venido a disculparte? Imagino que no eres un hombre que suela disculparse.

—Siempre me disculpo cuando me equivoco.

—No te disculpaste por pedir prestado a Brutus.

—Porque en eso no me equivoqué. Si no lo hubiera hecho, no te habría conocido.

—Seguro que desearías no haberlo hecho.

—Eso no es lo que deseo precisamente —se levantó y alargó la mano.

Ella miró su mano.

—¿Adónde vamos?

—Te llevo a la cama para asegurarme de que llegas sin caerte y golpearte la cabeza.

—Después de todo lo que acabas de descubrir sobre mí, ¿quieres ir a la cama conmigo?

—No voy contigo, pero eso no tiene nada que ver con lo que he descubierto hoy y sí mucho con el hecho de que has bebido demasiado. Tienes que dormir la borrachera de champán porque, si no, mañanas te encontrarás fatal —le agarró la mano y la puso de pie.

—Por desgracia, no estoy tan borracha como para no acordarme de todo esto. Ya sé que me encontraré fatal mañana y tú no tienes por qué poner excusas. Entiendo completamente por qué no quieres quedarte después de todo lo que te he contado esta noche.

¿En serio pensaba eso?

—Molly...

—No pasa nada. No pasa absolutamente nada. No necesito que me des ninguna explicación, pero tan solo dime una cosa... —lo miró nerviosa—. ¿Vas a publicar mi identidad real en las redes sociales?

—¿De verdad crees que haría eso?

Ella se lo quedó mirando durante un largo momento y después sacudió la cabeza.

—No. Y supongo que tampoco es el fin del mundo que lo sepa una persona más. Mi secreto sigue estando a salvo.

En realidad no solo lo sabía «una persona más», pero ya que Max y sus fuentes tenían que ceñirse a la confidencialidad, no había motivos para preocuparla diciéndoselo.

—Tu secreto está a salvo.

Capítulo 16

A Molly la despertó un golpeteo dentro de la cabeza, pero entonces Valentín ladró y se dio cuenta de que el golpeteo no provenía de su cabeza, sino de la puerta.

Con un gemido de protesta, salió de la cama, se agarró a una pared para no perder el equilibrio y con torpeza fue hasta la puerta. De pronto recordó todo lo sucedido la noche anterior. La fiesta. El enfado de Daniel. El champán que se había bebido con Mark y todo lo que había pasado después. Las intimidades que le había contado a Daniel.

Dios mío, ¿de verdad lo había hecho? ¿Se lo había contado todo? Sí, lo había hecho. Había hablado como si fuera una cascada desbordada. No le extrañaba que él se hubiera marchado de madrugada.

Dejó escapar un gemido de arrepentimiento.

Nunca, jamás, volvería a beber.

Valentín estaba ladrando desesperado y ella le puso la mano en la cabeza.

—Por favor, por favor, no ladres.

Abrió la puerta y un perro exactamente igual a Brutus irrumpió en su apartamento y saludó a Valentín como si fuera un hermano al que no veía en años, demostrando así que, en efecto, era Brutus. Los dos perros ladraron y rodaron por el suelo mientras Molly los miraba preguntándose si aún estaría bajo los efectos del exceso de champán.

—¿Brutus? —se frotó los ojos, pero seguía viendo igual al perro. Y ahí, en su puerta, estaba Daniel. Sintió un escalofrío de alivio y deleite. Después de lo que había pasado la noche anterior, había imaginado que querría mantenerse a millones de kilómetros de ella—. Creía que se lo había quedado una familia.

—No les gustaba su carácter —respondió Daniel con tono de crispación—. Al parecer, no es fácil encontrarle un hogar, así que está con Fliss y Harriet.

—¿Y tú lo sacas a pasear?

—Sí, pero no veas más allá de lo que hay en realidad. Simplemente estoy ayudando a mis hermanas.

—Porque no te gustan los perros —vio a Brutus volver corriendo adonde estaba Daniel para asegurarse de que no se iba a marchar y le entraron ganas de hacer lo mismo. Lo vio acariciar con delicadeza el cuello de Brutus, tranquilizándolo—. No creo que utilizaras a Brutus para acercarte a mí. Creo que me estás utilizando a mí para acercarte a Brutus. ¿Sabes que algunas personas te llaman «El Rottweiler»?

—Has estado leyendo noticias sobre mí otra vez.

—Me parecía lo más justo dado que tú leíste las mías. ¿Eso es café?

—Sí —Daniel le puso un vaso en la mano y siguió a Brutus al interior del apartamento.

—Tenía pensado volver a la cama.

—Olvídalo. Vamos a salir a correr. Eso te espabilará.

—¿Correr? ¿Sabes lo que me ha costado ir de la cama a la puerta? No podría correr ni aunque me amenazaras con un cactus estando desnuda —miró el sofá y vio una almohada—. ¿Qué hace eso ahí?

—He dormido ahí. Necesitas un sofá más grande, por cierto.

—¿Has dormido en mi sofá? —lo miró. Llevaba su ropa de correr y tenía un café en la mano—. Pero...

—Me fui a casa hace una hora. Me he dado una ducha, me he cambiado, he comprado café y he ido a recoger a Brutus.

¿No se había ido? ¿Había estado ahí prácticamente todo el tiempo que ella había estado durmiendo?

—¿Por qué has dormido en mi sofá? ¿Y por qué no lo sabía?

—Te llevé a la cama y te quedaste totalmente dormida. Valentín estaba tan preocupado por ti que no quería que me marchase. Cada vez que iba a la puerta, me bloqueaba el paso y tiraba de mí. Por lo general, se me dan bien las discusiones, pero no tengo ni idea de cómo discutir con un perro, así que al final me pareció más sencillo quedarme. Aunque eso fue antes de saber lo incómodo que es tu sofá.

—Es cómodo —saber que se había quedado a dormir la noche anterior la hizo sentirse extraña. Vulnerable, sí, porque le había contado todos sus secretos, pero también un poco conmovida por que se hubiera preocupado por ella lo suficiente como para quedarse a dormir en el sofá.

—Tal vez es cómodo para personas de menos de un metro noventa —parecía tener demasiada energía teniendo en cuenta que se había pasado despierto gran parte de la noche.

—Sobre lo de anoche... Lo siento.

—¿Por qué?

—Por todo. Por ahogarte en las aguas de mi turbulento pasado. Fue culpa del champán —se dijo que definitivamente había sido por eso y no por el hecho de que Daniel Knight supiera escuchar tan excepcionalmente bien–. Vamos al parque. No te puedo prometer que vaya a correr, pero sí que puedo ir arrastrándome y gimoteando detrás de ti.

Al final logró correr a un ritmo moderado y estar en el parque la hizo sentirse mejor. El aire fresco y volver a ver a Valentín con su amigo la hicieron sonreír.

—No entiendo por qué esa familia no se ha quedado con Brutus.

—Yo tampoco lo entiendo —Daniel le lanzó la pelota a Brutus, que salió corriendo, saltó y cayó rodando con ella en la boca.

La situación resultaba tan normal, él se comportaba de un modo tan normal, que poco a poco Molly dejó de sentirse avergonzada.

—¿Así que vas a escribir un libro para Phoenix?

—No lo sé. Se pusieron en contacto conmigo por primera vez hace dos años. Querían un libro sobre divorcios escrito por un abogado que fuera equivalente a un asesoramiento gratuito y que diera suficiente información como para que se pudiera entender el proceso, pero en aquel momento estaba demasiado ocupado.

—¿Y ahora?

—Me lo estoy pensando. Dentro de unas semanas tengo otra reunión con Brett. ¿Y tú? ¿Estás trabajando en algo nuevo?

—*Compañero de por vida* se vendió muy bien, pero trata básicamente sobre elegir una pareja, evaluar lo que te hace feliz en una relación e identificar eso en lo que no estás dispuesto a transigir, con el fin de no equivocarte. Trata sobre cómo seguir adelante cuando la vida se pone difícil —aún conmovida, lo miró—. Ahora ya puedes reírte.

—¿Por qué iba a reírme?

—Porque nunca he tenido una relación y no se puede decir que hable desde la experiencia personal precisamente.

—Pero sí hablas desde la experiencia profesional, que es lo que quiere la gente. Todo lo demás no es más que la opinión de alguien.

Su comentario le levantó el ánimo.

Después de que su vida hubiera saltado por los aires, una de las peores cosas a las que había tenido que enfrentarse había sido a la sensación de ser un fraude. Una impostora. Alguien que no debería estar aconsejando a nadie sobre relaciones.

—Dime algo —Daniel la llevó hacia sí y le tomó la cara entre las manos—. ¿Crees en los consejos que das?

—Claro, pero...

—No hay peros. Como profesionales, damos los consejos que creemos correctos. Que alguien decida no seguirlos no significa que nosotros nos hayamos equivocado. Es una locura decir que no deberías estar dando consejos sobre relaciones, y el hecho de que tu libro vendiera tantas copias sugiere que hay mucha gente que respeta lo que dices y que valora tu opinión profesional.

—Pero la gente que compró ese libro no sabe que nunca he tenido una relación larga.

—Yo nunca he estado casado y me paso la vida asesorando sobre divorcios a pesar de no tener tampoco ninguna experiencia personal al respecto. ¡Brutus!

El perro vaciló antes de volver corriendo y frenar en seco a los pies de Daniel.

Molly lo miró atónita.

—Pero bueno... ¡Vaya!

—Hemos estado trabajando.

Molly oyó orgullo en su voz y vio cómo le hacía carantoñas a Brutus antes de volver a lanzarle la pelota.

—Te va a echar de menos.

Daniel frunció el ceño como si no se hubiera planteado esa posibilidad.

—Debería irme a trabajar. ¿Estarás bien?

—Claro. ¿Por qué no iba a estarlo?

—He abierto algunas heridas —levantó la mano y le apartó un mechón de pelo de la cara—. Te he hecho hablar de cosas.

—Creo que eso lo he hecho yo solita.

—¿Te arrepientes?

—¿De habértelo contado? No —vaciló—. Aunque para ser sincera, sí me siento un poco expuesta.

—¿Expuesta? —él esbozó una lenta sonrisa, se inclinó hacia delante y le dijo algo al oído.

A Molly le ardían las mejillas.

—¿En serio acabas de decir eso?

—Sí, en serio. La veo a las ocho, doctora Parker. Y traiga a mi casa su yo malo para que yo pueda dejar expuestas partes de usted que nunca antes he expuesto.

Daniel aporreó la puerta del apartamento de sus hermanas. Debería estar cansado, pero más bien se sentía cargado de energía. El nerviosismo, la furia, el dolor… todo se había esfumado cuando Molly se había sincerado con él. Se lo había contado todo, había confiado en él, a pesar de ser una persona que no confiaba en los demás con facilidad. Ya no había más secretos entre ellos.

Esa noche la vería. «Una cena», pensó. Y después a la cama. Sin más conversaciones profundas.

Tal vez le escribiría un mensaje para decirle que se pusiera el mismo vestido que se había puesto la otra noche... y también la lencería de encaje que le había quitado tan apresuradamente.

Harriet abrió la puerta con tres gatitos diminutos bajo el brazo.

Brutus hizo intención de acercarse a ella, pero Daniel le lanzó una estricta mirada.

—Siéntate.

Brutus se sentó y lo miró con ojos bobalicones.

Harriet se quedó boquiabierta.

—¿Lo has adiestrado?

—Molly me hizo algunas sugerencias. Sabe mucho de perros —y también sabía mucho sobre otras cosas; por ejemplo, cómo preparar una taza de café perfecta, cómo bailar salsa o cómo volverlo loco con su boca. Sabiendo que pensar en eso comprometería su capacidad de caminar, se arrancó la imagen de la cabeza y entró en el apartamento.

Brutus estaba temblando, expectante, y Daniel chasqueó los dedos.

El perro entró corriendo en el apartamento y por poco no tiró a Harriet al suelo.

Tras recuperar el equilibrio, ella cerró la puerta.

—He hecho café. Sírvete mientras acomodo a estos pequeños.

—¿Tienes acogidos a estos gatitos?

—Solo un par de días —los envolvió con una manta—. Cuánto me alegro de que Valentín esté mejor. ¿Y qué tal con Molly? ¿Va todo bien? ¿Te ha perdonado por haber pedido prestado a Brutus sin decírselo?

Sí, porque resultaba que había muchas cosas que ella no le había contado y eso hacía que estuvieran empatados.

—Parece que ya lo ha asimilado.

—Bien —siempre generosa, Harriet sonrió—. Me cae

muy bien. Me preocupaba que se fuera a enfadar con nosotras.

—Yo soy el responsable, no vosotras. ¿Dónde está Fliss?

—En su habitación. Está a punto de marcharse a ver a un cliente nuevo.

—Tengo que hablar con ella.

Y no era una conversación que le apeteciera tener, pero había reflexionado sobre el tema, había hecho algunas comprobaciones y había llegado a la conclusión de que no le quedaba otra opción que hablar con Fliss. Mejor que se enterara por él antes que por otra persona.

—Ahora la aviso. Supongo que Molly estuvo dispuesta a perdonarte cualquier cosa después de lo que hiciste por Valentín.

—Estaba enfermo y ella estaba asustada —había presenciado mucha angustia en su trabajo y había actuado ante ella con una empatía objetiva, pero ver el sufrimiento de Molly le había resultado muy doloroso—. Por eso se quedó en mi casa. Porque estaba más cerca.

Fliss salió de su habitación en calcetines.

—¿Molly se quedó en tu casa? ¿A pasar la noche? ¿Toda la noche?

—Fue por comodidad. Durmió en la habitación que tengo libre. Fliss, tenemos que hablar —se preguntó cuál sería el mejor modo de darle la noticia. ¿Directamente? ¿O debería prepararla primero?

Lo último que quería era hacer daño a su hermana, pero ¿qué elección tenía? Si Fliss se enteraba de que él lo sabía pero no se lo había dicho, jamás le perdonaría.

—¿Una mujer ha dormido en tu casa? Pues entonces sí, sin duda tenemos que hablar —agarró sus deportivas y le sonrió—. Tienes un gran problema, pero aquí estamos nosotras para salvarte, porque eso es lo que hacemos, ¿verdad, Harry?

Daniel sintió un desagradable cosquilleo por la piel.

—No tengo ningún problema.

—¿Había dormido antes alguna mujer en tu casa?

—No, pero...

—Y... seamos sinceros porque todos somos mayorcitos ya... cuando te has visto con mujeres en el pasado siempre ha sido solo por sexo.

—No sé de qué estás hablando. He invitado a muchas mujeres a salir a cenar.

—Para alimentarlas antes del sexo.

—¿Podríais dejar de hablar de sexo? —exasperada, Harriet se acercó al cesto para ver cómo estaban los gatitos—. Me alegro de que estén dormidos. No quiero que los pervirtáis.

—Lo único que digo es que todo esto es distinto —Fliss agarró la mochila y una sudadera fina—. Una mujer se ha quedado a dormir en su casa. Eso significa algo.

—Molly estaba preocupada por su perro.

—Ya, claro —con una mirada afilada y curiosa, Fliss se puso la sudadera—. Y es normal ofrecer alojamiento a mujeres preocupadas por sus mascotas. Oye, tal vez podríamos ofrecer ese servicio como un añadido a The Bark Rangers. Podríamos llamarlo «Hostal Peludo».

—Creo que estáis viendo más de lo que hay en realidad.

—Y yo creo que esa mujer te gusta de verdad.

—Lo cual es genial —se apresuró a decir Harriet—. Verdaderamente genial. Jamás pensé que te vería interesado por una mujer.

—Solo nos estamos divirtiendo. No es nada serio.

Harriet lo miró expectante.

—¿Habías dicho que tenemos que hablar de algo, no?

—Tengo que decirle algo a Fliss —se detuvo un momento deseando no tener que hacerlo. Su hermana parecía tan feliz. Tan fuerte. Estaba dirigiendo su propio negocio y se sentía segura de sí misma. Y lo que estaba a punto de decirle le haría retroceder diez años hasta una época que ninguno de ellos quería recordar–. Siéntate, cielo.

Fliss se quedó paralizada, tensa.

–No sé qué parte de lo que has dicho me asusta más, si el hecho de que me hayas llamado «cielo» o que quieras que me siente. Eso es lo que dicen los polis en las películas antes de dar malas noticias. Si ha pasado algo malo, dímelo directamente.

–Seth Carlyle está trabajando en la clínica veterinaria –vio cómo las mejillas de su hermana palidecían y oyó el murmullo de alarma y horror de Harry.

–¿Mi Seth? –Fliss se sentó, tan rápida y bruscamente que pareció como si una piedra hubiese caído del cielo–. ¿Es una broma? No. No puede ser. Eres un pesado, pero nunca eres cruel. Que te hubieses inventado algo así sería... –dijo apenas sin aliento y se llevó la mano al pecho–. No me encuentro bien. No puedo respirar...

Harriet se sentó al lado de su gemela y la rodeó con sus brazos.

–Respira lentamente. Inspira por la nariz y exhala por la boca. Así, muy bien –miró a Daniel–. ¿Estás seguro? ¿Cómo lo sabes?

–Lo vi la noche que estuve allí con Molly y con Valentín. Steven, el veterinario, nos presentó. Está claro que no sabía que Seth y yo ya nos conocíamos y tampoco dije nada.

Fliss esbozó una lánguida sonrisa.

–Entonces te contienes más ahora que antes. Supongo que debería estar agradecida de que no le dieras un puñetazo.

–Eso ya lo hice.

—Lo sé. Lo recuerdo —temblorosa, tomó aire—. ¿Te dijo algo?

—¿Sobre ti? No. Pero tampoco era ni el momento ni el lugar.

Ella lo miró.

—¿Qué tal lo viste? —la angustia de su mirada lo hizo sentirse impotente, y odiaba sentirse así.

Se puso de cuclillas frente a Fliss y le agarró las manos. Decía mucho sobre el estado de ánimo de su hermana que no se hubiese apartado de inmediato y lo hubiese abofeteado.

—Lo vi bien. Eres tú quien me preocupa. ¿Qué puedo hacer? Dime qué puedo hacer.

—Nada. Es… —respiró hondo—. Es mi problema.

—Compartimos los problemas —dijo Harriet, pegada a ella—. Siempre lo hemos hecho y siempre lo haremos. Si quieres, yo me puedo encargar de las visitas al veterinario para que no te topes con él.

—Si está trabajando aquí en el Upper East Side, entonces estoy destinada a toparme con él. Y, de todos modos, sería muy cobarde por mi parte evitarlo. ¿Qué hará aquí? ¿Será una coincidencia? Sí, claro que es una coincidencia. Hace diez años que no nos vemos… —los ojos se le llenaron de lágrimas y Harry la abrazó mientras compartía una mirada de impotencia con Daniel—. No os sintáis mal por mí. Todo fue culpa mía. Todo —Fliss vio la mirada de su hermano oscurecerse—. No empieces.

Él le soltó las manos y se levantó.

—No he dicho ni una palabra.

—Puedo con esto. Una década es mucho tiempo. Es agua pasada, ¿verdad? Ambos somos adultos. Lo asimilaré. Solo necesito tiempo. Y un novio.

Harriet parecía desconcertada.

—¿Un novio?

—Por supuesto. Si se entera de que estoy soltera, puede pensar que nunca he llegado a retomar mi vida, y bajo ningún concepto querría que pensara eso —miró a Harriet—. Porque no sería verdad. He seguido adelante.

—¡Claro que sí! —dijo Harriet con rotundidad—. Llevas un par de años sin mencionarlo. Seguro que no has pensado en él ni una sola vez.

—Ni una sola vez —repitió Fliss.

Daniel no dijo nada, aunque esperaba que su hermana aprendiera a fingir y a disimular mejor antes de ver a Seth.

—¿Dijo algo de mí? ¿Te preguntó cómo estoy?

—No hablamos nada. Nos miramos y no nos causamos daños físicos. Hasta ahí llegó nuestro feliz encuentro.

—Entonces, por lo que a él respecta, yo podría estar casada o algo así —Fliss se levantó y caminó de un lado a otro del apartamento—. Está claro que tengo que salir con alguien. Rápido. ¿A quién conocemos que pueda ayudar?

—A mí no me mires —dijo Daniel levantando las manos con gesto de derrota—. No conozco a nadie que quisiera salir contigo a menos que recibiera medicación primero.

—Gracias —algo de la energía de Fliss había vuelto y cuando ella lo miró, él se quedó aliviado al ver esa habitual chispa en sus ojos—. Llego tarde. Tengo que irme. Pero gracias por el aviso. Te lo agradezco —agarró sus llaves y salió corriendo hacia la puerta dejando solos a Harriet y a Daniel.

—Joder —murmuró Harriet y Daniel enarcó una ceja.

—Es la primera vez que te oigo decir una palabrota.

—Que Seth vuelva a la vida de Fliss es motivo para decir palabrotas. Se quedó destrozada, Daniel.

—Ya, pero pasó hace mucho tiempo. Era vulnerable y ahora no lo es.

—No estoy tan segura —respondió Harriet desanimada—. Creo que una parte de ella siempre seguirá destrozada por lo de Seth. A menudo me he preguntado...

—¿Qué?

—Nada.

Harriet evitó la mirada de Daniel, que frunció el ceño.

—¿Qué? ¿Hay algo que no me estés diciendo?

—No. Estoy preocupada, eso es todo.

—Yo también, pero estará bien. Siempre lo está —Daniel se terminó el café—. Llego tarde. Llámame si necesitas cualquier cosa, pero si no, terminaremos esta conversación mañana cuando venga a recoger a Brutus.

—Mañana no te lo puedes llevar —le dijo Harriet algo distraída—. La gente que quiere adoptarlo viene a llevárselo.

A Daniel le sorprendió cuánto le disgustó la noticia.

—Creía que no les gustaba su carácter.

—Son otras personas. Están buscando un pastor alemán. Creo que serán la familia perfecta para él.

Daniel se sintió como si le hubieran dado una patada en el estómago y se dijo que esa sensación de vacío que lo invadía se debía a haber visto a su hermana tan disgustada.

Harriet lo miró.

—Pareces disgustado, y eso que ya no necesitas tener que sacar a un perro a pasear. Ahora que Molly sabe la verdad, puedes salir a pasear simplemente porque te apetezca. O a correr. O a hacer lo que quieras.

—Dos familias han rechazado ya a Brutus. Quiero que tenga un buen hogar, eso es todo.

—La gente del centro de adopción sabe lo que hace.

—¿Seguro? Porque lo que han hecho hasta ahora no ha sido especialmente impresionante. Deberían hablar con Molly. Se le da bien saber qué gente y qué personalidades encajan bien.

—Está especializada en humanos.

—Brutus es más inteligente que muchos de los humanos que conozco.

Harriet lo miró con dulzura.

—Lo aprecias mucho. Te has encariñado con él.

—Es un perro y yo nunca me encariño con nada —sintiéndose como un traidor, acarició a Brutus el lomo por última vez y fue hacia la puerta—. Asegúrate de que sepan que no suele hacer caso cuando lo llamas. Y tienen que vigilar por dónde lo dejan suelto. Y no permitas que lo llamen «Volantes».

Capítulo 17

Querida Aggie, estoy casado pero me siento atraído por otra mujer. Quiero a mi mujer, pero la vida con ella es muy predecible. ¿Debería seguir a su lado o debería dejarla?
Con cariño,
Aburrido.

–Va a necesitar un abogado matrimonial –dijo Daniel asomándose por encima del hombro de Molly–. ¿Quieres darle mi número?

Riéndose, Molly lo apartó. Estaba trabajando en la mesa de Daniel y Valentín estaba tumbado junto a la ventana, dormido.

–Por mucho que esto te pueda sorprender, no suelo empezar recomendando el divorcio.

–¿Por qué no? Si sigue adelante con la tórrida aventura que obviamente se está planteando tener, con el tiempo el divorcio será el resultado final. Más le vale ahorrarles a su mujer y a él años de angustia y firmar ya mismo el divorcio. Que vaya directo al grano.

Daniel le besó la nuca y a ella la consumió un intenso calor.

—Le responderé luego —dijo Molly mientras cerraba el portátil.

—No —respondió Daniel moviendo los labios hacia su hombro—. Tienes que responder ahora. Vamos a cenar con Eva y con Lucas, ¿te acuerdas? Tenemos que estar allí dentro de una hora. Sigue trabajando. Ignórame.

¿Ignorarlo? ¿Cómo?

Molly volvió a abrir el portátil e intentó centrarse, pero era imposible con la boca de Daniel sobre su piel. Sentirlo era tan increíblemente agradable que cerró los ojos y olvidó la pantalla que tenía delante. Ahora mismo no le importaba lo que Aburrido hiciera con su vida. Lo único que tenía en la cabeza era lo que Daniel le estaba haciendo.

Nunca se había sentido así. Ni con Rupert, ni con nadie. Por primera vez en su vida no estaba ocultando nada y resultaba sorprendentemente liberador. Daniel sabía lo de su madre. Sabía lo de Rupert. Lo sabía todo. Era la relación más sencilla y más fácil que había tenido nunca y por eso se sentía relajada y desinhibida.

Se giró, se levantó y lo rodeó por el cuello. Notó cómo sus dedos le tiraron suavemente de la coleta hasta que el pelo le cayó sobre los hombros. Él esbozó un gemido de admiración y se lo acarició.

—¿Qué pasa con Aburrido? Le debes una respuesta.

—Creo que necesita reflexionar sobre su problema un poco más. No es bueno precipitar estas grandes decisiones.

Molly le agarró el bajo de la camiseta y se la subió enérgicamente mientras él le quitaba el top con movimientos desesperados. Todo resultaba vacilante e irregular, desde la respiración de Daniel hasta la urgencia con que se movían sus manos mientras la dejaba en ropa interior. La excitó verlo tan descontrolado porque ella sentía lo mismo.

—No quiero salir —dijo Daniel con tono áspero y la boca unida a la suave piel que acababa de dejar expuesta—. Quiero quedarme en casa y darme un banquete contigo. Voy a cancelarlo.

—¡No! Tenemos que ir. Quiero a Eva y quiero conocer a Lucas —Metió los dedos en el pelo de Daniel y después, cuando sus bocas chocaron, hablar quedó relegado al último puesto de su lista de prioridades.

Deslizó las manos por sus hombros y él la levantó y la sentó sobre el escritorio como si no pesara nada. Ella sintió un delicioso escalofrío y lo rodeó con los muslos mientras seguían besándose como si les fuera imposible dejar de hacerlo.

Lo notó contra su cuerpo e instintivamente movió las caderas para acercársele más.

Daniel deslizó las manos sobre sus muslos y al momento Molly sintió sus delicados y habilidosos dedos explorándola íntimamente.

Lo deseaba desesperadamente, frenéticamente. Bajó la mano y hurgó entre la cremallera y la tela de sus vaqueros. Daniel le agarró la mano y la obligó a detenerse mientras sacaba un preservativo. Después, se lo puso y se adentró en ella con un suave y posesivo movimiento que provocó una corriente de excitación que la atravesó. Por un momento se quedó quieta, permitiendo que su cuerpo se acomodara al de Daniel, y entonces él se movió y ya solo notó el perfecto y excitante ritmo, el roce de sus dedos sobre sus muslos y el calor de su boca sobre la suya. No dejaron de besarse ni durante las desesperadas y sudorosas caricias, ni durante los estremecedores momentos de excitación, ni durante el explosivo orgasmo que los invadió a los dos.

Fue tan intenso, tan impactante, que después Molly no se movió. Se quedó con la mano sobre el torso de él, sintiendo la fuerza de sus brazos, que la abrazaban; unidos del modo más íntimo posible.

—Querida Aggie —murmuró Daniel apartándole el pelo de la cara—, hay una mujer que me vuelve tan loco que si pasa por delante de mí, me entran ganas de agarrarla y desnudarla. ¿Qué puedo hacer? Con cariño, Descontrolado.

Ella lo miró, aún intentando procesar lo que acababa de pasar. Estaban sin aliento y él tenía los hombros resbaladizos por el sudor.

—Querido Descontrolado —respondió con voz ronca—, una atracción sexual tan intensa puede resultar excitante, pero ninguna relación puede prosperar si a uno de los dos lo arrestan por realizar un acto sexual en un lugar público. Te sugiero que te asegures de que esa mujer en cuestión solo pase por delante de ti cuando estéis en privado. De todos modos, estoy segura de que esa intensa química pronto se disipará.

—¿Eso crees? Por el bien de mi salud mental y mi bienestar físico, cuento con ello —se apartó de ella—. Y por si no es así, esta noche vas a tener que sentarte al otro lado de la mesa.

—Buen plan —ella se levantó de la mesa y recogió la ropa del suelo.

Solo esperaba que bastase con estar al otro lado de la mesa.

—¿Así que tu próximo libro sale a la venta en julio? —preguntó Daniel sirviéndose el delicioso pan de nuez casero que había hecho Eva—. ¿Cuándo me darás un ejemplar anticipado?

—Llegaron ayer —respondió Lucas sirviendo el vino—. Te puedo dar uno si te interesa.

Eva se estremeció.

—Hazme caso y recházalo. Ya solo la portada me basta para querer dormir con las luces encendidas.

Molly sonrió.

—¿No lees los libros de Lucas?

—No la dejo —respondió él—. La única vez que lo hizo me despertó gritando porque tenía pesadillas —miró a Daniel—. ¿Recuerdas aquella vez que te abrió la puerta con un cuchillo en la mano?

—Di por hecho que era vuestra manera especial de mostrar hospitalidad.

—Fue la noche que me hizo ver películas de Hitchcock —Eva se estaba riendo tanto que apenas podía hablar. Se giró a Lucas y añadió—: Todo es culpa tuya. Si decides asustarme, tienes que vivir con las consecuencias.

Lucas sacudió la cabeza.

—Cuando no estoy en el despacho, tengo que cerrarlo con llave porque tiene tendencia a cambiar alguna frase que otra.

—No tiene nada de malo hacer que los personajes sean un poco más amables.

—Pero eso es precisamente lo genial de sus personajes —dijo Molly, entusiasmada, inclinándose hacia delante y olvidándose temporalmente de su comida—. Son personajes complejos. El tipo de tu último libro era amabilísimo con su vecino. Era una mezcla fascinante entre sociópata y psicópata con un toque de personalidad narcisista.

Daniel la observaba intentando borrar la imagen de ella desnuda sobre el escritorio. No recordaba haber estado nunca tan desesperado por una mujer como para llegar a practicar sexo encima de un escritorio. De todos modos, eso tampoco lo había sosegado mucho... Se preguntaba cuándo sería razonable marcharse y volver a su piso.

A Lucas pareció hacerle gracia el comentario de Molly.

—¿Psicoanalizas a mis personajes?

—Es imposible no hacerlo, aunque la forma en que combinas los distintos rasgos hace que sea muy difícil dar con un diagnóstico o perfil específico.

—Seguro que les busca la pareja perfecta —dijo Daniel como burlándose aunque en el fondo le fascinaba que a Molly le gustaran tanto como a él los libros de Lucas Blade. Observó su rostro mientras hablaba con Lucas. Era una mujer vivaz e inteligente y tenía mucho que aportar.

Su nivel de conocimientos siempre lo impresionaba y estaba claro que Lucas se estaba quedando impresionado también mientras intercambiaban opiniones sobre distintos tipos de personalidad.

—Lo que hace que tus libros den tanto miedo son los personajes. No es lo que hacen, sino el hecho de que el crimen lo cometa alguien a quien todos podríamos conocer. El simpático policía local o la enfermera que está de guardia. Tus libros cuestionan nuestra creencia intrínseca de sentirnos a salvo.

—¿Y eso te parece bien? —preguntó Eva soltando el tenedor—. Yo no quiero pensar en que conozco a alguien que podría ser capaz de cometer un asesinato. Será mejor que cambiemos de tema o volveré a despertarme chillando.

—Te dejaré a Valentín —dijo Molly—. Es un perro guardián fabuloso. Cuando estoy con él, siempre me siento segura.

Al oír su nombre, Valentín levantó la cabeza y aguzó las orejas.

—Sí, estamos hablando de ti —dijo Eva—. Es precioso y tú eres afortunada. Me encantaría tener un perro —añadió lanzando una mirada esperanzada a Lucas, que enarcó una ceja.

—¿Me estás mirando con esos ojos azules enormes por alguna razón?

—¿De qué me sirve tener unos ojos azules enormes si no los puedo usar para provocarte una respuesta emocional? Eres tú el que ha elevado mi miedo a niveles estratosféricos. No sospechaba de la gente hasta que te conocí. Me fiaba de todo el mundo y ahora soy precavida.

—Ser precavido puede ser bueno —dijo Molly y Daniel supo que estaba hablando por propia experiencia. No la habían defraudado unos extraños; la habían defraudado las personas que había considerado sus amigos. No era de extrañar que fuera precavida.

Lucas rellenó las copas de vino y miró a Eva.

—Solo quieres un perro porque en Navidad rescatamos a aquel perrito abandonado en el parque. No funcionaría. No podemos ocuparnos de un cachorro, Ev. Tú estás fuera la mayor parte del día y yo estoy encerrado en mi despacho trabajando.

—No quiero un cachorro, quiero un perro abandonado que necesite un hogar lleno de amor. Quiero cambiarle la vida a un perro, igual que hizo Molly con Valentín.

—Fue él el que me cambió la vida —respondió Molly—. Cuando llegué a Nueva York, no conocía a nadie.

Daniel pensó en Brutus y se preguntó cómo se adaptaría a su nuevo hogar. Esperaba que hubiera terminado con unas personas tan cariñosas como Molly y se dijo que, la próxima vez que viera a Harriet, tenía que acordarse de preguntarle.

—Sacar a pasear a un perro es un ejercicio fantástico.

—No le des más razones para convencerme. Y además —dijo Lucas frunciendo el ceño—, tú no tienes perro.

—He estado paseando a uno de los perros rescatados de mis hermanas. Para ayudarlas —miró a Molly y vio cómo se le formaron unos hoyuelos al sonreír.

—Así nos conocimos —señaló ella.

Daniel se preguntó si iría a contarles que había pedido prestado al perro, pero Molly no dijo nada. Simplemente lo miró; le brillaban los ojos como si se estuviera aguantando la risa.

Le encantaba su sonrisa. Empezaba en su boca, con la suave curva de sus labios y esos diminutos hoyuelos, y terminaba en sus ojos. Sabía que Molly estaba disfrutando de ese secreto que tenían.

—¿Os conocisteis paseando perros? —Eva se levantó—. Qué romántico.

Empezó a recoger los platos, pero Daniel se los quitó de las manos.

—Ya lo hago yo. Tú, siéntate.

—¡Eres el invitado!

Lucas la sentó en la silla con delicadeza.

—Tú has cocinado. Nosotros nos ocupamos de recoger.

—Si insistís… —dijo Eva antes de girarse hacia Molly—. Debiste de sentirte muy sola al mudarte desde Londres sin conocer a nadie. ¿Sueles ir a casa? Yo solo he estado en Londres una vez. Fue un viaje escolar y recuerdo que llovió todo el tiempo.

—Ahora veo esto como mi casa.

—Pero lo dejaste todo atrás. Eso es muy valiente. ¿Por qué lo hiciste?

Al verla incómoda, Daniel intervino.

—Le ofrecieron un trabajo —interpuso mientras dejaba los platos sobre la isla de la cocina—. Y además, ¿quién no querría mudarse a Nueva York? Es la mejor ciudad del mundo.

—Es verdad. Sin duda, Nueva York es la mejor ciudad del mundo aunque, para ser sincera, cuando llegué me daba un poco de miedo. Pero, claro, supongo que es un poco más sencillo mudarte si ya vienes de una gran ciudad. Yo crecí en una isla pequeña junto a la costa de Maine, así que Manhattan supuso todo un *shock* cultural para mí. Por suerte, vine con mis amigas —Eva siguió hablando y contándole a Molly la historia de su vida y de cómo creó un negocio con sus amigas—. En aquel momento nos pareció que perder nuestro empleo era lo peor que nos podía haber pasado, pero resultó ser lo mejor.

La conversación pasó a temas más generales y para cuando volvieron al piso de Daniel, Molly estaba bostezando.

—El postre estaba increíble y tienes unos amigos encantadores —se quitó los zapatos y lo abrazó—. Había olvidado lo que es pasar un rato con buena gente. Los conoces de verdad y ellos te conocen a ti. Lucas y Eva estarían a tu lado si te pasara algo malo y tú estarías al lado de ellos.

Daniel no se lo negó.

—Tú también tienes personas que estarían a tu lado.

—Tal vez. No, tal vez no —frunció el ceño—. Gabe y Mark. Son como hermanos para mí. Estarían a mi lado —la expresión de su rostro cambió—. Es una buena sensación.

—Y no solo estarían Gabe y Mark.

Ella lo miró y algo se encendió en sus ojos.

—No me debes nada, Daniel. Esto es solo diversión. Sexo. Te gustan mi coleta, mi culo y mis piernas.

—Me encantan tu coleta, tu culo y tus piernas. Y sí, es sexo, pero también es amistad. Me gustas, Molly. Me gustas mucho. Por muy buena que estés, nunca me habría acostado contigo si no me gustaras. Eres una amiga

–le acarició la mejilla con el dorso de los dedos–. ¿O es que no crees que seamos amigos?

–Sí, pero... –parecía afectada– esto terminará en algún momento.

–Y cuando termine, dejaremos de tener sexo, pero seguiremos siendo amigos. Y el día que me necesites, yo estaré ahí. Eso es la amistad –por su mirada sabía que ella no le creía y le dolió pensar que sus experiencias le hubieran arrebatado la confianza en la gente. Además, le impactó lo mucho que quería que confiara en él–. Molly... –se detuvo cuando le sonó el teléfono.

Miró el número y dio un paso atrás.

–Tengo que responder. Es Fliss.

–Claro.

Entraron en el piso y él habló con su hermana.

–¿Va todo bien?

–No –respondió Fliss con voz temblorosa–. ¿Estás solo? ¿Puedo ir a tu casa?

–No estoy solo... –miró a Molly–, pero puedes venir. ¿Dónde estás? ¿Quieres que vaya a buscarte?

–No hace falta. Estoy justo en la puerta de tu edificio.

Capítulo 18

Molly preparó chocolate caliente en la cocina mientras intentaba no escuchar la conversación que Fliss y Daniel estaban manteniendo en el salón. Estaban sentados con las cabezas muy juntas, cabello oscuro contra rubio, y el vínculo entre ellos era innegable.

Su hermana lo necesitaba y Daniel no había dudado ni un segundo en estar con ella. Molly respetaba lo que había hecho; y no solo lo respetaba, sino que lo envidiaba. ¿Cómo sería llamar a alguien cuando necesitabas algo sabiendo que acudirían a tu lado?

No lo sabía porque no había tenido a nadie cuando más lo había necesitado. La única persona a quien sí podría haber recurrido, su padre, había sido la persona a la que había querido proteger. Habría preferido cortarse un miembro antes que cargarlo más con sus problemas. Ya había sufrido demasiado en la vida como para que ella le añadiera más sufrimiento. Había cargado sola con sus problemas; primero cuando su madre los había abandonado y después cuando su vida se había desmoronado.

Fueras cuales fueran los problemas que Daniel hubiera tenido de pequeño, estaba claro que tenía una relación muy estrecha con sus hermanas. Se tenían los unos a los otros.

¿La vida era más fácil cuando tenías hermanos?

Pensó en todas las personas que conocía que estaban distanciadas de sus familias y decidió que el vínculo familiar no era más fiable de lo que podría ser otro.

Y de todos modos, no tenía hermanos, así que no servía de nada pensar en ello.

Ahora ella no importaba, importaba Fliss. Porque estaba claro que Fliss tenía un problema. Un problema lo suficientemente grande como para haberla hecho presentarse en la puerta de su hermano a esas horas de la noche.

A juzgar por las miradas de disculpa que le había lanzado a Molly, estaba claro que no había esperado que Daniel tuviera compañía. Sin duda, habría deseado que ella no estuviera allí. Había oído a Daniel responder cuando su hermana le había preguntado si estaba solo y el hecho de que Fliss hubiera hecho esa llamada desde la puerta del edificio le decía lo mucho que había querido verlo. No quería ser ella quien pusiera freno a esa conversación.

Fue hacia donde estaban y dejó el chocolate delante de Fliss.

—Mañana te llamo, Daniel.

—¿Por qué? ¿Adónde vas?

—Los dos tenéis cosas de qué hablar —sonrió a Fliss—. Creo que os vendría bien tener intimidad.

—No te marches por mí —dijo Fliss hundida en el sofá al lado de su hermano—. Soy yo quien debería irse. No quería molestar. Daniel no suele tener invitados a dormir. No me he acostumbrado a la idea y por eso he venido sin pensar —se levantó—. Me marcho. Mañana te llamo, Dan.

Él alargó la mano al instante y tiró de ella para sentarla de nuevo.

—No te vas a marchar y no estás molestando —dijo con tono áspero—. Si quieres que hablemos en privado, seguro que Molly querrá ponerse a trabajar un poco. Antes la he entretenido.

—No —respondió Fliss recomponiéndose un poco. Miró a Molly—. Eres psicóloga, ¿verdad? A lo mejor puedes encontrar el modo de arreglarme el cerebro.

Fue ese pronunciado temblor de voz lo que convenció a Molly para quedarse.

—¿Necesita un arreglo? —se sentó enfrente para poder verlos a los dos.

—Tengo que curarme de estos pensamientos que estoy teniendo.

—¿Qué pensamientos?

Fliss se mordisqueaba el extremo de una uña.

—¿Alguna vez has querido no sentir absolutamente nada y después lo has sentido muchísimo?

Daniel le pasó el chocolate caliente.

—Bébete esto en lugar de comerte las uñas. Imagino que lo que estás sintiendo tiene que ver con Seth.

—¿Seth? —Molly no sabía por qué el nombre le resultaba tan familiar, pero entonces lo recordó de pronto—. ¿Ese es el tipo que conocimos la otra noche?

Fliss contuvo el aliento.

—¿Lo viste?

—En la zona de recepción de la clínica veterinaria. Estaba claro que Daniel lo conocía. ¿Tuviste una relación con él?

—Podría decirse —respondió Fliss con una carcajada entrecortada—. Estuvimos casados.

Molly ocultó su sorpresa. No la conocía bien, pero jamás habría imaginado que Fliss hubiera estado casada. ¿Explicaba eso la animadversión de Daniel hacia ese hombre?

—No lo sabía. No sabía que habías estado casada.

—Hay mucha gente que no lo sabe. Tenía dieciocho años. No fue mi mejor momento y no es algo que suela mencionar en ninguna conversación. He seguido adelante con mi vida. Creía que lo llevaba muy bien... —se le llenaron los ojos de lágrimas y se giró hacia Daniel—. No le digas a Harry que estoy tan disgustada, ¿me lo prometes?

—Claro, pero...

—Nada de peros. Le he dicho que estoy bien y quiero que lo piense. Por eso estoy aquí llorándote a ti y no allí llorándole a ella.

—Es tu gemela. ¿No crees que querría saberlo?

—Probablemente ya lo sepa, aunque eso no significa que se lo tenga que confirmar —se secó la mejilla con la manga—. Estoy aquí porque sabes mucho de relaciones y, ya que viste lo complicada que fue mi relación con Seth, necesito saber qué hacer. Lo que de verdad me encantaría hacer sería no verlo, pero al parecer eso no va a ser una opción, así que lo mejor que se me ocurre es estar preparada para el encuentro. No quiero toparme con él sin estar preparada, pero tampoco quiero que sepa que estoy preparada. Tengo que hacer que parezca algo casual y que parezca que estoy perfectamente bien.

Daniel dejó escapar un largo suspiro.

—Me ha visto, Fliss. Va a saber que te he dicho que está aquí.

—Lo sé, y eso significa que no puedo fingir que es una sorpresa —dejó la taza de chocolate intacta en la mesa y miró a Daniel desesperada—. No sé qué decirle. Tengo las manos sudorosas y el corazón acelerado, estoy hecha una pena. Y lo odio. Yo no me pongo así por los hombres. Nunca.

«Pues está claro que por un hombre en concreto sí», pensó Molly, aunque se guardó ese pensamiento para ella.

—Lo vuestro es agua pasada —dijo Daniel—. ¿Crees que esto es para tanto?

Fliss se quedó en silencio.

—Sí que es para tanto —murmuró—. Hay cosas...

Daniel frunció el ceño.

—¿Qué cosas?

Ella sacudió la cabeza.

—No importa.

—¿Qué cosas, Fliss?

—Nada, así que puedes ahorrarte ese tono de abogado severo. Pero sí que necesito saber cómo actuar. ¿Qué debería hacer y decir? No quiero equivocarme.

—¿Molly? —Daniel la miró—. Tú eres la psicóloga.

Molly se preguntaba qué le estaría ocultando Fliss a su hermano.

—Molly no conoce a Seth —dijo Fliss hundiendo la punta de la cuchara en el chocolate.

—Pero conoce a la gente. Y sabe mucho sobre relaciones.

Molly volvió a centrar su atención en el presente. Si había cosas que Fliss prefería no contar a su hermano, eso no era asunto suyo.

—Creo que el modo en el que manejes vuestro primer encuentro depende de la impresión que quieras dar, de cómo quieres que sea el resultado —era complicado aportar un comentario útil sin conocer los detalles, pero percibía que Fliss no quería hablar de los detalles.

—Quiero que sepa que he seguido adelante —respondió con la mirada perdida—, que lo que pasó es historia, solo algo que sucedió como parte de mi fase rebelde.

—¿Tuviste una fase rebelde?

—Las cosas no iban muy bien en casa —miró a Daniel—. ¿No lo sabe?

—Sabe algo.

—¿Se lo has contado? —preguntó Fliss sorprendida—. Bueno, lo único que quiero es quitarme de encima el primer encuentro, nada más. Desde que me dijiste que está aquí, no he podido ni dormir ni comer. Me encuentro mal.

—Si tanto te está afectando, entonces tal vez deberías organizar el encuentro —dijo Molly—. Así tendrías el control de la situación. Elige el momento y el lugar. Supongo que sería en la clínica. Y deberías hacerlo lo antes posible. Cuanto más lo dejes pasar, más estresada estarás. ¿Con qué frecuencia lleváis animales allí?

—Hay meses en los que parece que vivimos allí y luego nos pasamos semanas sin llevar a ninguno al veterinario —Fliss se rodeó con sus propios brazos—. La semana que viene Harriet tiene que llevar a Noodle a vacunarse. Podría llevarlo yo. Pero ¿y si me pongo a temblar? Se me podría caer el gato al suelo.

—Haz algunos ejercicios de respiración antes de entrar. Practica frente al espejo lo que le quieras decir. Y sonríe. Eso te ayuda a relajarte.

—Bien. Practicar y sonreír. Eso lo puedo hacer —sonrió exageradamente—. ¿Qué tal?

Daniel abrió la boca, pero entonces miró a Molly y se pensó mejor lo que iba a decir.

—Seguro que resultará más sincera y natural con la práctica. ¿Quieres que vaya contigo?

—No, porque parecería que aún siento algo por él. O, peor aún, parecería que estoy asustada.

Y no estaba asustada, pensó Molly; estaba aterrorizada.

No sabía qué había pasado, pero estaba claro que Fliss

aún tenía sentimientos muy fuertes por su ex; sentimientos que no quería que él supiera.

—Piensa en lo que te gustaría que supiera y escríbete un guion, pero que resulte natural. Dile que tiene buen aspecto. Pregúntale qué ha estado haciendo y después dile lo que has estado haciendo tú. Céntrate en hablar de tu negocio y en cómo está prosperando. Dile lo ocupada que estás. Y después habla de Harriet.

—Negocio. Prosperando. Harriet. De acuerdo, me parece bien. Todo eso lo puedo hacer —se levantó tan deprisa que Valentín se puso de pie alarmado—. Ahora estoy bien, gracias por escuchar. Voy a escribir un guion y me voy a apropiar de la cita de Noodle para poder controlar la situación —se agachó y le dio un beso a Daniel—. Pensándolo bien, no eres el peor hermano del mundo —sonrió a Molly; parecía algo avergonzada—. Gracias. Tus consejos son brillantes. Y me alegro mucho de que le estés corrigiendo a Daniel sus malas formas.

Molly intentó decir algo, pero Fliss ya estaba saliendo del piso.

Dio un respingo cuando la puerta se cerró.

Daniel suspiró.

—Gracias —su voz sonó ronca—. No entra en tu cometido ocuparte de los problemas de mi familia, pero no voy a fingir que no me alegro de que lo hayas hecho. Has estado genial. Verdaderamente genial.

Su elogio la reconfortó.

—¿Por eso parecías tan disgustado cuando viste a Seth? ¿Porque sabías que a Fliss la afectaría que esté en Nueva York?

Él asintió.

—Solíamos pasar mucho tiempo juntos todos los veranos en la casa de la playa de mi abuela en los Hamptons. Éramos grandes amigos y de pronto pasó algo con Fliss... —sacudió la cabeza—. Es agua pasada, pero gracias otra vez por ayudarme con mis dramas familiares.

Ella sintió que faltaban muchas cosas por decir.

—Si quieres hablar de ello...

—No quiero —se giró hacia ella y la abrazó—. Más bien creo que deberías llevarme a la cama y curarme mis malas formas.

Cayeron en una agradable rutina. Unas veces se quedaban en el piso de Daniel y otras en el apartamento de ella. Y cuando las noches se volvieron más cálidas, paseaban por las calles arboladas del Upper East Side. Descubrieron vinotecas, pastelerías cargadas de azucaradas tentaciones y pequeñas *boutiques* apartadas de las zonas más típicas y concurridas. Comieron tacos de carne y bebieron margaritas helados en un romántico restaurante en Lenox Hill y pasearon por el East River Promenade. Daniel la llevó a una representación de *Tosca* en el Lincoln Center y le mostró sus zonas favoritas del Met y del Guggenheim. Juntos exploraron el extremo norte de Central Park, un área que los turistas solían pasar por alto.

Los dos estaban ocupados, pero él le enviaba mensajes durante el día y ella le respondía. Molly trabajaba con el teléfono al lado del portátil para no perderse ni un solo mensaje de Daniel.

Cuando no salían, se turnaban para cocinar y a veces quedaban con amigos.

Aquella cena que habían disfrutado junto a Eva y Lucas había sido la primera de muchas noches que habían pasado con la pareja. Los cuatro se llevaban bien y cuando un día Eva la llamó, no para hablar con Daniel sino para pedirle consejo sobre algo, supo que los amigos de él se estaban convirtiendo en sus amigos también. Había encajado en su círculo. Confiaba en quien confiaba él. Por supuesto, el grupo de amigos que tenía ella era más pequeño, pero se lo había presentado a Gabe y a Mark e incluso la señora Winchester había dicho que era muy guapo cuando se había encontrado con él en las escaleras.

Molly seguía yendo a las clases de *spin*, pero había dejado las de salsa porque disfrutaba más arrimándose a Daniel que arrimándose a un extraño.

A medida que la primavera iba dando paso al verano, los jardines se llenaron de color, el aire se cargó de perfume y las noches se volvieron más largas. Cuando Daniel trabajaba hasta tarde, salían a pasear en la oscuridad y respiraban los aromas y los sonidos de Nueva York.

Hablaban de todo, desde política hasta de las personas en general. Discutían sobre libros, vino, arte y perros.

—Es mucho más que unas relaciones sexuales increíbles —le dijo Molly a Gabe al terminar de cenar una noche que Daniel tenía que trabajar hasta tarde—. Estoy deseando verlo. Cuando no estoy con él, pienso en él. Le envío correos cuando me pasa algo divertido porque siento la necesidad de compartirlo con él. Y me escucha. Nunca he conocido a un hombre que escuche como lo hace él. A veces pienso que sabe lo que quiero incluso antes de que lo sepa yo. Nunca había tenido una relación así. Es tan sencilla. Ni siquiera sé cómo llamarla. No hay nombre que la pueda definir.

Gabe enarcó las cejas.

—Creo que se llama...

—Vida —se apresuró a decir Mark—. Es vida. A veces las relaciones funcionan sin más. ¿Por qué tenemos que ponerle una etiqueta?

Gabe abrió la boca y volvió a cerrarla.

—Claro. Vida. Y tienes razón, no tenemos que ponerle una etiqueta. Si funciona, funciona. Puede adoptar cualquier forma que a ti te venga bien.

—¿Y sabéis qué es lo mejor? Que sabe quien soy. Lo sabe todo. Con él no me escondo.

—Eso es genial —Mark se levantó y agarró el postre—. Entonces esa fiesta a la que te va a llevar...

—Es una fiesta de verano que su bufete celebra cada año. Es elegante. ¿Qué debería ponerme? Estoy pensando en un vestido corto. ¿Tal vez negro?

—Negro no. Ponte algo de color. El rojo le va genial a tu pelo.

Debatieron las opciones durante un rato y ella decidió que probablemente necesitaba comprarse algo nuevo.

—¿Qué tal va la campaña de publicidad del champán, Gabe?

—Burbujeando. Al cliente le encanta lo que hemos propuesto —Gabe se levantó y empezó a recoger la mesa—, lo cual es un alivio porque estoy disfrutando del botín. Es una cuenta que no pienso perder.

Mark sonrió.

—Tenemos champán para desayunar, almorzar y cenar.

Molly ayudó a quitar el resto de los platos.

—No me hables de champán. No pienso volver a beberlo después de aquella noche en el Met.

Mark preparó el café mientras Gabe y ella terminaban de recoger.

Al cabo de un rato, Molly se despidió de ellos y se marchó con Valentín.

Gabe cerró la puerta y miró a Mark.

—¿Qué va a pasar cuando se dé cuenta de que lo que está sintiendo es amor?

–No lo sé, pero tengo la sensación de que no va a ser nada bueno.

–A lo mejor deberías ver si podéis cambiar las clases de cocina italiana por un curso intensivo de comida para levantar el ánimo.

Capítulo 19

Era la primera vez que Daniel iba acompañado a la fiesta anual de verano y su llegada atrajo toda la atención de inmediato.

—¿La falda es demasiado corta? —Molly se detuvo consciente de que todo el mundo se había girado para mirarlos—. ¿Tengo espinacas entre los dientes? ¿Por qué nos está mirando todo el mundo?

—Nos están mirando porque es la primera vez que vengo acompañado a este evento. Es normal que atraiga cierta curiosidad y cierto interés. Y también nos miran por este vestido rojo.

El vestido le llegaba a medio muslo y tenía unos tirantes finos. Era perfectamente decoroso, así que tal vez a Daniel le parecía un vestido sexi porque sabía lo que había debajo.

Ella esbozó una sonrisa pícara, la misma sonrisa que le había dirigido esa noche cuando se había metido en la ducha con él. Su sonrisa era la razón por la que habían llegado tarde.

—¿Quieres que les diga que nuestra relación es física y que no hay nada más?

Daniel pensó en las horas que pasaban charlando, discutiendo, intercambiando opiniones; en las veces que se habían reído hasta no poder hablar y que habían comido del plato del otro en restaurantes.

—Claro —respondió él intentando sonar natural—. Diles que lo nuestro es solo un sexo increíble.

Era lo que él se habría dicho un mes atrás. ¿Pero ahora?

Sabía que lo que sentía era mucho más profundo que eso.

Nunca antes se había enamorado, pero estaba seguro de que ahora estaba enamorado. Sabía que estaba enamorado. De Molly. Y no era algo que hubiera descubierto de pronto. Había ido dándose cuenta gradualmente y en un principio lo había rechazado. ¿Amor? ¡De eso nada! Había buscado otras palabras para describir lo que sentía por ella. ¿Amistad? Sin duda. ¿Atracción sexual? Ni qué decir tenía. Pero ninguna de esas etiquetas explicaba ni la profundidad ni la amplitud de esos sentimientos. La verdad lo había asaltado cuando había oído a un colega casado describirlo con profunda envidia como un «hombre libre». En ese momento se había dado cuenta de que no quería ser libre. No quería serlo si ser libre significaba estar sin Molly. Para él eso era como que le dieran a elegir entre una vida en un árido desierto y una vida en una exuberante selva tropical.

En realidad, no le preocupaba lo que estaba sintiendo.

Lo que le preocupaba era Molly. Era una mujer que nunca había querido que un hombre se enamorase de ella. Era lo peor que le podía pasar y a él eso le generaba un problema para el que, ahora mismo, no tenía ninguna solución.

—Tengo que moverme un poco por aquí —para Daniel ese evento giraba completamente en torno al trabajo. Los demás socios y él tenían que relacionarse con la gente, pronunciar algunas palabras motivacionales y después marcharse lo más diplomáticamente posible antes de que el resto de empleados bebieran demasiado y bailaran encima de las mesas–. Te voy a presentar a algunas personas –decidido a que la velada no se prolongara mucho, hizo las rondas y presentó a Molly a algunos miembros del equipo.

El clima era perfecto para una fiesta de verano al aire libre que tenía el equilibrio ideal entre un evento sofisticado y uno informal. La terraza estaba iluminada por unas luces discretas y el mobiliario estaba dispuesto de tal modo que incitaba a la gente a reunirse en pequeños grupos y disfrutar de la comida y la compañía. Había velas titilando dentro de bonitos tarros de conserva y los ramos de flores le daban un aroma dulce y embriagador al aire de la noche.

La banda era buena y sabía qué tocar para atraer a la gente hasta la pista de baile. Se oía el murmullo de la conversación y de las risas y, salpicando esos sonidos festivos, estaban también los sonidos de Nueva York. Unos sonidos que eran parte del exquisito tapiz que conformaba la ciudad. El estruendo de las bocinas de los coches, las sirenas, los helicópteros, los camiones de basura, los ladridos de los perros.

Al otro lado de la terraza vio a Eva hablando con uno de los camareros. Ella lo miró, lo saludó brevemente con la mano y volvió a centrar su atención en el trabajo.

—Ahora que has hablado con unas cien personas, ¿podemos bailar? —Molly se terminó la copa y lo agarró del brazo.

—Tengo una reputación que mantener.

—Estarás a salvo conmigo, lo prometo. No te dejaré hacer el ridículo en público.

—Nunca me has visto bailar.

—La gente nos está mirando de todos modos, así que ya que estamos podríamos darles algo que merezca la pena mirar.

—Creía que habías dicho que no me dejarás hacer el ridículo —le dijo agarrándola de la mano y llevándola a la pista antes de rodearla con los brazos. El cabello de Molly le rozó la barbilla y él inhaló su aroma, y al instante se transportó hasta unas horas atrás, hasta su caliente encuentro en la ducha.

En cuanto sus cuerpos se rozaron, supo que había sido un error. Su conexión era demasiado intensa, demasiado viva y real como para poder ocultarla de las miradas curiosas.

No recordaba la última vez que había bailado, pero lo que estaban haciendo ahora no era realmente bailar. Era más bien como una extensión de lo que hacían en el dormitorio. Y en el pasillo. Y en su despacho. Y en cualquier otro lugar donde hubiera una puerta que los separaba del mundo exterior.

Oyó la respiración de Molly cambiar y notó su mano sobre su torso.

Después ella levantó la cabeza y lo miró con esos ojos verdes que le hacían pensar en campos y en bosques. ¿Qué vería cuando lo miraba a los ojos? ¿Vería el cambio que se había producido en sus sentimientos? Esperaba que no porque aún tenía que idear una estrategia.

No era el primer hombre que se había enamorado de ella, pero pretendía ser el último.

—Vamos —se obligó a apartarse de ella manteniendo una distancia de seguridad y la llevó al extremo de la pista, pero Max le bloqueó el paso.

La tensión lo recorrió. Si había una persona que no habría querido presentarle a Molly era precisamente Max.

—¡Daniel! Y con la mujer más guapa de la sala, como

es habitual –le guiñó un ojo a Molly y le lanzó lo que probablemente creía que era una sonrisa encantadora–. Soy Max. Estoy aquí para animar un poco el ambiente de este lugar. Debes de ser Molly. Y antes de que me preguntes cómo lo sé, debería decirte que eres la primera mujer que Daniel ha traído a este evento, así que ya eres famosa por eso. Felicidades.

Daniel vio a Molly fruncir el ceño ligeramente, como si no supiera bien qué pensar de Max.

–Nos marchábamos ya –dijo Daniel con tono cortante, pero Max había bebido demasiado como para captarlo.

–No os podéis marchar todavía. ¿A qué te dedicas, Molly? Tu cara me resulta familiar. ¿Nos conocemos?

Daniel se pasó la mano por la nuca.

–Max...

–Soy psicóloga.

–¡Vaya! –la reacción de Max fue exageradamente teatral–. ¿Y ahora es cuando me dices lo que opinas de mí? Porque no estoy seguro de querer saberlo.

Daniel estaba más que dispuesto a decirle a su colega lo que pensaba de él, pero se mordió la lengua.

Molly ladeó la cabeza.

–Creo que estás borracho. Pero es una fiesta, así que qué más da.

Max se quedó claramente encantado con la respuesta.

–Me gusta. Me gusta mucho –dijo dándole a Daniel un golpecito en el hombro–. Así que ahora tienes a tu psicóloga particular mientras que los demás tenemos que escribir a Aggie.

La mirada de diversión de Molly se esfumó.

–¿Has escrito a Aggie?

–Claro. A todos nos parece brillante. Menos a Daniel, claro. Cree que él sabe más. De hecho, los consejos de

Aggie lo han cabreado tanto que nos hizo investigarla para descubrir su verdadera identidad. Pero no te puedo dar los detalles, claro. Es todo confidencial –dijo y guiñándole un ojo añadió–: Aunque, entre tú y yo, te puedo decir que no son cincuenta personas trabajando en una centralita. Es una persona de verdad. Y seguro que es una monada.

–Tenemos que irnos –dijo Daniel con tono suave–. Y tú tienes que parar ya con el champán, Max, porque de lo contrario serás el sujeto de una demanda en lugar de la solución.

–¡Espera! ¿La investigasteis? –preguntó Molly girándose para mirar a Daniel, y ahora sus ojos no eran ni campos ni bosques, sino fuego y furia.

Daniel sintió su ira como un puñetazo en el estómago, pero también sintió algo que le preocupaba mucho más. Sintió su pánico y su nerviosismo. Casi pudo ver su mente funcionando a toda velocidad, intentando entender qué significaba e implicaba todo eso.

Max no era consciente del desastre que había causado.

–No te sorprendas tanto –dijo Max–. Esa es la razón por la que Daniel nunca pierde un caso. Es un hombre de detalles. No se limita a mirar la superficie, examina todo lo que hay por debajo hasta que no queda nada que él no sepa. Por eso lo temen tanto en el juzgado. No se le pasa nada por alto. La verdad es que Aggie y él formarían una gran pareja. ¿Os lo imagináis? El tipo que lo sabe todo sobre relaciones saliendo con la mujer que lo sabe todo. Eso sí que me gustaría verlo.

–Dudo que vayas a verlo.

La voz de Molly sonó tan fría que Daniel se sintió como si se hubiera metido desnudo en un cubo lleno de hielo. Después ella se dio la vuelta y se marchó de la fiesta sin mirar atrás.

Max se la quedó mirando, aturdido.

—¿He dicho algo malo?

—Has dicho mil cosas malas —Daniel siguió a Molly y la alcanzó en el ascensor—. Espera. ¡Espera! Por favor —sujetó las puertas antes de que se cerraran. Al entrar en el ascensor, pensó que ella se apartaría y se quedaría en un extremo, pero en lugar de eso se le acercó y le hundió el dedo índice en el pecho.

—¿Hiciste que me investigaran?

—Molly...

—¿Hiciste que me investigaran y no te pareció que valía la pena mencionármelo?

—Escúchame —Daniel estaba contra la pared. Cuando las puertas se cerraron del todo, se soltó la corbata y se desabrochó el botón superior.

—¿Nervioso? —preguntó Molly con la mirada encendida.

En sus ojos no había ni rastro de lágrimas, aunque sí esquirlas de ira. Daniel decidió que prefería ser el objeto de su ira antes que el motivo de sus lágrimas.

—No. Solo tengo calor.

Las puertas se abrieron y ella se apartó de él con paso airado y un equilibrio increíble teniendo en cuenta la altura y la aparente fragilidad de sus tacones de aguja.

Podía haberla dejado marchar, pero supo que sería un error.

—No te investigué a ti. Investigué a Aggie, que, si recuerdas, estaba dando a mis clientes unos consejos que yo consideraba poco útiles. No tenía ni idea de que eras tú.

—¿Y no se te ocurrió decírmelo? ¿Se te olvidó? No lo creo. No eres un hombre que tenga fallos de memoria. Bueno, ¿desde cuándo lo sabes? Espera un minuto... —entrecerró los ojos mientras calculaba—. Aquella noche en la fiesta de la Editorial Phoenix... no pareciste muy sorprendido cuando Brett nos presentó. Ya lo sabías.

—Sí.

—¿Te acostaste conmigo sabiendo quién era?

—No. Me enteré el día de la fiesta.

Aunque si lo hubiera sabido antes, eso no lo habría detenido. Nada habría detenido lo que pasó aquella noche. Desde el momento en que ella había cruzado su puerta con ese vestido azul ajustado, el resultado había sido inevitable.

—¿Por eso fuiste a la fiesta?

—Sí. Quería hablar contigo.

—Estabas muy enfadado —se llevó la mano a la garganta, intentando calmar su respiración—. Pero no me dijiste que me habías mandado investigar.

—Cómo me enteré no era lo que más me importaba.

—Entonces estabas enfadado conmigo porque te había estado ocultando algo cuando tú preferiste ocultarme el método por el que descubriste esa información. ¿Ves la ironía? —no hubo calidez en su tono. Era como si Molly hubiera lanzado todas sus emociones detrás de un muro. Atrás había quedado la chica que había mostrado sus sentimientos cuando Valentín había estado enfermo. Atrás había quedado la chica que se había reído con él y había confiado en él. La de ahora era la Molly que se protegía—. Me podrías haber dicho que me conocías.

—Después de que Brett nos presentara, no le vi sentido.

—Quieres decir que querías mantenerte a salvo adoptando una postura moralista.

—Si no lo hubiera sabido ya, lo habría descubierto en aquella fiesta.

—No, porque no habrías ido. Aquella noche no tenías pensado ir a ninguna parte. Me pediste que saliéramos juntos. Si ya hubieras estado ocupado, lo habrías dicho. Me acusaste de ocultarte cosas, pero tú también ocultabas mucho.

—Ponte en mi lugar. No dejaba de oír el nombre de Aggie. Sus... tus... consejos contradecían los míos. No muestras tus titulaciones y ni siquiera una foto. Desconfiaba. Quería proteger a mis clientes. Ahí era una cuestión profesional. Cuando descubrí que eras Aggie, me enfadó que no hubieras compartido esa información conmigo. Ahí era una cuestión personal.

—Comprendo el conflicto que debió de suponer, ¡pero al menos deberías haberme dicho lo que habías hecho!

Él paró un taxi. No era una conversación para tener en la calle.

—Vamos a mi casa para que podamos hablar —en la seguridad y familiaridad de su piso, con suerte ella se relajaría y le escucharía.

—No pienso volver a tu casa, Daniel.

—Bien, pues yo iré a la tuya.

—No. Yo... —se frotó la frente—. No voy a ir a ninguna parte contigo. Eres el primer hombre en el que he confiado, ¿sabes? Te lo conté todo. Y ahora descubro que... —se detuvo; tenía la respiración entrecortada—. No entiendo por qué no me lo dijiste.

—Porque tenía miedo —confesó a regañadientes—. Porque no existe la forma correcta de decirle a una mujer que te gusta mucho que la has hecho investigar accidentalmente —era más que eso, mucho más, pero cuando se trataba de dar una noticia inesperada y probablemente no deseada era importante hacerlo en el momento adecuado, y ese no era buen momento.

Ella estaba allí de pie, en la acera, ajena a la marea de gente que los rodeaba.

Eso era Manhattan y ahí la vida continuaba. La ciudad seguía moviéndose entre el amor, el matrimonio, el divorcio, la enfermedad, la amistad, la pérdida. No dormía ni descansaba.

–No puedo pensar –sonó aturdida–. Necesito tiempo para pensar.

–Ven a casa conmigo y piensa allí –alargó el brazo hacia ella, pero Molly levantó las manos para rechazarlo.

–No. Crees que lo sabes todo sobre las mujeres –dijo con la respiración entrecortada–, pero deja que te diga, Daniel, que no sabes absolutamente nada.

Él no le diría lo contrario.

–¿Me llamarás cuando estés preparada para hablar?

–No lo sé.

Solo pensar en la posibilidad de que no lo llamara fue como si le patearan las costillas.

–Molly...

Ella se volvió y parecía tan vulnerable que el dolor que Daniel sentía en el pecho se intensificó.

Quería detenerla, pero antes de poder encontrar las palabras que pudieran convencerla de que no se subiera al taxi, Molly ya se había ido.

Se dijo que encontraría la solución. Ahora estaba enfadada, pero era una persona razonable. Cuando se calmara, vería su punto de vista. O, al menos, esperaba que lo hiciera.

Al menos ahora ella ya lo sabía todo.

Las cosas no podían empeorar más.

Sin embargo, esa esperanza duró solo hasta la mañana siguiente, cuando se despertó, miró los mensajes y descubrió que las cosas habían empeorado mucho más.

Capítulo 20

Molly no durmió mucho y durante todo el tiempo que pasó en vela no dejó de pensar en que Daniel la había investigado y no le había dicho nada.

¡Vaya un arrogante, caradura, mentiroso, arrogante...! ¿Había dicho ya «arrogante»? Bueno, ¡a la mierda!, se merecía que se lo llamara dos veces.

Tras abandonar toda esperanza de poder dormir, fue a la cocina dando fuertes pisotones, golpeando unas tazas con otras y cerrando de golpe los cajones.

Valentín, que la observaba con la cabeza apoyada sobre las patas, claramente decidió que era uno de esos días en los que era mejor pasar desapercibido.

—Estoy muy disgustada —le dijo; su mal humor se calmó un poco cuando él sacudió la cola contra el suelo—. Al menos debería habérmelo dicho, ¿no crees?

Valentín la miró en silencio y ella suspiró.

—Sé que estaba haciendo lo mejor para sus clientes —y le costaba criticar a un hombre por eso—. Lo que quiero decir es... que sé que le oculté secretos, pero eso era distinto.

La mirada de Valentín la siguió mientras ella se movía armando un estrépito por la pequeña cocina bañada por el sol.

–De acuerdo, a lo mejor no era tan distinto –lo miró–. Deja de mirarme así. Me estás haciendo sentir culpable.

Valentín bostezó y sacudió la cola.

–¿Quieres que me sienta culpable? ¿Qué clase de amigo eres? –un buen amigo. El mejor. Aunque últimamente Daniel también había sido un buen amigo.

Se preparó el café bien cargado, inhaló el aroma y dio unos cuantos tragos reconstituyentes antes de irse al asiento de la ventana. Era el lugar donde más se sentaba a reflexionar.

–Me encanta hablar contigo, pero también me siento bien hablando con él –se apoyó en los cojines, se acurrucó y miró hacia la calle.

–Debería llamarlo.

En realidad, él no había sido el único que había escatimado con la verdad. Ella también lo había hecho, ¿no? Es más, si le hubiera contado la verdad a Daniel desde un principio, nada de eso habría pasado.

El comportamiento de Daniel no había sido ni peor ni mejor que el suyo.

Debería llamarlo, sin duda.

Con un suspiro, agarró el teléfono.

–Bueno, esta es la cuestión –le dijo a Valentín–: no pasa nada por cometer errores siempre que no temas reconocer cuándo te equivocas. Y yo me equivoqué. Probablemente habría hecho lo mismo si hubiera estado en su lugar. Dame cinco minutos para beberme esto y recuperarme y después lo llamaré y te sacaré a dar un paseo por el parque. A lo mejor incluso se reúne con nosotros allí.

Valentín levantó las orejas ante la promesa de un paseo, pero antes de que ella tuviera oportunidad de terminarse el café, alguien llamó a la puerta.

–¿Molly?

Valentín se levantó y cruzó la habitación corriendo y ladrando encantado al reconocer la voz de Daniel.

Molly, que prácticamente estaba reaccionando igual, fue hacia la puerta con el café en una mano y el teléfono en la otra.

Había ido a verla. Eso era bueno, ¿no?

Giró la llave y abrió.

Daniel estaba allí. Llevaba la misma camisa de la noche anterior, aunque se había cambiado los pantalones de traje por unos vaqueros. Estaba pálido y esa palidez hacía que le destacara aún más el azul de sus ojos. Al verlo, la poca furia que le quedaba se evaporó y ya lo único que sintió fue preocupación.

–¿Qué pasa? ¿Qué ha pasado? –¿había perdido un cliente? ¿Estaba enfermo?–. Tienes un aspecto horrible.

–No has respondido a mi mensaje –entró en el apartamento sin esperar a que lo invitara y ella cerró la puerta.

–Iba a llamarte justo ahora, pero te me has adelantado. ¿Qué decía tu mensaje? Tengo el teléfono apagado.

Lo encendió mientras se preguntaba qué le habría escrito. ¿Algo cariñoso? ¿Otra disculpa? ¿O estaría esperando una disculpa suya? Porque tenía la sensación de que ella le debía una disculpa.

–Siéntate –dijo con los labios apretados y gesto adusto.

A Molly le dio un vuelco el estómago.

–Mira, reconozco que anoche tal vez exageré un poco. He tenido tiempo para pensar y…

–No estoy aquí por lo de anoche.

–Ah. Creía que… –tragó saliva–. ¿Entonces por qué estás aquí? –nunca antes lo había visto así. Solo lo había visto calmado y sereno–. ¿Qué pasa? ¿Te ha pasado algo?

–No se trata de mí, se trata de ti.

—¿De mí? No lo entiendo —y entonces la pantalla del teléfono se encendió y vio el mensaje.

No mires Internet.

Daniel le quitó el teléfono de la mano.
—Tienes que creerme, no tenía ni idea de que pasaría esto. Y no estoy intentando justificarme —inhaló profundamente—. No hay una forma sencilla de decir esto y asumo toda la responsabilidad...
—¿De qué?
—Han relacionado a Aggie con la doctora Kathy. Saben quién eres.

Se sintió como si se estuviera derritiendo por dentro del impacto.
—¿Ha sido Max? ¿Por lo que le pediste investigar...?
—No ha sido Max.
—¿Entonces cómo...?
—Anoche alguien nos sacó una foto.

Ella se remontó a la noche anterior, pero no recordó nada en concreto.
—No entiendo de qué forma eso podría descubrirme. Y no recuerdo que nadie me sacara una foto.
—Tú no eras el objetivo de la foto, lo era yo —se pasó la mano por la mandíbula—. Era la primera vez que llevaba a una mujer a un evento. Soy el eterno soltero. Alguien me sacó una foto y la publicó. La retuitearon mucho y alguien te reconoció en uno de esos tuits; alguien que estuvo en la fiesta de la Editorial Phoenix aquella noche y te conocía como «Aggie». Ahí está el poder de las redes sociales.

Ella lo sabía todo sobre el poder de las redes sociales. La parte buena y la parte mala.
—¿Cómo de grave es la situación? —tenía la boca tan

seca que le costaba hablar–. ¿Han establecido la conexión y me han puesto nombre?

–Sí. Han hablado de tu trabajo en televisión como «la doctora Kathy», de cómo fuiste objetivo de la comunidad virtual y de cómo perdiste tu trabajo –vaciló–. Y también han dicho que te mudaste a los Estados Unidos y creaste *Pregunta a una chica*.

Ella cerró los ojos al ser consciente de la magnitud y las consecuencias de lo sucedido.

–Así que lo saben todo.

–Sí, y entiendo que esto fuera lo que tanto temías. No debería haber pasado y soy el culpable –dijo con tono áspero–. Lo siento mucho.

Ella sacudió la cabeza, aturdida, y agarró el portátil.

Daniel le agarró el brazo.

–No.

–Quiero hacerlo. Tengo que saber a qué me enfrento.

No fue nada difícil encontrar la noticia.

La identidad de la mujer que se esconde tras el popular blog de consultas sentimentales Pregunta a una chica *ha sido revelada como la de la doctora Kathleen Molly Parker. Escribiendo bajo el seudónimo de «Aggie», la doctora Parker ha pasado los últimos tres años aconsejando a personas sobre cómo llevar sus relaciones a pesar de que ella nunca ha logrado conservar una. Tras ser despedida del exitoso programa de televisión británico...*

Molly siguió leyendo a pesar de que ya sabía el contenido. Solo había una parte nueva y era la relacionada con Daniel.

Leyó en alto:

–«Una exnovia de Daniel Knight ha comentado que "no le romperá el corazón porque él no tiene corazón". El señor Knight no estaba disponible para hacer declaraciones».

Al bajar la página vio la foto que alguien les había sacado en la fiesta de verano. Habían capturado el momento en el que estaban bailando y mirándose a los ojos.

«No me extraña que no nos diéramos cuenta de que nos estaban sacando fotos», pensó ella. Él había sido lo único en su campo de visión y ella había sido lo único en el de él.

«No le romperá el corazón porque él no tiene corazón».

Miró esas palabras y después miró a otro lado, confundida. ¿Por qué se estaba centrando en esa única frase cuando lo importante era el resto?

Sintió un dolor detrás de las costillas.

Sería por el impacto del disgusto. Tenía que ser por eso. ¿Por qué otra cosa podía ser?

Era lógico que se hubiera quedado impactada. Su vida se estaba derrumbando.

Y aun así, lo único que le rondaba la cabeza era esa frase.

«No le romperá el corazón porque él no tiene corazón».

Bueno, estaba bien saberlo, ¿no? No quería volver a romperle el corazón a nadie.

–La verdad es que sí que estaba disponible para hacer declaraciones –dijo Daniel lentamente–, pero como imaginaba que lo que les iba a decir no se podría publicar, no le vi mucho sentido a responder al teléfono.

–¿Te han estado llamando? –estaba pasando otra vez. La única diferencia era que ahora era Daniel quien estaba en la línea de fuego. Cerró el portátil; no quería leer nada más–. Siento que te hayas visto arrastrado a todo este follón. Será mejor que te marches.

–¿Por qué?

–Porque tarde o temprano alguien se va a presentar aquí haciendo preguntas. Y probablemente sacando fotos. Deberías irte antes de que la cosa se complique –eso era lo que hacía la gente, ¿no? Su madre. Sus amigos...

Sus amigos.

–¿Crees que eso me importa?

–Te importará, Daniel. Cuando hayan arrastrado tu reputación por el barro, hayan entrevistado a todas tus exnovias y hayan llenado Internet con los detalles sórdidos de tu vida, te importará. Todos mis amigos deberían mantenerse alejados.

¿Y si molestaban también a Gabe y a Mark? ¿Y si su relación no era tan fuerte como había creído?

–Precisamente porque soy tu amigo no tengo ninguna intención de alejarme de ti. Trazaremos un plan juntos.

–¿Un plan?

–Claro. Soy abogado, un maestro de la estrategia. Es mi trabajo. Pero primero necesito un café. Anoche no dormí mucho.

–Daniel...

Alguien llamó a la puerta y Daniel se puso muy serio.

–No respondas –le advirtió Molly, pero él fue hacia la puerta para comprobar la identidad del visitante.

–Son Fliss y Harriet –abrió y después cerró con llave.

Harriet llevaba tres gatitos en una cesta y los dejó al lado de Molly.

–Siento haberlos traído, pero no podía dejarlos solos.

–No deberíais haber venido –dijo Molly mirando a las gemelas–. No entiendo qué estáis haciendo aquí.

–Cuando vemos el nombre de nuestro hermano en Twitter, queremos estar al corriente de lo que pasa –dijo

Fliss girándose hacia Daniel–. Eso sin mencionar que un periodista idiota me ha parado en la calle esta mañana y me ha preguntado si la razón por la que decidiste ser abogado de divorcios tuvo que ver con tu infancia inestable.

Para Molly, aquello fue como añadir unas gotas de veneno a una fuente de agua. Pronto todo el mundo estaría infectado.

Supuso que Daniel se enfadaría, pero para su sorpresa, sonrió.

–¿Y tu respuesta ha sido...?

–Le he preguntado si él se hizo periodista porque es un cotilla y tiene una vida muy aburrida –Fliss soltó su bolsa sobre el sofá y miró a su alrededor con gesto de aprobación–. Bonita casa.

–Gracias –Molly se sentía avergonzada–. Lo siento.

–¿Por qué lo sientes? Es el periodista el que debería sentirlo por haber hecho preguntas que no eran asunto suyo. Y me alegra decirte que sí que lo ha sentido. Yo simplemente iba paseando a un perro con un carácter muy gruñón. No se puede decir que haya permitido que unos dientes afilados hayan enganchado una carne blandita, pero sí que ha sido algo muy parecido que nos asegurará que ese tipo tarde un tiempo en volver. Y ya de paso podría haberle mencionado que la comida favorita del perro son los testículos –se sentó al lado de Harriet en el sofá y parecía incomprensiblemente feliz por lo sucedido.

Molly apartó al curioso de Valentín de los gatitos y se sentó con las gemelas en el sofá.

–Ya le he dicho a Daniel que debería irse. A lo mejor a vosotras os escucha.

–Nunca nos escucha. De todos modos, ¿por qué tendría que irse? Es lo suficientemente mayor como para cuidarse solito y si la prensa sobrepasa los límites de la legalidad, él irá a por ellos con la cólera de... de... un colérico. Estamos aquí por ti —Fliss, algo cohibida, le dio una palmadita en la pierna a Molly.

—¿Por mí? ¿Por qué?

—Porque eso es lo que hacen los amigos cuando la vida implosiona. Y no es que yo sepa nada de tu pasado, pero me parece que tu vida sin duda está implosionando.

—Pero... no me conocéis tan bien.

—No es verdad. Llevamos los dos últimos años paseando a Valentín cuando tú no puedes. Eres amable, sensata y adoras a tu perro. Además, sé que mi hermano está loco por ti, y dado que es la primera vez que está loco por una mujer, imagino que eres una persona que vale la pena conocer —miró a su hermano—. ¿Qué? ¿Por qué me miras así? ¿He dicho algo que no debía? Imagino que tiene que saber que estás loco por ella, ¿no? Y ella está loca por ti porque, si no, no pasaríais tanto tiempo juntos. Y además me ayudaste cuando tuve aquella crisis —añadió dirigiéndose a Molly—, así que eso también te lo debo.

A Molly le daba vueltas la cabeza.

¿Loco por ella? Fliss se equivocaba por completo, pero no era ni el momento ni el lugar de corregirla. Obviamente había malinterpretado el tiempo que Daniel y ella habían pasado juntos. Había visto más de lo que había en realidad. Estaban pasando mucho tiempo juntos, cierto, pero no porque estuvieran locos el uno por el otro, sino porque se divertían y disfrutaban mutuamente de su compañía, nada más. ¿Qué tenía eso de malo?

Harriet, que estaba tapando a los gatitos con una manta, miró a su gemela.

—¿Has tenido una crisis? ¿Por Seth? ¿Por qué yo no sabía nada?

—Porque no quería que tú también tuvieras una crisis. Las dos a la vez con una crisis habríamos provocado un cataclismo a escala mundial. Acudí a Daniel porque él nunca entra en crisis. Y Molly fue de gran ayuda. No me importa lo que digan esos idiotas, tú sabes lo que dices.

—¿Has hablado ya con Seth?

—No. Aún estoy planificándolo. Me estoy preparando para el momento —se levantó—. Dado que ahora somos buenas amigas, ¿me puedo preparar un café en tu cocina? Estoy tan desesperada que masticaría directamente los granos de café, si tienes.

Alguien más llamó a la puerta y Valentín cruzó el apartamento corriendo. Los gatitos se sobresaltaron.

—Este lugar está más concurrido que Times Square —Daniel abrió de nuevo y en esta ocasión en la puerta se encontró a Gabe y a Mark.

Los dejó pasar. Gabe fue directo a Molly y le dio un gigantesco abrazo.

—¿Estás bien?

—No estoy segura. ¿Qué estás haciendo aquí? ¿No deberías estar en el trabajo?

—Soy el chico de oro desde que conseguí la cuenta del champán. Puedo trabajar desde casa si lo necesito.

—Deberías haber ido a la oficina mientras aún podías. Mañana no podrás salir del apartamento —pensó lo que había supuesto para sus amigos la última vez—. Aún estáis a tiempo de mudaros. Querrán entrevistaros.

—La puerta principal está cerrada con llave. Y si te sirve de consuelo, he oído a la señora Winchester echándole la bronca a alguien —Gabe fue hasta la ventana y miró a la calle—. No te preocupes, cielo. Formaremos un círculo de protección a tu alrededor.

A Molly se le hizo un nudo en la garganta y se le saltaron las lágrimas.

Cogió un pañuelo de papel de la caja que tenía en la estantería y se sonó la nariz.

¿Qué le pasaba?

A lo mejor estaba incubando una gripe.

—Toma —Harriet le puso al gatito más pequeño en el regazo—. No hay nada como un gatito esponjoso para levantarte el ánimo.

Valentín, que parecía confundido por estar compartiendo su espacio con tanta gente, se sentó a su lado y con delicadeza acercó el hocico al gatito.

Molly miró a su alrededor y se sintió un poco aturdida al ver el apartamento lleno de gente. Gabe y Daniel estaban discutiendo sobre el mejor modo de manejar la situación. Mark y Fliss estaban en la cocina buscando tazas y preparando café. Harriet estaba acomodando a los otros dos gatitos en la cesta.

—No me puedo creer que estéis todos aquí.

—Somos tu familia urbana —animada, Fliss sirvió los cafés—. Y eso significa que podemos discutir, ser unos pesados, estar en tu casa cuando en realidad estés deseando que nos vayamos, bebernos tu café, comernos tu comida… ¿Hace falta que siga?

El nudo de la garganta se le hacía cada vez más grande. No era la gripe. Era emoción.

—No sé qué decir.

—Guárdate esas palabras para manejar lo que está pasando. Deberías escribir sobre esto en el blog —fue Daniel quien habló—. Ahí fuera no hay ni un solo hombre ni una sola mujer que no hayan tenido problemas sentimentales en algún momento de su vida. Publica algo y así podrás contar esto desde tu punto de vista. Así podrás controlarlo. Y solo hablarás sobre esto en *Pregunta a una chica*. Así, la gente que quiera saber más irá directamente a tu blog.

—Y aumentarás el número de visitas —dijo Gabe asintiendo—. Estoy de acuerdo. Escribe algo sentido y sincero. ¿Quieres que te ayude? Me gano la vida escribiendo textos publicitarios.

—Todos te ayudaremos a escribirlo —dijo Fliss repartiendo las tazas de café—. Y para que conste, me parece guay que seas Aggie.

—¿Sí? —Molly se sentía abrumada. Era la primera vez que le resolvía un problema un comité.

—Sí. De ahora en adelante, siempre que tengamos un problema con nuestras relaciones, podremos llamarte —Fliss brindó con la taza de Molly—. Es muuuuy guay.

—Se me hace raro que de pronto todo el mundo sepa algo que llevo años ocultando.

—Nosotros somos expertos en eso —Gabe le guiñó un ojo a Mark—. Podemos aconsejarte. Y podemos guardarte las espaldas.

—Alguien tiene que hacerlo porque Daniel más bien le guarda la delantera —dijo Fliss con tono alegre ganándose una mirada de advertencia de su hermano.

Se quedaron allí todo el día y para cuando se fueron del apartamento, ya había anochecido.

Entre todos habían escrito y publicado en el blog, se habían comido seis *pizzas* grandes, habían consumido dos botellas de champán y habían charlado. Habían charlado sobre lo bueno y lo malo, sobre lo que avergonzaba y lo que daba miedo. Habían compartido secretos y sentimientos. En dos ocasiones Harriet había salido del apartamento discretamente para sacar a Valentín a dar un rápido paseo por el parque. Fliss había insistido en acompañarla como guardaespaldas y la segunda vez había vuelto con una caja grande de la pastelería Magnolia.

—Todo el mundo sabe que un chute de azúcar es la cura perfecta para los momentos de tensión —fue la respuesta que dio cuando Mark hizo un comentario sobre la amenaza que esa caja suponía para las arterias de todos.

Al final, de madrugada, la única persona que quedaba allí era Daniel.

Molly colocó los cojines del sofá, llevó las cajas vacías de *pizza* a la cocina y recogió lo que le parecieron cien tazas sucias. Debería haberse sentido estresada, pero más bien se sentía resguardada, como si la hubieran cubierto con capas de suaves mantas. Eso era lo que hacían los amigos. Actuaban como un aislante, como una capa entre una persona y el mundo duro y frío.

Se fijó en que Daniel la estaba observando. Estaba de pie, con las piernas firmes y los brazos cruzados; la postura hacía que la tela de la camisa se le tensara sobre sus musculosos hombros. Tenía la mandíbula salpicada por una barba incipiente y los ojos cansados. Había estado allí todo el día y no daba muestras de ir a marcharse. Molly sentía que quería decirle algo y que estaba esperando el momento adecuado.

Había cosas que ella también quería decirle, pero ahora mismo no tenía energía para otra conversación emocional.

—Deberías irte. Ya has hecho más que suficiente y te estoy muy agradecida. No tienes que sentirte culpable.

—¿Crees que estoy aquí porque me siento culpable?

¿Qué otra razón podía haber?

—Debes de estar agotado.

—No me pienso marchar. Si estoy cansado, dormiré en tu sofá.

—Odias mi sofá.

—Cierto. Siempre está la cama.

Daniel hablaba como si nada hubiese cambiado, como si su relación no hubiese sufrido un grave impacto en las últimas veinticuatro horas. Si le dejaba meterse de nuevo en su cama, ¿qué significaría eso?

—No creo que sea una gran idea. Y no lo digo porque el sexo no me parezco bueno...

Vio la repentina llamarada de calor en los ojos de Daniel y supo que los suyos reflejaban lo mismo. Había estado intentando no pensar en eso, pero ahora que lo había dicho en voz alta, no podía pensar en ninguna otra cosa.

Un músculo se tensó en la mandíbula de Daniel.

—El sexo no es la razón por la que estoy aquí.

A Molly se le estaba escapando algo.

Estaba claro que se le estaba escapando algo.

Buscó la respuesta en el rostro de Daniel, pero no encontró nada. Unas largas pestañas le blindaban la mirada y su boca era una línea firme que no revelaba nada.

—¿Amistad? —sí, tenía que ser eso—. Estás aquí porque me quieres demostrar tu amistad, pero hoy has hecho mucho más que eso. Te estoy muy agradecida.

—No quiero tu gratitud. No estoy aquí como tu amigo.

Y, aun así, había estado a su lado todo el día. Todo el mundo había contribuido, pero nadie había dudado ni por un momento quién había estado al mando de la situación. Daniel era el que se había mantenido templado mientras cuatro personas habían estado hablando a la vez. Daniel había separado las buenas ideas de las malas.

Hoy ella había visto de primera mano las habilidades y cualidades que lo convertían en un abogado tan magnífico.

Tal vez no estaba ahí como amigo, pero estaba ahí, protegiéndola de otro desastre, y eso la convertía en una persona afortunada.

—Si no es amistad, entonces no sé qué es, pero te lo agradezco.

—No quiero tu gratitud —vaciló y después sacudió la cabeza—. Has tenido un día horrible. Deberíamos hablar de esto en otro momento.

—¿Hablar de qué? —de pronto, ella se sentía muy inquieta—. Si pasa algo malo, quiero hablarlo ahora. ¿Estás disgustado porque hayan escarbado en tu pasado?

—No me importa lo que digan de mí, pero sí me importa lo que digan de ti. Gabe, Mark, Fliss y Harry... han estado aquí como amigos tuyos. Yo estoy aquí porque...
—se detuvo, se pasó la mano por su barbilla sin afeitar y murmuró algo para sí.

Molly no pudo distinguir las palabras.

¿Algo sobre que no era el momento adecuado? ¿Sobre que había elegido el peor momento posible? ¿El peor momento posible para qué?

Alarmada, dijo:

—Daniel, termina tu frase. Estás aquí porque...

—Estoy aquí porque me importas —bajó la mano y la miró—. Te quiero.

Molly tardó un momento en asimilar esas palabras. Le costaba hablar.

Se quedó impactada.

—No lo dices en serio.

«No le romperá el corazón porque él no tiene corazón».

—Lo digo en serio. Te quiero.

Ella lo miró, se giró y fue hacia la ventana rodeándose la cintura con los brazos.

—Te sientes así porque el sexo está muy bien.

—El sexo está muy bien, pero esa no es la razón por la que me siento así.

Molly se giró para mirarlo. La invadía el pánico.

—No me puedo creer que estés diciendo esto, Daniel. Ahora no. No puedo gestionarlo junto con todo lo demás.

—Te estoy diciendo lo que siento, nada más. No tienes que gestionar nada.

—Pero tú no... no puedes... —no lograba decir las palabras—. Me lo prometiste. Me dijiste que nunca habías estado enamorado.

—Nunca había estado enamorado. Pero ahora lo estoy. De ti.

Eso no podía estar pasando.

Molly se llevó la mano a la base de la garganta intentando calmarse.

—Tienes que marcharte. Ahora mismo.

—Molly...

—Hablo en serio. Es lo mejor. Tienes que conocer a otra persona. Olvídate de mí. Acuéstate con alguien por despecho —estaba tartamudeando; el pánico que sentía hacía que se le trabaran las palabras.

—¿Quieres que vaya a acostarme con otra mujer?

Oír eso fue como si Daniel le hubiera clavado un cuchillo bajo las costillas. De pronto por la cabeza se le pasó una fugaz imagen suya con otra mujer, sonriendo para otra mujer, ladeando la cabeza mientras escuchaba a esa mujer, comiendo *pizza*, paseando por el parque, riendo, hablando...

—Vete —recogió su chaqueta del sofá y se la lanzó—. Vete.

Él no se movió. Al contrario, permaneció allí, firme como una roca y calmado.

—No tienes motivos para asustarte.

—Crees que estás enamorado de mí. ¡No hay mejor motivo para asustarme! Eso me aterroriza más que nada que haya pasado hoy aquí. ¿Sabes por qué? Porque, digas lo que digas, lo próximo será que esperas que me enamore de ti. Y no puedo. Lo intentaría, lo intentaría con todas mis fuerzas, y cuando no pasara nada, me sentiría fatal conmigo misma y...

—Shh —le cubrió los labios con los dedos para callarla–. Deja de hablar y abre el portátil, Molly –bajó la mano.

–¿Qué? ¿Por qué? He visto todo lo que necesito ver.

–Hay algo más que tienes que ver, y si todavía quieres que me vaya después de que lo hayas visto, entonces me iré.

–Pero...

–Tiene que ver con Rupert.

El nombre la dejó helada.

–¿Rupert? ¿Qué tiene esto que ver con Rupert?

–Dame cinco minutos. Es todo lo que te pido. Cinco minutos.

Ahora mismo Molly no estaba segura de poder aguantar ni cinco segundos.

–No entiendo qué quieres que vea. No entiendo qué tiene esto que ver con lo que acaba de pasar.

–Lo que ha pasado es que te he dicho que te quiero y tú te has asustado. Sé que el amor te da miedo...

–Me da miedo hacer daño a la gente. Y ahora te he hecho daño a ti, o si no lo he hecho aún ¡pronto lo haré! Y eres la última persona en el mundo a quien querría hacer daño...

Él respondió yendo al portátil y pulsando unas teclas.

–Lee esto. Hazlo por mí. Me lo debes –retiró la silla del escritorio, acercó a Molly hasta ella y se sentó sobre el escritorio, a su lado–. Creías que le habías roto el corazón. ¿No se te ocurrió nunca que más que romperle el corazón le habías roto el ego?

¿Por qué estaba removiendo ese tema ahora? Ya habían hablado del tema. Ella se lo había contado todo.

–Perderme estuvo a punto de acabar con él.

–Eso fue lo que dijo, ¿verdad? Quiero que olvides lo que dijo y que te fijes en los hechos. Era un tipo al que le encantaba el protagonismo y la atención. Era el rey del programa hasta que llegaste tú. Fuiste tú la que hizo que se dispararan las audiencias.

—Al público le gustaba nuestra relación.

—Al público le gustabas tú y vuestra relación formaba parte de eso. Y él lo sabía, por eso fue detrás de ti.

—¿Estás diciéndome que estuvo conmigo porque subía las audiencias? ¿Que quería acrecentar su visibilidad?

—Eso es lo que parecen indicar las pruebas —se detuvo, obviamente para elegir las palabras con cuidado—. Creías que no sabía que estaban grabando la proposición de matrimonio, pero sí lo sabía, Molly.

—No. Jamás habría accedido a algo así. Nunca habría corrido ese riesgo.

—Llevaba un micrófono.

—¡No! —su instintiva negación no fue a más al ver la mirada de Daniel—. Tú... ¿Qué te hace pensar eso?

—Tengo un amigo en la industria y comprobó la calidad del sonido. No hay duda de que Rupert llevaba un micrófono en la solapa. Si te fijas bien, se puede ver el cable.

¿Un cable? Ella se habría dado cuenta, ¿no? Por otro lado, había estado demasiado nerviosa como para darse cuenta de nada. Tal vez Rupert había contado con eso.

—¿Pero por qué me iba a haber pedido matrimonio si no estaba enamorado de mí? ¿Y si le hubiera dicho que sí?

—Sabía que no dirías que sí. Sabía que no lo querías.

—¿Estás diciendo que me propuso matrimonio sabiendo que lo rechazaría? Pero eso implicaría que él mismo se expuso a una humillación pública. ¿Qué hombre haría eso? ¿Qué esperaba ganar?

—Se ganó la compasión del público, un impulso impresionante a su popularidad y que te echaran del programa, aunque sospecho que eso fue un bonus añadido más que parte del plan original.

Eran demasiadas cosas para asimilar y se alejaban demasiado de todo lo que había creído durante tanto tiempo.

–Le rompí el corazón, al igual que rompí los corazones de todos los chicos con los que salí antes, por mucho que intenté no hacerlo.

–De los otros chicos no puedo decir nada, pero sí que puedo decir algo de Rupert. Echa un vistazo a esto –giró hacia ella la pantalla del portátil–. Echa un vistazo a lo que está haciendo ahora el hombre al que supuestamente arruinaste la vida.

Molly miró la pantalla.

–¿Está casado? ¿Con Laura Lyle? Era documentalista del programa cuando yo estaba allí. ¿Cuánto tiempo llevan casados?

–Casi tres años.

–Tres... –incluso sumida en la confusión pudo hacer cálculos básicos–. Entonces debió de empezar a salir con ella casi inmediatamente después de que rompiéramos.

–No lo sé, pero no creo que tuviera el corazón roto mucho tiempo. Y ahora ya basta –cerró el portátil–. No le rompiste el corazón, cielo. Le rompiste el ego. No podía soportar el hecho de que fueras más popular que él y lo organizó todo como un truco publicitario para impulsar su carrera.

Durante demasiado tiempo Molly había tenido la creencia de que le había hecho mucho daño a alguien.

Saber que no había sido así debería haberle producido un alivio instantáneo, ¿no?

–Estoy rabiosa.

–Bien. Sentir rabia es mejor que sentir culpa.

Ella se quedó en silencio un largo minuto. Después se levantó y se giró para mirarlo.

—Me alegra que me lo hayas enseñado, pero nada de esto cambia el hecho de que no quiera enamorarme de ti. Me importas, Daniel. No quiero que sufras.

—Sé que te importo. Por eso estoy compartiendo contigo lo que siento.

—Me importas como amigo, como amante. No quiero que cambie nada.

Pero todo había cambiado ya.

Él lo sabía. Ella lo sabía.

Y esa era la razón por la que estaba aterrada.

—Esto no tiene que ver con Rupert —Daniel se levantó también, negándose a permitirle que se apartara de él—. No tiene que ver con ninguno de los otros hombres con los que has salido. Ni siquiera tiene que ver con tu madre. Solo tiene que ver contigo.

—¿Conmigo?

—Sí. Siempre te han hecho sentir que no eres suficiente. Tu madre te hizo sentir así, y también Rupert. Dos personas que supuestamente te querían te obligaron a cuestionarte, personal y profesionalmente, y eso ha hecho que vivas preocupada por no poder llegar a ser nunca suficiente para nadie. Pero para mí eres suficiente, Molly —le rodeó la cara con las manos y la obligó a mirarlo—. Para mí eres suficiente. Todo lo que eres, la persona que eres... —bajó la frente contra la suya sin dejar de mirarla—. Eres más que suficiente. Lo eres todo.

Molly no podía respirar. No podía hablar.

Sentía que el pecho le iba a explotar de terror, de emoción, de alegría, de desesperación.

Necesitaba pensar, pero le era imposible pensar teniendo la mirada de Daniel clavada en la suya y sus manos en el pelo.

—Te quiero —repitió él, esta vez en voz baja—. Y creo que tú me quieres.

Esas palabras la hicieron salir del trance.

—No —se apartó de él retrocediendo tan deprisa que estuvo a punto de tropezar con la pata de Valentín—. Sí, nos hemos divertido, pero parte de esa diversión se debía al hecho de que ninguno de los dos estábamos enamorados. Por primera vez en mi vida ni siquiera estaba intentando enamorarme. No había presión. Ni expectativas. Nunca había estado más relajada, nunca había sido más yo misma. Te lo he contado todo sobre mí, he compartido contigo todo mi ser —la invadió el pánico al ver su penetrante mirada y darse cuenta de cómo había podido sonar lo que acababa de decir. Sí, había sido ella misma y había estado relajada, pero eso no significaba que fuera amor, ¿verdad? ¿Así que por qué la seguía mirando así, como si estuviera esperando a que de pronto lo admitiera?—. No he querido decir «todo mi ser», obviamente. Mi corazón sigue exactamente igual que antes de conocerte. No sé lo que digo porque me estás mirando así y...

—¿Así cómo? ¿Cómo te estoy mirando?

La estaba mirando con amabilidad, con diversión, con paciencia y con un millón de otras cosas que no se esperaba ver en el rostro de un hombre al que había rechazado.

—¡Ya sabes cómo! ¡Como si estuvieras esperando a que diga algo que no voy a poder decir nunca! Siento mucho mucho hacerte daño, pero no estoy enamorada. No estoy enamorada. No. Nunca. No es algo que me suceda a mí y, créeme, lo sé porque lo he intentado... —se detuvo cuando él cubrió sus labios con sus dedos y asintió.

—De acuerdo. Lo entiendo —bajó la mano, aunque ella aún podía sentir la presión de sus dedos contra su boca.

¿De acuerdo? ¿Eso era todo lo que iba a decir? ¿Sin discusiones ni recriminaciones? ¿Sin chantaje emocional? Tal vez en el fondo no la creía.

—¿Necesitas pruebas? —preguntó ella buscando algo que pudiera convencerlo—. No te miro con ojos de enamorada ni te hablo con vocecita ñoña.

A él se le escapó una breve sonrisa.

—Bien. No me van mucho las vocecitas ñoñas.

—Mi apetito está intacto. Estar contigo no me ha quitado las ganas de comer en ningún momento.

—Eso también está bien —en la voz de Daniel había una ternura que casi la desarmó.

—Ni siquiera sueño contigo —eso no era del todo verdad, pero solo habían sido un par de veces, así que no contaban.

Él se quedó en silencio un momento y después, lentamente, agarró su chaqueta.

—Creía que no te ibas a marchar —preguntó Molly con el corazón acelerado—. ¿Adónde vas?

—He cambiado de idea. Debería irme —parecía cansado.

—Pero... Acabo de decirte que no te quiero.

—Ya te he oído —respondió con tono sereno—. Me has dicho lo que sientes, así que estoy bien.

¿Bien? No parecía estar bien. Le había hecho daño. Le había hecho daño de verdad. Y saberlo le producía ganas de vomitar.

—¿Y... voy a volver a verte?

—Claro. Somos amigos. Los amigos no dejan de ser amigos solo porque no se pongan de acuerdo en todo —se agachó para acariciar a Valentín y después fue hacia la puerta—. Ha sido una noche larga. Duerme un poco, Molly.

¿Dormir?

Le vio cerrar la puerta.

¿Cómo iba a dormir? Sentía un enorme peso aplastándole el pecho y como si alguien le estuviera estrujando los pulmones. No podía respirar. No se podía centrar.

Se frotó el pecho con la mano para intentar calmar ese malestar. La última persona en el mundo a la que quería hacer daño era Daniel, así que era normal que se sintiera mal por lo sucedido.

El dolor que sentía era únicamente por eso. Por la culpabilidad. Por nada más.

¿Por qué otra cosa iba a ser?

Capítulo 21

–Ha roto la relación. La primera vez que le digo «te quiero» a una mujer y prácticamente me ha echado de su casa –Daniel se acercó a la ventana del apartamento de sus hermanas. ¿Era eso lo que se sentía? Todas esas personas que habían pasado por su despacho, devastados al final de su relación, ¿se habían sentido tan mal como él? De haberlo sabido, se habría mostrado más comprensivo, aunque lo cierto era que le pagaban a cambio de asesoramiento legal, no de comprensión. Se sentía como si algo vital en su interior se hubiera desgarrado. Heridas internas, no visibles desde el exterior–. ¿Y ahora qué?

Nunca debería haberle dicho esas palabras. Al menos, no en ese momento, cuando Molly había tenido el cerebro ocupado intentando procesar todo lo demás que estaba pasando.

Había elegido el peor momento posible.

Por otro lado, su relación había sido una larga secuencia de secretos y malentendidos, y él había pensado que había llegado el momento de exponer la verdad y ver cómo iba.

Pero no había ido bien.

Harriet fue la primera en hablar.

—¿Eso ha sido una pregunta retórica o nos estás pidiendo consejo de verdad?

—Lo estoy pidiendo. Necesito ayuda —se giró y las miró a las dos. Sus hermanas. Su familia—. La que sea que podáis darme.

Visiblemente incómoda con la situación, Fliss deslizaba los dedos de los pies contra el suelo de madera.

—Cuando se trata de consejos sobre relaciones, no tengo muchos. ¿Harry?

—Carezco de experiencia personal, pero he leído mucho —rescató a uno de los gatitos, que estaba a punto de caerse del sofá—. Bastante de lo que he leído lo ha escrito Molly.

—Eso podría ser bueno y, de cualquier modo, estoy desesperado.

Fliss miró a su hermana y se encogió de hombros.

—No es que yo sea una experta, pero diría que no has podido elegir peor momento para decírselo.

—¡Ya sé que no he podido elegir peor momento!

—¡Oye, que has sido tú el que ha pedido consejo! Has dicho que aceptarías lo que fuera que pudiéramos darte y eso es lo que puedo darte.

—Lo siento.

Tenía la cabeza abarrotada de emociones que le eran desconocidas e incómodas. Si así era el amor, no estaba seguro de que le gustara. Se sentía impotente y nunca antes en su vida se había sentido así.

Fliss suspiró.

—Molly había tenido un día malísimo. Estaba muy preocupada por que la gente pudiera volver a hablar de ella, porque, si has mirado en Internet, habrás visto que la última vez no fue nada agradable, y de pronto, en mitad de toda esa mierda emocional, vas y le dices que la quieres. En ella ya estaba reinando el pánico y tú ahora la hàs sumido en una debacle. Es como si todo le estuviera yendo mal a la vez. Y es una buena persona. Seguro que detesta haberte hecho daño.

–¿Estás diciendo que si hubiera esperado tal vez me habría dado una respuesta diferente?

–¡No lo sé! Tal vez.

–Tengo que volver a hablar con ella.

–Todavía no –señaló Harriet–. Tienes que dejarle espacio, Daniel.

–Sí. Déjale espacio. Buen plan. Tal vez deberías pasar un mes en Texas. Así no te verás tentado a ir a verla –Fliss se levantó y empezó a recoger el salón. Apiló revistas que ya estaban ordenadas y puso derecha una planta que no necesitaba que la enderezaran–. Es duro para ti. La primera vez que te enamoras de una mujer y ella no te corresponde. Eso tiene que doler.

–Me quiere –ignoró la voz interior que le sugería que tal vez se equivocaba en esa parte.

–¿Qué? Creía que habías dicho que...

–Me quiere. Ese no es el problema –al menos, esperaba que no lo fuese. Esperaba no equivocarse en esa parte.

–Entonces, si te quiere, ¿por qué te ha echado de su apartamento? –preguntó Fliss soltando de golpe un montón de libros sobre la mesa–. No quiero minar tu autoestima ni tu ego, Daniel, pero ¿por qué iba a decirte que no te quiere si no lo siente así?

–Porque no lo sabe. No lo reconoce. Se ha convencido de que no se puede enamorar, de que le falta algo en su interior. Y le da tanto miedo no poder sentir lo que cree que debe sentir que no quiere reconocerlo. Ese es el problema que tengo. ¿Cómo hago que vea que sí está enamorada de mí?

Fliss sacudió la cabeza.

–Resolver ese problema no entra en mi sueldo –alzó

una planta y Harriet se levantó disparada del sofá y se la quitó de las manos.

—No pagues tu estrés con mis plantas. Últimamente ya han tenido demasiado castigo —con cuidado, volvió a dejarla sobre el alféizar de la ventana y la colocó de manera que recibiera la cantidad adecuada de luz. Después, volvió al lado de su hermano—. Si tienes razón y está enamorada de ti, eso es bueno, ¿no?

—No. No es bueno. Enamorarse es lo que más miedo le da. A unas personas les dan miedo las alturas, a otras la oscuridad...

—A mí los exmaridos que se presentan en mi ciudad —dijo Fliss con tono de pesar.

Por primera vez Daniel no pudo centrarse en un problema que no fuera el suyo.

—Tal vez sería más sencillo si no me quisiera. Eso podría haberlo aceptado.

—¿Estás seguro? Porque aceptar cosas no va con tu naturaleza. Por lo general intentas cambiar las cosas que no te gustan.

—Eso es verdad, pero no habría intentado cambiar esto. Habría respetado su decisión.

Harriet frunció el ceño.

—Tienes que seguir respetando su decisión, Daniel.

—Lo sé, pero es una decisión equivocada, tomada por motivos equivocados. Eso es lo que hace que me resulte tan difícil asumirlo.

Y no lo estaba asumiendo. No lo estaba asumiendo en absoluto. No necesitaba ver el modo en que lo miraban sus hermanas para saberlo.

—Nunca pensé que me enamoraría. Nunca pensé que me sentiría así, pero ahora me siento así y no poder actuar guiándome por esos sentimientos es... —se pasó la mano por la mandíbula— duro.

—Sigo pensando que tienes que dejarle espacio —dijo Harriet.

—Estoy de acuerdo. Mantente alejado de ella —añadió Fliss—. A lo mejor de pronto te echa de menos. A lo mejor te llama. Aunque no tendría oportunidad de contactar contigo porque siempre tienes el teléfono ocupado.

Disimuladamente, Daniel miró el teléfono, pero seguía tristemente en silencio. Era la primera vez en toda su vida que se había sentido desesperado por que le llamara una mujer.

—¿Cuánto debería esperar para llamarla? ¿Cinco horas? ¿Cinco días? ¿Una semana? —no estaba seguro de poder aguantar una semana. Y no eran solo sus propias emociones las que lo estaban torturando, sino también las de ella. ¿De verdad tenía tanto miedo? La idea de haberla angustiado era tan difícil de sobrellevar como los propios problemas a los que se enfrentaba.

¿Qué estaría haciendo ahora? ¿Estaría sola en su apartamento? ¿Habría ido a hablar con Mark y Gabe? ¿Estaría paseando a Valentín?

—Siéntate, Daniel —dijo Harriet con tono sereno—. Vamos a estudiar esto y a trazar un plan.

—¿Un plan? ¿No te parece una idea un poco ambiciosa? —Fliss miró a su hermana—. Seamos sinceros, la única persona aquí que lo sabe todo sobre relaciones es Molly, lo cual hace que la situación sea muy extraña. Tal vez deberíamos llamarla y pedirle que venga y solucione esto —se pellizcó el tabique de la nariz y bajó la mano con gesto triunfante—. ¡Bien! Lo tengo. Escríbele.

Daniel la miró como si no entendiera nada.

—¿Qué?

—Está acostumbrada a analizar problemas emocionales que le envían por escrito. Todo el mundo le escribe y tú deberías hacer lo mismo.

—Nunca he tenido que pedir consejo sobre mi vida amorosa.

—Ya, bueno, pero es que nunca habías estado enamorado —apuntó Fliss encogiéndose de hombros—. Si te incomoda la situación, utiliza un nombre falso o algo así. Podrías ser «Atontado», que es bastante preciso dadas las circunstancias. O podrías ser...

—Vale, ya me hago una idea —Daniel volvió a caminar de un lado para otro y uno de los gatitos de Harriet que se había alejado del sofá corrió a ponerse a salvo—. No sé qué más decirle.

—Tú siempre sabes qué decir. La gente paga toneladas de dinero precisamente porque sabes qué decir y cómo hacer que las cosas les salgan lo mejor posible.

—No estamos en un juzgado.

—Pero estás luchando para que las cosas salgan lo mejor posible. La diferencia es que esta vez lo estás haciendo por ti.

—Me está resultando un poco difícil ser objetivo.

—Ya, ya lo veo —dijo Fliss mirándolo—. Y nuestra alfombra también. Si la desgastas, vas a tener que comprarnos una nueva.

—¡Basta! —Harriet corrió a la cocina y salió con galletas y botes de refrescos—. Si vamos a trazar un plan, necesitamos sustento.

Fliss se sirvió una galleta y la mordió bruscamente.

Harriet miró a su gemela.

—No entiendo por qué estás tan enfadada. Ni siquiera es tu problema.

—No estoy enfadada —Fliss resopló—. De acuerdo, a lo mejor sí estoy un poco enfadada.

Daniel dejó de moverse.

—¿Por qué?

Fliss lo miró.

—¡Porque eres mi hermano y no me gusta ver que te hacen daño! Y no digas que no es problema nuestro porque sí lo es. Somos una familia.

A Harriet se le humedecieron los ojos.

—Fliss...

—¿Qué? No pienses cosas que no son. Me sigues pareciendo insoportable —dijo dirigiéndose a Daniel—, pero eso no significa que no quiera que te vayan bien las cosas.

El teléfono sonó y Harriet respondió. Su expresión pasó de serena a nerviosa.

—¿Sí? —se detuvo, escuchando—. ¿Dónde lo habéis visto por última vez?... Sí, tienes razón. Está cerca de la carretera... ¿Habéis salido a buscarlo?... Ahora voy —colgó y fue a por sus llaves—. Tengo que irme. Volveré pronto.

—¿Adónde vas? ¿Quién era?

—Era la familia que tiene a Brutus —Harriet miró nerviosa a Daniel; estaba claro que no quería darle más malas noticias—. Lo han dejado suelto en el parque y no ha vuelto. No saben dónde está.

Molly aporreó la puerta de Gabe y Mark.

Cuando Mark abrió, entró en el apartamento sin esperar a que la invitaran.

—Se acabó.

—¿Qué se acabó? —Mark parecía alarmado—. Todo parecía estar bien la última vez que he mirado. Te han inundado la página web con comentarios de apoyo. La gente está impresionada por cómo te has repuesto después de que tu vida se viniera abajo. Dicen que eres una inspiración. Una...

—Mi carrera no. Mi relación. Y la he acabado yo.

Mark cerró la puerta.

—En ese caso tenemos que hablar. ¿Dónde está Valentín?

—Lo he dejado en el apartamento. Se estaba angustiando de verme tan angustiada. Y le he pisado una pata. Dos veces. Hablar me vendrá de maravilla, pero no me des champán. Cuando bebo champán, pasan cosas malas —vio los dibujos de Mark esparcidos por la mesa—. ¿Gabe ha ido al trabajo hoy?

—Sí. Una reunión de urgencia con el cliente.

—Y os he tenido despiertos casi toda la noche. Lo siento.

—No lo sientas. Para eso están los amigos.

—No me hagas llorar. No he dormido, así que no me va a costar mucho llorar.

—No voy a hacerte llorar —la sentó en el sofá con delicadeza—. Estuvimos en tu casa hasta las tres de la mañana. Imagino que Daniel se quedó.

—Se habría quedado, pero le dije que se fuera.

—¿Por qué?

—Porque eso es lo que hago cuando alguien me dice que me quiere. Y, como de costumbre, me siento completamente horrible por ello.

—¿Te ha dicho que te quiere? ¿Ha dicho esas palabras? ¿No lo has malinterpretado?

—Por desgracia, no.

—¿Por qué por desgracia? Me dijiste que es la mejor relación que habías tenido en tu vida.

—Lo es. Lo era. Pero lo era porque me dijo que no era capaz de enamorarse. Por primera vez en mi vida me sentí completamente libre y segura. Nos divertimos mucho.

Mark se apoyó en la mesa.

—Así que era una buena relación, pero la has terminado.

–¿Qué elección tenía? Me ha dicho que me quiere. Ya no me voy a sentir segura ni me voy a divertir. La relación se volverá cada vez más profunda y más complicada. ¡Nunca he querido eso! Él nunca se ha enamorado. ¿Por qué ha tenido que elegirme como la excepción a la regla? ¡Es tan injusto! –vio la comisura del labio de Mark contraerse–. ¿Te estás riendo?

–Molly, tienes que admitir la ironía. No conozco muy bien a este hombre, pero seguro que hay muchas mujeres que habrían hecho cualquier cosa por oírle decirles esas palabras.

–Lo cual hace que me sienta mil veces peor porque las ha malgastado conmigo.

Con un suspiro, Mark se sentó junto a ella y le echó un brazo por encima.

–Si no lo quieres, no pasa nada. Daniel lo entenderá. No es Rupert.

Ella apoyó la cabeza en su hombro.

–Sé que no es Rupert. Para empezar, le he contado muchas más cosas de las que le conté a Rupert –le había contado mucho más de lo que nunca le había contado a nadie. Y contárselo, compartirlo con él, le había dado a la relación un nuevo nivel de intimidad. Cuando alguien sabía algo de ti que nadie más sabía era como darle a esa persona la llave de una puerta cerrada con candado. Tenía acceso. Sabía lo que había dentro. Ella le había dejado entrar y ahora tenía que encontrar el modo de quitarle la llave–. ¿Sabes qué es lo más estúpido? ¡Que Daniel tenía en la cabeza la loca idea de que yo también estoy enamorada de él! ¿Alguna vez has oído algo más ridículo?

Mark se tomó su tiempo para responder.

–¿Eso es ridículo?

–Claro que es ridículo. Nunca me he enamorado y no

tienes ni idea de cuánto lo he intentado. No estoy enamorada de él, Mark.

—Ya te he oído. No estás enamorada de él.

Molly se cambió de posición para verlo mejor.

—Hablas como si te estuvieras burlando de mí.

—No me estoy burlando de ti.

—Te estás burlando de mí y no lo entiendo. A ver, es verdad que lo pasamos bien, y sí, le conté muchas cosas, cosas que no le he contado nunca a nadie. Pero solo lo hice porque es fácil hablar con él, no porque esté enamorada.

—Vale.

—Y también es verdad que tiene cualidades que admiro muchísimo. Por ejemplo, me gustaba que fuera fuerte. Y no me refiero a fuerte físicamente, aunque sus hombros parecen sacados de una película de superhéroes, sino a fuerte emocionalmente. Cuando Valentín estuvo enfermo y yo me derrumbé, se mantuvo muy tranquilo. Templado.

—Anoche también se mantuvo tranquilo y templado.

—Exacto. Tranquilo y templado. Y no le importó que Valentín vomitara sobre su traje favorito. Y me gusta que conozca los mejores restaurantes de Manhattan y que, aun así, esté igual de a gusto comiendo una *pizza* directamente de la caja.

—No hay nada que supere a comer *pizza* directamente de la caja.

—Y luego está el hecho de que tengo hormonas ¡y él es muy sexi! —se encogió de hombros como quitándole importancia al comentario—. Pero eso solo es sexo, ¿verdad? No amor.

—Es sexo, completamente. Nada más.

—Y está claro que nunca habría funcionado porque no le gustan los perros.

—Cierto. No le gustan los perros —con delicadeza, Mark se quitó una pelusa de los vaqueros—. Aunque se portó muy bien con Valentín.

—Sí, pero por lo general actúa bien en momentos de crisis. Supongo que tiene que ver con su profesión. Está acostumbrado.

—Y sacaba a pasear a Brutus...

—Eso lo hizo para conocerme.

—Pero después de conocerte siguió paseando a Brutus.

—El perro es amigo de Valentín. Era solo por eso.

—Es verdad. Claro. Seguro que tienes razón —Mark se detuvo—. ¿Entonces ya está?

—Ya está —tenía la boca seca—. Durante toda mi vida me he sentido como si no fuera suficiente. Crecí sabiéndolo, sabiendo que no fui suficiente para evitar que mi madre se marchara. Después mi vida profesional se vino abajo porque ahí tampoco fui suficiente. Vivo con este miedo a que la gente me juzgue y me encuentre insuficiente. Todo lo que tengo aquí, mi trabajo, mis amigos... me parece algo muy frágil.

—¿Y Daniel no lo entiende?

—Oh, no, lo entiende perfectamente. Es más, me dijo... —tomó aire—, me dijo que yo era suficiente para él.

Mark la miró.

—Vaya —se le rasgó la voz—. Bueno... eso es...

—¿Poco realista?

—Iba a decir que es lo más romántico que he oído en mi vida.

—¿Eso crees?

—Te está diciendo que te quiere, Molly. A ti. A ti tal como eres. No quiere a nadie más y no quiere que seas distinta. Tú eres la experta en relaciones, no yo, pero ¿no es ese el objetivo? ¿No es eso lo que queremos todos?

¿Conocer a alguien que nos quiera tal como somos de verdad? Sin seudónimos, sin personajes *online*, sin ocultarnos y sin fingir. Solo sinceramente –tragó saliva–. Si fueras Aggie y tuvieras que aconsejar a una persona en esta situación, ¿qué le dirías?

Ella intentó encontrar la objetividad en ese torbellino de emociones.

–Le diría que tiene suerte de haber conocido a alguien que sienta eso. Le diría que encontrar a alguien que te conozca de verdad y que te quiera por quien eres es un regalo nada habitual en el mundo de hoy en día. Le aconsejaría que se lo pensara bien antes de rechazar a alguien tan especial –lo miró, tenía el corazón acelerado–. Pero yo lo he pensado bien. Lo he pensado muy bien. Me siento culpable por no poder corresponder a sus sentimientos, pero no puedo. Y le dije que se fuera y se ha ido.

–Bueno, pues entonces, no tienes nada de qué preocuparte –Mark le dio una palmadita en la pierna y se levantó–. Ya tienes el resultado que querías. Deberías estar contenta.

¿Contenta? Nunca se había sentido más desdichada en toda su vida.

–Le he hecho daño.

–Lo superará. Daniel Knight es un partidazo, Molly. Su corazón se repondrá, encontrará a otra persona, se casará, tendrá un millón de bebés y estará bien.

Esas palabras le robaron el aire de los pulmones.

–¿Crees que tendrá un millón de bebés?

–No literalmente. Era una figura retórica. Lo que digo es que estará bien y encontrará a otra persona. Y mientras tanto, tu reputación estará intacta y tú seguirás haciendo cosas fantásticas con tu trabajo. Así que al final, todo el mundo tiene un final feliz.

¿Eso era un final feliz? Porque ella se sentía como si le hubieran arrancado las entrañas con un objeto afilado.

Sin embargo, Mark tenía razón, ¿verdad? Daniel lo superaría y la olvidaría. Conocería a otra persona y se casarían, tendrían muchos bebés y nunca se divorciarían porque Daniel no se casaría con nadie a menos que estuviera seguro...

—No me encuentro demasiado bien —se llevó los dedos a la frente; tenía la respiración acelerada—. Estoy mareada. Me noto rara.

—Eso es por la falta de sueño y la falta de comida. Te traeré algo —Mark fue a la cocina y le llevó un vaso de agua.

—Estoy mareada. Creo que me voy a desmayar.

—Joder, Molly —Mark le puso la mano en la nuca y le bajó la cabeza—, estás del color de la *mozzarella*. Y estás hiperventilando. No se me dan bien los primeros auxilios. No te desmayes. ¿Llamo a Gabe o a emergencias?

—A nadie —cerró los ojos, respiró lentamente y por fin la cabeza dejó de darle vueltas—. Tienes razón. Es solo porque no he comido. Solo por eso.

—Pero comimos *pizza* a las dos de la madrugada, así que, ahora que lo pienso, no puede ser por eso —le puso el vaso de agua al lado.

—Entonces será por la falta de sueño.

—Probablemente, aunque te ha pasado esto cuando te he dicho que Daniel superará lo tuyo y conocerá a otra persona.

—Entonces habrá sido por el alivio que he sentido. Con el tiempo podré dejar de sentirme culpable.

Mark se sentó a su lado.

—¿Estás segura de que es por eso?

No. No estaba segura.

—A lo mejor me estoy poniendo mala. Siempre hay algún virus rondando por ahí, ¿verdad?

Mark vaciló.

—O tal vez te sientes así porque al final te has dado cuenta de que él tiene razón. Lo amas.

—No puede tener razón. Piensa en todas las veces que lo he intentado y no ha sucedido.

—A lo mejor esta vez sí ha sucedido porque no lo estabas intentando. En lugar de centrarte en tus sentimientos, te estabas centrado en él. En divertirte.

Notaba un zumbido en los oídos y seguía encontrándose mareada.

No dejaba de pensar en Daniel riéndose con otra persona, compartiéndolo todo con otra persona. Y ese pensamiento no le producía ningún alivio. Le producía ganas de vomitar. Le producía...

—¡Estoy enamorada! —se levantó de pronto con el corazón acelerado—. Tienes razón, estoy enamorada. Todos estos años he pensando que me pasaba algo, que me faltaba algo, y resulta que lo único que me faltaba era el hombre adecuado. Daniel —se detuvo cuando Mark agarró un puñado de pañuelos de papel y se los dio—. ¿Para qué son?

—Estás llorando.

¿Sí? Sí, estaba llorando. Tenía las mejillas húmedas. ¿Cómo podía estar llorando estando feliz?

—Le quiero, Mark.

—Ya lo veo —Mark le dio más pañuelos—. Es genial. Qué bien.

—Mejor que bien —y entonces recordó la mirada de Daniel cuando se había marchado de su apartamento—. Tengo que decírselo. Tengo que decírselo —agarró el bolso y buscó el teléfono—. He sido una estúpida, una estúpida. Tengo que decirle que tenía razón y que yo estaba equivocada.

Lo llamó, pero le saltó el buzón de voz.

—No responde. ¿Por qué no responde? ¿Y si está solo y hundido? Llamaré a su oficina —comenzó a caminar de un lado a otro, pensando—. No, eso lo avergonzaría. Llamaré a Fliss —lo hizo, pero también le saltó el buzón de voz.

¿Estaría consolando a su hermano?

La invadió un gran nerviosismo. ¿Qué había hecho?

—Lo he estropeado todo. La primera relación en mi vida que de verdad me ha importado y lo he estropeado todo. Le he dicho que se vaya. Me ha dicho todas esas cosas increíbles y yo las he rechazado como si no significaran nada, como si no fueran importantes. Le he dicho que no lo quiero, que estaba equivocado —agarró su bolso y tiró el vaso de agua.

—¿Adónde vas?

—No lo sé. A intentar encontrarlo. Iré a su piso. Y después iré al apartamento de sus hermanas. Alguien tiene que saber dónde está —fue hacia la puerta y se chocó con la mesa tirando algunos de los dibujos de Mark.

—No te preocupes, yo los recojo —Mark los rescató y la acompañó para que pudiera llegar ilesa a la puerta.

Capítulo 22

No obtuvo respuesta ni en el piso de Daniel ni en el apartamento de Fliss y Harriet.

Desesperada, siguió llamando, preguntándose por qué ninguno respondía al teléfono.

Lo seguiría intentando. Era lo único que podía hacer.

Y mientras tanto, haría lo que siempre hacía cuando necesitaba despejarse la cabeza: dar un paseo por el parque.

Valentín seguía pendiente de ella, mirando hacia atrás y sacudiendo la cola como si notara su estado de nerviosismo.

–Lo he estropeado todo, he hecho algo terrible –le dijo Molly– y no sé cómo solucionarlo, pero tengo que encontrar el modo. Aunque llegue demasiado tarde, al menos tengo que decirle que tenía razón. ¡Me puedo enamorar! ¡No soy como mi madre! Él me lo ha demostrado y aunque no funcione… –tragó saliva. Resultaba irónico que ahora que por fin se había enamorado se hubiera dado cuenta demasiado tarde.

¿Era demasiado tarde?

Solo había una forma de averiguarlo y era hablar con él, lo cual no estaba resultando fácil. ¿Y si le había bloqueado las llamadas?

Tal vez debería enviarle un *e-mail*. No. Demasiado impersonal. ¿Y concertar una cita en su oficina? No. Demasiado acosador. Llamaría una vez más y después dejaría de ponerse en ridículo porque no quería convertirse en una de esas mujeres que marcaban el mismo número hasta que el hombre en cuestión tenía treinta y cinco llamadas perdidas.

–La última vez –se agachó para abrazar a Valentín–. Si esta vez no responde, me doy por vencida –se puso derecha y se sacó el móvil del bolsillo.

Marcó el número; tenía las manos tan sudorosas que por poco no se le resbaló el teléfono.

En esa ocasión dio señal, no saltó el buzón de voz, y de pronto volvió a sentirse mareada.

¿Y si no respondía? ¿Y si había decidido que ella no merecía la pena?

En algún punto en la distancia oyó un teléfono sonar, pero lo ignoró hasta que oyó a alguien llamándola por su nombre.

Daniel.

Daniel la estaba llamando.

¿Estaba ahí?

Se giró, confundida, y lo vio sentado en un banco. En el banco de los dos. Con el teléfono en la mano. Por un momento pensó que estaba teniendo alucinaciones. Por la falta de sueño. Por lo que fuera.

Pero Valentín corrió feliz hacia él y entonces supo que no lo estaba evocando desde las profundidades de su imaginación.

Estaba allí de verdad.

No se había preparado lo que le iba a decir y ahora que estaba con él en persona, la mente se le quedó en blanco.

Al acercarse vio que tenía peor aspecto que antes.

Fuera lo que fuera lo que había hecho al marcharse de su apartamento, estaba claro que no había sido irse a casa y descansar. Ni siquiera ir a la oficina.

Parecía conmocionado. No, peor que eso. ¿Desolado?

Se quedó horrorizada. Se sentía como si le hubieran machacado el corazón.

—¿Daniel?

—¿Te ha llamado Fliss? —le preguntó con voz áspera—. Me alegro de que hayas venido. Te lo agradezco. Cuantas más personas seamos aquí, mejor.

No entendía nada. ¿Quería hablar con ella en público? Se había esperado algo más privado.

—No he hablado con Fliss. A lo mejor deberíamos volver a mi apartamento. O a tu piso.

—No —él miró hacia el parque—. No se sabe el camino. Probablemente esté perdido, pero he pensado que valía la pena venir aquí por si recordaba este banco. Los demás están buscando por el otro lado del parque. Y por la carretera.

—¿La carretera? ¿Buscando qué?

Daniel dejó de mirar hacia los árboles para mirarla.

—A Brutus, claro. Te agradezco que hayas venido para ayudar a buscarlo, sobre todo sabiendo que te disgustó lo que te dije.

¿Buscarlo?

Poco a poco las palabras de Daniel fueron cobrando sentido.

—¿Estáis buscando a Brutus? ¿Se ha perdido?

—¿No lo sabías? La gente que se estaba planteando adoptarlo lo ha dejado suelto y él no ha vuelto —parecía exhausto—. Pasó anoche, pero han llamado a Harriet esta mañana. Llevamos horas buscándolo. No hay ni rastro de él.

—No lo sabía. No me ha llamado nadie.

—Supongo que pensaban que ya tenías suficiente encima. Pero si no te ha llamado nadie, ¿qué haces aquí?

—He estado llamándote una y otra vez. Al ver que no respondías, he llamado a Fliss y a Harriet. He estado en tu casa y en la suya...

—Estábamos buscando a Brutus. No habrás podido contactar con nosotros porque nos estábamos llamando los unos a los otros —frunció el ceño—. ¿Por qué nos has llamado?

Ahora que había llegado el momento, Molly comenzó a temblar.

—No importa... puede esperar.

—No. No puede esperar. Si ha sido tanto como para que hayas ido a mi casa, entonces quiero saber qué es.

—Deberíamos estar buscando a Brutus...

—Hemos buscado por el parque y no hay ni rastro de él. Nadie ha informado de haber encontrado a un perro solo. Lo único que podemos hacer es esperar y seguir mirando. Yo sigo esperando que aparezca por aquí, en nuestro banco —se inclinó hacia delante y apoyó los antebrazos en los muslos—. Has tenido una noche dura y siento haberla empeorado. Me equivoqué al decirte lo que te he dicho.

—No te equivocaste, pero yo sí.

Él se incorporó y se giró hacia ella.

—¿Sí?

No era así como había planeado decírselo, pero ya se había cansado de intentar encontrar el modo correcto o el mejor.

—Me equivoqué en todo. Me equivoqué al decirte que te fueras. Me equivoqué al no querer que me quisieras. Y resulta que me equivoqué al pensar que no me podía enamorar —tenía la boca seca y deseó haber llevado encima su habitual botella de agua—. La razón por la que lo sé es porque estoy enamorada de ti. La primera vez en mi vida que no he estado intentando enamorarme es cuando me he enamorado. Y ya que no estaba intentando que sucediera, ni siquiera sabía que estaba pasando y no lo reconocí, pero tú sí. Te quiero –no se podía creer que le hubiera resultado tan sencillo decir esas palabras que nunca había dicho–. Te quiero. Y estaba intentando encontrar el modo de decírtelo. No sabía si llamar y hacerlo por teléfono o si escribirte o...

Él no le dio oportunidad de decir las demás cosas que quería decir y acercó la boca hasta la de ella. Fue un beso exigente y con un intenso trasfondo de desesperación. La llevó hacia él y lo único que Molly alcanzó a pensar con coherencia fue que se sentía agradecida por que Daniel no hubiera cambiado de opinión, por que aún sintiera todo lo que había sentido esa mañana.

No sabía si reír de alegría o llorar de alivio. Dejó de intentar hablar y se dejó llevar, entregándose desesperadamente al beso. Deslizó los dedos entre su sedoso cabello, acarició su áspera barbilla y susurró palabras de amor entrecortadamente contra su boca, que la buscaba sin cesar. Y ahora que ya había pronunciado esas palabras una vez, no podía dejar de decirlas.

–Te quiero, te quiero, te quiero...

Y él le devolvió las mismas palabras mientras le acariciaba el pelo y su boca se movía sobre la de ella con insistencia. Molly sintió el calor de su beso y sintió otras cosas también. Dulzura, sinceridad, seguridad. Y mientras, Daniel seguía besándola, recalcando cada palabra con codiciosos besos hasta que hablar dejó de ser una prioridad.

Parecía como si se hubieran estado besando toda la vida y cuando él finalmente levantó la cabeza, no la soltó. La envolvió con sus brazos y apoyó la barbilla sobre su pelo.

—Estaba seguro de que me querías, pero luego no podía dejar de pensar que tal vez me había equivocado.

—No te has equivocado. Y estoy feliz por ello. No tienes ni idea de lo feliz que estoy. Tenía miedo de que me faltara algo que me impidiera enamorarme —levantó la mano y le acarició la cara.

—No quiero que tengas miedo nunca ni que estés triste —le lanzó una sonrisa de disculpa y añadió—: Soy un hombre que siempre sabe qué decir, pero ahora mismo no sé qué decir.

—Ya has dicho las palabras más importantes.

—¿Que te quiero?

—Sí. Y también me has dicho que soy suficiente. No tienes ni idea de lo que ha supuesto para mí oírte decir eso —apoyó la mano sobre su torso y al sentir el latido de su corazón bajo sus dedos supo que ella nunca haría nada que pudiera hacerle daño a ese corazón. Se quedó así un momento, respirando su aroma, el aroma del parque, el aroma de la ciudad—. He escrito sobre el amor toda mi vida, pero nunca lo había sentido. Hasta ahora.

—¿Y cómo es?

—Como un psicotrópico legal.

Antes de poder decir nada más, oyó un alboroto tras ella y vio a Daniel esbozar una amplia sonrisa. Giró la cabeza y allí, corriendo hacia ellos, estaba Valentín, y justo tras él, otro perro. Más robusto, más desgarbado, pero maravillosamente familiar.

—¡Brutus! —gritó sintiéndose llena de alegría y alivio—. Valentín lo ha encontrado. Está bien.

Valentín corrió hacia ella y Brutus se detuvo junto a Daniel, que por un momento se quedó sin decir nada.

Molly estaba empezando a pensar que no había reconocido al perro cuando de pronto se puso de cuclillas y llevó a Brutus hacia él.

Gimoteando y lamiéndole, Brutus le puso las patas en los hombros y Daniel tuvo que sujetarse para no caerse.

Seguía sin decir nada y, al fijarse atentamente, Molly se dio cuenta de que Daniel no estaba hablando porque no podía.

Ver tanta emoción en su rostro hizo que se le encogiera el corazón.

Le puso una mano en el hombro.

—Está bien.

—He pensado que lo había atropellado un coche. He pensado...

—Está aquí y está bien. Deberíamos llamar a las gemelas. Lo llevaremos a ver a Steven para que le hagan un chequeo. Y no debería volver con esas personas.

—No va a volver con ellos —dijo Daniel poniéndose de pie aunque tambaleándose un poco—. Va a vivir conmigo.

—¿Contigo?

—Brutus es un personaje difícil de manejar y no me puedo arriesgar a tener que interrumpir mi jornada laboral cada vez que desaparezca.

Molly se limitó a asentir; no le parecía que fuera un buen momento para sonreír.

—Bien pensado.

—Así que es más sencillo quedármelo directamente.

—Me parece una decisión sensata y lógica. Y generosa —añadió—, dado que no te gustan los perros.

—Pero a ti sí te gustan y vas a vivir conmigo, así que Brutus tendrá a alguien que sepa de perros.

Tenía la mano puesta sobre la cabeza de Brutus pero los ojos puestos en ella y lo que Molly vio en sus ojos la dejó sin aliento. ¿Cómo podía haber pensado que podría vivir sin él? No quería vivir sin él ni siquiera por un instante.

—¿Voy a vivir contigo?

—Podríamos vivir en tu casa si lo prefieres, pero hay más espacio en la mía. Y dos perros van a ocupar mucho espacio, sobre todo porque no se puede decir que sean unos perros pequeños exactamente.

—No lo tengo claro. ¿Me estás proponiendo que me vaya a vivir contigo?

—No es una propuesta. Es una orden con un final alternativo.

—¿Un final alternativo?

—O en tu casa o en la mía.

—¿Y ya está? ¿Eso es todo lo que puedo elegir?

—Sí, aunque no debería ser una elección complicada. Después de un día con Brutus en tu apartamento, vas a tener que hacer reforma. No tiene sentido del espacio.

—En ese caso, no creo que tenga que tomar ninguna decisión —por dentro se sentía tan relajada y tan feliz que quería echarse a bailar. Una intensa calidez la recorría.

Daniel le tomó la cara entre las manos y la miró. Todo lo que él estaba sintiendo era visible en sus ojos.

—Te he escrito. Le he enviado una carta a Aggie esta mañana y estaba esperando su respuesta.

Ella lo rodeó por el cuello. Le había entregado su corazón para siempre.

—No me he conectado desde que te marchaste, pero te puedo asegurar cuál será su respuesta.

—No te he dicho cuál ha sido la pregunta —le susurró contra el pelo y ella sonrió sin dejar de abrazarlo.

—Sea cual sea la pregunta, su respuesta será «sí». Sí a todo. Sí al amor. Sí a vivir juntos. Sí a lo que sea. Estoy locamente enamorada de ti y eso es lo único que importa.

Él volvió a besarla.

—No puedo dejar de besarte —murmuró contra sus labios— y en el parque hay unas mil personas. Imagínate lo que le estaré haciendo a tu reputación.

—Probablemente la estás ensalzando, aunque habrá gente que te advierta de que te romperé el corazón.

—Nunca me creo lo que me dice la gente, prefiero comprobar las cosas por mí mismo.

—Bien —ella miró esos pícaros ojos azules y se preguntó cómo había podido vivir sin él todo ese tiempo.

—Entonces somos una familia. Tú, yo y dos perros revoltosos.

—Eso parece.

Daniel le apartó el pelo de la cara.

—Y un día, dentro de un tiempo, te voy a pedir que te cases conmigo, así que será mejor que vayas escribiendo a Aggie y le pidas consejo sobre qué deberías responder.

—Creo que sé lo que va a decir.

Sintiendo la felicidad de su dueña, Valentín ladró como dándole su aprobación. Brutus se unió y entre la locura de los ladridos oyó vítores y, al apartarse, vio a Fliss y a Harriet sonriéndoles.

—Aunque, claro, cuando te cases conmigo, ganarás dos hermanas —dijo Daniel lentamente—. Si supone un problema, siempre podríamos mudarnos a otra ciudad.

Ella se rio y le echó los brazos alrededor del cuello.

—Nunca me voy a volver a mudar. Quiero a tus hermanas, te quiero a ti y quiero a este lugar. Sin duda, Nueva York es la mejor ciudad del mundo.

—En eso sí que tienes razón.

Daniel agachó la cabeza y la volvió a besar.

AGRADECIMIENTOS

Todavía hay días en los que me despierto y no me puedo creer que escribir sea mi verdadero trabajo, pero escribir la historia solo es el principio del proceso de publicación y le doy las gracias a mi editorial, HQN en los Estados Unidos y HQ Stories en el Reino Unido, por su constante apoyo a mi trabajo. Un gran grito de agradecimiento al equipo de ventas tanto de los Estados Unidos como del Reino Unido, que tanto trabajan para asegurarse de que los lectores puedan encontrar mis libros en las tiendas. Con tantos libros que se publican a diario, tienen una tarea complicada y tengo suerte de que todos sean tan buenos en lo que hacen.

Las redes sociales hacen posible la comunicación con muchos lectores y les doy las gracias al maravilloso grupo de Facebook que tan generoso fue con su ayuda cuando pedí inspiración para los nombres de los perros. Gracias especialmente a Angela Vines Crockett, que me dio la idea de ponerle al perro un nombre «de hombre».

Gracias a mi maravillosa agente Susan Ginsburg y al equipo de Writers House, y también a mi editora Flo Nicoll, que es brillante en todos los sentidos.

Sin el apoyo de mi maravillosa familia dudo que pudiera escribir una sola palabra, así que les estoy eternamente agradecida, pero mi mayor agradecimiento va para ti, lector, por elegir comprar mis libros. Soy muy afortunada de ocupar un lugar en tu estantería o libro electrónico.

Con cariño,
Sarah
Besos

ÚLTIMOS TÍTULOS PUBLICADOS EN HQN

El año del frío de Jane Kelder

Las chicas de la bahía de Susan Mallery

Con solo tocarte de Victoria Dahl

La chica del sombrero azul vive enfrente de María Draghia

La viuda y el escocés de Julia London

El guerrero más oscuro de Gena Showalter

Spanish Lady de Claudia Velasco

Enamorarse: clases prácticas de Olga Salar

El viaje más largo de Sherryl Woods

Fuera de combate de Anna Garcia

A las puertas de Numancia de África Ruh

Ese beso… de Jill Shalvis

Hasta que me ames de Brenda Novak

La institutriz y el escocés de Julia London

Conquistar la luna de Marisa Ayesta

Irlanda, Luchando por una pasión de Claudia Velasco

www.ingramcontent.com/pod-product-compliance
Lightning Source LLC
LaVergne TN
LVHW091617070526
838199LV00044B/835